HEYNE <

Das Buch

Ariana Costas nutzte vor fünf Jahren die erste Gelegenheit, um ihrer schrulligen griechischen Familie zu entfliehen. Doch nun verlässt die junge Psychologieprofessorin ihr geregeltes Leben in Vermont, denn ihre Zwillingsschwester Zoe ist verschwunden.
Dass allerdings gleich am ersten Tag auf sie, Ariana, geschossen wird, hätte sie nicht erwartet. Genauso wenig wie die Rettung durch den gut aussehenden Detective Quinn Donovan. Nun steckt Ari wirklich in der Klemme und für Quinn wird es schwierig sie zu beschützen, vor allem wenn er dafür seine wohl gehüteten Geheimnisse preisgeben muss. Doch wie soll er dieser sinnlichen Frau widerstehen und gleichzeitig seine gefährliche Mission erfüllen, die sie beide das Leben kosten könnte?

»Carly Phillips' Geschichte besitzt genügend erotische Spannung, um ein Feuerwerk unter ihren Fans zu entzünden.« *Publishers Weekly*

Die Autorin

Die Amerikanerin Carly Phillips gab ihre Karriere als Anwältin auf, um sich ganz dem Schreiben zu widmen. Inzwischen hat sie über zwanzig Romane veröffentlicht und wurde mit zahlreichen Preisen ausgezeichnet. Auch aus den amerikanischen Bestsellerlisten ist sie nicht mehr wegzudenken. Sie lebt mit ihrem Mann und den zwei Töchtern im Staat New York.

Bei Heyne außerdem lieferbar:
Der letzte Kuss und die Hot-Zone-Serie: *Mach mich nicht an! – Her mit den Jungs! – Komm schon!*

CARLY PHILLIPS

Küss mich, Kleiner!

Roman

Aus dem Amerikanischen
von Wolfgang Thon

WILHELM HEYNE VERLAG
MÜNCHEN

Die Originalausgabe erschien 2004 unter dem Titel
UNDER THE BOARDWALK bei Warner Books

Der Roman erschien im Heyne Verlag bereits 2005 unter dem
Titel DIE GANZ NORMALE LIEBE

Dieses Buch ist auch als E-Book erhältlich.

MIX
Papier aus verantwortungsvollen Quellen
FSC® C014496

Verlagsgruppe Random House FSC® N001967

Vollständige deutsche Taschenbuchausgabe 2/2020

Printed in Germany
Redaktion: Tamara Rapp
Umschlaggestaltung: Nele Schütz Design
unter Verwendung von Shutterstock/Dean Drobot
Satz: KompetenzCenter, Mönchengladbach
Druck und Bindung: GGP Media GmbH, Pößneck
ISBN: 978-3-453-42341-1

www.heyne.de

Wie immer, ein Dank an die besonderen Menschen
in meinem Leben:
Phil, Jackie und Jennifer,
für eure Unterstützung, euer Verständnis
und eure Liebe.
Und an Mom und Dad für alles.

Erstes Kapitel

Wenn Wände sprechen könnten, was würden sie für Geschichten erzählen! Vor allem diese hier, dachte Ariana Costas, als sie die lange Reihe von Fotos betrachtete, welche die Wände des Treppenhauses in ihrem Elternhaus schmückten. Sie stellten eine personifizierte Dokumentation des Wahnsinns dar, wenn es denn überhaupt so etwas gab. Das berüchtigte »Panoptikum der Schande«, wie Ariana es gern nannte. Die Fotos zeigten ihre Verwandten auf dem Gipfel ihrer Durchtriebenheit.

Nach den Geräuschen aus der Küche zu urteilen, war ihre Familie auch jetzt wieder fleißig am Werk. Ariana schüttelte den Kopf. Ihr wurde klar, dass sich in den fünf Jahren, die sie von zu Hause fort gewesen war, bedauerlicherweise nicht das Geringste geändert hatte. Offenbar ließ sich ihre Familie nicht einmal von einer vermisst gemeldeten Tochter von ihren Gewohnheiten abhalten. Vor der Küchentür blieb Ariana kurz stehen, zog die Jacke ihres schwarzen Hosenanzugs wie einen Harnisch fester um sich und betrat die Arena.

Die Schwester ihrer Mutter besaß eigentlich ein eigenes Haus gegenüber. Doch sie war fast immer hier, sodass man den Eindruck bekam, als gehöre sie zum Inventar. Vor ihr auf dem Tisch lag das aufgeschlagene Telefonbuch, und sie pickte sich aufs Geradewohl irgendwelche Nummern heraus.

»Hallo? Brauchen Sie nicht mal wieder eine Schornsteinreinigung?«, erkundigte sich Tante Dee mit ihrer hohen Stimme. »Schließlich steht der Winter bald vor der Tür, und man kann nicht vorsichtig genug sein. Wenn Sie ein gemütliches Kaminfeuerchen anzünden, wollen Sie doch sicher nicht feststellen müssen, dass ein Tier im Kamin festsitzt, oder?« Im Nu hatte sie einen Termin mit ihrem Gesprächspartner vereinbart und trug ihn in einen Kalender ein.

Ariana konnte es nicht fassen, dass es immer noch Leute gab, die auf diesen Trick hereinfielen. »Was ziehen Onkel John und du diesen arglosen Menschen eigentlich aus der Tasche, wenn ihr erst mal im Haus seid?«, fragte sie und ging zur Kaffeemaschine.

Tante Dee zwinkerte ihr nur zu, bevor sie die nächste Nummer aus dem Telefonbuch wählte.

Arianas Vater Nicholas saß an dem rechteckigen Küchentisch und zeichnete Plakate. Sie lächelte, als sie seinen kahlen Kopf sah. Die Glatze tat seinem guten Aussehen keinen Abbruch. Vor sieben Jahren war bei ihm Prostatakrebs diagnostiziert worden, was ihn jedoch keineswegs außer Gefecht setzte. Die Chemotherapie und der daraus resultierende Haarausfall legten vielmehr den Grundstein zur größten Einnahmequelle der Familie: die Addams-Family. Dabei holten sie sich ihre Ideen ungeniert bei der gleichnamigen TV-Familienserie. Nicholas spielte Onkel Fester, ihre wunderschöne Mutter Elena war mit ihrem rabenschwarzen Haar die Idealbesetzung für Morticia, und die anderen Verwandten übernahmen die restlichen Rollen. Im Lauf der Jahre spielte ihre Show am örtlichen Theater sogar Geld ein, und ihre Familie wurde der Stolz von Ocean Isle, Arianas kleiner Heimatstadt. Sie lag an der Küste von New Jersey, etwa eine Viertelstunde von Atlantic City entfernt.

Ariana küsste den kahlen Schädel ihres Vaters. Sie war sehr dankbar, dass Nicholas mittlerweile wieder geheilt und zudem immer noch auf freiem Fuß war. Dann schaute sie über seine Schulter auf das Plakat. »Verdienen Sie Geld, während Sie essen! Nehmen Sie an einer Gewichts-Studie teil!«, las sie laut vor. »Wie viel wird diese Studie die unschuldigen Teilnehmer denn kosten?«, fragte sie.

»Nur so viel sie geben wollen, das weißt du doch«, erwiderte Nicholas, ohne von seiner Arbeit aufzusehen.

Ariana verdrehte die Augen. Diese und andere Betrügereien kannte sie noch von früher zur Genüge. Die Mitglieder des Costas-Clans schummelten sich wie eh und je mit einem Zwinkern, einem Lächeln und dem legendären griechischen Charme durchs Leben. Überraschend fand Ariana nur, dass bisher kein Einziger von ihnen jemals hinter Gittern gelandet war. Was sie ihrem beinahe schon unverschämten Glück zuschrieb.

Ariana seufzte und nahm eine Tasse aus dem Schrank. Sie war gestern spät in der Nacht in ihrem Elternhaus angekommen, nachdem man sie vom Verschwinden ihrer Schwester informiert hatte. Und sie war hundemüde. Sie hob die Kanne hoch, der Kaffee sah dunkel und stark aus und wirkte nicht besonders appetitlich. Aber schließlich behauptete auch keiner aus ihrer Familie, mit Martha Stewart oder Bocuse verwandt zu sein. Gott sei Dank.

Bevor sie einen Schluck nahm, atmete sie tief das Aroma ein. Der beißende Geruch nahm ihr den Atem. Hastig stellte sie die Tasse in die Spüle. Ihre Augen tränten, und sie versuchte zu reden, während sie gleichzeitig hustete.

»Was ist das denn für ein Zeug?« Angewidert wischte sie sich mit der Hand über die Lippen.

»Bremsflüssigkeit.« Ihre Mutter kam in die Küche. Ihr

langes schwarzes Haar reichte ihr bis zur Hüfte. Sie küsste Ariana auf die Wange.

Ariana seufzte und hustete wieder. Das war ein weiteres ausgezeichnetes Beispiel dafür, warum sie sich als Teenager gescheut hatte, Freunde mit nach Hause zu bringen.

Elena klopfte ihr liebevoll auf den Rücken. »Sie ist eigentlich nicht zum Verzehr bestimmt.«

»Was hat die Brühe dann in der Kaffeekanne zu suchen?«

»Uns sind die Plastikbehälter ausgegangen.«

»Verstehe.« Ariana tränten immer noch die Augen.

»Gib mir bitte ein Papiertaschentuch.«

Eine Hand tauchte aus dem Nichts auf und wedelte mit einem Taschentuch vor ihrem Gesicht.

»Danke.« Ariana tupfte sich die Tränen ab und sah über die Schulter. Der zuvorkommende Spender des Taschentuchs war ein leibhaftiger, lebendiger Affe. Normalerweise wäre sie erschrocken zurückgesprungen, doch in ihrem Elternhaus konnte sie kaum etwas überraschen.

»Und wem gehört dieser Schimpanse?«, fragte sie nur resigniert.

»Das ist kein Schimpanse, sondern ein Kapuzineräffchen«, antwortete Tante Dee, während das Tier vom Tresen sprang und über den Küchenboden huschte. »Vielleicht erinnerst du dich daran, dass Großtante Deliria mit einem Affen verlobt war. Das hier könnte also ein alter Verwandter von uns sein.« Sie deutete mit einer feierlichen Geste auf das Tier, das es sich mittlerweile bequem gemacht hatte und ziemlich unfeierlich zwischen den Zehen pulte.

Ariana ersparte es sich, die Schwester ihrer Mutter darüber aufzuklären, dass Tante Deliria eine Verwandte der Addams-Family war, nicht des Costas-Clans. Es hätte ohnehin nichts genützt, das bewies schon die bloße Anwesenheit dieses Tieres. Das zudem auch noch auffallend dem Affen aus der Fernsehserie *Friends* glich.

Wer wollte es Ariana da verdenken, dass sie bei der erstbesten Gelegenheit nach Vermont und in die Normalität geflüchtet war?

Und sich bis zu diesem Anruf, in dem ihre Eltern ihr mitteilten, dass ihre Zwillingsschwester verschwunden war, dort auch nicht weggerührt hatte.

»Ihr seid ja verrückt! Macht ihr euch eigentlich keine Sorgen um Zoe?«, fragte sie.

Die lebenslustige, lebhafte Zoe. Ariana konnte nicht glauben, dass ihre Schwester tot war. Den Studien über Zwillinge zufolge hätte sie es gespürt, wenn ihrer Zwillingsschwester etwas passiert wäre. Als sie sieben waren, wusste Ariana jedenfalls plötzlich ganz genau, dass Zoe sich ein Bein gebrochen hatte. Dann würde sie es doch wohl auch jetzt wissen, wenn Zoe gestorben wäre. Da sie nichts dergleichen empfand, war sie fest davon überzeugt, dass Zoe noch am Leben war. Das musste sie auch, denn sonst hätte Ariana keine Chance mehr, sich mit ihr zu versöhnen.

Als sie Zoes Namen aussprach, wurde es totenstill in der Küche. Das Schweigen hielt an, und Ariana fühlte sich unbehaglich. Außerdem bekam sie Gewissensbisse. Natürlich machten sich die anderen Sorgen! Trotz der scheinbar alltäglichen Geschäftigkeit hatte Zoes Verschwinden eine Lücke hinterlassen, und Ariana sah, dass ihre Familie sehr traurig war.

Schließlich stand Nicholas auf und zog Ariana in die Arme. »Es ist schon gut«, sagte er und drückte sie an sich.

»Wir haben beschlossen, nicht über Zoe zu sprechen,

bis sie wieder durch diese Tür hereinspaziert. Und zwar gesund und munter.«

»Und das wird sie tun«, fuhr ihre Mutter fort. »Bis dahin machen wir einfach weiter wie gewohnt. Warte nur, bis du hörst, was wir vorhaben.«

Ariana war nicht an den neuesten Betrügereien interessiert, die ihre Familie ausheckte. Trotzdem beruhigten sie die Worte ihrer Mutter. Wie auch der Duft des Rasierwassers ihres Vaters, den sie schon seit ihrer Kindheit kannte.

Zumindest bis Nicholas weiterredete. »Mach dir keine Sorgen um deine Schwester. Zoe ist stark. Immerhin ist sie eine Addams.«

Das war zu viel für Ariana. »Ich brauche frische Luft.« Sie floh aus der Küche, weil sie Abstand zu dem ganzen Trubel brauchte.

Kaum war sie draußen, dachte sie nicht mehr über ihre Familie nach. Langsam schlenderte sie zur Islet Pier. Es war bereits Herbst, und noch immer lag der typische Duft des Ozeans in der Luft, den Ariana in den Bergen Vermonts vermisste. Sie war schon ein ganzes Stück von ihrem Elternhaus entfernt, als sie merkte, dass sie einen Mantel hätte mitnehmen sollen. Sie fror. Die Herbstluft war ziemlich kühl, und der frische Wind, der vom Meer heranwehte, machte es nicht besser. Aber sie hatte keine Lust zurückzugehen. Also schob sie lieber die Hände in die Hosentaschen und marschierte weiter.

Natürlich waren bei dem unangenehmen Wetter die Islet Pier und das Stück Strand, an dem sie und ihre Schwester als Kinder gespielt hatten, menschenleer. Ariana erinnerte sich an die vielen Stunden, die Zoe und sie hier gespielt hatten. Sie hatten viel Spaß miteinander gehabt. Die Bilder in ihrem Kopf waren so deutlich, als würde Zoe neben ihr stehen. Ariana schnürte es die Kehle zu. Sie würde ihre Zwillingsschwester finden und die Verstimmung zwischen ihnen klären!

Eine Stimme riss sie aus ihren Gedanken. Sie wurde vom Rauschen der Wellen gedämpft. Einen Moment glaubte Ariana, sich das Ganze nur eingebildet zu haben. Dann hörte sie es wieder.

»Zoe!« Diesmal war der Ruf einer männlichen Stimme deutlicher.

Überrascht hob Ariana den Kopf. Hoffnung durchzuckte sie, und einen Moment erwartete sie, ihre Schwester vor sich zu sehen, so klar und real wie den Sand um sie herum. Sie trat aus dem Schutz der Islet Pier heraus und blinzelte gegen die tief stehende Sonne. Ein Schuss peitschte auf, und fast im selben Moment prallte ein harter Körper gegen Ariana und riss sie in den Sand.

»He, Mister!«

Quinn Donovan trat aus dem Eingang des South Side Centers. In diesem Waisenhaus bot die Stadt glücklosen Kindern eine neue Chance. Quinn musterte das Kind, das lässig an der Hausecke lehnte. Es war groß und schlaksig und grinste amüsiert. »He, Sam, wie läuft's denn heute?«

»Nicht schlecht. Wetten, ich errate, in was du gerade steckst?«

Quinn schaute unwillkürlich auf seine verschrammten Turnschuhe. »Ach ja? Wo steck ich denn drin?« Er spielte mit.

Das Kind wartete einen Herzschlag, bevor es antwortete. »In deinen Schuhen.« Sam war eine Abkürzung für Samantha. Das Mädchen lachte schallend über ihren Witz. Quinn kam oft hierher, spielte mit den Kindern Basketball, machte sauber oder half einfach aus, wenn gerade Not am Mann war.

Er schaute Sam an und lachte leise. Sie und die anderen Kinder erinnerten Quinn an sein wirkliches Leben und verhinderten, dass er vergaß, wer er eigentlich war. Er hatte sich viel Mühe gegeben und seine Beziehungen spielen lassen, damit Sam bei anständigen Pflegeeltern untergebracht wurde. Er würde nicht zulassen, dass sie diese Chance gefährdete.

»Solltest du nicht in der Schule sein?«, erkundigte er sich.

»Solltest du dich nicht um deine eigenen Angelegenheiten kümmern?« Ihr Lachen erstarb, und ihre großen grünen Augen funkelten trotzig.

Quinn war in ihrem Alter genauso aufsässig gewesen. Er ging zu dem Mädchen und zog ihr die Yankee-Baseballkappe vom Kopf. Ihre zerzauste blonde Mähne fiel ihr bis über die Schultern. Ohne die Mütze wirkte sie jünger und verletzlicher. Kluge Waisenkinder wie Sam versuchten, das System auszutricksen, indem sie sich unsichtbar machten. Sie nahmen irrigerweise an, dass sie damit ihre Chancen auf ein neues Heim erhöhten.

Halt den Mund und mach keinen Mist, lautete der Spruch, den die Sachbearbeiter ihnen ständig vorbeteten. Quinn sollte das eigentlich wissen. Doch trotz seiner Erfahrung hatte er erst beim dritten Treffen gemerkt, dass dieser Jugendliche ein Mädchen war. Jetzt hoffte er, dass Sam sich bald bei ihren Pflegeeltern einlebte und ihnen vertraute. Dann fiel es ihr vielleicht leichter, sich auch äußerlich als das zu geben, was sie war. Ein weiblicher Teenager.

»Solche Kappen dürft ihr in der Schule doch gar nicht tragen«, erklärte er. »Und jetzt geh, sonst rufe ich Aaron und Felice an.«

Sams Trotz fiel in sich zusammen. Sie hatte Tränen in

den Augen. »Das wird sie nicht viel kümmern, Quinn. Felice ist schwanger. Sie können mich jetzt nicht mehr brauchen.«

Noch bevor Quinn antworten konnte, stieß Sam sich von der Wand ab und marschierte in Richtung Schule.

»Mist!«, fluchte Quinn leise.

Aaron und Felice waren ein junges Paar, denen immer wieder eine Adoption verweigert worden war. Also hatten sie sich an die Waisenhäuser gewandt und einen Pflegeantrag für ein Mädchen gestellt. Sie waren sogar bereit gewesen, einen Teenager zu akzeptieren, was nur wenige Familien taten. So schnell wollte Quinn Sams Pflegeeltern sein Vertrauen nicht entziehen. Dafür war er schon von Natur aus zu hartnäckig.

Er fuhr sich mit der Hand durch sein ohnehin schon vom Wind zerzaustes Haar. Er würde bei Felice vorbeischauen, bevor er sich wieder auf seine eigentlichen Probleme konzentrierte.

Sein Chevy Blazer stand auf der anderen Straßenseite. Aber die frische Herbstluft und die Aussicht, ein bisschen allein zu sein, lockten ihn. Er hatte noch ein bisschen Zeit, bevor er wieder in seine derzeitige Undercover-Identität schlüpfen musste. Diese Pause wollte er so gut wie möglich nutzen. Quinn ging zur Promenade der Islet Pier. Dieser Ort war seine Zufluchtsstätte, seit er denken konnte. Um diese Jahreszeit war der Strand verlassen und die Imbissbuden geschlossen. Das würde auch bis zum Frühling so bleiben. Quinn sog die salzige Luft tief in seine Lungen und spürte, wie die friedliche Stimmung des Ortes ihn erfüllte. Bis sie jäh gestört wurde.

Eine Frau mit rabenschwarzem Haar schritt die Stufen zum Strand in Richtung Pier hinunter. Sie ging direkt unter Quinn entlang. Der Wind zerzauste ihr langes Haar, das um ihre Schultern wehte. Ihr klassisches Profil war unverwechselbar. Die Ähnlichkeit traf ihn wie ein Schlag in den Magen.

»Unmöglich!«, knurrte er. Schließlich hatte er sich persönlich um Zoe Costas gekümmert!

Quinn beruhigte sich etwas, doch plötzlich fiel ihm die andere Möglichkeit ein. Sie war noch schlimmer als die erste. Wenn die Frau da unten an der Islet Pier nicht Zoe war, musste sie ihre Zwillingsschwester sein. Ari, die Collegedozentin, die angeblich weit weg und sicher in Vermont hockte. Jedenfalls hatte Zoe das geschworen. Zoe hatte beteuert, dass Ari ihretwegen nicht nach Ocean Isle zurückkehren und ihnen in die Quere kommen würde. Nie im Leben. Ganz gleich, wie traurig sie auch sein würde, wenn sie von dem angeblichen Tod ihres Zwillings erfuhr. Ari würde ihre Studenten niemals mitten im Semester im Stich lassen und nach Hause fliegen. Sie würde in ihrer eigenen Welt um ihre Schwester trauern, in ihrer *geistig normalen* Welt, in die sie sich schon vor Jahren geflüchtet hatte. Das hatte Zoe ihm hoch und heilig versichert.

Mist! Quinn schüttelte den Kopf. Offenbar waren sich die beiden Schwestern so fremd geworden, dass Zoe nicht mehr wusste, was ihre Zwillingsschwester tun und lassen würde. Denn ganz offensichtlich war Ari gekommen.

Und damit stand Quinn vor einem Problem.

Bevor er sich entscheiden konnte, wie er es angehen wollte, hörte er eine männliche Stimme, die das Rauschen der Wellen übertönte. Quinn reagierte instinktiv. Er sprang von der Pier auf den Strand und riss Ari zu Boden. Im gleichen Moment peitschte ein Schuss auf.

Ariana landete unsanft im Sand und spürte einen stechenden Schmerz in der Brust. Sie rang nach Luft, aber gleichzeitig nahm sie den Mann wahr, der da auf ihr lag. Und außerdem registrierte sie, dass da eben jemand auf sie geschossen hatte.

Auf sie!

Die Wellen schlugen an den Strand, und die Möwen kreischten in der Luft. Ariana hörte jedoch nur das angestrengte Keuchen des Mannes und spürte dessen heißen Atem auf ihrer Haut. Trotz ihrer misslichen Lage durchströmte sie ein Gefühl von Weiblichkeit, das sie schon lange nicht mehr empfunden hatte.

Sekunden verstrichen, ohne dass sie sich gerührt hätten. Der Mann lag nicht nur mit seinem ganzen Körper auf ihr und drückte sie in den Sand, er roch auch noch außerordentlich gut. Männlichkeit und Entschlossenheit gingen von ihm aus. Entweder hatte er ihr das Leben gerettet oder den Schuss selbst abgefeuert. Ariana hatte keine Lust, so lange zu warten, bis sie Letzteres herausgefunden hätte.

Als er sich von ihr herunterrollte, sprang sie deshalb augenblicklich auf und rannte im Zickzack über den Strand davon. Doch in dem schweren Sand kam sie nicht gut vorwärts. Sie hatte nicht einmal die halbe Strecke bis zur Straße geschafft, als ihr Verfolger sie einholte. Er schlang seinen Arm um ihre Hüfte und zerrte sie hinter eine verlassene Imbissbude.

»Was sollte das denn sein?« Für ihren Geschmack atmete er viel zu ruhig. Jedenfalls im Vergleich zu ihrem eigenen angestrengten Keuchen.

»Zickzack«, stieß sie verängstigt hervor.

Er stand hinter ihr, und sie hörte seinen belustigten Unterton, als er fragte: »Haben Sie das aus der Fernsehserie *The In-Laws*?«

Ariana war überhaupt nicht nach Lachen zumute. Sie

hatte sich früher in alte Filme geflüchtet, um den Marotten ihrer Familie zu entgehen. Und sie fand, dass sie auch etwas daraus gelernt hatte. »Meiner Meinung nach sollten Sie mir lieber zu meiner Geistesgegenwart gratulieren. Wenn jemand auf Sie schießt, dürfen Sie kein ruhendes Ziel abgeben. Stattdessen müssen Sie sich bewegen. Ich finde das sehr einleuchtend.«

Ganz offenbar war er nicht ihrer Meinung, denn er lachte schallend. Sie versuchte sich aus seinem Griff zu winden. Er packte einfach fester zu und zog sie an sich.

Panik stieg in Ariana hoch, doch bevor sie sich wehren konnte, sprach der Mann weiter. »Ich tue Ihnen nichts«, sagte er. Aus irgendeinem Grund glaubte sie ihm und seine Worte beruhigten sie.

»Dann lassen Sie mich los!« Während er darüber nachdachte, atmete sie tief durch, um ihr seelisches Gleichgewicht wiederzufinden.

Er zog sie mit sich herum, als er sich prüfend am Strand umsah. »Sieht aus, als wäre unser Schütze verschwunden«, erklärte er schließlich.

Das hätte sie ihm auch gleich sagen können. Sie hatte keine Schritte gehört, und auch sonst unterbrach kein Geräusch seine tiefen Atemzüge direkt an ihrem Ohr. Sein heißer Atem streifte ihren Hals, und ein warmes Prickeln lief ihr über die Haut.

»Versprechen Sie, dass Sie nicht weglaufen, wenn ich Sie loslasse?«

»Nicht, dass ich Ihnen auch nur das Geringste schuldig wäre, aber ich laufe nicht weg.« Schließlich hatte er ja versprochen, ihr nichts zu tun. Und außerdem wollte sie sich diesen Mann genauer ansehen.

»Gut.« Er ließ ihre Taille los, packte sie jedoch sofort an der Hand. »Gehen wir in Deckung.« Er drehte sich um, öffnete mit einem Tritt die Tür des Imbissstandes und zog Ariana mit ins Innere.

Überraschenderweise hatte sie keine Angst, mit ihm allein zu sein. Er betätigte den Lichtschalter des alten Schuppens, und eine Lampe flammte auf. Jetzt konnte Ariana ihn endlich betrachten. Sein kurzes blondes Haar war vom Wind zerzaust. In dem markanten Gesicht zeigten sich Grübchen neben den Mundwinkeln, und auf seinen Wangen spross ein Eintagebart.

Sein Aussehen passte zu seiner tiefen Stimme. Und in seiner schwarzen Lederjacke sah er aus wie die personifizierte Verführung. Ariana spürte seine männliche Wirkung stärker, als ihr lieb war. Und er betrachtete sie ebenso eindringlich wie sie ihn.

Sie riss sich zusammen. Sie hatte Wichtigeres zu tun, als darüber nachzudenken, ob seine Augen grün oder braun waren, oder wie sich seine Lippen anfühlten, rau ... oder weich und zart, wenn er sie küsste ...

»Sie sind nicht Zoe.«

Mit einem Schlag wurde sie aus ihrer erotischen Tagträumerei gerissen. »Woher wollen Sie das so genau wissen?«

»Ganz einfach, Süße.« Er lachte, während er sie von Kopf bis Fuß musterte. »Sie sind wie eine Nonne gekleidet.«

Ariana hatte die auffällige, laszive Art, in der ihre Schwester sich kleidete, immer verachtet. Aber in diesem Moment wäre sie liebend gern etwas mehr wie Zoe angezogen gewesen. Der Hosenanzug, der ihr vorhin noch wie ein schützender Panzer vorgekommen war, wirkte plötzlich einengend und ungemütlich.

Er zuckte mit den Schultern. »Außerdem haben Sie nur ein Loch in Ihrem rechten Ohrläppchen.«

Ariana kniff die Augen zusammen. Er kannte Details von Zoe, die den meisten mit Sicherheit entgehen würden. Am liebsten hätte sie ihn auf seine unrasierte Wange geküsst. Endlich hatte sie jemanden gefunden, den sie nach ihrer verschwundenen Schwester ausfragen konnte. Ihr wurde beinah schwindlig vor Erleichterung.

Doch als er die Hand ausstreckte und die Perle in ihrem Ohr berührte, verpuffte diese Erleichterung und ein ganz anderes Gefühl durchströmte sie. Seine schwielige Handfläche strich über ihre weiche Haut. Sie zitterte am ganzen Körper, doch ganz bestimmt nicht wegen der Kälte. »Wie schön, dass Sie so aufmerksam sind«, sagte sie.

»Ich bin auch ziemlich direkt«, erwiderte er. Sein selbstbewusstes Benehmen stand ihm gut.

Mit seiner Mischung aus Überheblichkeit, Selbstsicherheit und Charme unterschied er sich deutlich von allen Männern, mit denen sie bisher zusammen gewesen war. Vor allem war er das glatte Gegenteil von Jeffrey Boyd, ihrer ersten Liebe. Sie hatte sich ihm vertrauensvoll hingegeben, doch er hatte sie verraten, als er von ihr verlangte, sich zwischen ihm und ihrer unkonventionellen Familie zu entscheiden. Ariana tat das einzig Vernünftige: Sie ließ alle zurück und baute sich ihr eigenes Leben auf. Doch im Vergleich zu den Männern, mit denen sie in Vermont ausgegangen war, handelte es sich bei diesem Prachtexemplar um eine Mischung aus purem Testosteron und männlichem Sexappeal. Vermutlich erklärte dies das heiße Verlangen, das sie durchströmte, und auch, dass sie sich zu diesem Fremden hingezogen fühlte. Obwohl er offenbar sehr viel Wert darauf legte, das Heft in der Hand zu behalten. Jeffrey dagegen war nur ein aufgeblasener Wichtigtuer gewesen, das hatte sie recht schnell feststellen müssen.

»Wenn Sie nicht Zoe sind, dann sind Sie …«

»Ariana.« Sie leckte sich die Lippen und atmete allmählich wieder ruhiger. Ihr Instinkt sagte ihr, dass dieser Mann kein Killer war. Außerdem kannte er Zoe offensichtlich sehr gut. Beides sprach für ihn. »Und Sie sind …?«

»Quinn.« Er gab ihr die Hand und hielt ihre Finger einen Moment länger fest, als es die Höflichkeit verlangt hätte. Bevor er sie schließlich losließ, strich er sanft mit dem Daumen über die weiche Haut ihres Handgelenks. Ariana legte den Kopf schief und ignorierte das Prickeln, das diese Berührung in ihr auslöste.

»Quinn wer?«

Er zuckte mit den Schultern. »Donovan.«

»Sie kennen Zoe?«

Er sah sie aufmerksam an. »Wir haben zusammen bei Damon's gearbeitet.«

Das Kasino. Seine Worte erinnerten Ariana an das Leben ihrer Schwester, und sie presste unwillkürlich die Lippen zusammen. Es war ein Leben als Showgirl, Tänzerin und manchmal auch Betrügerin. »Lassen Sie mich raten: Sie haben in der Bar gearbeitet, in der sie gestrippt hat? Oder waren Sie ihr Partner, wenn sie Tanzkurse gegeben hat? Vielleicht sind Sie ja auch ihr Liebhaber?«

»Offenbar hat Zoe mir verschwiegen, dass ihre Schwester ziemlich direkt ist.«

Seine Heiterkeit übertrug sich auf Ariana. Plötzlich legte er ihr seine Hand auf die Schulter. Sie war warm und die Geste wirkte tröstend auf Ariana. Sie schluckte. Es ärgerte sie, dass Zoes Partner, wenn er es denn war, sie so verwirren konnte.

Sie zog geräuschvoll die Nase hoch und wischte sich mit dem Ärmel über ihre tränenfeuchten Augen. »Es wundert mich, dass sie mich überhaupt erwähnt hat.«

»Zoe hat sehr häufig von Ihnen geredet, Ari.« Er benutzte wie selbstverständlich ihren Kosenamen.

Nur ihre Familie nannte sie Ari, doch dieser Mann kannte ihn auch. Für alle anderen war sie die korrekte und respektable Professorin Ariana Costas. Sie war zu ihrer verrückten Familie heimgekehrt, und sie brauchte diese konservative Fassade, hinter der sie sich sicher fühlte, um das durchzustehen.

Nur erwies sich ihre Verkleidung als ziemlich nutzlos. Sie war kaum fünf Minuten zu Hause gewesen, als der Wahnsinn sie wieder eingeholt hatte. Nur, dass sie diesmal auch noch tief in das Leben ihrer Schwester verstrickt war, jemand auf sie schoss, und der erotischste Mann, dem sie je begegnet war, ihre einzige Verbindung zu Zoe darstellte. Was war daran normal?

Ariana sah ihn an. Er erwiderte ihren eindringlichen Blick und schien in ihren Gefühlen lesen zu können wie in einem offenen Buch. »Was auch immer Zoe über mich gesagt hat, dürfte nicht sonderlich schmeichelhaft gewesen sein«, meinte sie.

Er lachte. »Zoe trägt ihr Herz auf der Zunge, das stimmt.« Geschickt umging er eine direkte Antwort auf ihre Bemerkung.

»Und sie überlegt sich sehr genau, welchen Menschen sie vertraut.« Ariana sah ihn scharf an. »Trotzdem hat sie Ihnen von mir erzählt.« Noch ein Grund mehr, ihn näher kennen zu lernen.

Diesen erregenden, sinnlichen Mann.

Zweites Kapitel

Detective Quinn Donovan konnte seinen Blick nicht von Ari Costas losreißen. Das pechschwarze Haar umrahmte ihr hinreißendes Gesicht. Ihre schimmernde, olivfarbene Haut und ihre seegrünen Augen ließen ihre mediterrane Herkunft erkennen. Auf den ersten Blick sah sie aus wie ihre Schwester. Doch es war nicht ihre Schönheit, die Quinn faszinierte. Er hatte mit Zoe zusammengearbeitet, und obwohl auch sie wunderschön war, hatte sie ihn weder sexuell gereizt noch emotional berührt.

Ganz anders als Ari. Zoes Zwillingsschwester war ihm sofort unter die Haut gegangen. Hinter Ari Costas gutem Aussehen steckte noch viel mehr. Der Blick ihrer dunkelgrünen Augen verriet Charakter, heutzutage eine eher seltene Gabe, wie er hatte feststellen müssen. Selbst Zoe, die für das FBI arbeitete und wusste, wie sie ihre Gefühle abschalten konnte, wurde weicher, wenn sie von ihrer Schwester sprach. Als Quinn Ari jetzt leibhaftig vor sich stehen sah, war ihm auch klar, warum das so war.

Trotz der Kluft zwischen den beiden Frauen schien Ari ihre Zwillingsschwester recht gut zu kennen. »Zoe hat allen Grund, niemandem so einfach zu vertrauen«, sagte er schließlich. Das galt für alle Cops oder Agenten. Mehr verriet er jedoch nicht. Er respektierte Zoes Privatsphäre, und außerdem musste er sie schützen.

»Vor allem mir nicht.« Ariana wandte den Blick ab. Ganz offensichtlich machte sie dieser Gedanke traurig.

Quinn hatte weder Aris Reaktion auf das Verschwinden ihrer Schwester erwartet, noch damit gerechnet, dass diese ihm nahe gehen würde. Er hatte Ari nicht verletzen wollen, und das schlechte Gewissen über seine Rolle in dieser Scharade setzte ihm heftig zu. Als Kind hatte er sich antrainiert, Schmerzen einfach zu ignorieren. Trotzdem konnte er nicht verhindern, dass er jetzt deutlich fühlte, wie Ari litt.

»Ach, kommen Sie!« Mit den Fingern massierte er sanft ihre Schulter und musste sich beherrschen, um sich nicht vom Duft ihres Shampoos und der femininen Zartheit ihres Körpers ablenken zu lassen.

Ariana fröstelte, und erst jetzt fiel Quinn auf, dass sie für das kalte Wetter viel zu dünn gekleidet war. Er streifte seine schwere Lederjacke ab und legte sie ihr über die Schultern. Gleichzeitig ermahnte er sich, weiterhin wachsam zu sein.

Er wusste weder, wer geschossen hatte, noch, wohin der Schütze verschwunden war. Und er musste unbedingt verhindern, dass Ari sich zu einem leichten Ziel machte. Das erinnerte ihn daran, wie sie vorhin versucht hatte, ihren knackigen Hintern zu retten. Im Zickzack? Um Himmels willen!, dachte Quinn. War der Frau denn nicht klar, dass dieser alte Film mit Alan Arkin und Peter Falk eine Komödie war? Und keineswegs ein Lehrgang zur Bekämpfung von Heckenschützen?

Das war eine weitere Eigenschaft, durch die sich Ari und ihre Zwillingsschwester vollkommen unterschieden. Würde Ari ihrer erfahreneren Schwester nicht so ähnlich sehen, wäre Quinn nie auf den Gedanken gekommen, dass sie überhaupt miteinander verwandt waren.

Dabei waren sie sogar Zwillinge, und jetzt lief Ari Gefahr, mit Zoe verwechselt zu werden. Außerdem drohte sie durch ihr Auftauchen zwei Jahre mühevoller Vorarbeit zu ruinieren. Quinn und seine Kollegen wollten einer Drogenbande das Handwerk legen, deren schmutziges Geld in Damons Kasino gewaschen wurde. Da sich Quinn bereits bei Alec Damon hatte einschmuggeln können, war das Drogen und Waffendezernat der hiesigen Polizei einverstanden gewesen, mit Quinn und seinem Partner zusammenzuarbeiten. Eine Gruppe arbeitete an der Drogenspur, während Quinn kurz davor stand, die Beweise für die Anklage wegen Geldwäsche zu erhärten.

Solange sich jedoch Ari in der Nähe von Atlantic City aufhielt, schwebte sie in Lebensgefahr und konnte seine Operation torpedieren. Mit Sicherheit würden sich weder Zoe noch seine Vorgesetzten über diese neue Entwicklung freuen, genauso wenig wie Quinn selbst.

Ari, ihr weicher, verführerischer Körper, ihr Duft und die Gefühle, die sie in ihm auslöste, mussten verschwinden. Am besten sofort. »Ich bringe Sie nach Hause.«

Sie schüttelte den Kopf. »Das schaffe ich allein.«

»Indem Sie wie ein Hase Haken schlagen, falls der Heckenschütze noch da draußen lauert?«

Sie sah ihn stirnrunzelnd an. »Daran habe ich nicht gedacht«, gab sie zu.

»Steht Ihr Wagen hier irgendwo?« Er stellte die Frage automatisch, obwohl er gesehen hatte, dass sie zum Strand gegangen war und außerdem wusste, wie dicht das Haus ihrer Eltern an der Islet Pier lag.

Sie schüttelte den Kopf.

Er schlang den Arm um ihre Taille und führte sie zu seinem Van. Nachdem sie eingestiegen waren, legte Quinn seine Hand auf ihre Kopfstütze und drehte sich ihr zu.

»Sie wollen doch sicher bald wieder nach Vermont zurückfahren?«

»Ich fahre erst nach Hause, wenn Zoe wieder aufgetaucht ist«, erwiderte sie.

Er biss die Zähne zusammen. »Hat die Polizei Ihnen denn nicht klar gemacht...?«

»Die Polizei sagt nur, dass sie vermisst wird«, unterbrach Ariana ihn scharf.

»Richtig, sie wird vermisst, und die Wahrscheinlichkeit, dass man sie findet, ist äußerst gering«, sagte er. »Sie haben weder einen Anhaltspunkt noch eine Leiche.« Unwillkürlich wurde seine Stimme bei seinen letzten Worten sanfter, obwohl er diesen Punkt eigentlich hätte nachdrücklich betonen sollen. Quinn konnte sich nicht erinnern, wann er das letzte Mal jemanden so schonend behandelt hatte.

»Eben.« Arianas aufgestaute Gefühle drohten sie zu überwältigen, und sie zitterte am ganzen Körper. »Bis ich ihre Leiche nicht mit eigenen Augen gesehen habe, gehe ich davon aus, dass sie noch lebt.« Sie schlang ihre Arme um die Schultern und kauerte sich tiefer in den Beifahrersitz. »Ich bleibe und werde warten, bis sie durch die Tür hereinspaziert.«

»Meine Güte!«, murmelte Quinn und fuhr sich frustriert mit der Hand durchs Haar. »Ist Sturheit in Ihrer Familie erblich?«

Sie sah ihn von der Seite an. »Warum fragen Sie? Haben Sie Probleme mit eigenwilligen Frauen?« Ein zaghaftes Lächeln zeigte sich um ihre Mundwinkel.

Er quittierte ihre Frage mit einem Stöhnen und lehnte sich dann so dicht zu ihr herüber, dass er die Sommersprossen auf ihrer hübschen Nase sehen konnte. »Hören Sie genau zu, denn ich sage das jetzt nur einmal.«

Ariana sah ihn mit großen Augen erwartungsvoll an.

»Ihre Schwester lebt.«

Sie holte tief Luft, doch bevor sie etwas sagen konnte, sprach Quinn weiter. »Ich kann Ihnen nicht sagen, wieso ich das weiß, und Sie dürfen das, was ich Ihnen gerade verraten habe, keiner anderen Menschenseele weitersagen.«

»Aber …«

»Hören Sie einfach zu.« Er legte einen Finger auf ihre feuchten Lippen. Die Berührung war wie ein Stromschlag, der direkt in seine Lenden fuhr. Diese Reaktion konnte Quinn im Moment überhaupt nicht gebrauchen, und er knirschte unwillkürlich mit den Zähnen. »Zoe wird sich mit Ihnen in Verbindung setzen, sobald sie kann. In der Zwischenzeit steigen Sie in die nächste Maschine nach Vermont. Kehren Sie unter keinen Umständen hierher zurück, bis Ihre Schwester in Sicherheit ist. Verstanden?«

Seine ganze Operation hing von ihrer Mitarbeit ab. Damon musste unbedingt weiterhin glauben, dass Quinn Zoe umgebracht hatte. Und um die Geschichte aufrechtzuerhalten, musste Ari nach Hause fliegen. Nur in Vermont war sie in Sicherheit. »Versprechen Sie das?«

Sie erwiderte seinen Blick. Ihre Augen waren feucht vor Dankbarkeit, als sie nickte.

»Sie verlassen die Stadt?« Er wollte es aus ihrem Mund hören.

»Ja.«

Quinn stieß den Atem aus, richtete sich auf und ließ den Motor an. Ein kurzer Seitenblick verriet ihm, dass Ari vor Erleichterung zitterte. Er war davon überzeugt, dass sie genau das tat, was sie versprochen hatte. Denn sie war ganz anders als ihre Zwillingsschwester Zoe.

Professor Ariana Costas würde zu ihrem sicheren

Leben in Vermont zurückkehren. Und Quinn würde sie nie wieder sehen.

Nicht einmal im Traum werde ich hier verschwinden! Auch nach einer unruhigen Nacht konnte Ariana kaum fassen, dass Quinn ihr diesen Vorschlag überhaupt gemacht hatte.

Sicher, der Mann besaß eiserne Nerven und war mehr als nur ein bisschen arrogant. Von seiner erotischen Ausstrahlung ganz zu schweigen. Doch obwohl Ariana ihn attraktiv fand, wusste sie nicht, wie weit sie ihm vertrauen konnte. Zum Glück hatte sie hinlängliche Erfahrungen mit dominanten Männern, und es war ihr deshalb nicht weiter schwer gefallen, Quinn zu belügen.

Ariana stammte schließlich aus einer Familie von Schwindlern, und sie hatte einige Tricks von ihnen gelernt. Es war ihr spielend leicht gelungen, überzeugend zu flunkern, auch wenn sie sich dabei nicht so recht wohl fühlte. Andererseits hatte Quinn einfach behauptet, Zoe wäre am Leben, ohne ihr das weiter zu erklären. Nicht einmal die Polizei wusste genau, was mit Zoe passiert war! Und da erwartete dieser Mann, den sie kaum kannte, dass sie seinem Wort so einfach Glauben schenkte?

Sie durfte auf keinen Fall ihrer Angst nachgeben! Das Leben ihrer Schwester war zu wichtig. Außerdem wollte Ariana unbedingt die Kluft zwischen ihnen überbrücken und sich mit ihr versöhnen. Obwohl Zwillinge eigentlich die besten Freunde und die engsten Vertrauten sein sollten, waren Zoe und sie in den meisten Dingen vollkommen anderer Meinung. Und jetzt war ihre Zwillingsschwester spurlos verschwunden und hatte keine Ahnung, wie nahe Ariana das ging.

Offenbar kannte Quinn nicht die Entschlossenheit der

Costas. Ariana wusste, dass sie in Gefahr schwebte, das hatte ihr die Kugel klar gemacht, die sie gestern nur knapp verfehlt hatte. Trotzdem würde sie bleiben.

Ihr erster Schritt würde sein, Informationen von den Leuten in Damons Kasino zu sammeln, in dem ihre Schwester gearbeitet hatte. Ariana vermutete, dass die Person, die auf sie geschossen hatte, ebenfalls dort arbeitete und sie vielleicht mit ihrer Zwillingsschwester verwechselte. Also musste sie Vorsichtsmaßnahmen ergreifen und ihr Aussehen so verändern, dass der Schütze sie nicht mehr für Zoe hielt.

Ariana ließ sich einen Nachmittagstermin beim Friseur geben. Zumindest konnte sie ihre Frisur und ihre Haarfarbe wechseln. Außerdem war es vielleicht besser, sich wie ihre Schwester zu kleiden. Dann konnte sie sich problemlos unter Zoes Freunde und Kollegen mischen und sie dazu bringen, ihr alles, was sie wussten, anzuvertrauen. Die seriösen Hosenanzüge und langärmeligen Kleider, die sie mitgebracht hatte, waren für dieses Vorhaben ungeeignet. Sie musste ihre zugeknöpfte Professor-Costas-Persönlichkeit ablegen und stattdessen ein lockereres Jersey-Girl-Image annehmen.

In den Schränken ihrer Schwester suchte sie nach passender Kleidung und zog schließlich einen schwarzen Minirock und ein rotes Lederbustier heraus. Meine Güte, wie konnte Zoe nur so etwas tragen?

Ariana stand vor dem Spiegel und hielt sich die Kleidungsstücke vor. Sie drehte sich von rechts nach links. Es war schon seltsam, wenn man bedachte, dass sie immer kritisiert hatte, was ihre Schwester aus sich machte. Und jetzt wollte sie sich selbst in diese Person verwandeln!

»Ich sehe aus wie Barbie mit einer schwarzen Perücke«, spottete sie und betrachtete stirnrunzelnd ihr Spiegelbild.

Sie musste über Nacht die beachtliche Verwandlung von einer Professorin in einen Vamp hinbekommen. Wie sollte sie das nur schaffen?

»Das sieht eher aus wie ein Halloween-Kostüm, nicht wie etwas, das meine Ari anziehen würde.« Ihre Mutter stand in der Tür von Zoes Zimmer und beobachtete Ariana.

Die nickte und stöhnte frustriert. »Was du nicht sagst.« Sie riss sich von ihrem Spiegelbild los und schaute ihre Mutter an.

Elena trug ein langes schwarzes Kleid, das dieselbe Farbe hatte wie ihr rabenschwarzes, hüftlanges, weiches Haar. Die langen Spitzenrüschen an den Ärmeln reichten bis zum Boden hinunter. Offensichtlich trug ihre Mutter ihr Morticia-Kostüm.

»Als ich dich eben da stehen sah, hatte ich ein Déjà-vu-Erlebnis.« Elena umklammerte unwillkürlich den Türrahmen, während sie weiterredete. »Einen Moment lang war ich richtig erleichtert, weil ich dachte, Zoe wäre wieder zu Hause.«

Ariana konnte die Gefühle ihrer Mutter gut nachvollziehen. Trotz ihres exzentrischen Verhaltens betete Elena ihre Töchter an.

»Komm her, Mom.« Ariana streckte die Arme aus und lächelte, was ihr nicht leicht fiel, als sie an Zoe dachte. Aber sie brauchte den Trost genauso dringend wie ihre Mutter. Elena trippelte durch das Zimmer. Ihre einstudierten Schritte hätten Angelica Huston alle Ehre gemacht. »Die Showzeit ist vorbei«, erinnerte Ariana ihre Mutter.

»Umso wichtiger ist es, mein Können auf höchstem Niveau zu halten. Allerdings dürfte sich bald einiges ändern.« Bevor Ariana nachfragen konnte, hatte Elena ihre Tochter erreicht und zog sie in die Arme.

Ariana schloss die Augen und genoss einen Moment die Liebe ihrer Mutter. Doch dann riss sie sich wieder zusammen. Sie musste stark sein und Elena in dieser schweren Zeit zur Seite stehen.

»Mom, Zoe geht es gut.« Ariana wollte ihre Mutter trösten und verließ sich dabei einfach auf Quinns Worte. Ihr wurde klar, dass sie da tatsächlich einem Mann vertraute, den sie gerade erst kennen gelernt hatte, und das, obwohl er sich geweigert hatte, die Geschichte ganz zu erzählen!

Sie richtete sich auf und warf die Kleidung hinter sich auf das Bett. »Ich brauche etwas weniger Auffallendes«, murmelte sie. »Was soll ich deiner Meinung nach im Damon's tragen?«

Normalerweise war Elena nicht so leicht zu verblüffen, doch jetzt richtete sie sich stocksteif auf. »Im Damon's?« Ihre Stimmlage stieg um einige Nuancen. »Was willst du denn in dem Kasino?«

Ariana setzte sich auf das Bett und zog ihre Mutter neben sich. Es war schon schlimm genug, dass eine Tochter verschwunden war. Deshalb hatte Ariana ihrer Mutter noch nichts von dem Schuss auf sie erzählt. Sie wollte Elena nicht noch mehr aufregen.

Zärtlich drückte sie ihre weiche Hand. »Keine Angst, du wirst mich nicht auch noch verlieren. Ich will mich dort nur ein bisschen umsehen und herumfragen, ob jemand weiß, wo Zoe geblieben sein könnte.«

Elena betrachtete angelegentlich die Patchworkdecke auf Zoes Bett. »Die Polizei hat doch schon alle verhört«, erwiderte sie beschwörend.

»Das weiß ich. Trotzdem kann es nicht schaden, wenn noch jemand dort Nachforschungen anstellt. Das bin ich Zoe schuldig.« Und mir selbst auch, setzte sie in Gedanken hinzu.

Elena schüttelte vehement den Kopf. »Du darfst da nicht hingehen. Es ist zu gefährlich. Ich könnte es nicht verantworten, wenn dir auch noch etwas zustößt.«

Ariana schaute ihre Mutter fragend an. »Wer sagt denn, dass du dafür verantwortlich wärst? Gibt dir etwa jemand die Schuld an Zoes Verschwinden?« Noch während Ariana diese Frage stellte, erinnerte sie sich wieder lebhaft an die Schwindeleien ihrer Mutter, und ihr Magen krampfte sich zusammen. »Du warst wieder in irgendeine Betrügerei verwickelt, hab ich Recht? Du und Zoe? Und jetzt ist sie verschwunden!«

»Aber Darling …«

»Behandle mich nicht so herablassend!« Ariana sprang auf und lief aufgebracht durch das Zimmer. »Ihr betrügt die Menschen schon seit Jahren. Es musste ja so kommen, dass ihr irgendwann in eine wirklich gefährliche Sache hineingeratet!«

»Das würde ich so nicht sagen!« Elena war ebenfalls aufgestanden und schwebte wie Morticia durch das Zimmer, bis sie schließlich neben Ariana stehen blieb. »Es war keine Schwindelei. Jedenfalls nicht im üblichen Sinn.«

»Ich wusste gar nicht, dass es noch andere Schwindeleien gibt!«, gab Ariana gereizt zurück. Sie legte den Kopf schief. »Also gut, erzähl mir, was genau passiert ist.«

Elena rang die Hände. »Wenn ihr beide doch nur nicht so unabhängig wärt! Und so dickköpfig! Statt euch einfach einen guten Mann wie euren Papa zu suchen und ihn zu heiraten …«

Elena kam immer ins Plappern, wenn sie etwas Wichtiges erklären sollte, und erst recht, wenn sie dabei auch noch aufgeregt oder nervös war. Doch Ariana war nicht in der Stimmung, sich anzuhören, wie gut es wäre, einen

Mann zu haben. »Was hat das mit Zoes Verschwinden zu tun?«

»Alec Damon hat das Kasino vor einigen Jahren eröffnet. Sein Foto war in allen Zeitungen. Was soll ich sagen? Er wirkte auf mich wie eine ausgezeichnete Partie. Und er sah so gut aus. Wie dein Papa, als er noch Haare hatte. Darüber hinaus war er auch noch wohlhabend. Nicht, dass sich Zoe im Moment über Geld Gedanken macht, doch wenn sie älter ist, wird auch sie finanzielle Sicherheit zu schätzen wissen, das kannst du mir glauben.«

Elenas Augen schimmerten verdächtig, während sie die Vorzüge des Kasinobesitzers aufzählte. »Er benimmt sich den Tänzerinnen in seinem Kasino gegenüber wie ein Gentleman. Er schien einfach ein perfekter Kandidat für Zoe zu sein, obwohl er kein Grieche ist.« Sie nickte zufrieden.

Ariana kniff sich in den Nasenrücken und zählte langsam bis zehn. Ihre Zwillingsschwester und sie waren zwar mittlerweile alt genug, um sich ihre Männer selbst auszusuchen, aber sie wies ihre Mutter nicht darauf hin. Es spielte im Moment keine Rolle. »Also hast du einen Job als Tänzerin in dem Kasino angenommen und dich bei diesem Damon eingeschmeichelt?«

Sie verkniff sich lieber den Seitenhieb, dass ihre Mutter allmählich zu alt war, um noch öffentlich zu tanzen. Denn Elenas Körper sah aus wie der einer Zwanzigjährigen, und sie arbeitete sehr hart dafür, ihn so zu halten.

Elena nickte. »Natürlich habe ich getanzt. Und geflirtet. Alles mit dem Einverständnis deines Papas, möchte ich dazu sagen. Er ist zu jedem meiner Auftritte gekommen.«

Ariana fragte sich unwillkürlich, wie viele Brieftaschen er dabei wohl hatte mitgehen lassen. »Mom, bitte. Was hat das alles mit Zoes Verschwinden zu tun?«

»Ich habe deiner Schwester weisgemacht, dass ich mir Geld von Mr. Damon geliehen und es beim Spiel verloren hätte. Ich habe ihr gesagt, wenn sie mir nicht helfen würde, kämen seine Leute und …« Elena fuhr sich mit der Hand in einer unmissverständlichen Geste über den Hals. Die schwarze Spitze ihres Ärmels wehte dabei anmutig durch die Luft.

»Und? Hast du dir denn Geld geborgt?«

Elena nickte. »Ja. Ich habe Mr. Damon erzählt, wir könnten das neueste Mitglied der Familie sonst nicht ernähren. Er hat mir das Geld als Vorschuss auf meinen Lohn gezahlt.«

»Welches neue Familienmitglied?« Jetzt war Ariana vollkommen verwirrt.

Elena sah sie erstaunt an. »Spank natürlich.«

»Spank?«

»Spank! Der Affe!«, erwiderte Elena, als läge die Antwort auf der Hand. »Ihr habt euch vorhin in der Küche kennen gelernt.«

Ein seltsamer Affe mit einem noch seltsameren Namen. Das war so typisch für ihre Familie. Ariana verdrehte die Augen. »Entschuldige, dass ich überhaupt gefragt habe. Also hat sich Zoe Sorgen um dich gemacht, ist ins Kasino gegangen und hat … was getan?«

»Sie hat auch einen Job als Tänzerin angenommen und mir geholfen, die Schulden abzuzahlen. Zwei Tänzerinnen konnten fünftausend Dollar weit schneller zurückzahlen als eine. Das hab ich deiner Schwester jedenfalls erzählt. Aber eigentlich hatte ich gar keine richtigen Schulden. Jedenfalls keine, wegen denen jemand mein Leben bedroht hätte.« Elenas Blick verdunkelte sich vor Trauer. »In Wirklichkeit war es ein ganz normaler Kredit für einen noblen Zweck.«

»Zu versuchen, deine Tochter an einen reichen Kerl zu verkuppeln, ist alles andere als nobel. Ich kann es einfach nicht fassen, was für eine Familie ich habe!« Diese Bemerkung wiederholte Ariana bestimmt schon zum tausendsten Mal in ihrem fast dreißigjährigen Leben.

»Ich habe ihn nicht nur wegen seines Geldes für eine gute Partie gehalten. Ich dachte wirklich, er wäre anständig und ehrenwert und gäbe einen ausgezeichneten Ehemann für deine Schwester ab. Außerdem ist er ziemlich sexy, wovon du dich selbst überzeugen kannst, wenn du ins Kasino gehst. Was du allerdings nicht tun wirst. Weil ich es dir verbiete!« Elena stemmte die Hände in die Hüften und schaute Ariana streng an.

Ihr Verbot und ihr Blick hätten vielleicht gewirkt, wenn Ariana noch ein Kind gewesen wäre und nicht eine Erwachsene, die schon seit Jahren ein unabhängiges Leben führte.

»Ich habe gedacht, wenn Mr. Damon deine Schwester sieht, würde er sich sofort in sie verlieben.« Elenas Stimme klang bei diesen letzten Worten flehentlich.

»In was für einer Welt lebst du eigentlich?« Diese romantische Sichtweise ihrer Mutter schockierte Ariana, obwohl sie bei genauerer Betrachtung eigentlich keinen Grund dafür hatte. Sie dachte unwillkürlich an Quinn.

»Verzeihung, junge Dame, aber was hast du an Liebe auf den ersten Blick auszusetzen? Ich weiß, dass ich das für deinen Vater empfunden habe und er für mich. Und selbst Zoe hielt Alec Damon für einen durchaus gut aussehenden Halunken.« Elena schmollte. »Ich bin nicht sicher, ob mir die Vorstellung, einen Halunken in der Familie zu haben, gefiel, aber die richtige Frau kann jeden Mann umerziehen.«

Ariana ignorierte die romantischen Vorstellungen ihrer

Mutter. Liebe auf den ersten Blick funktionierte bei den meisten Menschen eindeutig nicht, sonst wäre die Scheidungsrate nicht so hoch. »Glaubst du, dass Alec Damon etwas mit Zoes Verschwinden zu tun hat? Willst du deswegen nicht, dass ich in das Kasino gehe?«

Elena zuckte mit den Schultern. »Ich weiß wirklich nicht, was deiner Schwester zugestoßen sein könnte.« Sie schluckte, und ihre Stimme klang brüchig, als sie weitersprach. »Zoe hat etwa fünf Wochen im Damon's gearbeitet. Inzwischen hatten wir beide den Kredit längst abgezahlt. Das wusste Zoe, aber sie ist weiterhin jeden Tag zur Arbeit gegangen. Ich dachte natürlich, mein Plan hätte funktioniert, und sie würde diesen Mr. Damon mögen. Nicht, dass sie so etwas mir gegenüber je angedeutet hätte. Nein, meine Zoe hat sich strikt geweigert, ihr Liebesleben mit mir zu diskutieren.«

Ariana nickte. »Zoe hat nie viel über sich geredet. Ihr lag sehr viel an ihrer Privatsphäre.«

»Dir anscheinend ja auch, sonst wärst du nicht so weit weggezogen.« Elena schüttelte enttäuscht den Kopf. »Jedenfalls ging sie eines Tages zur Arbeit, und von dem Zeitpunkt ihres Verschwindens an erzählt jeder eine andere Geschichte. Ihr Wagen stand verlassen auf dem Parkplatz, und sie ist bis heute unauffindbar«, jammerte Elena verzweifelt. »Ich will nicht, dass sich meine andere Tochter ebenfalls in Gefahr bringt.«

Ariana konnte ihrer Mutter schwerlich versprechen, nicht genau das zu tun. Also beschloss sie, Elena wenigstens ein bisschen zu beruhigen. »Willst du dich nicht hinlegen? Du wirst noch ganz krank vor Sorge. Ich werde sehen, was ich herausfinden kann. Keine Sorge, ich bin dabei sehr vorsichtig.« Ariana legte ihrer Mutter die Hand auf die Schulter und führte sie aus Zoes Zimmer.

Alles hier erinnerte an ihre Schwester, und das regte ihre Mutter viel zu sehr auf.

»Was genau hast du vor?«, erkundigte sich Elena.

Ariana lächelte gezwungen. »Nichts, worüber du dir deinen Kopf zerbrechen müsstest, das verspreche ich dir.«

»Zoe ist doch die Härtere von euch beiden. Sie kam mit jeder Situation zurecht, und trotzdem scheint sie diesem Alec Damon nicht gewachsen gewesen zu sein. Und dann willst du es mit ihm aufnehmen, ausgerechnet du, meine entzückende Ari?« Elena sah sie an. Furcht zeichnete sich auf ihrem Gesicht ab, und die Sorgenfalten auf ihrer Stirn ließen sie älter erscheinen. Sie wirkte plötzlich wie jemand, der eine große Bürde tragen muss.

Dennoch verstärkte Elenas Vergleich der Zwillingsschwestern Arianas Entschluss nur noch. Sie würde Zoe auf keinen Fall im Stich lassen. »Du brauchst mich und Zoe ebenfalls. Wenn ich in einem Saal voller anmaßender männlicher Studenten bestehe, werde ich auch mit Mr. Damon fertig werden.«

Quinn dagegen, dieser erotische Mann mit den vielen Geheimnissen, war eine ganz andere Geschichte. Bei ihm war sie sich da nicht so sicher. Zudem glaubte er, sie wäre auf dem Rückweg nach Vermont. Sie tat bestimmt gut daran, bei ihrem kleinen Ausflug ins Kasino morgen Abend Quinn möglichst nicht in die Quere zu kommen.

Drittes Kapitel

Quinn hatte sich mit seinem Partner in einem Dunkin-Donuts-Imbiss etwa eine Autostunde von Ocean Isle entfernt verabredet. Connor Brennan biss in seinen Donut und spülte mit einem Schluck Kaffee nach, bevor er sich den Zucker mit dem Handrücken vom Mund wischte.

Quinn beobachtete, wie Connor den Donut verschlang, und stöhnte. »Ist dir eigentlich klar, wie perfekt du dieses alberne Klischee über Cops bestätigst?«

Connor zerknüllte die unbenutzte Serviette und warf sie in den Müllbehälter. »Was macht das schon?« Er zuckte mit den Schultern. »Wenn mein Magen glücklich ist, bin ich es auch.«

Quinn lehnte sich auf der klebrigen Bank zurück und lachte. »Dein Magen hatte schon immer erste Priorität.« Er kannte Connor seit seinem siebzehnten Lebensjahr, da sie bis zu ihrem achtzehnten Geburtstag im selben Waisenhaus gelebt hatten.

»Und du hast mich immer bereitwillig unterstützt.« Connor hatte Lebensmittel gestohlen, während Quinn Schmiere stand. Sie taten das nicht für sich, sondern für die jüngeren Kinder im Heim. Die Regeln in diesem Waisenhaus waren streng und unverständlich gewesen. Während die beiden Älteren auf ihren achtzehnten Geburtstag warteten, der ihnen endlich ihre Freiheit bescheren würde, halfen sie den jüngeren Kindern, so gut sie konnten.

»Wir waren ein verdammt gutes Team. Und das sind wir auch heute noch.« Connor grinste. Die Frauen liebten dieses umwerfende Lächeln, und Connor verbarg dahinter den Schmerz, den er der Welt nicht zeigen wollte.

Quinn musste ihm zustimmen. Der andere Mann war der Bruder, den Quinn niemals gehabt hatte.

»Du bist heute also noch einmal knapp davongekommen?« Connor wurde plötzlich wieder ernst.

Allein bei dem Gedanken, dass auf Ari geschossen worden war, brach Quinn der kalte Schweiß aus. Er nickte.

»Die Zwillinge sind sich so ähnlich, dass mir selbst fast einen Augenblick lang das Herz stehen geblieben wäre. Ganz offenbar hat jemand anders ebenfalls gedacht, er habe Zoe vor sich.«

Connor fluchte leise. »Wir sollten dafür sorgen, dass Zoe nichts vom Auftauchen ihrer Zwillingsschwester erfährt. Sonst unternimmt sie noch etwas Verrücktes und macht unsere Lage noch komplizierter, als sie bereits ist.«

»Einverstanden.« Quinn wärmte sich die Finger an dem heißen Kaffeebecher. »Was hast du am Pier herausgefunden?«

Connor sah Quinn mit seinen dunklen Augen ruhig an.

»Nach deinem Anruf habe ich sofort ein Team dorthin geschickt. Sie haben nichts gefunden. Alle Beweise sind vom Wind verweht. Und vom Sand.«

»Mist.« Quinn spielte mit einer Plastikgabel. »Dann müssen wir wohl einfach davon ausgehen, dass einer von Damons Leuten auf Ari geschossen hat, weil er dachte, er habe Zoe vor sich.«

»Und als er dann sah, wie du sie in den Sand geworfen

hast, ist ihm klar geworden, dass etwas nicht stimmt, und ist Hals über Kopf geflüchtet.«

»Damon hat mir damals geglaubt, dass ich seinen Befehl befolgt und Zoe umgebracht habe. Er glaubt es noch immer.«

»Ich nehme an, du hast Damon bereits eine plausible Geschichte erzählt?«, erkundigte sich Connor.

Quinn nickte. »Ich bin sofort zu ihm gegangen, nachdem ich Ari nach Hause gefahren habe. Ich habe ihn darüber informiert, dass Zoes Zwillingsschwester ihre Familie besucht. Und wieder die Heimreise angetreten hat. Falls einer von Damons Handlangern zu ihm kommt und behauptet, Zoe wäre noch am Leben, weil er Ari mit Zoe verwechselt hat, kann Damon ihn selbst eines Besseren belehren.«

Connor stieß einen gedehnten Pfiff aus. »Unsere gute Professorin hätte beinahe zwei Jahre mühsame Undercoverarbeit den Abfluss hinuntergespült.« Er schüttelte den Kopf und wechselte dann das Thema. »Eines würde ich ja gern wissen«, fuhr er amüsiert fort. »Ist Ari so süß wie ihre Schwester?«

»Sie ist noch viel süßer.« Die Bemerkung entschlüpfte Quinn fast gegen seinen Willen.

»Inwiefern? Hat sie einen knackigeren Hintern? Oder niedlichere … Wangen?«

»Meine Güte!« Quinn verdrehte die Augen. Es gefiel ihm nicht, wie Connor Ariana Costas auf ihre äußeren Reize reduzierte, aber er wollte seinem Freund nichts in die Hand geben, womit er Quinn die restliche Zeit, die dieser Fall noch in Anspruch nahm, aufziehen konnte.

»Sie sieht genauso aus wie Zoe«, log er.

Connors zweifelnder Blick verriet deutlich, dass er Quinn diese lahme Erklärung nicht abkaufte.

»Außerdem habe ich sie hoch und heilig schwören lassen, dass sie sofort nach Hause fliegt.«

»Und du glaubst, dass sie auf dich hört?«

Quinn nickte. »Zweifellos. Sie ist ganz bestimmt nicht so stur wie Zoe.« Ari war viel sanfter und empfindsamer. Und es würde sie verletzen, dass Zoe ihren Tod vorgetäuscht hatte, was auch immer der Grund dafür gewesen sein mochte. Normalerweise log Quinn, ohne mit der Wimper zu zucken, doch er konnte den Schmerz in Aris Blick nicht vergessen. Ebenso wenig wie die Hoffnung, die in ihren Augen aufgekeimt war, als er ihr verriet, dass ihre Zwillingsschwester noch lebte. Quinn hoffte, dass er weit weg war, wenn Ari erfuhr, wie Zoe ihren eigenen Tod inszeniert hatte. Ihre exzentrische Familie dagegen würde diesem ungeheuren Schwindel vermutlich begeistert applaudieren.

Zoe hatte Quinn viele unterhaltsame Geschichten über ihre Verwandten erzählt, und der Gedanke an ihre große merkwürdige Familie begeisterte Quinn. Er konnte nur auf eine verlorene Kindheit und ein einsames Leben zurückblicken.

Er schüttelte sich und warf einen kurzen Blick auf die Uhr. »Und was tut sich bei dir so?«

»Nur eintönige Bararbeit. Nichts Ungewöhnliches. Es sei denn, du zählst diese Nervensäge von Kellnerin mit«, fügte Connor leise hinzu.

»Tanzt dir Maria noch immer auf der Nase herum?«

»Keine Frau tanzt mir auf der Nase herum, es sei denn, ich lasse es zu.«

Quinn sah ihn ungläubig an. »Habe ich da etwa einen schwachen Punkt bei dir getroffen? Und das wegen einer Frau?« Er schüttelte den Kopf.

»Bring du Maria ins Spiel, dann bohre ich mal ein bisschen nach, inwiefern dir Professor Ariana Costas unter die Haut geht, mein Freund. Du hast die Wahl.« Connor beugte sich über den Tisch und sah seinen Partner drohend an.

Zu schade, dass Connors Masche nur bei Kriminellen und Mitarbeitern funktionierte, die ihn nicht so gut kannten wie Quinn. Der rieb sich bereits voller Vorfreude die Hände. Er wollte Connor noch ein bisschen aufziehen. Bis ihm die Bedeutung von dem aufging, was sein Freund da gerade gesagt hatte. Er hatte nicht die geringste Lust, seine unerwarteten Gefühle für Ari vor Connor zu enthüllen und sie von ihm gnadenlos sezieren zu lassen.

»Ich muss los.« Er stand auf und zog seine Wagenschlüssel aus der Jackentasche.

»Wie schön, dass wir uns verstehen«, knurrte Connor. Er entspannte sich sichtlich, nachdem das Thema Maria vom Tisch war.

Quinn schüttelte den Kopf und verkniff sich ein Lachen. Er tröstete sich damit, dass Maria morgen den armen Connor immer noch quälen würde, während Ari für Quinn nur noch eine schwache Erinnerung war.

Am nächsten Abend stand Connor hinter der Bar im Damon's und mixte einen Cosmo. Der Cocktail wurde in einem Cognacschwenker mit extra Eis serviert. Ein Gast mit einem schwarzen Cowboyhut hatte ihn bestellt. Connor war vollauf mit seiner Arbeit beschäftigt, als sich plötzlich seine Nackenhaare aufstellten.

Connor hütete sich, seine unerwartete Reaktion zu ignorieren. Seinen Instinkten verdankte er sein Leben. Das war schon so gewesen, als er noch ein Kind war, und hatte sich auch nicht geändert, nachdem er Polizist geworden war. Er sah hoch. Als er die Frau sah, pfiff er leise.

Sie musste Zoes Zwillingsschwester sein! Quinn würde an die Decke gehen vor Wut!

Er servierte dem Möchtegern-Cowboy mit dem New Yorker Akzent seinen Drink und seiner Frau ein Glas Wasser ohne Zitrone, bevor er sich zu Ariana umdrehte. Sie trug eine hautenge schwarze Lederhose und einen knallroten Pullover. Das Outfit war eigentlich nichts Besonderes. Wäre da nicht der tiefe Ausschnitt gewesen, der einen großzügigen Blick auf ihr ansehnliches Dekolletee und einen Hauch von weißer Spitze gewährte.

Statt Zoes pechschwarzem Haar schimmerte Aris kupferfarben, und es reichte auch nicht wie bei ihrer Schwester bis auf den Rücken, sondern endete in einem eleganten Schwung auf ihren Schultern. Die Haarfarbe bildete einen wunderbaren Kontrast zu ihrer olivfarbenen Haut und den intensiven grünen Augen.

Connor begriff sofort, warum sein Freund dieser Frau verfallen war. Selbst wenn Quinn das niemals zugeben würde. »Was kann ich für Sie tun?« Er putzte umständlich ein Glas.

»Ich hätte gern einen Gray Goose auf Eis mit einer Limone.« Sie spitzte nachdenklich die Lippen. »Und Informationen.«

Connor war ein Profi, deshalb nahm er das kaum merkliche Beben in ihrer Stimme wahr. Trotzdem verblüffte ihn ihre Bitte, und er dachte darüber nach. Er wusste zwar nicht genau, warum sie hier war, vermutete jedoch, dass sie sich zunächst einmal umsehen und vorsichtige Fragen stellen würde. Die konnte er ohne Schwierigkeiten beantworten. Er musste Ari erst einschätzen. Quinn hatte ja bereits bewiesen, dass er die Handlungen dieser Frau nicht vorhersehen konnte. Connor hätte bei diesem Gedanken beinahe leise gelacht.

»Wie lange arbeiten Sie schon hier?«, erkundigte sich Ariana.

»Etwa anderthalb Jahre. Warum?« Er schob ihr den Drink auf einer Cocktailserviette zu.

Sie zuckte mit den Schultern. »Meine Schwester hat hier ebenfalls gekellnert. Ich suche Leute, die sie gesehen haben, bevor sie verschwunden ist.«

Connor dachte nach. Ari war offenbar nicht berechenbar. Und auch nicht gerade unsicher. Nur ihre zitternde Stimme verriet ihre Nervosität. Trotzdem hatte sie sofort die entscheidende Frage gestellt.

Connor blieb äußerlich gelassen, als er antwortete.

»Wie heißt Ihre Schwester denn? Hier arbeiten jede Menge Mädchen. Es geht hier zu wie im Taubenschlag.«

»Aber es gibt ja wohl nur ein Mädchen, das spurlos verschwunden ist, oder?«

Bevor Connor antworten konnte, tauchte Maria auf und schob ihr Tablett auf den Tresen. Connor konnte im Moment keine Ablenkung gebrauchen. Doch Maria lenkte ihn viel zu sehr ab. Ihre großen, wunderschönen braunen Augen schienen alles zu sehen, und sie ging ihm unter die Haut wie noch nie eine Frau zuvor. Gleichzeitig ließ sie ihn auf eine Art und Weise abblitzen, wie er es noch nie erlebt hatte.

»Ich frische Ihr Gedächtnis gern ein bisschen auf«, fuhr Ariana fort. »Meine Schwester heißt Zoe. Das ist ein ziemlich ungewöhnlicher Name. Außerdem ist sie meine Zwillingsschwester. Hilft das Ihrer Erinnerung auf die Sprünge?« Bei Arianas spöttischen Worten riss Connor seinen Blick von Maria los.

Die ihrerseits zwischen Connor und Ariana hin und her schaute und missbilligend die Lippen verzog. Lippen, die in Connors Träumen schon über seinen ganzen Körper gewandert waren und ihm unendliches Vergnügen bereitet hatten.

Ihr mürrisches Gesicht ließ zum ersten Mal ahnen, dass Maria doch so etwas wie Interesse an Connor haben könnte. Plötzlich erschien es ihm sehr verlockend, noch eine Weile mit Ariana zu plaudern. Er unterdrückte ein zufriedenes Grinsen.

Er beugte sich vertraulich über den Tresen zu Ariana. »Ist Ihre Schwester auch so eine wunderschöne Rothaarige wie Sie?« Er bemühte sich, seiner Stimme ein heiseres Timbre zu geben.

»Na gut, offenbar klingelt es bei Ihnen nicht, wenn Sie mein Gesicht sehen«, erklärte Ariana sichtlich gereizt. »Zoe hat langes schwarzes Haar. Jedenfalls trug sie es so, als ich sie das letzte Mal gesehen habe.«

Connor wusste nicht genau, ob er es sich nur einbildete, aber er hatte das Gefühl, als wäre Ariana einen Augenblick lang verunsichert gewesen.

Ihm blieb jedoch keine Zeit darüber nachzudenken, denn sie sprach weiter. »Wie gesagt, wir sind Zwillinge. Und danke für das Kompliment.« Sie klimperte mit den Wimpern und lächelte ihn strahlend an. Von Trauer keine Spur. Connor wusste nicht, was sie ihm vorspielte und was echt war, und er hatte auch keine Lust, es herauszufinden. Es genügte, wenn er sie einfach nur weiter im Dunkeln tappen ließ.

Plötzlich knallte Maria das Tablett auf den Tresen und räusperte sich vernehmlich. »Wir sind hier, um zu arbeiten, und nicht, um Frauen zu hofieren. Habe ich eine Chance, dass du meine Bestellung noch heute aufnimmst?«, fauchte sie.

Ariana zuckte zusammen, während Connor sich nur mit Mühe ein Lachen verbeißen konnte. Er hatte alles

Mögliche versucht, um Marias Zurückhaltung zu durchbrechen, und siehe da, alles was es brauchte, um sie fast grün vor Eifersucht zu machen, war das Interesse einer anderen Frau!

Connor ließ seinen Blick provokativ über Marias engen schwarzen Minirock und ihr ebenso enges weißes Stretchtop gleiten. »Grün steht dir überhaupt nicht, Süße. Ich bin gleich für dich da.«

Er drehte sich wieder zu Ariana herum und beobachtete Maria aus den Augenwinkeln. Ihre Wangen waren gerötet, und sie sah noch heißer und erotischer aus als sonst. Connor konnte es kaum erwarten, diese aufgestaute Leidenschaft endlich zu entfachen.

Aber zuerst musste er sich um sein anderes Problem kümmern. »Jetzt erinnere ich mich an Zoe. Ihre Schwester ist schon lange nicht mehr hier aufgetaucht.« Das war schließlich auch die Wahrheit. Connor hoffte, dass sich Ariana mit dieser oberflächlichen Antwort zufrieden geben würde. Obwohl er es irgendwie bezweifelte. »Die Polizei war ebenfalls hier und hat eine Menge Fragen gestellt. Soweit ich gehört habe, ohne Ergebnis.« Er zuckte bedauernd mit den Schultern. »Trotzdem, mein Beileid.« Aris Augen glänzten verdächtig, aber Connor musste ihr lassen, dass sie sich rasch wieder im Griff hatte. Mit einer kurzen Kopfbewegung warf sie ihre schimmernden Haare zurück. »Das ist nicht nötig. Zoe kommt bald nach Hause.« Sie stand auf, schob zwanzig Dollar über das polierte Holz des Tresens, wartete auf das Wechselgeld und gab ihm dann ein großzügiges Trinkgeld.

»Was haben Sie jetzt vor?«, erkundigte er sich.

Sie zuckte die Schultern und nahm ihr Glas in die Hand. »Vielleicht riskiere ich ein kleines Spielchen an den Automaten.«

Unsinn, dachte Connor. Doch es machte ihn nervös, dass er nicht genau wusste, was Ariana Costas als Nächstes vorhatte.

»Wenn Sie etwas von meiner Schwester hören, wäre ich Ihnen sehr dankbar, wenn Sie mich anrufen würden.« Sie sah ihm ein paar Sekunden in die Augen, und Connor bemerkte die Verzweiflung in ihrem Blick.

Er war jedoch schon zu lange Cop, um in diese Falle zu tappen und Gewissensbisse zu bekommen. Hoffentlich war sein Freund Quinn genauso abgebrüht.

»Bye.« Ariana verabschiedete sich mit einem Winken.

»Bis dann.« Connor schaute auf den Tresen. Jetzt erst fiel ihm auf, dass sie ihm zwischen dem Trinkgeld auch einen Zettel mit einer handgeschriebenen Telefonnummer dagelassen hatte. Er schob ihn in die Gesäßtasche seiner Jeans.

Maria stand derweil am Tresen und kochte vor Eifersucht. Connor überlegte, wie er ihren unerwarteten Gefühlsausbruch am besten zu seinem Vorteil nutzen konnte. Er dankte dem Schicksal für das, was es ihm da serviert hatte, und sah Maria an. »Jetzt stehe ich dir voll und ganz zur Verfügung, Süße. Was kann ich für dich tun?«

Quinn saß entspannt in einer Nische im Foyer. Sie befand sich direkt gegenüber von den Baccarat-Tischen. Damon saß neben ihm. Quinns Boss beobachtete gern die Spieler, die hohe Einsätze machten. Von diesem Platz aus hatte er den besten Überblick. Damons »Gespielin der Woche«, eine vollbusige Blondine, hing förmlich an seinen Lippen. Doch Damon hatte nur Augen für sein Reich. Quinn wiederum beobachtete Damon scharf. Diese Szene wiederholte sich fast jede Nacht, seit Quinn zum Vertrauten des Kasinobesitzers aufgestiegen war.

Allerdings hoffte Quinn, dass seine Aufgabe bald ein Ende haben würde. Er hatte es satt, aus dem Koffer zu leben. Er vermisste sein kleines Haus am Strand und sehnte sich nach der Freiheit, tun und lassen zu können, was er wollte, und wann er es wollte. Ohne dass ihm dabei jemand über die Schultern sah. Vor allem vermisste er Dozer, seinen Mischlingshund, der im Moment bei Al Wolf untergebracht war, dem Leiter des Waisenhauses. Hoffentlich benahm Dozer sich und schleckte nicht ständig alle Kinder ab, sonst würde Wolf… Verdammter Mist!

Quinns Gedankengang wurde rüde unterbrochen. Die Frau, die ihm hoch und heilig versprochen hatte, nach Vermont zurückzukehren, betrat das Foyer. Obwohl sie eine andere Frisur trug und auch sonst einiges an ihrem Äußeren verändert hatte, erkannte Quinn Ari sofort. Sie schritt mit wiegenden Hüften ins Kasino, und ihre neue Frisur schwang bei jedem Schritt lässig um ihre Schultern. Doch an ihren grünen Augen erkannte Quinn, wie nervös sie in Wirklichkeit war. Ihre Blicke zuckten unaufhörlich durch das Foyer.

Quinn wäre jede Wette eingegangen, dass sie sich noch nicht an ihr neues erotisches Aussehen gewöhnt hatte. Es war schließlich erst knapp zwei Tage her, seit er diese seriöse Professorin in ihrem nüchternen Hosenanzug in den Sand geworfen hatte. Er musste sich selbst erst einmal von seiner Überraschung über Aris sexy Outfit erholen. Unter anderen Umständen hätte er diesen Anblick bestimmt genossen. Aber nicht hier und jetzt. Er war wütend. Als sie seinen Blick auffing und ihn gelassen erwiderte, starrte Quinn sie unverwandt an. Entweder hielt sie den Kampf aus oder sie schaute weg.

Sie hielt seinem Blick stand.

Ariana hatte versprochen, in ein Flugzeug zu steigen. Sie hatte ihr Versprechen nicht gehalten. Und da sie hier so selbstgefällig hereinmarschierte, machte sie klipp und klar deutlich, dass sie sich auch nicht vor den Konsequenzen fürchtete. Obwohl sie dazu allen Grund hat, dachte Quinn gereizt und stand auf.

Doch bevor er Ariana abfangen konnte, legte ihm sein Boss die Hand auf die Schulter und hielt ihn auf. »Ist das da die Frau, von der du geredet hast?« Damon deutete mit einem Nicken auf Ariana.

»Das ist sie«, presste Quinn heraus.

Damons Gespielin schien sofort eine Konkurrenz zu wittern, denn sie schmiegte sich enger an ihn.

Ein schwacher Trost, dachte Quinn. Gleichzeitig arbeitete sein Hirn auf Hochtouren, um einen Weg zu finden, wie er mit dieser neuen Komplikation am besten umgehen sollte. »Ich dachte, sie wollte abreisen. Keine Sorge, Boss, ich wimmele sie schon ab.«

»Finden wir doch erst einmal heraus, was sie will«, schlug Damon vor.

Quinn knirschte beinahe mit den Zähnen, während er ohnmächtig zusehen musste, wie Ariana die drei Stufen zur Bar hinaufkam und die beiden Männer mit einem strahlenden Lächeln begrüßte. Ein Glück, dass Damon Blondinen bevorzugt, dachte Quinn.

»Hallo.« Ihr Blick glitt von den beiden Männern zu Damons Freundin.

»Was wollen Sie hier?« Zum Teufel mit den Höflichkeitsfloskeln!, sagte sich Quinn.

Ariana zuckte mit den Schultern. Sein ärgerlicher Ton schien an ihr abzuprallen. »Ich wollte mir ansehen, wo meine Schwester arbeitet.« Sie deutete mit einer ausholenden Geste durch den Raum.

»Gearbeitet hat«, erinnerte Quinn sie. »Sie wollten sich ansehen, wo Ihre Schwester gearbeitet hat.«

Sie senkte den Blick, und ihre Zuversicht schien einen kleinen Dämpfer erlitten zu haben. »Ich kann mich nicht damit abfinden, dass es Zoe nicht mehr geben könnte.« Sie holte tief Luft. »Aber Sie haben recht. Ich wollte sehen, wo meine Schwester gearbeitet hat.« Als sie hochsah, war ihr Lächeln erloschen.

Es hätte ihr sicher weniger wehgetan, wenn ich ihr in den Magen geboxt hätte, dachte Quinn. Aber wenn sie ihm überhaupt vertraute, selbst wenn sie dazu keine Veranlassung hatte, würde sie dieses Spiel bis zu Ende spielen. Und dann würde sie ihre Schwester wieder sehen.

»Gut, jetzt haben Sie es gesehen. Müssen Sie nicht noch ein Flugzeug erwischen?«

Damon stand auf. »Also wirklich, Quinn. So redet man nicht mit einer so wunderschönen Lady.«

Damons Gespielin verzog schmollend das Gesicht, aber er kam ihrem Protest zuvor, indem er einfach ein Geldbündel aus der Hosentasche zog. »Geh spielen!«, befahl er und drückte es ihr in die Hand.

Quinn hatte sich nicht die Mühe gemacht, sich den Namen der Blondine zu merken. Sie küsste Damon auf die Wange und war im nächsten Moment verschwunden.

Ariana schaute Quinn fragend an. »Wollen Sie mich nicht Ihrem Freund vorstellen?« Sie richtete ihren verführerischen Blick auf Damon.

Doch noch einmal ließ Quinn sich nicht von ihr täuschen. Diesmal merkte er, dass sie nur spielte. Ari verriet ihre Nervosität, indem sie achtlos mit ihrer Handtasche spielte und mit dem Fuß auf die Erde tappte.

Sie hatte Angst. Quinn hoffte, dass sie sich vor Damon fürchtete. Das bewies wenigstens, dass die brave Professorin tatsächlich so clever war, wie Zoe immer behauptete. Außerdem würde sie dann keine Dummheiten machen. Jedenfalls nicht, solange sie im Kasino war.

»Ja«, meinte Damon an seiner Seite. »Ich glaube, eine Vorstellung wäre durchaus angebracht.« Er sprühte förmlich vor Charme. Es war jedoch ein schmieriger, absolut nicht vertrauenswürdiger Charme.

»Ariana Costas, darf ich Ihnen Alec Damon vorstellen? Mr. Damon gehört das Kasino, nur für den Fall, dass Sie in den letzten zwei Jahren am Ende der Welt gelebt haben.« Oder in Vermont. »Damon, Zoe Costas Zwillingsschwester.« Quinn betonte seine Worte nachdrücklich.

Damon lächelte. »Mir ist die Ähnlichkeit schon aufgefallen. Ich bin sehr erfreut, Sie kennen zu lernen, Ariana.«

»Ganz meinerseits.« Sie schluckte. »Ich habe so viel von Ihnen gehört, Mr. Damon. Nicht von meiner Schwester, da wir ... wir haben in letzter Zeit nicht mehr viel miteinander gesprochen. Aber meine Mutter redet noch oft von Ihnen.«

»Ich hoffe doch nur Gutes?«

Sie nickte. »Deswegen bin ich ebenfalls hier vorbeigekommen. Ich wollte Sie kennen lernen und mich persönlich bei Ihnen dafür bedanken, dass Sie meiner Mutter Geld geliehen haben, als sie in der Klemme steckte.« Ariana streckte ihre Hand aus. Damon schüttelte sie.

»Es war mir ein Vergnügen.« Er ließ ihre Hand wieder los und musterte ungeniert ihren Körper. »Ihre Mutter hat hart gearbeitet. Sie ist eine sehr talentierte Tänzerin.« Er neigte den Kopf zur Seite. »Haben Sie diese Fähigkeit zufällig von ihr geerbt?«

Sie lachte. Es war ein unverstelltes perlendes Lachen, das eine unerwartete Reaktion in Quinns Lenden auslöste. Dieses verdammte Weibsbild!

»Nein. Tut mir leid, aber ich habe zwei linke Füße.«

»Das kann ich mir nicht vorstellen.« Damon musterte sie erneut. Er begann bei ihren langen Beinen und ließ seinen Blick lange auf ihrem Dekolletee ruhen, bis er ihr schließlich wieder ins Gesicht sah.

Ariana bemühte sich, unter seinem aufdringlichen Blick nicht nervös zu werden, aber das misslang ihr. Trotzdem wich sie nicht vor Damon zurück. »Ich danke Ihnen nochmals, dass Sie meiner Familie geholfen haben. Es war sehr nett, Sie kennen zu lernen.« Ariana behandelte Quinn wie Luft.

»Das beruht ganz auf Gegenseitigkeit. Und …« Damon hielt inne. »Es tut mir leid um Ihre Schwester. Zoe war eine tolle Frau, sowohl was ihr Aussehen anging, als auch ihren Charakter. Sie hat hart gearbeitet, und wir bei Damon's haben sie alle sehr geschätzt.«

Ariana senkte den Kopf. »Danke. Sie wissen gar nicht, was mir das bedeutet.«

»Quinn, warum zeigst du Miss Costas nicht das Kasino?« Das war ein kaum verhüllter Befehl.

Dem Quinn nur zu gern gehorchte. Denn selbst wenn Damon sich einigermaßen friedlich zeigte, wollte Quinn auf keinen Fall, dass Ariana hier unbewacht herumschnüffelte. Außerdem könnte er auf diese Weise herausfinden, was sie eigentlich im Schilde führte, und nicht zuletzt dieser verführerischen Schönheit nahe sein. Über Letzteres dachte er lieber nicht nach.

Stattdessen schlang er seinen Arm um ihre Taille und führte sie von Damon weg die Treppe hinunter. Ariana war kleiner, als sie auf den ersten Blick wirkte, und schmiegte sich perfekt an seine Seite. Das fühlte sich für Quinns Geschmack viel zu gut an, vor allem, weil er sie am liebsten erwürgt hätte.

Sie verließen das Kasino. Er brachte sie in die Hotellobby und von dort aus geradewegs zum Bürotrakt und in einen verlassenen Flur. Vor einer Tür blieb er kurz stehen, schloss sie auf und drängte Ariana in den Raum. Das hier war sein Reich. Er schlug die Tür hinter sich zu und verriegelte sie hinter sich.

Dann schaltete er das Licht ein, verschränkte die Arme vor der Brust und drehte sich zu Ariana herum. »Also?«

»Also was?« Sie klimperte mit den Wimpern, als wäre sie die Unschuld in Person.

Doch Quinn durchschaute sie. Ariana spielte ihm etwas vor, und er war sicher, dass sie von Kopf bis zu ihren niedlichen Zehen in den hochhackigen Stilettos zitterte.

»Sieht das hier etwa aus wie Vermont?« Er deutete auf das moderne Büro. Es war mit dem neuesten Computer, einem teuren Schreibtisch, einer hochmodernen Telefonanlage sowie Wanzen und versteckten Videokameras ausgestattet, die alles aufnahmen, was hier gesagt und getan wurde.

Sie zuckte mit den Schultern und musterte die nüchterne Umgebung, in der Quinn viel Zeit verbrachte. »Eigentlich nicht. Mein Büro ist muffiger und nicht so hell.« Er schloss die Augen und zählte langsam bis zehn. Sie provozierte ihn absichtlich. Offenbar hatte sie doch mehr Ähnlichkeit mit ihrer Schwester, als er angenommen hatte. Er würde nicht noch einmal den Fehler begehen, sie zu unterschätzen.

»Wo ist meine Schwester?« Ariana kam zur Sache.

»Sie ist verschwunden. Ich dachte, die Polizei hätte Ihnen das schon gesagt.«

»Aber Sie haben …«

»Ich habe Ihnen geraten, in ein Flugzeug zu steigen und nach Hause zu fliegen.« Quinn sprach laut und deutlich.

Er wollte, dass sich Damon die Aufnahme ihrer Unterhaltung hinterher ansah. Damit er gedeckt war. Außerdem gab es ohnehin fast keinen einzigen Platz in diesem Kasino, an dem man offen reden konnte.

Mit Ausnahme seines Schlafzimmers im ersten Stock. Das suchte er regelmäßig nach versteckten Mikrofonen ab. Er hatte Damon klar gemacht, dass er sich nicht beobachten lassen wollte, wenn er allein war. Doch Quinn hütete sich, Ari auch nur in die Nähe seines Bettes zu lassen.

Er trat einen Schritt auf sie zu und drängte sie an die Wand zurück. Dann stützte er seine Hände dagegen, unmittelbar über ihren Kopf. Ariana rang vernehmlich nach Luft, ließ Quinn jedoch nicht aus den Augen.

Er senkte langsam den Kopf. Sie standen jetzt beinahe Wange an Wange, und Quinn atmete tief ihren Duft ein. Er spürte die Hitze ihres Körpers. Offenbar war Ari am Rand ihrer Beherrschung, denn sie zitterte und stieß einen leisen Seufzer aus. Sanft strich Quinn mit den Lippen über die zarte Haut ihres Halses, und ihr Geschmack weckte seinen Hunger nach mehr. Er glitt zu ihrem Mund und berührte leicht ihre Lippen mit seinen.

Genauso gut hätte er ein Streichholz in ein Pulverfass werfen können.

Aus der zurückhaltenden Zärtlichkeit wurde ein fordernder Kuss, den Ariana ebenso leidenschaftlich erwiderte. Sie ließ keinen Zweifel daran, dass sie mehr wollte. Quinn fuhr mit der Hand über ihre Seite bis zu ihrer Taille und drückte sie fest an die Wand. Als Ariana sich nicht wehrte, schob er seinen Schenkel zwischen ihre Beine und presste sie noch fester gegen das Mauerwerk. Sie hörten nicht auf sich zu küssen. Ariana drang mit ihrer Zunge in seinen Mund ein und erforschte ihn hingebungsvoll. Quinn bekam eine Ahnung von der Intensität ihrer Leidenschaft, die sie so gut hinter ihrer Maske zu verbergen wusste.

Diese Frau erregte ihn nicht nur körperlich. Sie war vielschichtig und intelligent, hatte Mut und Charakter und war gleichzeitig verletzlich. Ihre Verletzlichkeit hatte sie von ihrer Familie weggetrieben, doch eben diese Empfindsamkeit war es, was Quinn an Ariana reizte. Er wollte sie näher kennen lernen, mit all ihren Widersprüchen. Und die Versuchung, sofort damit anzufangen, war sehr groß. Es würde ihm sicher niemand verübeln, wenn er Ariana jetzt auf den Schreibtisch heben und mit ihr die Fantasien auslebte, die ihm seit ihrem ersten Zusammentreffen im Kopf herumspukten. Selbst Damon würde ihm dafür nur applaudieren. Doch Quinn würde sich das selbst nie verzeihen können. Ariana verdiente etwas Besseres.

Er kostete mit der Zunge noch einmal ihren süßen, heißen Mund und ließ es zu, dass sie ihm durchs Haar fuhr und ihre Finger in seine Kopfhaut grub. Schließlich löste er sich von ihr. Er atmete schwer, und das Verlangen, das in ihm tobte, drängte ihn zu beenden, was er angefangen hatte. Stattdessen hob er den Kopf und sah sie an. Unter gesenkten Lidern erwiderte sie seinen Blick.

Quinn schluckte. »Wir können hier nicht reden«, flüsterte er. »Das Kasino ist von oben bis unten verwanzt.« Selbst wenn jemand mithörte, würde er sein leises Murmeln jetzt nicht verstehen können.

»Falls Sie also kein Interesse haben zu beenden, was wir angefangen haben, haben Sie hier nichts mehr zu suchen.« Diesmal sprach er laut genug, damit Damons versteckte Mikrofone alles mithören konnten.

Sie duckte sich unter seinem Arm weg. Ihr finsterer

Blick verriet ihm, dass sie enttäuscht war, doch Quinn bemerkte auch das kaum wahrnehmbare Nicken, mit dem sie ihm signalisierte, dass sie seine Botschaft verstanden hatte und jetzt für die Kamera agierte.

»Ich bin Ihnen keine Rechenschaft schuldig«, sagte sie.

»Vielleicht doch.«

Sie biss sich auf ihre weiche Unterlippe, die von dem leidenschaftlichen Kuss noch geschwollen war, und dachte nach. »Vielleicht haben Sie damit nicht ganz Unrecht.« Seine Nackenhaare richteten sich alarmiert auf. »Inwiefern?«

Sie lehnte sich gegen die Wand. Ihre Pose wirkte jetzt noch verführerischer auf Quinn. Das Verlangen pulsierte in ihm und forderte Erfüllung.

»Stellen Sie mich ein«, sagte sie.

»Wie bitte?«

»Ich sagte, stellen Sie mich ein. Geben Sie mir einen Job.«

Quinn traute seinen Ohren nicht. Wie in Teufels Namen kam sie denn auf eine solch verrückte Idee? »Warum sollte ich das tun?«

»Weil ich dann den Leuten näher bin, die meine Schwester kannten.« Ihre Stimme klang flehentlich, und in ihren Augen schwammen Tränen.

Pech für sie, dass Quinn es sich nicht leisten konnte, dieser emotionalen Erpressung nachzugeben. Außerdem würde nur ein Dummkopf ihre Absicht nicht durchschauen. Sie wollte sich ungehinderten Zugang zum Kasino verschaffen, damit sie dort herumschnüffeln konnte.

»Tut mir leid, das geht nicht.«

Sie zuckte mit den Schultern. Durch die Bewegung verrutschte ihr Pullover, und ihr schimmernder Busen war noch deutlicher zu sehen. Quinn hätte gern herausgefunden, ob ihre Haut dort ebenso gut schmeckte wie ihr Hals und ihre Lippen.

»Dann frage ich eben Damon«, erklärte Ari. »Er scheint ja ganz umgänglich zu sein. Immerhin hat er meine Mutter und meine Schwester eingestellt, und er wollte, dass Sie mich hier herumführen. Ich glaube, er mag mich.«

»Ihre Oberweite reicht nicht, um auch nur seine Sympathie zu erregen«, knurrte Quinn.

»Wie bitte?«

»Vergessen Sie's.« Quinn biss die Zähne zusammen. Benutze endlich deinen Verstand, befahl er sich. Außerdem mochten ihre Brüste Damon vielleicht nicht genügen, aber Quinn lief bei ihrem Anblick das Wasser im Mund zusammen, und es kribbelte ihn in den Händen, sie liebkosen zu können. Ariana lenkte ihn viel zu sehr ab, und das konnte er jetzt gar nicht gebrauchen.

Er wollte nicht, dass sie sich im Kasino herumtrieb, Damons Machenschaften hinterherschnüffelte oder ihm, Quinn, selbst zu nah kam. Und damit hatte er ein Problem am Hals. Ariana war ganz offensichtlich eine Frau, die machte, was sie wollte. Quinn knirschte frustriert mit den Zähnen. »Was können Sie denn?«

»Was soll ich können?«, konterte sie.

Er näherte sich ihr, bis sie nur noch wenige Zentimeter voneinander entfernt waren. Er wusste bereits, wie gut Ariana küsste, wie sehr sie ihn erregte und wie perfekt sich ihr Körper an seinen schmiegte. Diese Frau spielte ein gefährliches Spiel mit dem Feuer, und das mit einem Mann, der bereits entflammt war. »Sie haben Damon doch bereits gestanden, dass Sie nicht tanzen können.«

»Dafür kann ich aber einige andere Dinge.« Ihre Augen blitzten entschlossen.

»Was zum Beispiel?«

»Ich habe Ihnen ja bereits bewiesen, dass ich gut küssen kann, aber daran haben Sie wohl eher nicht gedacht.« Sie wusste, dass sie ihn provozierte, und legte kokett den Kopf schief. »Ich kann außerdem sehr geschickt mit meinen Händen umgehen.« Sie gestikulierte vor seinen Augen mit ihren Fingern.

Quinn wurde heiß, als er sich vorstellte, wie sie damit über seinen Körper glitt. »Um was zu tun?«

»Ich habe am College gelernt, wie man höllisch gut kellnert. Oder Cocktails serviert.«

»Haben Sie nicht auch einen Beruf, Frau Professor?

Was wird aus Ihren Studenten?«

»Ich habe mich beurlauben lassen.« Sie stemmte die Hände in die Hüften, als wollte sie ihn herausfordern, ihr doch zu widersprechen.

Was Quinn auch getan hätte. Wenn sie nicht einen Sekundenbruchteil den Blick abgewandt hätte. Das genügte Quinn. Er wusste, dass sie nicht ehrlich war. Doch diese verdammt eigensinnige Frau würde ohnehin ihren Kopf durchsetzen, also blieb ihm keine andere Wahl als mitzuspielen. »Gut. Ihre Schicht fängt um neunzehn Uhr an und dauert bis Mitternacht. Ich hole Sie morgen Abend gegen achtzehn Uhr ab. Lassen Sie mich nicht warten.«

»Ich kann selbst …«

Quinn schüttelte den Kopf. »Ich will Sie im Auge behalten. Finden Sie sich lieber gleich damit ab, dass ich Ihnen nicht von der Seite weiche.«

Ariana wollte protestieren, überlegte es sich jedoch in letzter Sekunde anders.

»Gute Idee«, erwiderte sie. »Denn ich werde Sie auch nicht aus den Augen lassen, darauf können Sie sich gefasst machen!«

Viertes Kapitel

Ariana lief unruhig im Wohnzimmer ihrer Eltern auf und ab, während sie durch das große Fenster die Straße im Auge behielt. Es passte ihr gar nicht, dass Quinn sie abholte, und ebenso wenig gefiel es ihr, dass er sie auf Schritt und Tritt verfolgen wollte. Er machte sie nervös. Und für seine Küsse brauchte er eigentlich einen Waffenschein.

Unwillkürlich strich sie sich mit dem Finger über die Lippen. Sie hatten die ganze Nacht und sogar noch heute Morgen gekribbelt. Es erregte sie immer wieder, wenn sie daran dachte, wie sich sein Mund auf ihrem angefühlt und seine kräftigen Schenkel sich zwischen ihre Beine gepresst hatten. Ihr war klar, dass Quinn und sie eine hochexplosive Mischung waren. Kein Mann hatte jemals ein derartig unbezähmbares Verlangen in ihr ausgelöst. Und dass er sie auch begehrte, verriet ihr sein glühender Blick, mit dem er sie nach dem Kuss angesehen hatte. Bedauerlicherweise besaß dieser Mann offenbar einen eisernen Willen, und sein Verlangen nach ihr war offenbar nicht so stark wie sein Wunsch, dass sie verschwand.

Sie hatte viel Glück gehabt, dass er ihr trotzdem diesen Job gegeben hatte. Die Idee war Ariana spontan gekommen, als sie nach einer Möglichkeit suchte, wie sie wieder in das Kasino zurückkehren konnte. Natürlich wollte sie Zoe suchen, aber das geheimnisvolle Verschwinden ihrer

Zwillingsschwester war nicht der einzige Grund, der sie ins Damon's zurückzog.

Ihre erste Schicht gestern Abend war sehr aufschlussreich gewesen. Auch wenn Ariana sich in den engen Kleidern und in der Rolle dieser extrovertierten Person, in die sie geschlüpft war, noch nicht so recht wohl fühlte, war es ihr gelungen, einen Blick in das aufregende Leben ihrer Schwester zu werfen. Angefangen von der Art, wie Männer sie mit ihren Blicken förmlich auszogen, bis zu Quinns leidenschaftlicher Reaktion entdeckte Ariana langsam, wie es sich anfühlte, wenn man kühner und offener wirkte. Und es überraschte sie, dass sie diese Erfahrung viel zu sehr genoss, um einfach wieder damit aufzuhören. Hier bot sich ihr die Möglichkeit, sowohl an Informationen über ihre Schwester zu kommen, als auch zu verstehen, was sie in ihrem Leben alles verpasst hatte. Quinn um einen Job zu bitten, war eine spontane Idee gewesen. Eine andere Chance hatte sie nicht gesehen. Und dafür nahm sie auch in Kauf, nach Quinns Pfeife zu tanzen.

Natürlich hätte Ariana sich ihm widersetzen und allein zum Kasino fahren können. Doch Quinn hatte ihr gedroht, sie sofort zu feuern, wenn sie das täte. Was sie ihm auch glaubte. Und genau das konnte sie nicht verstehen. Wieso traute sie dem, was er sagte oder tat, wo doch sein Büro verwanzt war und ihre Schwester vermisst wurde? Zudem war ausgerechnet Quinn der Mann, der behauptete, die Wahrheit zu kennen und sich gleichzeitig weigerte, sie ihr zu verraten?

Jedenfalls bis jetzt. Ariana brauchte Zeit, um Quinn zu bearbeiten. Deshalb wartete sie ungeduldig darauf, dass er endlich auftauchte. Doch statt sich darauf zu konzentrieren, wie sie ihr Vorhaben in die Tat umsetzen konnte, beschäftigte sie eine andere Frage viel mehr. Sie hatte etwas mit ihrer Vergangenheit zu tun. Was würde dieser rätselhafte Mann von ihrer Familie halten? Die gerade in der Küche über irgendwelchen Plänen hockte und vermutlich Gott weiß was für Betrügereien ausheckte.

Diese Frage rührte an die tiefe, schmerzliche Unsicherheit, die sie seit ihrer Schulzeit verfolgte. In diesem Alter konnten Kinder, und vor allem Mädchen, sehr grausam sein. Ariana hatte sich auf das College geflüchtet und später dann in Jeffreys Arme. Sie hoffte, dass er ihre Familie irgendwann akzeptieren würde, nachdem er sich erst einmal in sie verliebt hatte. Doch in dem Punkt hatte sie sich geirrt.

Ariana war der Meinung, sie hätte all diese Erinnerungen für immer hinter sich gelassen, als sie nach Vermont gezogen war. Und jetzt stellte sie fest, wie rasch sie wieder hochkamen. Der schwarze Van, der vor dem Haus hielt, riss sie aus ihren Überlegungen. Sie lief hastig zur Tür. Wenn sie Quinn draußen abfing, würde sie vielleicht vermeiden, dass sich ihre ganze Familie auf ihn stürzte.

»Ari, warte bitte einen Moment!« Die Stimme ihrer Mutter machte ihren Versuch, das Haus ungesehen zu verlassen, zunichte.

Mist! »Kann das nicht bis später warten? Ich muss jetzt los!«

Elena schüttelte den Kopf. »Die Familie will eine große Investition tätigen, und wir möchten, dass du die Pläne ebenfalls billigst. Außerdem möchte ich alles über deinen Ausflug zum Damon's wissen. Du hast den ganzen Tag so viel telefoniert, dass wir nicht dazu gekommen sind, uns darüber zu unterhalten«, meinte sie vorwurfsvoll.

Ariana kannte diese griechische Methode, einem anderen ein schlechtes Gewissen zu machen, schon zu lange. So leicht würde sie sich von ihrer Mutter nicht unter Druck setzen lassen. Außerdem hatte sie auch eine gute Ausrede. Sie war den ganzen Tag damit beschäftigt gewesen, eine Vertretung für ihren Urlaub zu organisieren – den sie Quinn bereits als genehmigt verkauft hatte. Außerdem musste sie ihren Freunden und Kollegen ihr plötzliches Verschwinden erklären. Doch darüber wollte sie mit ihrer Mutter jetzt nicht reden.

Ariana warf einen kurzen Blick aus dem Fenster. Quinn marschierte zielstrebig zur Haustür. »Ich sehe mir eure Pläne morgen früh an, versprochen!« Was sie wunderte, war nur, warum ihre Familie diesmal ihr Einverständnis einholen wollte. Sie hatten sie doch sonst auch nie gefragt. Ihre Mutter bedachte sie mit einem enttäuschten Blick, als die Türklingel schrillte.

»Ich muss los. Wir unterhalten uns morgen.« Ariana drückte ihrer Mutter einen flüchtigen Kuss auf die Wange.

»Natürlich reden wir morgen früh.« So leicht ließ Elena sich nicht austricksen. Sie trat rasch zur Tür und legte die Hand auf die Klinke, als wollte sie zeigen, dass sie hier alles im Griff hatte. »Trotzdem möchte ich deinen Freund kennen lernen, bevor du gehst.«

Ariana seufzte gereizt. »Ich bin schon über achtzehn.« Zu spät. Elena öffnete die Tür und stand Quinn gegenüber. »Sie kenne ich doch.« Sie schenkte ihm ein einladendes Lächeln.

Quinn erwiderte diese herzliche Geste, und sein Lächeln übte auf Ariana eine verheerende Wirkung aus. Der Himmel stehe ihr bei, falls sie jemals das Objekt dieser Wärme und Freundlichkeit sein würde. Ihr Magen schlug fast einen Salto bei diesem Gedanken.

»Ich kann mich auch noch sehr gut an Sie erinnern. Wie ist es Damons bester Tänzerin in der Zwischenzeit ergangen?«, erkundigte sich Quinn bei Elena.

»Sie Charmeur.« Ihre Mutter sonnte sich in seinem Charme und schaffte es tatsächlich, zu erröten. »Mir ginge es ganz gut, wäre da nicht die Sache mit Zoe. Davon wissen Sie ja sicher.«

Quinn zuckte zusammen. Die Erwähnung von Arianas vermisster Schwester bereitete ihm sichtlich Unbehagen.

»Kommen Sie doch aus der Kälte.« Elena packte Quinns Hand und zog ihn herein.

Ariana atmete erleichtert auf, als ihr auffiel, dass ihre Mutter diesmal nicht wie Morticia gekleidet war. Stattdessen trug Elena eine schwarze Hose und einen schwarzen Rollkragenpullover.

Ihre Mutter drohte ihr mit dem Finger. »Du hast mir nicht gesagt, dass du dich mit Quinn triffst, Ari. Schäm dich!«

Ariana wusste nicht, was sie darauf erwidern sollte, und zuckte nur mit den Schultern. Während Elena davon sprach, wie sie selbst, Zoe und Quinn sich kennen gelernt hatten, fing Ariana Quinns Blick auf. Seine Augen schienen dunkler zu sein, und er war sichtlich aufgeregt. Offenbar fühlte er sich nicht wohl, wenn das Gespräch sich um ihre Schwester drehte.

Wenn er das Leid meiner Mutter lindern kann und es absichtlich nicht tut, soll er sich auch ruhig unwohl fühlen, dachte Ariana. Hätte sie Beweise dafür in der Hand gehabt, dass seine Behauptung stimmte, würde sie ihrer Mutter sofort sagen, dass Zoe noch lebte.

»Kommen Sie doch mit in die Küche«, forderte Elena Quinn schließlich auf.

Ariana schüttelte den Kopf. »Wir müssen los, sonst

verpassen wir unsere *Reservierung*«, sagte sie nachdrücklich zu Quinn.

Ihre Mutter brauchte nicht zu wissen, dass sie bei Damons arbeitete. Das würde ihr nur einen Grund geben, sich auch noch um die Sicherheit ihrer anderen Tochter zu sorgen.

»Ein paar Minuten Zeit zum Plaudern haben wir schon noch«, erwiderte Quinn.

Ariana warf ihm einen giftigen Blick zu.

»Ich mochte Sie schon immer«, gestand Elena Quinn.

»Das beruht ganz auf Gegenseitigkeit.« Er drückte ihre Hand, und sein Blick verriet, dass er es ernst meinte.

Offensichtlich mochte er ihre Mutter tatsächlich, was Ariana allerdings auch nicht überraschte. Alle liebten Elenas Herzlichkeit. Ariana jedoch wollte nur noch von ihrer Familie weg.

Offenbar schien ihre Mutter ihre Gedanken gelesen zu haben, denn Ariana hörte, wie sie sagte: »Kommen Sie, ich möchte Sie der Familie vorstellen.«

Ariana fühlte sich überhaupt nicht wohl in ihrer Haut, doch das fiel offenbar niemandem auf. Quinn ließ sich von Elena in die Küche führen, und Ariana trottete unwillig hinterher. Das ängstliche Gefühl, das in ihrem Magen brannte, erinnerte sie sehr an früher, als sie ihre Freundinnen mit nach Hause gebracht hatte. Deren höhnisches Gelächter und bissigen Kommentare hatten ihr noch zugesetzt, als die Mädchen schon längst gegangen waren. Zoe dagegen war da ganz anders. Ihrer Schwester schienen weder die Schrullen ihrer Familie etwas auszumachen, noch kannte sie so etwas wie Teenagerangst. Um diese Dickhäutigkeit hatte Ariana ihre Zwillingsschwester schon immer beneidet.

Das Stimmengewirr wurde lauter, als sie sich der Küche

näherten. Die Familie saß um den Küchentisch herum und betrachtete irgendwelche Pläne. Vor Tante Dee lag ein aufgeschlagenes Buch, aber Ariana konnte nicht sehen, um was es sich dabei handelte.

Elena klatschte vernehmlich in die Hände. »Ich möchte euch allen gern einen Gast vorstellen. Das ist Quinn, ein Freund von Ariana«, sagte sie und ließ ihre eigene Beziehung zu Quinn wohlweislich unerwähnt. »Ist er nicht hinreißend?«

Dass Ariana diesen hinreißenden Mann leidenschaftlich geküsst hatte, steigerte ihre Verlegenheit über die Worte ihrer Mutter noch. Sie sah Quinn an. Er stand neben ihr und war ebenfalls rot angelaufen. Wenigstens war sie nicht allein mit ihrer Verlegenheit.

Quinn winkte grüßend in die Runde und betrachtete die Anwesenden. Offenbar war er in einen Familienrat geplatzt, und ein unbehagliches Gefühl machte sich in seinem Magen breit. Er schaute Ari an, die auch nicht gerade begeistert zu sein schien. Er achtete plötzlich nicht mehr so sehr auf die Anwesenden in der Küche, sondern richtete seine Aufmerksamkeit auf die Frau, die er gestern geküsst hatte. Er hatte diesen Kuss in der letzten Nacht immer wieder durchlebt und sich überlegt, wie er sich Ari gegenüber verhalten sollte. Im Morgengrauen hatte Quinn sich endlich entschieden. Er würde versuchen, sie immer wieder zu überrumpeln und gleichzeitig zu verärgern. Er würde alles tun, um sie davon abzuhalten, ihm zu nahe zu kommen, oder ihn selbst davon abhielt, sich zu wünschen, ihr näher zu kommen. Viel näher.

Bevor er die Mitglieder ihrer Familie begrüßte, beugte er sich zu Ari und setzte seinen Plan gleich in die Tat um.

»Hast du mich vermisst, Baby?«

»Wie eine schlechte Gewohnheit«, zischte sie.

Er grinste. »Für eine Dozentin hast du ganz schön viel Mumm.«

Bevor Ariana antworten konnte, schob ihre Familie sie einfach zur Seite. Sie stürzten sich alle auf Quinn und redeten gleichzeitig auf ihn ein. Er bekam in dem Durcheinander ihre Namen nicht mit, doch das war nicht weiter schlimm. Er hätte sie sicher nicht einmal behalten, wenn sich ihm jeder einzeln vorgestellt hätte.

Obwohl Zoe ihm von ihrer Familie erzählt hatte, fühlte Quinn sich schnell überfordert. Er war in einem Waisenhaus groß geworden. Dort interessierte es niemanden, wer kam oder ging. Hier dagegen war er von interessierten Gesichtern umringt, und das beunruhigte ihn. Hilfe suchend schaute er Ariana an, doch sie hielt sich etwas abseits. Und schien sich kein bisschen wohler zu fühlen als er.

Was ihn eigentlich nicht wunderte. Ariana war die Zwillingsschwester, die nach Vermont geflüchtet war. Und bis jetzt war sie kein einziges Mal nach Ocean Isle zurückgekehrt. Obwohl Quinn ihr Bedürfnis nach Abstand verstehen konnte, fragte er sich, warum sie ihre Familie nicht trotzdem schätzen konnte. Es war doch ein Glück, eine solche Familie zu haben.

»Quinn.« Ein großer kahlköpfiger Mann trat auf ihn zu. »Ist das Irisch?«, fragte er.

»Oh, meine Güte, Dad, lass ihn in Ruhe!«, sagte Ariana.

»Das ist schon okay.« Quinn drehte sich zu dem älteren Mann um, den er ein oder zweimal gesehen hatte, als Elena noch im Kasino tanzte. »Ich kann Ihnen diese Frage leider nicht genau beantworten. Über meine Herkunft weiß ich nicht viel.«

Seine Mutter erfüllte das typische Klischee. Sie war

eine Drogenabhängige, deren Bett ein wahres Durchgangslager für Männer war, die sie für ihre Dienste bezahlten. Mit dem Geld konnte sie wiederum ihre Sucht finanzieren. Vermutlich war sein Vater einer ihrer zahlenden Kunden gewesen, der weder einen Namen noch eine Adresse hinterlassen hatte. Seine Mutter starb eines Tages an einer Überdosis. Auch das überraschte Quinn nicht, in Anbetracht des Lebens, das sie geführt hatte.

Aris Vater schüttelte den Kopf. »Eine verdammte Schande, wenn man seine Wurzeln nicht kennt. Aber wenn Sie es nicht wissen, könnte ja vielleicht auch griechisches Blut in Ihren Adern fließen.« Hoffnung und Stolz mischten sich in seinen Tonfall. »Wie lautet Ihr Nachname?«

»Donovan.« Den hatte seine Mutter in die Geburtsurkunde eingetragen.

»Schön, Sie kennen zu lernen, Quinn Donovan. Ich bin Nicholas, Arianas Vater. Willkommen in meinem Haus.« Er schlug Quinn auf die Schulter. Den durchströmte ein Gefühl, als wäre er mit diesem Schlag in der Familie aufgenommen worden. Vor allem, weil die anderen Familienmitglieder um sie herumstanden und zustimmend nickten.

Nur Ariana schüttelte den Kopf und trat unbehaglich von einem Fuß auf den anderen.

Quinn spürte einen Kloß im Hals, als er unvermittelt von seinen Gefühlen überflutet wurde. »Danke, Sir«, brachte er erstickt heraus.

Als Antwort umarmte Nicholas ihn herzlich. Selbst so eine Geste wie diese hatte Quinn nie selber erleben dürfen. In dem Moment trübte nur ein sachtes Zupfen an seiner Gesäßtasche sein Wohlbehagen. Enttäuschung machte sich in ihm breit. Obwohl Zoe ihn auch vor gewissen Neigungen ihrer Familie gewarnt hatte, mochte

Quinn kaum glauben, dass sie ihre Tricks selbst an einem unerwarteten Gast ihrer Tochter ausprobierten.

Kaum ließ Nicholas ihn los, trat Quinn einen Schritt zurück und betrachtete die Familie einen nach dem anderen. Wie sollte er sie am besten zur Rede stellen? Schließlich zuckte er mit den Schultern und entschied sich für den direkten Weg. »Ich fände es sehr nett, wenn der, der meine Brieftasche stibitzt hat, sie umgehend wieder herausrückt.« Quinn streckte die Hand aus und wartete.

Elena seufzte. »Ich habe dir doch gesagt, dass es noch zu früh ist, Nicky.«

Eine Frau mit langen dunklen Haaren, die zu Zöpfen geflochten waren, zuckte mit den Schultern. »Fangen wir noch mal von vorne an.«

Sie alle schienen sich weit mehr darüber aufzuregen, dass der Täter offenbar seine Technik nicht perfekt beherrschte, als dass er auf frischer Tat erwischt worden war.

»Also?«, fragte Quinn. »Wo bleibt meine Brieftasche?«

Ariana stöhnte resigniert. »Dreh dich einfach um, Quinn«, sagte sie.

Quinn gehorchte. Und sah sich einem grinsenden Affen gegenüber, der seine Brieftasche in der Hand hielt.

»Ich weiß wirklich nicht, warum man behauptet, dass der Mensch vom Affen abstammt«, erklärte Onkel John, der andere Mann in der Familie, der Quinn vorhin ebenfalls bedrängt hatte. »Dieses Exemplar hier ist jedenfalls nicht gerade das hellste.«

Quinn schüttelte ungläubig den Kopf. Er war von einem Affen bestohlen worden. Konnte man Tiere wegen Taschendiebstahl verhaften? Oder war es Aris Familie gelungen, den ultimativen Schwindel zu ersinnen? Wie würden sie wohl reagieren, wenn sie erfuhren, dass er ein

Cop war? Im nächsten Moment schob er diese finsteren Gedanken beiseite. Denn eigentlich machte es ihm Spaß, diese Leute zu beobachten.

Er nahm dem Affen die Brieftasche weg und schob sie in die vordere Hosentasche. »Versuch ja nicht, hier hineinzugreifen!«, warnte er das Äffchen, das ihn immer noch angrinste.

»Wir sollten jetzt wirklich gehen.« Es war kaum zu übersehen, dass Ari so schnell wie möglich hier wegwollte. Quinn hatte es zwar nicht so eilig, aber er wollte sie aus ihrer Verlegenheit erlösen. »Wir müssen tatsächlich los«, erklärte er.

»Aber Ari hat unsere Pläne für das neue Familienunternehmen noch nicht gesehen«, beschwerte sich Elena.

»Es gibt ja noch morgen, Mom.«

Elena schüttelte den Kopf, und ihr langes Haar schwang hin und her. »Das hat deine Schwester auch gedacht. Und wo ist sie jetzt?«

Quinn schloss gequält die Augen. Wie lange musste er es noch ertragen, Aris Familie zu belügen, wenn er sie doch so leicht von ihrem Elend hätte befreien können? Nur würde er damit zwei Jahre sorgfältige Undercover-Ermittlungen gefährden. Es war schon eine gewaltige Dummheit gewesen, Ari zu vertrauen und ihr zu verraten, dass Zoe noch lebte.

Doch die Gründe für sein Schweigen waren gerechtfertigt. Er musste seine Gewissensbisse einfach noch ein bisschen aushalten ... Er öffnete die Augen und sah, wie Aris Mutter ihre Tochter innig umarmte.

»Morgen ist Freitag«, sagte Elena. »Ich möchte ein großes Essen geben, und ich erwarte, dass du daran teilnimmst. Wir plaudern, weihen dich in unser Projekt ein ... Es wird so sein wie früher.«

Ari nickte. »Ich werde da sein.«

Quinn fühlte sich überflüssig und zog sich langsam zur Tür zurück. Er war daran gewöhnt, auf sich allein gestellt zu sein. Doch diese Familie, in der sich alle so nahe standen, erinnerte ihn daran, was er in seinem Leben alles vermisst hatte. Endlich hatte er die Tür erreicht.

»Quinn, wir erwarten Sie auch. Pünktlich um Vier!«, rief Elena ihm nach. »Nach all diesem faden Hotelessen sollten Sie zur Abwechslung einmal gute Hausmannskost bekommen.«

Quinn hob abwehrend die Hand. »Ich habe morgen einen Geschäftstermin.« Ihr Mitleid war das Letzte, was er wollte.

»Dann sagen Sie ihn eben ab«, meinte Nicholas.

»Wenn Elena befiehlt, gehorcht man. Und wenn sie kocht, fügt man sich ins Unvermeidliche und isst«, setzte er lachend hinzu.

»Du solltest gehorchen, sonst wird Yiayia dich verhexen«, flüsterte Ari. Sie war neben Quinn getreten.

»Wer?«

»So heißt Großmutter auf Griechisch.«

»Darf ich das so verstehen, dass dir ebenfalls etwas an meinem Kommen liegt?«, erkundigte er sich.

Sie schüttelte den Kopf, und ihre dunkelroten Strähnen schwangen entzückend um ihre Wangen. »Mir liegt nur das Wohl meiner Mutter am Herzen. Sie hat in letzter Zeit genug durchgemacht. Und aus Gründen, die ich nicht nachvollziehen kann, mag sie dich und möchte, dass du an diesem Essen teilnimmst.«

Ihr Lipgloss schimmerte verführerisch. Quinn. Er wollte ihre weichen Lippen noch einmal schmecken. »Ich glaube, ihre Tochter möchte das auch.«

»Eingebildet bist du wohl gar nicht!«

Er lachte leise und drehte sich dann zu der Familie um. »Danke, Elena. Ich komme gern. Es war nett, Sie alle kennen zu lernen.« Er folgte Ari durch das Wohnzimmer zur Haustür hinaus.

Eine eigensinnige Frau, die ihren Schmerz hinter einer Fassade versteckte, eine bizarre Familie von Schwindlern, und ein Affe, der sich als Taschendieb versuchte. Wie war er nur auf die Idee gekommen, sein Leben wäre langweilig?

Als Ariana aufwachte und sich reckte, protestierten ihre Muskeln schmerzhaft. Es ging ihr heute Morgen nicht viel besser als gestern Abend. Ihre Schicht bei Damon's war ein höllischer Crashkurs gewesen. Und verpasst hatte ihr den eine verärgerte Kollegin namens Maria. Quinn hatte Ariana diese erfahrene Cocktailkellnerin zur Seite gestellt, damit sie ihr die Grundlagen beibrachte. Anschließend hatte er sie unter Connors und Marias Obhut zurückgelassen. Ariana hatte recht schnell die erotische Spannung wahrgenommen, die zwischen ihren beiden Kollegen knisterte. Und ebenso rasch hatte sie begriffen, dass sie Stein des Anstoßes zwischen den beiden war. Dass Connor bei jeder Gelegenheit mit Ariana flirtete, besänftigte die andere Frau auch nicht gerade. Allerdings vermutete Ariana, dass Connor sie nur hofierte, um Maria zu reizen.

Apropos reizen, dachte sie. Quinn hatte sich gestern Abend verdächtig rar gemacht. Eigentlich sollte Ariana dankbar sein, dass er ihr nicht ständig auf die Finger sah, wie er angedroht hatte. Stattdessen war sie jedoch sogar enttäuscht gewesen, dass er sich nicht blicken ließ. Sie sah ihn erst, als er sie nach ihrer Schicht nach Hause fuhr. Vermutlich hatte er Connor beauftragt, auf Ariana aufzupassen, solange sie im Kasino war. Quinn selbst genügte es offenbar, nur dafür zu sorgen, dass sie vor und nach ihrer Schicht nicht herumschnüffelte.

Damit blieb ihr nur noch eine Möglichkeit, Informationen über ihre Schwester zu beschaffen. Sie musste sich mit Maria anfreunden. Sie hatte auch schon einen Plan. Darin spielte Quinn eine entscheidende Rolle – Quinn, der versuchte, Distanz zu halten, und der auf der Hinfahrt zum Kasino und auch auf der Fahrt nach Hause kein Wort mit ihr geredet hatte. Er hatte sie zur Haustür begleitet, und seine braunen Augen hatten im Licht der Straßenlaternen gefunkelt, als er Ariana angestarrt hatte.

Es war ihm nicht leicht gefallen, kühl zu bleiben. Sie hatte seinen inneren Kampf bemerkt, als er sich unwillkürlich zu ihr vorbeugte. Sie hatte sein Verlangen gespürt, sie zu küssen, und es war sicher genauso verzehrend wie ihr eigenes. Beinahe hätte er dem auch nachgegeben, das wusste Ariana genau. Doch dann musste dieser blöde, grinsende Affe genau in dem Moment an die Fensterscheibe klopfen und winken.

Tante Dee hatte ihn zwar rasch fortgezogen, aber es war zu spät gewesen. Der Bann war gebrochen. Der Moment genügte Quinn, seinen Verstand wieder einzuschalten und seine Beherrschung wiederzufinden. Und Ariana war klar, dass ihre ganze Familie ihnen offenbar zugeschaut hatte.

Jetzt rollte sich Ariana auf die Seite und warf einen Blick auf den Wecker, der auf dem Nachttisch stand. Es war fast Mittag. So lange hatte sie nicht mehr geschlafen, seit sie im College gekellnert hatte. Doch sie konnte es sich nicht leisten, den ganzen Tag zu vertrödeln. Sie musste einkaufen. Bei Damon's trug sie zwar eine Uniform, doch sie brauchte bequeme Schuhe, sonst würde sie ihre nächste Schicht nicht überstehen.

Das Stimmengewirr im Erdgeschoss verriet ihr, dass ihre neugierige Familie bereits Posten bezogen hatte. Ariana verspürte nicht die geringste Lust, ihnen jetzt schon gegenüberzutreten. Sie wusste zwar nicht, was sie da planten, aber das würde sie noch früh genug herausfinden.

Sie duschte, zog sich an und schlich sich aus dem Haus, bevor ihre Mutter sie nach ihrem »Rendesvouz« befragen oder, schlimmer noch, sie auf ihre Beziehung zu Quinn ansprechen konnte.

Ariana gestand sich ein, dass man ihr das wahrscheinlich als Feigheit auslegen konnte, aber trotzdem blieb sie den ganzen Nachmittag in der Stadt und kam erst kurz vor sechzehn Uhr wieder nach Hause. Damit ging sie einem möglicherweise peinlichen Gespräch aus dem Weg, weil dazu keine Zeit mehr blieb, bevor Quinn kam. Sie zog sich rasch um, packte ihre Uniform in einen großen Schulterbeutel und strich sich den schwarzen Rock glatt. Sie holte noch einmal tief Luft und ging dann nach unten, um sich ihrer Familien zu stellen. Offenbar hatte jedoch bereits jemand Quinn hereingelassen und ihn in die Küche geschleppt.

Ariana kam gerade rechtzeitig, um beobachten zu können, wie jedes einzelne Familienmitglied Quinn begrüßte, als wäre er ein alter Freund. Was schließlich auch nicht so abwegig war. Immerhin hatte er mit Zoe im Kasino zusammengearbeitet. Trotz der herzlichen Atmosphäre nahm Ariana die allgemeine Sorge um Zoe sehr deutlich wahr. Quinn wirkte zunächst ein wenig reserviert, erwärmte sich jedoch rasch für ihre Familie. Und ganz offensichtlich gefiel er ihnen auch. Ariana bildete da keine Ausnahme. Seine verblichene Jeans schmiegte sich hauteng um seinen knackigen Po, und seine breiten Schultern steckten in derselben Lederjacke, die er schon am Vortag getragen hatte. Sein Haar reichte knapp bis zum Kragen, und es juckte Ariana in den Fingern, es zu berühren. Dieser Mann fühlte sich sichtlich wohl in seiner Haut, im Gegensatz zu ihr, die sich in ihrem eigenen Elternhaus wie eine Fremde vorkam.

»Hi.« Sie hob die Stimme, um den Lärm zu übertönen. Quinn sah sie an. Seine dunklen Augen leuchteten freudig auf. Es dauerte nur eine Sekunde, aber das genügte.

Ariana wurde warm ums Herz, und im nächsten Moment zog ihre Mutter sie in den Kreis der Familie.

»Ariana, wir haben eine Überraschung für dich. Sieh mal, was wir geplant haben.«

Ariana war noch damit beschäftigt, sich von Quinns Reaktion zu erholen, riss sich jedoch rasch zusammen. Sie konzentrierte sich auf den Tisch, auf dem die Pläne ausgerollt waren, auf die sie bereits gestern einen kurzen Blick geworfen hatte. »Was soll das sein?«, erkundigte sie sich.

»Eine Tageskurklinik«, erklärte Tante Dee. »Ein Spa.« Heute trug Arianas Tante einen bunten Kimono. Wenn Tante Dee nicht als Wednesday Addams fungierte, weigerte sie sich im Gegensatz zu Elena strikt, Schwarz zu tragen. Sie deutete auf die Pläne. »Und?«, fragte sie Ariana. »Was hältst du davon?«

Ariana kam sich vor, als wäre sie unversehens in eine andere Dimension gebeamt worden. »Was versteht ihr denn davon, wie man ein Spa betreibt?«

»Nichts, aber wir können alles Notwendige völlig problemlos durch eine gute altmodische Recherche herausfinden. Siehst du?« Onkel John nahm Tante Dee das Buch aus den Händen und hielt es Ariana hin.

Sie las den Titel laut vor. »*Der umfassende Führer für*

Anfänger für Heilung durch Kur- und Erholungskliniken. Um Himmels willen!«

Quinn lachte leise, was keiner bemerkte. Die Familie war viel zu aufgeregt, um auf seine Reaktion zu achten.

»Was wir nicht wissen, können wir lernen«, erklärte Elena. »Wir treten der Gesellschaft für Tageskurkliniken bei. Die übrigens in Union City, New Jersey, liegt. Hast du das gewusst?«

Ariana ging davon aus, dass dies eine rhetorische Frage war und antwortete nicht.

Tante Dee nahm den Faden wieder auf. »Wir werden recherchieren und dekorieren. Oh, und wir werden natürlich nur Angestellte mit ordentlichen Referenzen einstellen.«

»Wie Spank zum Beispiel?« Ariana deutete auf den Affen, der heute ein Strandkleid trug.

Ihr war gar nicht klar gewesen, dass der Affe eine Äffin war. Sie griff nach Arianas Fingern und küsste sie. Ariana wollte ihre Hand wegziehen, aber das Äffchen hielt sie fest.

Elena schüttelte den Kopf. »Bleib bitte ernst, Ariana, tust du mir den Gefallen?«

Das war einfach zu absurd. Ariana sah Quinn Hilfe suchend an. Jeder geistig gesunde Mann würde mittlerweile eine Möglichkeit suchen, diesem Wahnsinn zu entkommen, und Ariana war mehr als bereit, ihm eine Fluchtmöglichkeit zu liefern.

Doch zu ihrer Überraschung musterte Quinn interessiert die Pläne. »Das sieht tatsächlich so aus, als könnte es funktionieren«, meinte er und sah vom Tisch hoch.

Daraufhin betrachtete Ariana die Pläne ebenfalls genauer. Jetzt erst erkannte sie, dass es die Baupläne dieses Hauses waren. Das Anwesen der Costas lag auf zwei

Morgen ungenutztem Gelände. Dieses Land und das Haus befanden sich schon seit Generationen im Besitz ihrer Familie. Allerdings wusste niemand genau, wie Arianas Ur-Ur-Großvater an so viel Geld gekommen war, dieses Land und auch noch Tante Dees Grundstück gegenüber zu kaufen.

Ariana hatte einmal die Vermutung geäußert, dass er es beim Falschspiel gewonnen hatte. Und bisher hatte niemand Arianas Behauptung jemals angefochten. »Ihr wollt das Haus erweitern?«

»Ja. Wir benötigen schließlich genug Platz für unsere Gäste«, erklärte ihr Vater. »Glauben Sie wirklich, dass die Sache funktionieren könnte, Quinn?«

Quinn hatte die Hände in die Gesäßtaschen geschoben und kniff die Augen zusammen, als er die Pläne erneut musterte. Ariana betrachtete die hinreißenden Fältchen, die sich bei dieser Geste um seine Augenwinkel legten. Er nickte bedächtig.

»Wenn Sie die erforderlichen Dokumente zusammenbekommen und die Baugenehmigung erhalten, passt dieser Anbau bestimmt sehr schön zum Rest des Hauses. Ich finde die Idee großartig.«

Nicholas nickte. Sein Lächeln verriet Ariana, wie zufrieden er mit Quinn war. »Der Architekt, den wir engagiert haben, hat die Genehmigungen schon beantragt.«

»Wollt ihr etwa plötzlich legale Wege einschlagen?« Ariana zuckte heftig zusammen, kaum dass sie die Worte ausgesprochen hatte.

»Ein sehr gelungener Versuch, deinen Freund zu beeindrucken, Ari«, meinte Tante Dee leise.

»Er ist nicht mein Freund!«, zischte Ari. Doch irgendwie lag ihr viel daran, dass Quinn ihre Familie mochte. Im Moment jedoch erwartete sie eher, dass er schreiend die

Flucht ergriff. Und sie verstand vor allem nicht, warum ihr das eine oder das andere überhaupt wichtig war.

»Mir kannst du nichts vormachen.« Tante Dees Stimme klang triumphierend.

Doch Ariana dachte noch über ihre bissige Bemerkung nach. Sie bedauerte ihre harten Worte. Immerhin war nicht alles, was die Costas taten, ein Schwindel. Zum Beispiel die Addams-Family-Show. Die war echt. Nur die anderen neunundneunzig Prozent der Aktivitäten ihrer Familie machten Ariana Kummer.

Quinn ließ sich nicht anmerken, was er dachte. Vermutlich glaubte er, dass Ariana einen Scherz gemacht hatte. Welcher vernünftige Mensch würde denn schon am helllichten Tag in aller Öffentlichkeit einen Schwindel planen?

Arianas Blick glitt zu ihrem Vater. Ihn hatte ihre Bemerkung offenbar ebenfalls wenig beeindruckt. Mittlerweile hatte sich Nicholas daran gewöhnt, dass Ariana ihren Gefühlen unverblümt Ausdruck verlieh. Das sei das griechische Blut in ihr, betonte er immer.

Nachdem Tante Dee verstummt war, sprach Nicholas weiter. »Ich habe jedenfalls nicht vor, unser schwer erarbeitetes Geld in ein Unternehmen zu investieren, in dem die Polizei herumschnüffeln und das sie möglicherweise schließen könnte. Zoe und du, ihr sollt etwas wirklich Bedeutsames von euren Eltern erben. Zoe wird das mit Sicherheit ebenfalls wertschätzen, wenn sie wieder nach Hause gekommen ist.« Seine Gefühle erstickten seine Stimme. Er hielt inne, schaute zur Decke, und alle schwiegen.

Ariana wusste, wie ihm zumute war. Ihr selbst ging es nicht anders. Sie schickte ein noch innigeres Stoßgebet zum Himmel, dass Quinn ein ehrlicher Mensch war.

Schließlich räusperte sich Nicholas. »Dieses Spa wird uns auch finanziell absichern, damit wir nicht jedes Jahr auf die Einnahmen aus der Show angewiesen sind.« Er fuhr sich mit der Hand über seine Glatze.

Ariana sah ihn überrascht an. Sie hatte immer gedacht, dass die Show genug für alle abwarf. Anderseits wohnte sie nicht mehr zu Hause und war in den letzten fünf Jahren auch nie zu Besuch gekommen. Woher sollte sie also wissen, wie es wirklich um ihre Familie stand? Unvermittelt meldete sich ihr schlechtes Gewissen wieder.

»Mit diesem Anbau können wir die Privatsphäre unserer Familie bewahren«, fuhr Elena fort. »Wir wollen doch unsere Privatangelegenheiten nicht in aller Öffentlichkeit ausbreiten, hab ich recht?«

Was wir wahrhaftig schon zur Genüge getan haben, dachte Ariana. Ihr fiel ein alter Artikel aus dem National Enquirer ein. Aber sie hütete sich, diese peinliche Zeit zu erwähnen.

»Quinn, möchten Sie einen Drink?« Elena hatte offenbar genug von Bauplänen und schlüpfte übergangslos in die Rolle der Gastgeberin. »Ich habe da einen Mango-Papaya-Entspannungsdrink. Natürlich habe ich dafür die geheimen Zutaten meiner Yiayia verwendet.«

Quinn sah Ariana fragend an. Er wusste offenbar nicht, ob er das Angebot annehmen sollte. Sie kam ihm zu Hilfe, indem sie unauffällig den Kopf schüttelte. Ihre Großmutter lebte zwar in Griechenland, aber sie war, wie ihre Tochter Elena, eine grauenvolle Köchin.

»Das Zeug ist alle«, erklärte Nicholas und ersparte Quinn eine Antwort.

»Das ist doch nicht möglich!« Elena ging zum Kühlschrank. »Heute Morgen war noch ein ganzer Krug davon da.«

Nicholas seufzte und legte Quinn seine Hand auf die Schulter. »Reize niemals deine Gattin! Das hat mein Vater mir geraten, Quinn, Friede seiner Seele. Doch manchmal gerät man in eine Situation, aus der es keinen Ausweg gibt.« Er wandte sich zu seiner Frau um. »Das Getränk hat wie Spülwasser geschmeckt, Elena. Das konnte man keinem Gast anbieten.«

Elena kniff die Augen zusammen und murmelte etwas auf Griechisch.

Ariana kannte die Anzeichen, wenn sich ein Orkan zusammenbraute. Ebenso wie Tante Dee, die ihre Nase in ihrem Buch vergrub. Onkel John pfiff unmelodisch vor sich hin und rollte hastig die Pläne für das Haus zusammen.

Als Kind hatte Ariana die Szene, die sich jetzt gleich abspielen würde, mehr als einmal miterlebt. »Ich kann gern auf der Couch schlafen, wenn du mein Bett brauchst, Dad«, warf sie hastig ein.

Quinn lachte leise.

»Lachen Sie ruhig, aber der Zorn einer beleidigten Griechin kennt keine Grenzen«, erklärte Nicholas liebenswürdig, klopfte Quinn auf die Schulter und stellte sich dann seiner Gattin, die ihre Arme vor der Brust verschränkte. »Ach, agape mou.«

Elena ließ sich jedoch von den leise gemurmelten zärtlichen Worten nicht versöhnen und schlug seine Hand weg. »Versuch nicht, mich mit deinem Gesülze einzuwickeln! Was hast du mit dem Drink angestellt? Du hast ihn doch wohl nicht etwa in den Ausguss gekippt?« Sie schüttelte den Kopf. »Nein! Das wäre eine grenzenlose Verschwendung in Anbetracht all der durstigen Menschen auf der Welt. Dazu bist nicht einmal du fähig.« Sie öffnete den Kühlschrank.

»Es kommt noch viel schlimmer, bevor es wieder besser werden kann«, warnte Nicholas Quinn.

»Es ist nichts mehr da!«, stellte Elena fest.

Nicholas seufzte. »Ich habe das Zeug Spank gegeben«, gab er zu.

»Oh, zum ...!« Elena fehlten die Worte. Ihre vornehmen klassischen Züge waren wutverzerrt, als sie die Kühlschranktür zuwarf und zu dem Affen stampfte. »Sag mir, hat dir mein Getränk geschmeckt? Die geheime Zutat von Yiayia soll Jugend und Vitalität auffrischen, das haben meine Vorfahren geschworen. Ich wollte dieses Getränk in unserem Spa anbieten!«

Spank fletschte die Zähne zu einem hässlichen Grinsen, schmatzte mit den Lippen und streckte Elena die Zunge heraus.

»Ihr hat es geschmeckt!« Elena legte die Geste des Affen offenbar als Wertschätzung aus.

Tante Dee zerstörte diese Illusion jedoch gründlich. »Eigentlich hat sie sich erst besser gefühlt, nachdem ich ihr Magentabletten gegeben habe.«

»Verräterin!«, murmelte Elena.

Tante Dee tat den Vorwurf ihrer Schwester mit einer Handbewegung ab. »Nun küsst euch schon und vertragt euch gefälligst!«, befahl sie und schob Nicholas und Elena aufeinander zu.

Ariana wusste aus Erfahrung, dass die Situation jetzt auf der Kippe stand. Es gab zwei Möglichkeiten: Entweder drehte sich ihre Mutter auf dem Absatz um und rauschte hinaus. Damit wäre ihr Vater für diese Nacht auf die Couch verbannt. Oder aber sie gingen gemeinsam ins Schlafzimmer, um sich zu versöhnen. Dabei vergaßen sie für gewöhnlich alles und jeden, und waren für einige Stunden verschwunden.

Ariana selbst hatte noch nie einen Mann kennen gelernt, den sie so lange in ihrem Bett hätte ertragen können. Nicht einmal Jeffrey und sie hatten diese starke Leidenschaft füreinander empfunden, die ihre Eltern verband. Ariana fragte sich, ob sie diese Gefühle jemals mit einem Mann erleben würde.

Unwillkürlich glitt ihr Blick zu Quinn hinüber, und ihr war, als durchzuckte sie ein elektrischer Schlag.

Gleichzeitig legte ihr Vater ihrer Mutter die Hand auf den Rücken und zog sie an sich. Er flüsterte Elena etwas ins Ohr, was nur sie hören konnte.

Die nächsten Sekunden waren der kritischste Moment. Ariana hielt die Luft an und zählte langsam bis drei. Elena wirbelte herum. Aber anstatt hoheitsvoll hinauszustürmen, fasste sie Nicholas Hand. »Wenn du das ernst meinst, darfst du es wieder gutmachen. Komm mit. Sofort.« Sie drehte sich um, marschierte mit hocherhobenem Kopf aus der Küche und fegte die Treppe hinauf.

Nicholas grinste von einem Ohr zum anderen. Es schien ihn nicht zu stören, dass er Zuschauer hatte. Vielleicht genoss er es sogar. »Das ist doch das Schönste am Streiten, hab ich recht?«, meinte er nur und stürmte hinter seiner Frau her.

Ariana dagegen war dieses Schauspiel wie immer sehr peinlich. Sie drehte sich Hilfe suchend zu Tante Dee und Onkel John um. Aber irgendwann während der Inszenierung ihrer Eltern waren die beiden verschwunden und hatten Ariana in der Küche zurückgelassen. Mit Quinn. Mit dem Mann, den sie sich sehr gut in ihrem Bett vorstellen konnte. Und auch sehr lange.

Fünftes Kapitel

»Ich dachte, wir waren bei deinen Eltern zum Abendessen eingeladen«, erklärte Quinn, während er seinen Van anließ. »Elena wollte doch kochen.« Er gab es nicht gern zu, aber er hatte sich darauf gefreut.

»Du klingst ja wirklich enttäuscht!« Ariana schüttelte sichtlich verblüfft den Kopf. »Es tut mir leid, Quinn, aber meine Mutter hat dich zum Narren gehalten. Sie ist nicht gerade eine traditionelle griechische Hausfrau.«

»Ich habe Elena auch nie für traditionell gehalten. Ich dachte nur, dass sie es ehrlich meinte, als sie sagte, sie würde kochen.«

»Offenbar hast du keine Ahnung, was meine Mutter unter original griechischer Hausmannskost versteht.«

»Jedes selbst gekochte Abendessen wäre sicherlich appetitlicher als der Fraß, den mir meine diversen Pflegemütter vorgesetzt haben.« Quinn hielt inne, als er merkte, wie viel er damit von sich verriet, und wechselte rasch das Thema. »Dann erklär mir doch, was Elena gemeint hat.«

Ariana sah Quinn fragend an. Er bemerkte ihren forschenden Blick und umfasste unwillkürlich das Lenkrad fester. Zwar hatte er das Thema seiner Vergangenheit selbst angesprochen, doch er wollte es auf keinen Fall vertiefen.

»Wenn meine Mutter zum Essen einlädt, greift sie

nicht zum Kochlöffel, sondern zum Telefon und lässt sich das Essen von einem griechischen Restaurant in der Stadt bringen.«

Quinn wusste nicht, ob Ariana sein Unbehagen gespürt hatte oder einfach aus Interesselosigkeit nicht weiter in ihn dringen wollte. Jedenfalls war er dankbar, dass sie nicht nachhakte. »Ein griechisches Restaurant! Warum überrascht mich das nicht?« Er lachte.

Ariana stimmte in sein Lachen ein. »Das Restaurant gehört meiner Tante Kassie.«

»Hört sich an, als sollte ich es einmal ausprobieren.«

»Wenn du brav bist, nehme ich dich vielleicht einmal mit dorthin.« Sie gab sich keine Mühe, subtil vorzugehen, sondern legte ihre Hand auf seinen Nacken, den sie mit den Fingern liebkoste.

Das Kribbeln, das ihre Berührung auf seiner Haut auslöste, gefiel Quinn. »Was genau verstehst du unter brav?«

»Wo ist meine Schwester?«, fragte Ariana wie aus der Pistole geschossen.

Quinn seufzte. Aber er war nicht bereit, sich ihren femininen Listen zu beugen. »Deine Tante Kassie habe ich noch nicht kennen gelernt, stimmt's?«, konterte er.

»Das soll wohl heißen, dass du nicht brav sein willst.« Ariana stieß frustriert die Luft aus, bevor sie auf seine Frage antwortete. »Nein, du hast Tante Kassie noch nicht kennen gelernt. Das Restaurant nimmt sie vollkommen in Beschlag. Und schützt sie vor unseren Familiengeschichten!«

»So wie deine Arbeit als Dozentin dich von deiner Familie fern hält und dich vor jedem Ärger bewahrt?«

Ariana legte den Kopf zur Seite. »Du kannst dir deine Fragen sparen, solange du meine nicht beantwortest. Und tu ja nicht so, als würdest du mich schon kennen.«

»Ein bisschen weiß ich schon von dir, und mir schwant, dass ich eine Menge mehr von dir weiß, wenn wir miteinander fertig sind.« Mehr würde er jetzt jedoch nicht aus ihr herausbekommen. Ariana war wütend, weil er ihre Frage nach Zoe nicht beantworten wollte, also schnitt er lieber ein unverfänglicheres Thema an. »Erzähl mir von diesem Affen.«

Ariana lächelte und schüttelte den Kopf. »Ich habe keine Ahnung, wo der her ist. Als ich nach Hause kam, war er … ich meine, war sie da. Dieses Strandkleid allerdings war neu.«

Er lachte. »Deine Familie ist wirklich urkomisch.«

Ariana schaute weg. »Das sehen die meisten Menschen ganz anders«, erwiderte sie leise. »Jedenfalls haben sie ein Herz für Streuner.«

Das Wort Streuner lenkte Quinns Aufmerksamkeit von Arianas Beziehung zu ihrer Familie auf seine eigenen Probleme. Und im selben Moment fiel ihm Sam ein. »Mist!« Er schaute auf ein Straßenschild und bog rechts ab.

»Wohin fährst du denn jetzt?«

»Wir halten unterwegs noch einmal kurz an. Ich muss mit ein paar Freunden reden. Es ist wichtig, sonst würde ich es dir nicht zumuten.« Er fuhr durch einige Seitenstraßen, bis er schließlich vor dem Haus von Sams Pflegeeltern hielt.

»Und was wird aus meinem Job?«, fragte Ari vorwurfsvoll und lehnte sich mit verschränkten Armen im Sitz zurück. Allerdings verriet ihre Miene, dass sie sich mit seiner Entscheidung abfinden würde.

»Der ist bestimmt noch da, wenn du hinkommst.« Quinn schaute auf seine Uhr. »Außerdem sollten wir jetzt eigentlich noch mit deinen Eltern beim Essen sitzen. Du wirst dich schon nicht verspäten.«

Eigentlich hätte er sich schon seit Tagen um Sam kümmern und mit Aaron und Felice reden müssen. Quinn konnte es nicht fassen, dass er Sams Probleme so vernachlässigt hatte. Aber Ariana und die Ermittlungen gegen Damon ließen ihm kaum Raum für etwas anderes.

Vor allem jetzt. Seit zwei Jahren hatte er sich nach und nach Damons Vertrauen erschlichen, und das zahlte sich allmählich aus. Der Kasinobesitzer hatte Quinn neulich gebeten, an diesem Wochenende seinen Betrieb zu überwachen, weil er mit seiner neuesten Gespielin wegfahren wollte. Das bot Quinn die Chance, die Videobänder aus dem Kassenraum mit den Büchern zu vergleichen, die Damon beim Finanzamt einreichte. Mit etwas Glück fand Quinn vielleicht sogar die echten Bücher, in denen Damon die echten Einnahmen des Kasinos aufführte. Quinn stand zum Greifen nah vor dem Ende des Falles.

Trotzdem durfte er natürlich nicht einfach Sams Probleme ignorieren. Das taten die anderen weiß Gott schon genug. Sam musste wissen, dass es wenigstens einen Menschen gab, auf den sie sich verlassen konnte.

Quinn hielt vor einem hübschen gelben Haus mit weiß abgesetzten Rändern und schwarzen Fensterläden. Von einem solchen Haus hatte Quinn immer geträumt und sich vorgestellt, dass er dort mit seinen Eltern, Brüdern und Schwestern und einem Haustier aufwachsen würde.

»Können wir vielleicht im Kasino noch etwas essen, bevor meine Schicht anfängt?«, erkundigte sich Ariana.

»Wenn du brav bist, könnte ich mir das überlegen. Und jetzt warte hier. Es wird nicht lange dauern.« Aus einem Impuls heraus stupste er sie mit dem Finger auf die Nasenspitze, bevor er ausstieg. Ihm war klar, dass er eines seiner Probleme in seinem Wagen zurückließ, um sich dafür einem anderen zu widmen.

Ariana sah Quinn hinterher, bis er in dem Haus verschwand und die Tür sich hinter ihm schloss. So schnell würde er sicher nicht wiederkommen. Sie schnappte sich ihren Beutel und kletterte auf den Rücksitz des Vans. Die Scheiben waren mit schwarzer Folie beklebt, sodass niemand ins Wageninnere sehen konnte. Ariana zog sich rasch ihre Arbeitskleidung an. Sie hatte vermeiden wollen, sich vor ihrer Familie in dem knappen schwarzen Minirock und dem engen weißen T-Shirt mit der Aufschrift »Damon's« über den Brüsten zu zeigen.

Sie würde ihnen jetzt noch nichts von ihrem neuen Job erzählen. Damit wollte sie warten, bis sie innerlich bereit war, ihre Familie auch über etwas anderes aufzuklären. Nämlich, dass sie nicht so bald nach Vermont zurückflöge, wie ursprünglich geplant. Wenn sie ihnen das früher verriet, würden sie sich nämlich sofort wieder in ihr Leben einmischen. Und dieses Risiko wollte Ariana sowohl ihretwegen als auch Zoes wegen nicht eingehen.

Sie band sich den zweiten Turnschuh zu und schaute aus dem Wagenfenster. Von Quinn war immer noch nichts zu sehen. Sie hoffte eigentlich, ihren neuesten Plan ausführen zu können, wenn sie früher zur Arbeit kam. Sie wollte Maria davon überzeugen, dass sie an Connor kein Interesse hatte. Doch wenn Quinn sich nicht beeilte, blieb ihr dafür leider keine Zeit.

Fünf Minuten später riss Ariana endgültig der Geduldsfaden. Sie hängte sich ihren Beutel über, stieg aus und ging die Auffahrt zu dem Haus hoch. Dann ging sie die Treppe aus blauem Sandstein zur Haustür hinauf.

»Wer sind Sie denn?« Die Stimme kam aus den Büschen rechts von Ariana. Es war eine junge weibliche Stimme.

»Kommt darauf an, wer das wissen will.« Ariana sah sich um, konnte jedoch niemanden sehen.

»Ich bin hier hinten. Hinter dem großen Busch, direkt vor dem kleinen stachligen Gestrüpp.«

Ariana folgte der angegebenen Richtung und sah eine Baseballkappe, die sich von den sie umgebenden Zweigen abhob. »Kommen Sie heraus. Ich habe keine Lust, Verstecken zu spielen.«

Ein junges Mädchen tauchte auf. Es trug eine jägergrüne Kappe auf dem Kopf. Sein langes blondes Haar reichte ihm bis auf den Rücken. »Das sagt Quinn auch immer. Sie sehen ganz okay aus.« Das Mädchen konnte kaum älter als dreizehn sein, aber die großen traurigen Augen schienen schon viel zu viel gesehen zu haben. Ihr Blick wirkte wissend, als sie Ariana jetzt misstrauisch anstarrte.

»Wie schön, dass ich Gnade vor deinen Augen finde.« Das Mädchen verschränkte trotzig die Arme vor der Brust. »Das habe ich noch nicht entschieden.«

»Ich bin Ariana und eine Freundin von Quinn. Wer bist du?« Was hatte Quinn mit diesem Kind zu schaffen?

Das Mädchen trat dicht vor Ariana. »Niemand Wichtiges.«

Ariana spürte einen Stich in der Brust. »Das kann nicht stimmen, sonst würdest du Quinn nicht kennen.« Sie wusste nicht, woher sie diese Behauptung nahm, aber während sie die Worte aussprach, fühlte sie, dass sie zutrafen.

»Er ist ganz okay«, gab das Mädchen mürrisch zu.

»Okay« schien die Parole der Stunde zu sein. Bevor sie sich jedoch weiter unterhalten konnten, stürmte Quinn aus dem Haus und knallte wütend die Fliegengittertür hinter sich zu. Er sprang die Stufen mit einem Satz herunter und wäre beinahe gegen Ariana geprallt. »Ari?« Er sah sie überrascht an.

Sie fühlte, wie Sam sie von der anderen Seite anrempelte.

Im nächsten Moment hatte Quinn ihre Unterarme gepackt und hielt sie fest. »Was zum Teufel tust du hier? Ich habe dir doch befohlen, im Wagen zu warten.« Seine Augen wirkten noch dunkler als zuvor. Als hinge eine schwarze Wolke drohend über ihm.

»Ich brauchte dringend frische Luft und habe mich gerade mit ...« Ariana sah sich um, aber der Teenager war verschwunden. Auch in den Büschen war von der Baseballkappe nichts zu sehen. »... irgendjemandem unterhalten«, beendete Ariana ihren Satz.

»Lass uns hier verschwinden!« Quinn war offensichtlich aufgewühlt. Er führte Ariana ohne weiteren Kommentar zum Wagen. Wenige Augenblicke später waren sie unterwegs nach Atlantic City und zum Kasino.

»Ich habe eine Freundin von dir kennen gelernt«, sagte Ariana in das bedrückende Schweigen hinein. Quinn hatte nicht einmal das Autoradio angeschaltet, um die Atmosphäre ein bisschen aufzulockern. »Aber sie wollte mir ihren Namen nicht verraten.«

»Sie heißt Sam.« Seine Finger fassten das Steuerrad noch fester.

»Ist sie deine Schwester?«, riet sie aufs Geradewohl. Obwohl sie bis auf das blonde Haar keinerlei Ähnlichkeiten zwischen Quinn und dem jungen Mädchen feststellen konnte.

Er schüttelte den Kopf. »Ist dir McDonald's recht?«, fragte er ausweichend.

»Von mir aus. Hör zu, Quinn, ich will nicht in deiner Privatsphäre herumstochern ...«

»Dann lass es einfach.«

»Aber Sam war sehr aufgeregt, so wie du jetzt. Ich bin wirklich eine gute Zuhörerin.«

Quinn bog in die Auffahrt eines McDonald's-Drive-In

ein, der am Garden State Parkway lag. Dann stützte er einen Arm auf die Rückenlehne ihres Sitzes und sah Ariana an. »Wenn du die Psychologie so vermisst, warum gehst du dann nicht zurück nach Vermont zu deinen Studenten und lässt mich in Ruhe?« Er klang eher erschöpft als wütend.

»Weil es viel mehr Spaß macht, dir auf die Nerven zu gehen.«

Eine Stimme aus dem Lautsprecher fragte nach ihren Wünschen.

Quinn gab ihre Bestellung auf, ohne Ariana zu fragen, was sie wollte, fuhr zur Kasse, nahm die Tüte in Empfang und reichte sie ihr wortlos hinüber. Sie hielt es für besser, im Augenblick nicht mit ihm zu streiten. Sie ließ ihn bezahlen, öffnete die Tüte und nahm die Pappkartons mit dem Essen heraus.

Hungrig biss sie in ihren Hamburger und beobachtete Quinn, der ebenfalls ziemlich hungrig zu sein schien. Er benahm sich merkwürdig abweisend und in sich gekehrt, seit er aus dem Haus gekommen war, und sie wollte wissen, warum. Nicht nur aus Neugier, sondern weil sie ihm helfen wollte, mit seinen Problemen klarzukommen. Das lenkte sie hervorragend von ihren eigenen Sorgen ab, und vor allem gefiel Quinn ihr besser, wenn er lächelte. Doch sie wusste nicht so recht, wie sie seine trübe Stimmung auflockern sollte, also aß sie ihre Pommes frites, ohne weitere Fragen zu stellen.

Ihr war mittlerweile klar geworden, dass sie keine Informationen aus Quinn herausbekommen würde, wenn sie in ihn drang.

Ariana schwieg während der Fahrt zum Kasino. Keine fünf Minuten später tauchten dessen funkelnde Lichter vor ihnen auf.

Statt den Van dem Parkwächter am Vordereingang zu übergeben, fuhr Quinn auf die Rückseite des Gebäudes in die Tiefgarage. Sie mussten eine Weile herumkurven, bis sie den reservierten Stellplatz am Ende erreichten. Ariana schloss den Pappkarton und stopfte alle Abfälle in die braune Papiertüte. Dann machte sie Anstalten auszusteigen.

»Sam ist bei einer Pflegefamilie untergebracht.« Ariana hielt inne, die Hand auf dem Türgriff. »Das Haus sah ganz nett aus. Ist es eine gute Familie?« Sie drehte sich um und sah Quinn an. Seine Brauen bildeten eine steile Falte über der Nasenwurzel, als er den Kopf schüttelte. »Das habe ich bis heute angenommen.«

»Aber?«

»Die Frau ist schwanger geworden und weiß nicht mehr, ob sie so ein Problemkind wie Sam behalten will.« Ariana dachte an ihre kurze Unterhaltung mit dem jungen Mädchen. Auf die Frage: Wer bist du?, hatte Sam geantwortet: »Niemand Wichtiges«. Ariana zuckte zusammen. Es war traurig, so etwas aus dem Mund eines Kindes zu hören. »Das ist …« Sie stockte, weil sie nicht wusste, was sie dazu sagen sollte.

»Eben.« Quinn stellte den Motor ab. »Dabei kannte ich die Familie. Ich habe sie schließlich selbst ausgesucht. Ich habe ihnen Sam vorgestellt und hart darum gekämpft, dass sie dort einen Platz bekam.« Er schlug mit der Hand frustriert auf das Lenkrad.

Ariana legte ihre Hand auf seine. Das war der einzige Trost, der ihr im Moment einfiel. »Und wie stehst du zu Sam? Oder zu der Familie?«

Quinn sah sie an. Zögernd gab er seine abweisende Haltung auf und schien bereit, ihr mehr von sich zu verraten. »Ich habe Sam im städtischen Waisenhaus kennen gelernt. Felice und Aaron habe ich zufällig im Ocean Isle Medical getroffen.« Das Medical war das größte Krankenhaus der Stadt. »Sie konnten keine eigenen Kinder bekommen. Sam dagegen brauchte eine stabile Familie, bevor ihre Versuche, durch kleine Diebstähle so etwas wie Aufmerksamkeit zu erlangen, sie ins Jugendgefängnis gebracht hätten. Ich dachte, die drei könnten gut zusammenpassen.«

Damons rechte Hand trieb sich in einem Waisenhaus herum? Ariana wollte diesen Mann unbedingt näher kennen lernen, doch je mehr er von sich erzählte, desto weniger schien sie ihn zu verstehen. Es gelang ihr nicht, seine verschiedenen Facetten in Einklang zu bringen. »Was hast du denn im Waisenhaus gemacht?«, fragte sie.

»Ich versuche, den Kindern dort etwas zu vermitteln. Sie glauben, die ganze Welt ist gegen sie.« Seine Worte klangen, als wäre ihm dieses Gefühl sehr vertraut.

In dem Moment erinnerte sich Ariana an seine Bemerkung über seine diversen Pflegemütter und deren Kochkünste. Ihr Herz floss über vor Zärtlichkeit für diesen Mann, als ihr klar wurde, warum Quinn das Schicksal der Jugendlichen so nahe ging. Er war selbst einmal solch ein verängstigtes, einsames Kind gewesen wie Sam.

Als er den Kopf senkte, fiel ihm eine Locke in die Stirn. Ariana hätte sie gern zurückgestrichen, aber sie fürchtete, dadurch das zarte Band zu zerstören, das sich zwischen ihnen gesponnen hatte. »Du hast es wenigstens versucht, Quinn.«

»Aber ich habe versagt. Und das auf Sams Kosten.« Er zog mit einer barschen Bewegung seine Hand unter ihrer weg. »Gehen wir.« Damit unterbrach er nicht nur ihren Körperkontakt, sondern auch die zarte Verbindung, die gerade noch zwischen ihnen bestanden hatte.

Quinn marschierte mit Ariana im Schlepptau durch den Hintereingang des Kasinos. Je eher er sie an Connor übergab, desto schneller konnte er wieder in sein Undercover-Leben abtauchen. Ein Leben, das von dieser Frau mit den großen grünen Augen gefährdet wurde. Am schlimmsten war es, dass in ihrem Blick Mitgefühl und Verständnis gelegen hatten, kein Mitleid.

Schon ihre schlichte Berührung hatte ihn dazu gebracht, sich ihr zu öffnen. Wenn er erst mit ihr schlief, würde er vermutlich sogar zugeben, dass er ein Polizist war und ihr eine Wegbeschreibung zu Zoe geben. Ariana hatte eine verheerende Wirkung auf seine Widerstandskraft. Mist!

»Gut, dass ich Turnschuhe angezogen habe«, keuchte Ariana, die versuchte, mit ihm Schritt zu halten. »Wo genau brennt es eigentlich?«

»Du hast dir doch Sorgen gemacht, dass du nicht rechtzeitig zu deinem Job kommst.« Als sie die Bar erreichten, verlangsamte Quinn seine Schritte. Hier war er unter Menschen und in Sicherheit. Connor stand bereits an seinem gewohnten Platz hinter der Bar. Maria und einige andere Kellnerinnen bedienten die ersten Gäste, die den Speisesaal langsam füllten. Wenigstens brauchte Quinn jetzt keine Angst mehr zu haben, dass er allein mit Ariana war und Geheimnisse ausplauderte, die sie besser nicht erfuhr.

»Du siehst heute Abend wirklich großartig aus, Ariana.« Connor betrachtete Ariana mit einem Blick, der Quinn ganz entschieden zu besitzergreifend war.

Ariana schaute nervös zu Maria hinüber. Die bediente jedoch an einem Tisch weiter weg. Rasch drehte sich Ariana zu Connor herum und lächelte ihn an. »Danke für die Blumen.« Sie nahm eine Schürze von einem Stapel hinter dem Tresen und band sie sich um.

Offenbar hat sie begriffen, dass sich da etwas zwischen Connor und Maria anbahnt, dachte Quinn, oder sie ahnt, dass Connor sich das zumindest wünscht. Vielleicht verstand sie sich auch einfach nur nicht mit der anderen Frau. Es spielte keine Rolle, und es war auch nicht Quinns Problem. Ihm würde es schon genügen, wenn Ariana ihren Plan frustriert aufgab.

Und da er sie jetzt abgeliefert hatte, sollte er besser gehen. Er beugte sich zu Connor über den Tresen. »Sie gehört dir, Kumpel.«

Connor hob skeptisch eine Braue. »Wenn du das sagst.«

»Ich verschwinde jetzt. Es wartet ein Berg Arbeit auf mich.«

Quinn drehte sich um. Und sah sich Aug in Aug Ariana gegenüber.

Sie hatte sich absichtlich so dicht hinter ihm aufgestellt, darauf hätte er gewettet. Nun standen sie Brust an Brust, und ihre Gesichter waren nur Zentimeter voneinander entfernt. Ariana dachte gar nicht daran, ihm Platz zu machen. Als wollte sie ihn zwingen, sich ihr zu stellen oder ihr auszuweichen.

»Was soll das?«, fragte er.

Sie fuhr sich mit den Fingern durchs Haar. Ein Hauch ihres Parfums stieg Quinn in die Nase, und er spürte ein Kribbeln in seiner Magengrube.

»Ich wollte dir nur dafür danken, dass du mich hergefahren hast.« Sie schlang ihre Arme um seine Taille, verschränkte die Finger hinter seinem Rücken und schob ihre Hüften gegen seinen Schoß.

»Ari…«, warnte Quinn sie.

»Quinn …« imitierte sie spöttisch seinen Ton. Ihre Augen funkelten berechnend und mutwillig, als sie sich auf die Zehenspitzen stellte. Wenn sie nervös war, dann verbarg sie es heute wesentlich besser als letzte Nacht. Bevor er etwas tun oder sagen konnte, presste sie ihre Lippen auf seinen Mund.

Sein Körper reagierte sofort. Sie schmiegten sich eng aneinander, während sie ihn küsste. Quinn fühlte, wie er vor Erregung hart wurde. Ihre Zungen fanden wie von selbst einen gemeinsamen Rhythmus. So, als hätten sie sich schon oft geküsst. Sehr oft. Und sie war verdammt gut in dem, was sie tat. Quinn legte seine Hand um ihren Hals, senkte den Kopf und drang mit seiner Zunge tiefer in ihren feuchten, heißen Mund vor, bis Ariana unwillkürlich aufstöhnte.

Es vibrierte an seiner Brust, und ihm wurde heiß vor Begehren. In diesem Moment registrierte er wie durch einen Schleier, dass jemand Beifall klatschte. Ihm fiel wieder ein, wo er war. Sie hatten Zuschauer, was Ariana mit Sicherheit genau gewusst hatte, als sie ihn küsste. Diese Frau führte etwas im Schilde. Und sie besaß genug Distanz, um mit ihm zu spielen. Er dagegen war vollkommen in diesem Kuss versunken.

Verdammt! Er musste sich zusammenreißen, und zwar schnell. Sie traten gleichzeitig voneinander weg. Quinn war sich deutlich bewusst, dass ihn alle anstarrten. Sowohl die Mitarbeiter des Kasinos, die ihm unterstellt waren, und erst recht Connor. Der würde ihn bestimmt bis an das Ende aller Tage damit aufziehen.

»Überarbeite dich nicht«, flüsterte Ariana, während sie ihm einen imaginären Fussel vom Hemd zupfte. »Wir sehen uns, wenn meine Schicht zu Ende ist.« Mit einem anzüglichen Winken drehte sie sich um, schnappte sich ein Tablett von der Bar und trat an den nächsten Tisch, um die Bestellung der Gäste aufzunehmen. Nichts an ihr erinnerte noch an die strenge, nüchterne Dozentin.

Quinn hörte, wie Maria zu Connor sagte: »Ich hatte keine Ahnung, dass die beiden etwas miteinander haben.«

»Man lernt nie aus, stimmt's?«

Quinn brauchte sich nicht umzudrehen. Er wusste genau, dass Connor der Kellnerin jetzt sein charmantestes Grinsen schenkte. Stattdessen beobachtete er, wie Ariana offensichtlich gut gelaunt mit den Geschäftsleuten an einem Tisch flirtete. Mit demselben Charme bediente sie auch einige Jungs in T-Shirts und leicht schmuddligen Jeans. Wenn Ariana sich etwas in den Kopf setzte, verfolgte sie ihr Ziel mit einer Leichtigkeit und Geschicklichkeit, die ihn beeindruckte. Sie beeindruckte ihn sogar sehr.

»Sieht so aus, als wäre da eine Entschuldigung fällig, Süße«, sagte Connor gerade zu Maria. Quinn hörte zu, ohne zu den beiden hinzusehen. »Ich habe nur versucht, es der neuen Kellnerin leicht zu machen, sich einzufinden. Ich wollte sie nicht anmachen. Obwohl ich nicht wüsste, wieso dich das überhaupt etwas angeht. Schließlich weigerst du dich nach wie vor, mit mir auszugehen.«

»Du bist ein arroganter Kerl, der sich für das Gottesgeschenk an die Frauenwelt hält. Auf so was kann ich gut verzichten.«

Connor lachte. »Versuch es nur.«

Quinn überließ die beiden Streithähne sich selbst. Er hatte etwas zu erledigen. Und Ari, mit ihren geschickten Händen und den verführerischen Lippen, würde ihm schon nicht weglaufen, bis er damit fertig war.

Quinn lehnte sich in den weichen Ledersessel in Damons Privatbüro zurück und beobachtete alle Monitore, auf denen die Spieltische zu sehen waren. Er vermied es, den Monitor zu beobachten, der Ari an der Bar zeigte. Sie war ihm auch so schon viel zu gegenwärtig. Vielleicht war es ja nur Einbildung, aber er konnte ihren Duft noch an seiner Kleidung riechen, und er schmeckte ihre Lippen noch immer auf seinen. Die Uhr tickte jedoch unaufhaltsam, und schon bald würde er Ariana wieder nach Hause fahren müssen.

Es war nur klug, sie vor und nach ihrer Schicht abzuholen, denn damit reduzierte er ihre Möglichkeiten, überall herumzulaufen, mit den Angestellten zu reden und ihnen Fragen nach ihrer verschwundenen Schwester zu stellen. Quinn wusste nicht, wie lange sie das Ganze ertragen würde, doch falls er dieses Wochenende einen Blick in Damons Bücher werfen konnte, war die ganze Operation möglicherweise sowieso bald zu Ende. Gott sei Dank. Er fuhr sich mit den Fingern durchs Haar und schloss die Augen. In dem Moment fiel eine Tür ins Schloss. Er hatte Gesellschaft!

»Wirst du etwa nachlässig, Quinn?« Damons tiefes Lachen war unverkennbar.

Quinn schüttelte den Kopf. »Ich ruhe mich nur ein bisschen aus. Schließlich steht mir ein langes Wochenende bevor.«

»Genau darüber wollte ich mit dir reden.« Damon warf sein Jackett auf den Schreibtisch, knöpfte seine Manschetten auf und rollte die Hemdsärmel hoch. Seine goldene Rolex glänzte im Licht der Lampen. »Ich musste meine Pläne bedauerlicherweise ändern.«

Quinn wusste sofort, dass ihm diese Änderung ganz und gar nicht gefallen würde. »Ich bin flexibel«, erwiderte er dennoch. Er wippte mit dem Sessel vor und zurück, als stünden nicht zwei Jahre mühsame Vorbereitung auf dem Spiel.

»Roxanne kann leider nicht weg, also fahren wir erst

nächstes Wochenende nach Palm Springs.« Damon setzte sich lässig auf den Schreibtisch. »Und ich bleibe dieses Wochenende hier.« Er deutete mit einer ausholenden Handbewegung auf die Monitore, die hinter ihm glühten und ihm sein Reich in seiner ganzen bunten Pracht vorführten.

»Ganz wie du willst, Boss. Du weißt, dass du dich auf mich verlassen kannst.«

Damon griff nach der Fernbedienung und schaltete den Hauptbildschirm auf die Bar. »Wie macht sich unsere neue Angestellte?«, fragte er, während er Ariana ins Bild zoomte.

»Sie gewöhnt sich langsam ein.«

»Und du behältst sie im Auge. Das ist eine gute Idee, in Anbetracht der Lage.« Damon trommelte mit den Fingern nervös auf die Schreibtischplatte und beobachtete Ari bei der Arbeit. »Sie hat keine Ahnung, dass du beim Verschwinden ihrer Schwester deine Finger im Spiel hattest?« Quinn hob in gespieltem Schreck die Brauen. »Zur Hölle, natürlich nicht. Ich bin für sie einfach nur ein charmanter Kerl, und sie mag mich.«

»Den Videos nach zu urteilen, die ich mir angesehen habe, würde ich sagen, sie mag dich sogar sehr.« Damon lachte schallend.

Offenbar hatte er den Kuss gesehen, vermutlich sogar beide. Die Vorstellung, dass Ari von Damon beobachtet wurde, behagte Quinn gar nicht.

»Ich will sie nicht dabei erwischen, wie sie in meinen Büchern herumschnüffelt. Mir ist nicht nach Wiederholungen zumute.« Damon wurde plötzlich ernst. »Beschäftige sie und lenk sie ab«, befahl er Quinn.

»Na klar. Bei ihr fällt mir das auch nicht gerade schwer«, scherzte Quinn.

Damon nickte. »Gut. Tu, was du tun musst. Selbst wenn das auf Kosten deiner Arbeitszeit hier im Hotel geht. Solange ich weiß, dass diese Frau abgelenkt ist und sich in deinen fähigen Händen befindet, habe ich kein Problem damit, dich hier zu vertreten.«

Quinn zwang sich zu einem Nicken. »Klar, Boss.« Er fragte ihn lieber nicht, was dieser Befehl bedeutete. Würde Damon vielleicht auch seinen Ausflug nächstes Wochenende verschieben? Oder Quinn sogar die Aufsicht über das Kasino entziehen?

Schon diese sieben Tage kamen ihm wie eine Ewigkeit vor. Er musste noch weitere sieben Tage in diesem Hotel wohnen, den Stress aushalten und seine Existenz als verdeckter Ermittler leben. Und das hieß auch, er würde noch weitere sieben Tage Ariana so nah um sich haben wie seinen eigenen Schatten.

Sechstes Kapitel

Nachdem Ariana an diesem Morgen aufgewacht, sich geduscht und angezogen hatte, ging sie voller Tatendrang in die Küche. Sie hatte einiges vor. Unter anderem wollte sie heute ihre Eltern darüber informieren, dass sie noch eine Weile länger bleiben würde. So lange, bis Zoe wieder nach Hause käme. Dann würde sie sofort abreisen. In der Zwischenzeit musste sie sich darauf einstellen, wie es war, mit ihrer Familie zusammenzuleben. Die Kanne der Kaffeemaschine war zwar voll, aber Ariana hatte ihre Lektion gelernt und roch an der Flüssigkeit, bevor sie sich eine Tasse einschenkte.

Als sie sich damit an den Tisch setzte, sah sie den Zettel, der mitten auf der Holzplatte lag. Darauf standen einige Mitteilungen für sie. Ihre Tante und ihr Onkel waren ausgegangen, ihr Vater besuchte Tante Kassie im Restaurant, und ihre Mutter arbeitete draußen im Garten. Unvermittelt überkamen Ariana Erinnerungen an früher. An die Hektik beim Frühstück, bevor sie zur Schule ging. Ari wollte immer Joghurt, während Zoe ihr Früchtemüsli essen wollte. Selbst in diesen einfachen Dingen waren die Zwillinge vollkommen unterschiedlich. Ariana lächelte, als sie daran zurückdachte.

Die Ruhe, die jetzt im Haus herrschte, empfand sie fast als unnatürlich. Und diese friedliche Atmosphäre führte ihr Zoes Abwesenheit nur umso deutlicher vor Augen. Aber trotzdem war es ihr Elternhaus, und Ariana konnte sich darauf verlassen, dass diese Stille nicht lange anhielt. Noch bevor sie einen Schluck getrunken hatte, hörte sie Stimmen. Kurz darauf schlug die Haustür mit einem Knall zu.

»Ari?«, rief ihre Mutter.

»Ich bin in der Küche.« Ariana wappnete sich unwillkürlich, während sie wartete.

»Du hast Besuch. Aber du warst noch in der Dusche, deshalb habe ich deine Freundin solange unterhalten.« Elena kam herein. An der einen Hand hielt sie Spank und an der anderen das junge Mädchen, das sie gestern zum ersten Mal gesehen hatte.

Ariana sprang auf. »Was machst du denn hier?« Sie machte einen Schritt auf Sam zu. »Und viel interessanter ist die Frage, wie hast du mich gefunden?«

Ihre Mutter schob das Mädchen auf einen Küchenstuhl. »Immer mit der Ruhe, Ariana. Lass Sam erst einmal einen Schluck trinken.« Während Elena dem Teenager ein Glas Saft einschenkte, sprach sie weiter. »Wir haben uns ganz wunderbar unterhalten ...«

»Sam, sag mir sofort, was los ist!«, unterbrach Ariana ihre Mutter.

Elena drückte Sam das Glas in die Hand und legte ihr dann aufmunternd die Hand auf die Schulter. »Mach nur«, forderte sie das Mädchen auf. »Sag ihr ruhig die Wahrheit.« Offenbar hatte ihre Mutter sofort einen Pakt mit Sam geschlossen und auch bereits einiges aus dem Mädchen herausbekommen.

Der Teenager schaute Ariana nur kurz an. Ihr schlechtes Gewissen war ihr ins Gesicht geschrieben. Sie senkte sofort wieder den Blick. »Deine Adresse stand hier drin.«

Sie zog Arianas Brieftasche mit dem Terminkalender aus dem Plastikbeutel, den sie in der Hand hielt.

»Du hast mich bestohlen?« Ariana riss Sam die schmale Ledertasche aus der Hand.

Sam nickte. »Gestern, als du mit Quinn gestritten hast. Ich habe dich angerempelt und sie dir dabei weggenommen.«

»Siehst du? So schwer war das doch gar nicht.« Elena lobte Sam für ihr Geständnis. »Trotzdem ist stehlen nicht richtig, junge Dame.« Liebevoll strich Arianas Mutter dem jungen Mädchen über das lange blonde Haar, während sie es mit ihren Worten gleichzeitig tadelte.

Eine Schwindlerin schimpft eine Taschendiebin aus, dachte Ariana und schüttelte den Kopf. Ob ihrer Mutter das wohl klar war? Sie biss sich auf die Lippen und überlegte, was sie mit der Ausreißerin anfangen sollte.

Während Sam angestrengt auf ihre Hände starrte, trat Elena neben Ariana. »Sie scheint eine ganz gute Technik zu haben«, flüsterte sie, »wenn du nicht mal bemerkt hast, wie sie deine Brieftasche genommen hat.« Elena war sichtlich beeindruckt.

Natürlich hatte Ariana ihre Brieftasche heute Morgen bereits vermisst. Sie vermutete jedoch, dass sie ihr in Quinns Wagen herausgefallen war und noch dort lag. Zu Hause war ihr das schon häufiger passiert.

»Aber trotzdem bist du noch viel zu jung für solche Sachen«, fuhr Elena an Sam gewandt fort.

Das fand Ariana ebenfalls. Sie sah Sam forschend an.

»Du hast meine Brieftasche gestohlen und bist dann gekommen, um sie mir zurückzugeben? Warum?«

Sam zuckte mit den Schultern. »Ich habe sie nur genommen, weil ich dich mochte«, sagte sie dann. Ihre Stimme klang belegt vor Verlegenheit.

Ariana spürte ein Pochen in ihren Schläfen und massierte sie sanft mit ihren Fingern. »Du hast einen Grund gebraucht, um mich zu besuchen?«, riet sie.

Sam nickte, und das Mitgefühl für dieses Mädchen schnürte Ariana fast die Kehle zu. Sie mochte zwar Probleme mit ihrer Familie haben, aber wenigstens hatte sie eine. »Deine Pflegeeltern suchen ganz bestimmt schon nach dir.«

»Die glauben, ich bin in der Schule.«

»Ruft die Schulleitung denn nicht an, wenn du den ganzen Tag fehlst?«

Sam klopfte mit ihren Turnschuhen auf die Bodenfliesen. »Das spielt keine Rolle.«

»Und ob das eine Rolle spielt. Ich muss sofort Quinn anrufen.«

Ariana zögerte und warf Sam einen abwartenden Blick zu. »Es sei denn, du meldest dich selbst bei deinen Pflegeeltern und sagst ihnen, dass alles in Ordnung ist.«

Sam schüttelte den Kopf. »Ich will nicht mit ihnen reden. Und Quinn wird mir den Kopf abreißen.«

»So schlimm wird es schon nicht werden, da bin ich mir sicher«.

Ariana stand auf, griff nach dem Funktelefon und ging aus der Küche in den Flur. Sam ließ sie bei ihrer Mutter zurück. Sie wählte Damons Nummer und ließ sich von der Rezeptionistin mit Quinn verbinden.

Eine halbe Stunde später läutete die Türglocke Sturm.

»Ich mache schon auf.« Ariana stand hastig auf, ging zur Haustür und öffnete sie.

Sie verschlang Quinn förmlich mit ihrem Blick, als hätte sie ihn nicht erst gestern Nacht noch gesehen. Es überraschte sie, wie gut es tat, ihn wieder zu sehen. Er war unrasiert, und die Bartstoppeln bildeten einen dunklen

Schatten auf seinen Wangen. Seine Augen waren glasig von zu wenig Schlaf, und er wirkte erschöpft. Offenbar hatte er sich genauso wie Ariana noch nicht von seiner langen Nachtschicht erholt. Wenn er morgens immer so aussieht, dachte sie, hätte ich wirklich nichts dagegen, neben ihm aufzuwachen. Ihr ganzer Körper kribbelte bei dieser verführerischen Vorstellung.

Doch als er sprach, löste sein drohender Ton einen ganz anderen Schauder bei ihr aus. »Wo ist sie?«

»In der Küche. Aber bevor du ihr den Kopf abreißt, solltest du erst mal durchatmen.«

»Du hast leicht reden. Ihre Pflegeeltern haben mich vor zwei Stunden angerufen. Ich habe den ganzen Morgen herumtelefoniert und sie überall gesucht. Schließlich habe ich aufgegeben und bin ins Hotel zurückgefahren. Und dann hast du angerufen.«

Ariana legte ihm beruhigend die Hand auf den Arm.

»Das tut mir leid. Ich habe dich sofort verständigt, als ich erfahren habe, dass sie die Schule schwänzt. Ich weiß leider nicht, wie lange sie schon draußen bei meiner Mutter war. Die beiden verstehen sich ausgezeichnet«, fügte Ariana ironisch hinzu.

»Wenigstens ist sie in Sicherheit.« Quinn schaute Ariana an. Der gequälte Ausdruck verschwand, und sein Blick wurde warm und anerkennend.

Sie lächelte. »Da du dich jetzt beruhigt hast, können wir zu ihr gehen und sie fragen, was eigentlich los ist.«

»Das weiß ich schon. Sie hat geglaubt, wenn es mit Aaron und Felice klappt, würden die beiden sie am Ende adoptieren. Eigentlich sprach auch nichts dagegen. Ich meine, die beiden konnten keine eigenen Kinder bekommen, und Felice wollte ein Mädchen. Und die wenigen Male, die unsere kleine Taschendiebin die beiden auf die Probe gestellt hat, haben Aaron und Felice sehr verständnisvoll reagiert. Verdammt, ich habe ja selbst gehofft, sie würden Sam adoptieren.« Er fuhr sich mit der Hand durchs Haar. Seine Enttäuschung war unübersehbar.

»Und jetzt ist Felice schwanger geworden«, sagte Ariana. Das hatte Quinn ihr gestern schon erzählt.

»Ja. Normalerweise sollte das für die beiden keinen Unterschied machen. Leider ist es aber nicht so. Ich habe so etwas immer wieder erlebt und hätte es besser wissen müssen, statt mich diesem Wunschtraum hinzugeben. Und vor allem hätte ich verhindern müssen, dass Sam sich vergeblich Hoffnung macht.«

Ihre Gefühle für Sam und für Quinn drohten Ariana beinahe zu überwältigen. Es war wie ein Schock für sie, dass Quinn ihr sein Herz ausschüttete. Und es berührte sie auch zu hören, wie viel ihm an diesem Mädchen lag. Selbst wenn Ariana nicht viel von Quinn wusste, gefiel ihr das, was sie bisher von ihm kennen gelernt hatte, sehr. Dieser Mann besaß ein gutes Herz, ungeachtet aller Geheimnisse, die er mit sich herumtrug. »Du versuchst doch nur, das Beste für Sam zu tun«, sagte sie schließlich erstickt.

»Ja, und ich kann es nicht ertragen, dass es einfach nicht zu reichen scheint. Ich war so sicher, dass dieses so perfekt wirkende Paar mit ihrem perfekten kleinen Häuschen Sam ins Herz schließen und diesem großartigen Mädchen ein Heim bieten würde.«

Ariana war überrascht, wie stark ihr Bedürfnis war, diesem Mann zu helfen. Nicht nur was Sam anging. Sondern sie wollte auch ihn trösten und seinen Schmerz lindern.

Unvermittelt zuckte Quinn jedoch zurück. Offenbar

war ihm klar geworden, wie viel er von sich preisgegeben hatte. »Ich muss mit Sam reden.«

Ariana nickte. »Vergiss nur nicht, dass auch sie leidet.«

Sie führte ihn in die Küche. Quinn hatte den Raum kaum betreten, als er das Mädchen auch schon anblaffte.

»Samantha!«

»Offensichtlich hätte ich mir meinen guten Rat sparen können!«, fauchte Ariana.

Sam zuckte heftig zusammen, als sie Quinns Ton hörte. Spank, das Äffchen, hatte vor ihr auf der Tischplatte gesessen und sich von ihr die Nägel lackieren lassen. Jetzt sprang es hastig herunter und ging unter dem Tisch in Deckung. Ängstlich schlang es die Hände über den Kopf.

»Du hast sie erschreckt!«, beschwerte sich Sam anklagend bei Quinn. Sie erholte sich bemerkenswert schnell von seinem Ausbruch.

Schließlich hat das Kind in Waisenheimen gelebt. Dort weiß man wohl nie, was als Nächstes auf einen zukommt, dachte Ariana mitfühlend. *Vermutlich gibt es nicht viel, wovor sie Angst hat.*

»Spank mag keine lauten Geräusche!« Elena hielt Spank die Hand hin.

Das Äffchen ließ sich widerstrebend von Elena aus seinem Versteck ziehen. Es drehte sich zu Quinn herum und streckte ihm die Zunge heraus. Dann kletterte es rasch auf Sams Schoß.

Das Mädchen kicherte, und Quinn nahm sich zusammen. Er sah ein, dass er mit Geschrei nicht weit kommen würde, und er verzichtete auch darauf, augenblicklich eine Erklärung für ihr Verhalten zu verlangen. Er hatte Sam noch nie lachen sehen. Noch nie.

Er war wütend, weil sie ihm einen solchen Schrecken

eingejagt hatte. Allerdings wusste er nicht genau, ob es ihn mehr aufregte, dass Sam weggelaufen war oder dass sie hierher geflüchtet war. Statt ihn anzurufen und ihm zu sagen, was sie so verstört hatte. Wie er Ari schon erklärt hatte, war sie hier wenigstens gut aufgehoben.

»Wir sollten Sam und Quinn einen Moment allein lassen, Mom«, schlug Ari vor.

Quinn verkniff es sich gerade noch, sie zu bitten, nicht zu gehen. Er hätte ihre Unterstützung gut brauchen können, und diese Erkenntnis verunsicherte ihn erheblich. Er war ein Mann, der sein Leben allein und unabhängig bewältigt hatte. Und es war alles andere als klug, sich auf eine Frau zu verlassen, die nur eines wollte: ihre verschwundene Schwester zu finden. Danach würde Ariana dieser Stadt sofort den Rücken kehren.

Elena sah ihre Tochter an und nickte. »Du hast recht. Komm, Spank.«

Sam schüttelte den Kopf und drückte den Affen noch fester an sich. »Ich möchte, dass ihr bleibt.«

»Wir sind ihnen schon genug zur Last gefallen, Sam«, erwiderte Quinn.

»Unsinn!«, widersprach Elena. »Sie ist hier jederzeit willkom...«

Ariana unterbrach ihre Mutter, indem sie Elena einfach aus dem Raum zog. Im Vorbeigehen nahm sie Spank aus Sams Armen. An der Tür hob das Äffchen ihr Kleid an. Quinn wollte verdammt sein, wenn dieser Affe ihm nicht absichtlich den nackten Hintern zeigte. Aber wichtiger fand Quinn, dass Ariana ihn verstand und wusste, was er jetzt brauchte.

Dennoch konnte er nicht riskieren, dieser Frau zu nahe zu kommen oder sich zu sehr auf sie zu verlassen. Was jedoch nicht bedeutete, dass er keine Gefühle für sie entwickelte. Mist. Quinn schob diese Gedanken beiseite und konzentrierte sich auf Sam.

»Willst du mich jetzt anbrüllen, weil ich Aris Brieftasche gestohlen habe?«, erkundigte Sam sich trotzig.

Quinn sah sie fassungslos an. »Du hast was?«

»Oh, Mist.« Sam lief dunkelrot an. »Sie hat es dir nicht erzählt?«

Quinn schüttelte den Kopf. »Offensichtlich will sie dich beschützen. Wenigstens weiß ich jetzt, wie du Ari gefunden hast«, sagte er. Damit erklärte sich für ihn das Rätsel, das er nicht hatte lösen können. Und warum Sam weggelaufen war, wusste er bereits. »Weglaufen ist nicht gerade besonders schlau«, sagte er.

»Warum zum Teufel nicht?«

»Pass auf, was du sagst, Samantha«, zischte er.

»Sag mir, warum nicht. Es ist schließlich nicht so, als würden Felice und Aaron einen Schei … Ich meine, es kümmert sie nicht sonderlich.«

Quinn zog einen Stuhl neben Samantha und setzte sich rittlings darauf. Hinter ihrer trotzigen Haltung versteckte sie nur ihren Kummer, doch ihre großen, feuchten Augen verrieten ihre wahren Gefühle. Deshalb überlegte sich Quinn seine nächsten Worte sehr gründlich. »Sie nehmen ihre Verantwortung sehr ernst«, sagte er langsam. »Und sie wollen eine Empfehlung für dich ausstellen. Ich weiß ja nicht, wie du das siehst. Aber ich möchte nicht, dass du als problematisch für eine neue Unterbringung eingestuft wirst.«

Ihre Augen füllten sich mit Tränen. »Kann ich nicht bei dir leben? Bitte! Ich mache keinen Ärger, das verspreche ich dir. Ich mache sauber, und ich kann auch verschwinden, wenn du eine Freundin mit nach Hause bringst.« Für ihr Alter hatte sie offensichtlich schon viel zu viel miterlebt. »Ich schwöre, dass du nicht mal merkst, dass ich da bin.«

»Das ist genau das Problem, Mädchen.« Quinn wusste, wie sie sich fühlte. Er selbst hatte früher mit fast denselben Worten die Leute angebettelt. Ihm schnürte es die Kehle zu, und er wünschte, er könnte Sam das geben, was sie brauchte. »Ich wohne im Moment nicht einmal zu Hause. Bei mir hättest du keine ordentliche Familie. Ich wünschte, du könntest bei mir bleiben, aber das geht leider nicht.«

»Du willst mich bloß nicht.« Sie verschränkte die Arme vor der Brust. »Du bist genauso wie Aaron und Felice und all die anderen Pflegeeltern, bei denen ich gewesen bin.«

Ihre Worte trafen ihn wie ein Stich ins Herz. Wann hatte er dieses Mädchen eigentlich so sehr lieb gewonnen?

»Du hast einfach nur die Wohltäter-Nummer besser drauf als die anderen.« Ihr Tonfall und ihr Blick waren gleichzeitig anklagend und verletzt.

Quinn schluckte. »Das glaubst du doch selbst nicht. Du bist mir wichtig.« Er streckte die Hand nach ihr aus und senkte die Stimme. »Gehen wir. Ich bringe dich zu Felice zurück.«

»Für wie lange?« Sie schniefte und wischte sich die Augen mit dem Ärmel ab. Seine ausgestreckte Hand ignorierte sie einfach.

»Bis das Sozialamt ein neues Heim für dich gefunden hat.« Sam hatte mit ihrem Weglaufen Felice und Aaron genau den Vorwand geliefert, den sie brauchten. Sie hatten das Sozialamt angerufen und den Sachbearbeitern mitgeteilt, dass sie als Pflegeeltern nicht mehr infrage kamen.

Quinn war verärgert über diese schnelle Reaktion,

aber es war sinnlos, das Sam zu erzählen. Die beiden hatten ihre Entscheidung schon längst gefällt. Sam hatte es ihnen nur einfacher gemacht. Allerdings konnte er nicht begreifen, wie man ein Kind so einfach abschieben konnte.

Zu seiner Überraschung protestierte Samantha nicht einmal. Sie weigerte sich zwar, seine Hand zu nehmen, stand jedoch auf, schob ihren Stuhl unter den Tisch und trat neben ihn.

Als er sie aus der Küche führte, streifte sein Blick die Schminkutensilien auf dem Tisch. Wann hatte sich jemand das letzte Mal die Mühe gemacht, Samantha darin zu unterstützen, das Mädchen zu sein, das sie war? Selbst wenn ihr Spielgefährte nur ein Affe war, hatte Sam eine Stunde lang so etwas wie Normalität erlebt, und das in diesem verrückten Haushalt. Und das Haus, in das sich Sam geflüchtet hatte, war dasselbe Haus, aus dem Ari floh.

Ariana wischte den Tisch mit einem feuchten Lappen ab und stellte ihr Tablett auf den Tresen. Sie musste die ganze Zeit an Sam denken, die sich zu ihr geflüchtet hatte. Auch wenn sie dazu zu einem fragwürdigen Trick hatte greifen müssen. Offenbar betrachtete das Mädchen Ariana als eine Art Retterin und hatte wohl auch einen kurzen Moment geglaubt, sie hätte in Arianas Heim Sicherheit gefunden. Was Ariana ziemlich seltsam fand. Sie wusste schließlich aus erster Hand, dass ihre exzentrische Familie nicht gerade den besten Einfluss auf ein junges Mädchen ausübte.

Und wenn sie nicht an Sam dachte, dann drehten sich ihre Gedanken um Quinn. Er hatte so bestürzt ausgesehen, dass Ariana ihn am liebsten in die Arme geschlossen und ihn all das hätte vergessen lassen. Die Gefühle, die diese Gedanken in ihr auslösten, überwältigten sie beinahe, und Ariana wünschte sich, sie selbst könnte davor in starke Arme flüchten.

»Ich mache eine Pause«, sagte sie zu Connor, als sie in einem ruhigen Moment an der Bar herumstand.

»Aber lass dir nicht zu lange Zeit. Man weiß nie, wann das Geschäft wieder anzieht.« Er schaute durch den Raum und schien jemandem zuzunicken.

Ariana drehte sich um, konnte jedoch niemanden entdecken. Ihre Augen verengten sich misstrauisch. Hatte sie es sich nur eingebildet? »Keine Angst. Ich muss nur mal kurz frische Luft schnappen.«

»Das verstehe ich.« Connor zwinkerte ihr zu, bevor er sich wieder an seine Arbeit machte.

Ariana schlenderte zum Aufenthaltsraum der Angestellten. Dort herrschte zum Glück etwas mehr Ruhe als in den hektischen und größeren Räumen des Kasinos. Obwohl Ariana auch hier nicht allein war, genoss sie den Frieden. Sie setzte sich auf eine Couch im Vorraum, lehnte sich zurück und seufzte.

»Es ist gar nicht so leicht, wenn man für sein Geld arbeiten muss, stimmt's?«

Ariana schaute hoch. Maria war hereingekommen. »Es ist nicht dasselbe wie mein früherer Job«, gab sie zu, »aber Arbeit ist Arbeit.«

Maria trat vor den Spiegel, zupfte ihren Rock und ihre Bluse zurecht und nahm einen Lippenstift aus ihrer Handtasche.

»Was war das für ein Job?«, fragte sie, während sie sorgfältig ihre rosafarbenen Lippen nachzog. Dabei beobachtete sie Ariana aufmerksam im Spiegel.

»Ich bin Psychologie-Professorin, aber ich habe während meines Studiums schon gekellnert. Damit habe ich mir meine Ausbildung finanziert.« Es war das erste Mal, dass Maria einigermaßen höflich mit ihr plauderte. Ariana wollte sich ihre Chance nicht vermasseln, indem sie zu akademisch wirkte.

»Also kehren Sie zu Ihren Wurzeln zurück?« Maria schaute sie scharf an. Ihr Tonfall machte deutlich, dass sie Ariana nach wie vor weder mochte noch ihr traute.

Ariana hatte nicht genug Zeit, um sich auf alberne Spielchen einzulassen. Sie entschied sich, die Wahrheit zu sagen. »Nein, ich suche nach meiner Schwester.«

Zum ersten Mal schien sich Marias harte Miene etwas aufzulockern. »Sie war wirklich aufrichtig«, sagte sie. »Wir alle hier haben sie gemocht.«

Ariana schluckte, um die Gefühle zu unterdrücken, die ihr die Kehle zuzuschnüren drohten. »Haben Sie Zoe während ihrer letzten Schicht hier gesehen?«

Maria schüttelte den Kopf. »An diesem Abend hatte ich frei.«

»Haben Sie vielleicht etwas gehört, nachdem Sie wiedergekommen sind? Hat sich möglicherweise etwas Ungewöhnliches an diesem Tag hier ereignet?«

Die andere Frau schwieg und dachte nach. Schließlich schüttelte sie den Kopf. »Ich wüsste nicht, was das hätte sein können. Allerdings waren alle ziemlich verunsichert, nachdem die Polizei hier herumgeschnüffelt hat.«

»Das ist verständlich.« Falls jemand etwas zu verbergen hatte, würde diese Person ganz bestimmt schweigen. Und wenn die anderen Angestellten nichts wussten, hatten sie auch nichts zu erzählen. »Was ist mit Connor?«

Marias Miene wurde sofort abweisend. Ariana hätte sich ohrfeigen können. Sie hatte einen taktischen Fehler begangen und offensichtlich einen empfindlichen Punkt getroffen. »Was soll mit ihm sein?« Marias Stimme klang genauso misstrauisch und kalt wie am Anfang des Gesprächs.

»Er ist doch der Barkeeper«, erklärte Ariana. »Und er arbeitet jede Nacht hier. Also kann man doch wohl annehmen, dass er von allen Angestellten derjenige ist, dem etwas Ungewöhnliches auffallen müsste, oder nicht?«

Die andere Frau zuckte mit den Schultern. »Möglich. Vielleicht benützen Sie aber auch nur das Verschwinden Ihrer Schwester als Vorwand, sich an Connor heranzumachen.«

Ariana biss frustriert die Zähne zusammen. »Und wenn, was kümmert es Sie? Danielle hat mir gesagt, dass Sie diesen Mann nicht mal freundlich grüßen. Warum zeigen Sie mir dann seinetwegen die kalte Schulter?« Sie setzte, ohne zu zögern, die Informationen gegen Maria ein, die ihr eine andere Kellnerin gegeben hatte.

»Dafür habe ich meine Gründe.« Maria biss sich auf die Unterlippe. Zum ersten Mal zeigte sie so etwas wie Unsicherheit. »Und die gehen Sie nichts an. Nur weil Sie Psychologie unterrichten, gibt Ihnen das noch lange nicht das Recht, sich in mein Leben einzumischen.«

Ariana schüttelte den Kopf. Auf diesen Unsinn konnte sie jetzt wirklich gut verzichten. »Glauben Sie mir, ich interessiere mich nicht für Menschen, die nichts von mir wissen wollen. Und Sie haben Ihre Gefühle mir gegenüber ja schon vom ersten Moment an deutlich gezeigt. Ich will nur meine Schwester finden, damit ich endlich mein Leben weiterführen kann.«

»Dann wollen wir beide dasselbe.«

»Unsicherheit wirkt nie sonderlich attraktiv«, bemerkte Ariana. Die Psychologin in ihr war einfach zu stark, trotz ihres Vorsatzes, den Mund zu halten. »Außerdem bin ich nicht an Connor interessiert. Somit stelle ich auch keine Bedrohung für Sie dar.«

»Das ist auch gut so, denn ich bin auf das Geld und jede noch so kleine Gehaltserhöhung angewiesen, um mein Kind durchzubringen.« Nach diesen Worten presste Maria die Lippen fest zusammen.

»Dann können wir ja beide wieder an die Arbeit gehen.« Ariana ging zur Tür. Sie war frustriert, denn sie war in ihren Nachforschungen keinen einzigen Schritt weitergekommen.

Maria legte ihr die Hand auf den Arm und hielt sie auf. »Warten Sie einen Moment.« Ariana drehte sich um.

»Ich mochte Ihre Schwester und … Ich habe wirklich keinen Grund, Sie so einfach abzulehnen. Was zwischen mir und Connor vorgeht, hat mit Ihnen gar nichts zu tun.«

Die Frau konnte offenbar nur mit Mühe ihren Stolz überwinden. Ariana ahnte, dass sie auf eine ausführlichere Entschuldigung lange würde warten können. Aber sie war selbst für dieses kleine Zugeständnis dankbar und lächelte Maria an. »Vielleicht können wir dann unsere Zusammenarbeit in Zukunft etwas angenehmer gestalten?«

Maria nickte. »Und da ich so gemein zu Ihnen gewesen bin, will ich Ihnen wenigstens eine kleine Information geben.«

»Ich dachte, Sie hätten an diesem Abend nichts von Zoe gesehen oder gehört?«

»Was ich höre und wem ich vertraue, sind zwei verschiedene Paar Schuhe. Und nachdem ich gesehen habe, wie Sie Quinn küssten, wusste ich nicht, ob ich es Ihnen überhaupt erzählen sollte.«

Ariana umklammerte ihre Handtasche so fest, dass ihre Knöchel weiß wurden. Eine böse Vorahnung ließ ihre Haut kribbeln. »Ich möchte alles über Zoe wissen. Selbst wenn es mit Quinn zu tun hat.« Vor allem, wenn es mit ihm zu tun hat, dachte sie.

»Sie sind noch nicht lange hier, aber Ihnen ist sicher klar, dass Quinn ein erstklassiger Fang ist.«

Ariana sah sie fragend an. »Tatsächlich? Das war mir noch gar nicht so klar.«

Maria verdrehte die Augen. »Kommen Sie! Er ist ledig, sieht hinreißend aus und ist Damons rechte Hand. Wer würde sich nicht gern so einen Kerl angeln?«

»Ich weiß nicht.« Ariana wollte lieber nicht darüber nachdenken, dass andere Frauen Quinn schöne Augen machten. Und noch weniger, ob er sich möglicherweise auch für andere Frauen interessierte. Nicht, wo doch ihr eigenes Interesse an Quinn mit jedem Tag wuchs. »Was hat das denn mit meiner Schwester zu tun?«, erkundigte sie sich.

»Quinn ist außerdem eine beliebte Zielscheibe für Klatsch und Spekulationen. Vor allem, weil er anders als Damon allein bleibt und sich nicht mit irgendwelchen Frauen aus dem Kasino einlässt.«

Was du nicht sagst!, dachte Ariana und unterdrückte gerade noch ein zufriedenes Grinsen.

»Als Zoe verschwunden ist und die Polizei hier auftauchte, haben sich die Leute gefragt, ob er vielleicht etwas damit zu tun haben könnte.« Maria schüttelte den Kopf. »Aber das kam mir immer sehr unwahrscheinlich vor, wissen Sie? Quinn kann sehr kühl und uninteressiert sein. Er hat so eine starke Ausstrahlung und ist sehr schweigsam, was die meisten Frauen anziehend finden, aber …« Sie schüttelte erneut den Kopf.

»Aber was?«, hakte Ariana nach. Nachdem Maria sich ihr jetzt endlich geöffnet hatte und anfing, ihr zu vertrauen, wollte Ariana es auf keinen Fall zulassen, dass sie sich wieder verschloss.

»Eines müssen Sie wissen.« Maria fuhr hilflos mit der Hand durch die Luft. »Ich habe eine schlimme Beziehung hinter mir und glaube, dass ich einem Mann anmerke, ob er einer Frau etwas antun kann. Quinn gehört absolut nicht in zu dieser Kategorie.« Sie zog die Tür auf. »Ich wollte, dass Sie das wissen«, sagte sie noch, bevor sie das Zimmer verließ.

Ariana atmete tief aus. Sie würde Maria liebend gern zustimmen, und in ihrem Herzen tat sie das auch. Aber sie war hier, um nach ihrer verschwundenen Schwester zu suchen. Sie hatte keine andere Wahl, als jeder Spur zu folgen, ganz gleich, wohin sie führen mochte.

Und bis jetzt war ihre einzige Spur Quinn. Der Mann, den Ariana unbedingt besser kennen lernen wollte.

Connor wischte den Tresen ab und genehmigte sich dann ein Bier. Sie hatten geschlossen, und die Kellnerinnen waren schon lange nach Hause gegangen. Bis auf Maria. Obwohl sie gewöhnlich die Erste war, die kam, und auch die Erste war, die ging. Heute Abend jedoch schob sie Überstunden und half ihm beim Saubermachen. Sein Blick wurde von dem Schwung ihrer Hüften angezogen, und er bewunderte die Entschlossenheit, mit der sie alles anging, was sie anfasste. Mann, es hatte ihn wirklich erwischt!

Dann konzentrierte er sich wieder auf das Gespräch mit dem weiblichen »Gast«. Die Frau arbeitete in Wirklichkeit mit ihm und Quinn zusammen. Er hatte ihr signalisiert, Ariana zu folgen und dafür zu sorgen, dass sie sich nicht in Schwierigkeiten brachte. Es war ihr gelungen, Arianas Gespräch mit Maria zu belauschen. Die beiden

Kellnerinnen verstanden sich zwar immer noch nicht gerade blendend, so berichtete sie, aber immerhin hatte Maria Ariana einige vage Informationen gegeben.

Das ließ Connor jedoch kalt. Denn Maria hatte nicht mehr getan, als die Tatsachen und Gerüchte weiterzugeben, die im Kasino kursierten. Wenigstens war es Ariana nicht gelungen, in den Büros herumzuschnüffeln, was Quinn und er schon befürchtet hatten. Aus diesem Grund ließ Connor Ariana beschatten. Und aus demselben Grund behielt er sie auch im Auge, als ihre Schicht zu Ende war und Quinn einfach nicht auftauchte, um sie nach Hause zu bringen. Dieser verdammte Damon, dachte Connor, der dem Kasinobesitzer die Schuld an Quinns Verspätung gab. Dieser Damon war eine echte Nervensäge. Connor und Quinn waren froh, wenn sie ihn endlich nicht mehr sehen mussten.

Ein leises Summen riss ihn aus seinen Gedanken. Es war ein angenehmes und seltsam tröstendes Geräusch. Maria machte immer noch sauber und summte bei der Arbeit fröhlich vor sich hin. Trotz der späten Stunde und der langen, anstrengenden Zeit, die sie schon auf den Füßen war. Er bewunderte sie. »Ich finde, so langsam reicht das.

Die Tische sind ja schon fast spiegelblank. Willst du mir nicht stattdessen lieber verraten, warum du noch nicht nach Hause gegangen bist?«

Maria setzte sich auf einen Barhocker und sah Connor an, während sie ihr Kinn auf die Hand stützte. »Die Frage habe ich mir auch schon gestellt.«

»Denkst du vielleicht über meine Einladung nach?« Er lud sie, seit er sie kennen gelernt hatte, jeden Abend zum Essen ein. Nur ein ausgemachter Trottel würde sich immer wieder einen Korb holen. Aber etwas an dieser Frau hinderte Connor daran, sein Verlangen einfach abzuschütteln und sie zu vergessen.

Vielleicht lag es daran, weil er sich in ihr wiederfand. Auch Maria war ein einsamer Mensch, der eine Abwechslung von der täglichen Tretmühle brauchte. Connor zweifelte keine Sekunde daran, dass der Sex zwischen ihnen alles in den Schatten stellen würde, was er bisher erlebt hatte. Mehr wollte er auch nicht von ihr. Wenn er sich manchmal auch bei dem Gedanken ertappte, dass er sie gern näher kennen lernen würde. Er war jedoch zu sehr an das Alleinsein gewöhnt. Er wusste nicht, wie man sich jemand anderem öffnete, und er hatte keine Lust, es zu versuchen.

Flirten dagegen war eine ganz andere Sache. »Also, wie sieht's aus, Süße?«

»Ich könnte vielleicht in Erwägung ziehen, meine Meinung zu ändern, was deine Einladung angeht.« Sie musterte ihn scharf, während sie ihren Kaugummi kaute. Sie machte eine Blase. Connor versuchte, sie zum Platzen zu bringen, aber er war zu langsam. Maria saugte sie vorher wieder hinter ihre Lippen. Lippen, die er so gern geküsst hätte.

»Darf ich fragen, woher dieser plötzliche Sinneswandel kommt?«

Sie zuckte mit den Schultern. »Je stärker man versucht, etwas zu verdrängen, desto heftiger beschäftigt es einen manchmal.« Sie stand auf und schob ihre Hand in die Tasche ihrer Schürze.

»Wenn es dir mit dieser Einladung ernst ist, kannst du mich an meinem nächsten freien Tag abholen.« Sie schob ihm einen Fetzen Papier zu. »Punkt Zwölf.«

Connor betrachtete das Papier und sah ihre handgeschriebene Adresse. Er war vollkommen überrumpelt.

Sein Magen brannte vor Erregung und Vorfreude wie bei einem Jugendlichen, der gerade seine erste Verabredung getroffen hatte. »High Noon, ja? Ich werde da sein.«

Maria wollte gehen, drehte sich dann jedoch noch einmal um. Unsicher sah sie ihn an. »Denk an die Redewendung.«

»Und die wäre?«

»Manchmal bekommt man mehr, als man erwartet hat.«

Connor lachte zwar, aber er fühlte sich ganz und gar nicht wohl in seiner Haut. Er ahnte sehr deutlich, dass diese Verabredung sein Leben für immer verändern könnte.

Siebtes Kapitel

Ariana verwünschte Quinn ausgiebig. Wenn er schon unbedingt den Chauffeur spielen wollte, sollte er sie wenigstens auch pünktlich nach Hause fahren. Es war zwei Uhr morgens, und Ariana hatte nicht die geringste Lust, das ganze Kasino nach ihm abzusuchen. Sie schaute in die kleine Bar, wo sie ihn das erste Mal getroffen hatte, aber dort war er nicht. Also ging sie zu seinem Büro. Während sie durch die leeren Korridore marschierte, überschlugen sich ihre Gedanken.

Nichts, was sie über Quinn oder Zoe herausgefunden hatte, ergab einen Sinn. Sie zählte noch einmal die Tatsachen auf, die gegen Quinn sprachen. Allerdings wusste sie nicht viel über ihn, und er war nicht gerade besonders entgegenkommend. Er sprach weder über sich noch über seine Beziehung zu ihrer Schwester. Die Angestellten bei Damon's fragten sich, ob er etwas mit Zoes Verschwinden zu tun haben könnte. Obwohl er behauptete, er wüsste, dass Arianas Zwillingsschwester noch lebte, weigerte er sich, ihr mehr Informationen zu geben. Und bis heute Abend hatte er Ariana nicht aus den Augen gelassen, wenn sie im Kasino arbeitete. Fürchtete er vielleicht, sie könnte etwas entdecken, in das er selbst verwickelt war? Die Indizien rückten Quinn jedenfalls nicht gerade in das beste Licht.

Trotzdem war Ariana nicht bereit, ihn einfach schuldig zu sprechen. Immerhin war es doch möglich, dass Maria, die Ariana seit ihrem ersten Tag abweisend behandelt hatte, absichtlich versucht hatte, ihr und Quinn Probleme in den Weg zu legen. Ariana schüttelte den Kopf. Diese Theorie griff nicht, denn es wäre für Maria schließlich nur von Vorteil, wenn sich Ariana mit Quinn einließ.

Was ebenfalls für Quinn sprach, war seine Behauptung, dass ihre Schwester noch am Leben wäre. Außerdem schien ihre verrückte Familie ihn zu mögen. Sein Engagement für Samantha bewies ebenfalls, dass er ein anständiger Mensch war. Und außerdem war Ariana selbst von ihm fasziniert.

Ihr letzter Freund war ein Kollege von der Universität gewesen. Dieser Professor konnte sich ebenso an Freud berauschen wie an ihr. Bedauerlicherweise hatte sich seine Leidenschaft nicht auch auf das Körperliche zwischen ihnen erstreckt. Schließlich einigten sie sich darauf, Freunde zu bleiben. Sie besuchten gemeinsam Veranstaltungen an der Universität. Aber eine richtige leidenschaftliche Affäre hatte Ariana schon viel zu lange nicht mehr erlebt. Quinn dagegen erregte sie. Bei ihm fühlte sie sich begehrt und sexy und vollkommen weiblich. Selbst wenn er schlechte Laune hatte und kaum ein Wort mit ihr redete. Solange sie in Ocean Isle war, wollte sie die Gelegenheit nutzen und ihn besser kennen lernen. Sie gestand sich ein, dass es neben ihrer Suche nach Zoe plötzlich ebenso wichtig für sie geworden war, Quinn von der Schuld an ihrem Verschwinden reinzuwaschen.

Offensichtlich konnte sie sich dabei jedoch weder auf Tatsachen stützen noch auf die Logik verlassen. Das frustrierte sie maßlos. Sie musste Quinn zur Rede stellen. Sie hatte sein Büro erreicht, aber die Tür war verschlossen.

Sie schaute auf den Zettel mit seiner Telefonnummer. Er hatte sie ihr gegeben, falls sie ihn aus irgendeinem Grund dringend erreichen musste. Seine Zimmernummer stand ebenfalls darauf.

Ariana schaute von den Telefonapparaten an der Wand zum Aufzug. Auf die einfache oder die schwierige Art?, fragte sie sich. Wie sollte sie vorgehen?

Seit ihrer Rückkehr nach Hause entwickelte Ariana eine Kühnheit, die sie vorher niemals an sich vermutet hätte. Keine fünf Minuten später klopfte sie an Quinns Tür. Während sie wartete, ballte sie unwillkürlich die Hände zu Fäusten.

Schließlich riss er die Tür auf. Einen Moment starrte er Ariana ungläubig an. »Verdammt!«, sagte er dann. »Ich habe dich völlig vergessen.«

»Eine gute Masche, wenn du eine Lady beeindrucken willst«, erwiderte sie spöttisch. »Du bist nicht heruntergekommen, um mich nach Hause zu bringen.« Das sah ihm nicht ähnlich. Ariana hatte schon befürchtet, er wäre vielleicht krank geworden.

Ein kurzer Blick auf seine gerunzelte Stirn beruhigte sie jedoch. Er war beschäftigt, das war alles. Wenn er sie allein ins Kasino und wieder nach Hause fahren lassen würde, müsste er sich nicht auch noch um sie kümmern. Ariana wollte ihm gerade diesen Vorschlag machen, doch er kam ihr zuvor.

»Komm ruhig rein. Du kannst hier drinnen warten. Ich ziehe mich schnell an«, sagte er. Plötzlich schien Arianas Kopf wie leer gefegt zu sein.

Ihr Blick glitt von seinem besorgten Gesicht zu seiner muskulösen Brust. Sie war nackt und etwas behaart, genau richtig für ihren Geschmack. Unwillkürlich sah sie zu seiner schmalen Taille hinunter. Eine kleine Narbe verlief über die rechte Seite seines flachen Bauchs und verschwand im Hosenbund der aufgeknöpften Jeans. Sie wollte über seine Haut streichen, ihre Fingerspitzen in die verblichene Jeans schieben und dort weiterforschen.

»Möchtest du lieber draußen warten?«

Seine Stimme schreckte sie aus ihren Fantasien. Sie fühlte sich ertappt und hob hastig den Blick. Ihr war heiß geworden, und sie war jetzt bestimmt auch noch errötet.

»Nein, ich komme herein, danke.« Ariana trat ein und stolperte dabei über die Holzschwelle der Tür.

Er reagierte blitzschnell und erwischte sie am Ellbogen, bevor sie stürzen konnte. Falls er erriet, warum sie plötzlich so verlegen war, erwähnte er es mit keinem Wort. Ganz der Gentleman. Stattdessen deutete er mit einer einladenden Geste in den Raum. »Komm herein. Auch wenn es bescheiden ist«, sagte er.

»Aber nirgendwo ist es so schön wie zu Hause«, ergänzte Ariana den alten Spruch. Sie wollte die erregende Wirkung abschütteln, die er auf sie hatte, und schaute sich neugierig in seinem Schlafzimmer um.

Dieses Zimmer, das er sein Zuhause nannte, entsprach so gar nicht dem geheimnisvollen Reich, das sie sich als Quinns Wohnung ausgemalt hatte. Er lebte in einer sterilen Suite, die zwar luxuriös und mit viel Schnickschnack eingerichtet war, doch dem Raum fehlte jegliche Wärme. Angefangen von der nichts sagenden Massen-Auslegeware über die Kunstdrucke an den Wänden bis zu den Möbeln wirkte sein Zimmer wie jedes beliebige Hotelzimmer. Nichts Persönliches wies darauf hin, dass hier wirklich jemand lebte. Natürlich sah Ariana, dass Quinn hier wohnte. Seine Uhr lag neben ein paar Münzen auf einer Kommode. Und überall im Raum war seine Kleidung verteilt. Aber von ihm selbst war hier nichts zu spüren.

»Entschuldige die Unordnung, ich habe keinen Besuch erwartet.« Es schien, als erriete er ihre Gedanken.

Ariana zuckte mit den Schultern. »Das macht nichts.« Sie setzte sich auf die Couch und wartete, während er seine Jeans zuknöpfte. Dann griff er nach einem Pullover, der über einer Stuhllehne hing.

Vor ihr auf dem Tisch lagen Dokumente. Obwohl Ariana nicht spionieren wollte, fiel ihr Samanthas Name sofort ins Auge. Plötzlich wusste sie, warum Quinn vergessen hatte, sie abzuholen.

»Hast du Schwierigkeiten, neue Pflegeeltern für Sam zu finden?«, fragte sie leise.

Es irritierte sie, dass er sich neben sie setzte. Den Pullover hielt er noch in der Hand, und Ariana spürte die Wärme, die sein Körper ausstrahlte. »Bedauerlicherweise ja. Es wird nicht leicht, einen neuen Platz für sie zu finden.«

»Dabei ist sie doch ein so hinreißendes Kind.« Ariana konnte sich nicht vorstellen, dass keiner Samantha aufnehmen wollte. »Was ist denn mit ihren leiblichen Eltern passiert?«

Quinn sah sie aufmerksam an. »Ihr Vater ist Drogendealer und verbüßt eine lebenslange Haftstrafe. Ihre Mutter ist tot. Sie wurde von einer Kugel getroffen, die ihrem Vater galt.«

Ariana zuckte zusammen. Unwillkürlich kamen ihr die Tränen. Verlegen wischte sie sich mit dem Handrücken über die Augen.

»Das ist ja schrecklich.«

»Das ist das Leben, dem sie hilflos ausgeliefert war.«

Ariana holte tief Luft. »Ist das auch die Art Leben, dem du ausgeliefert warst?« Sie wusste nur, dass er in einem Waisenheim gelebt hatte. Jetzt fragte sie sich, was wohl mit seinen Eltern passiert war.

Er schüttelte den Kopf. »Nein, meine Familie hat sich nur nicht für mich interessiert.« Er lachte bitter auf.

»Sams Mutter hat wenigstens den Versuch gemacht, ihrem Kind ein anständiges Leben zu bieten. Bis diese Kugel dem ein Ende gesetzt hat.« Er redete wieder über Sam. Ariana spürte, dass er heute nicht bereit war, ihr mehr von sich zu verraten.

Damit konnte sie sich abfinden. Dieser Mann besaß unerwartete Tiefen. Sie war schon auf einige seiner Geheimnisse gestoßen und verstand jetzt besser, wie er funktionierte. Sie konnte zwar noch nicht alle Puzzleteile zusammensetzen, aber sie hatte immerhin einen Anfang gemacht.

»Das Sozialamt hat keine Wahl. Es muss Sam in ein Heim mit Problemkindern stecken. Die Liebe und Stabilität, die sie braucht, wird sie da ganz bestimmt nicht finden.« Er rieb sich müde die Augen.

»Vielleicht gibt es ja noch ein anderes Paar, das keine Kinder haben kann und das einen Teenager möchte«, meinte Ariana hoffnungsvoll.

Er schüttelte den Kopf. »Das ist eher unwahrscheinlich. Es spricht so viel gegen Sam, dass ich gar nicht weiß, wo ich anfangen sollte.«

»Was außer ihrem Alter spricht denn noch gegen sie?«
Er sah sie von der Seite an. »Du hast sie doch kennen gelernt, also solltest du es eigentlich wissen. Sie ist ziemlich vorlaut und weiß alles besser. Und ihre Geschicklichkeit, was Taschendiebstahl angeht, hast du ja aus erster Hand erlebt.«

»Das ist doch nur Fassade. Dahinter steckt ein verunsichertes Kind, das nur geliebt werden will. Es wird ja wohl noch Menschen geben, die hinter diese Fassade blicken können?«

Quinn schüttelte den Kopf und betrachtete sie ungläubig. »Du glaubst doch nicht wirklich an dieses ganze humanitäre Geschwätz, oder? Nicht jeder kommt aus einer so intakten Familie wie du.«

Ariana unterdrückte eine bissige Erwiderung, denn eigentlich musste sie Quinn recht geben, was ihre Familie anging. Sie war zumindest in einem liebevollen Heim aufgewachsen. »Gut, ich verstehe, was du meinst. Trotzdem muss es doch eine Lösung geben.«

»Ich würde nicht mal meinen Hund bei der Hälfte der Bewerber lassen, die auf dieser Liste stehen. Außerdem suchen die meisten jüngere Kinder. Und selbst wenn jemand darüber nachdenkt, einen Teenager zu nehmen, müsste man ihn wohl schon zwingen, Samantha zu akzeptieren. Jedenfalls angesichts ihrer Vergangenheit.«

»Es gibt doch Gründe, warum sie sich so verhält.« Ariana wusste, dass sie nach Strohhalmen griff, aber Quinn war nicht der Einzige, dem Sam am Herzen lag. Sie mochte das Mädchen auch schon, obwohl sie es erst so kurz kannte.

Er sah sie gequält an. »Die Gründe, warum sie sich so verhält, zählen nicht. Worauf es ankommt, sind die Fakten in dem Bericht.« Mit einer ungeduldigen Handbewegung fegte er die Dokumente zu Boden. »Ich muss eben Aaron und Felice noch einmal bearbeiten. Außer ihnen will keiner ein Problemkind.«

Ariana erkannte in Quinns Blick, seiner Miene und seiner Haltung den kleinen Jungen, der einmal in derselben Situation gewesen war wie Samantha. Quinn erinnerte sich offenbar noch sehr gut daran, wie es sich anfühlte, ein Kind zu sein, das niemand wollte.

Doch jetzt war er kein Jugendlicher mehr, er war ein erwachsener Mann. Ein Mann, dessen Qualen sie lindern wollte und den sie mit jedem Atemzug, den sie tat, mehr begehrte. Sie wusste, dass es nicht klug war, doch sie streckte trotzdem die Hand aus und legte sie auf seine Schulter. Das erschien ihr weit genug von der behaarten Brust entfernt, die sie eigentlich viel mehr anzog.

Quinns Blick glühte, als er ihr in die Augen sah. Ariana begriff, dass es keinen sicheren Ort gab, was Quinn anging. Weder eine Stelle seines Körpers, die sie anfassen konnte, noch ein Versteck, in das sie sich vor ihm zu flüchten vermochte. Sie konnte ihrem wachsenden Verlangen nach diesem komplizierten Mann einfach nicht entkommen.

Er beugte sich vor, bis seine Lippen die ihren fast berührten. Bei jedem Atemzug nahm sie seinen männlichen Duft wahr, und die Knospen ihrer Brüste verhärteten sich unter dem dünnen Stoff ihres Stretch-T-Shirts. Das Verlangen pulsierte heiß in ihr, und an seinem Blick und seiner Miene erkannte sie, dass er sie ebenso begehrte.

»Das ist verrückt«, stieß sie heiser hervor.

Er nickte zustimmend. »Dann geh einfach weg.«

»Das kann ich nicht.« Mehr gab es dazu nicht zu sagen. Ariana wusste nicht, wer wen zuerst küsste, aber es war wie eine Erlösung, als er endlich seine Lippen auf ihren Mund presste. Er küsste sie heiß und verlangend, und gab ihr genau das, wonach sie sich gesehnt hatte.

Diese Berührung durchzuckte sie beide wie ein Stromschlag. Ihre Leidenschaft geriet rasend schnell außer Kontrolle. Ariana streichelte seine Hüfte und fuhr mit den Fingern forschend an seiner Seite hinauf. Sie ertastete jeden Umriss seines Körpers. Seine Haut fühlte sich glatt an, bis auf die Stellen, wo seine Brusthaare sich kräuselten. Und wo sie ihn auch berührte, schien die Haut unter ihren Fingern zu brennen.

Quinn hielt ihren Kopf mit beiden Händen fest, während er mit seiner Zunge ihren Mund erforschte und das Tempo vorgab. Sie passte sich ihm nur zu gern an. Jedenfalls so lange sie selbst auch ihrem Verlangen nachgeben konnte. Sie legte ihre Hände auf seine Brust, und seine harten Brustspitzen bohrten sich in ihre Handflächen. Er stöhnte dunkel und leise auf. Es befriedigte Ariana, dass sie ihn ebenso erregen konnte wie er sie.

Er küsste sie und glitt dann mit seinen Lippen über ihren Hals. »Du machst mich verrückt«, flüsterte er mit belegter Stimme.

»Du mich auch.«

Zitternd zog er ihr das Top bis zur Taille herunter und umfasste sanft ihre Brüste. Er ahnte, was sie wollte, und stachelte ihre Lust noch weiter an, als er sie mit seinen warmen Händen sanft massierte. Ariana spürte, wie das Verlangen sie durchzuckte. Sie konnte die Lust, die er in ihr entfachte, kaum noch beherrschen. Sie zitterte am ganzen Körper, und ihre Hüften kreisten unwillkürlich im Rhythmus seiner Zärtlichkeiten.

Quinn reagierte auf diese wortlose Aufforderung und zog Ariana auf seinen Schoß. Sie hob einen Fuß etwas unbeholfen über seine Oberschenkel und setzte sich dann rittlings auf ihn. Danach klemmte sie seine Beine zwischen ihre Schenkel, und ihr Rock rutschte hinauf, bis nur noch ein Hauch von Baumwolle und seine Jeans eine Barriere zwischen ihrem gegenseitigen Verlangen bildete. Sie spürte seine Erektion, die sich zwischen ihre Beine presste, und ihr wurde heiß. Sie legte den Kopf in den Nacken und stöhnte leise auf, als sie sich den wundervollen Empfindungen hingab, die ihren Körper, ihren Geist und ihre Seele auszufüllen schienen.

»Lass dich gehen«, flüsterte er ihr ins Ohr. »Ich möchte, dass du kommst.«

Ariana zweifelte nicht daran, dass es ihm gelingen würde, sie zum Höhepunkt zu bringen. Selbst ohne sie an ihrer empfindlichsten Stelle zu berühren, schaffte er es, sie um ihre Beherrschung zu bringen. Dieser Gedanke drang durch den Nebel ihres Verlangens in ihr Bewusstsein und zwang sie dazu nachzudenken.

Ihre Selbstkontrolle war das Einzige, das sie bei Verstand hielt. Sie hatte sich immer im Griff gehabt und sich bewusst zur Gelassenheit gezwungen, um sich von ihrer Familie abzugrenzen. Von ihrer theatralischen Familie, die ihre Gefühle so viel freier als sie auslebte. Und diese Selbstbeherrschung unterschied sie auch von ihrer Zwillingsschwester.

Der Bann war gebrochen. Ariana kletterte hastig von Quinns Schoß und zog ihren Rock herunter. »Ich ... ich kann das nicht.«

Sie war hierher gekommen, um Quinn nach Zoe auszufragen. Stattdessen hatte ein Blick in sein gequältes Gesicht genügt, in dem sich der Schmerz über Sams Schicksal spiegelte, und sie war ihm in die Arme gesunken, ohne auch nur eine einzige Frage zu stellen.

Er sah sie an. Er wirkte benommen, und sie fühlte sich genauso. Aber er hatte keinen Fehler gemacht. Es war allein ihre Schuld. Denn während sie hier halb nackt in Quinns Hotelzimmer saß und ihre kostbare Selbstkontrolle beinahe zum Teufel geschickt hätte, blieb ihre Schwester nach wie vor verschwunden.

Dieser Mann neben ihr, der so perfekt verstand, die Zügel in die Hand zu nehmen, und sie dazu ermutigte, sich ihm hinzugeben, dieser Quinn wusste genau, wo ihre Schwester war. Und weigerte sich, es ihr zu sagen.

Na großartig! Ariana war wütend auf sich selbst.

Quinn sah wortlos zu, wie Ariana ihre Kleidung in Ordnung brachte. Er wünschte, er könnte behaupten, der Vorfall täte ihm leid. Aber das stimmte einfach nicht. Denn in diesem kurzen Moment der Leidenschaft hatte er alles andere vergessen können.

Es war ihm gelungen, Damon, den Fall, Sam und ihre Probleme und sein eigenes, armseliges Leben aus seinen Gedanken zu verdrängen. Außerdem sehnte er sich mehr danach, sich in Ari zu verlieren, als er Luft zum Atmen brauchte. Nein, es tat ihm ganz und gar nicht leid.

Ariana dagegen schien ihre Entgleisung offensichtlich zu bedauern. »Was ist denn los?« Das war vielleicht nicht der taktvollste Weg herauszufinden, was in ihr vorging, aber sie hatte ihn keines Blickes gewürdigt, seit sie sich von ihm zurückgezogen hatte.

Sie sah ihn unter gesenkten Lidern an. Das Verlangen schimmerte noch deutlich in ihrem Blick, doch im Moment kämpfte sie offenbar auch mit ganz anderen Gefühlen. »Wo ist meine Schwester?« Diese Frage wurde allmählich zu einem nervigen Mantra.

Frustriert fuhr Quinn sich mit der Hand durch das Haar. »Das darf ich dir nicht sagen.«

Sie kam näher, damit sie ihm ins Ohr flüstern konnte: »Wird dieses Zimmer auch abgehört?«

Er erkannte die Hoffnung in ihrer Stimme und wusste, dass sie nach einem Grund für sein Schweigen suchte. Einen Grund, den sie verstehen konnte. Leider konnte er ihn ihr nicht geben. Er suchte sein Zimmer jeden Tag sorgfältig ab, also gab es hier keine Wanzen. Er ertrug es zwar, dass Damon ihn im Büro abhörte, aber seine Privatsphäre war ihm heilig.

Er schüttelte den Kopf. Keine Wanzen, dachte er. »Ich kann es dir einfach nicht sagen.«

»Siehst du, genau das ist los.« Die Enttäuschung in ihrer Stimme traf ihn wie ein Schlag in den Magen. Er kam sich plötzlich ausgelaugt vor.

Sie stand auf. Ihre Kleidung war immer noch verrutscht und ihre zarten Wangen von seinen Bartstoppeln gerötet. Sie sah erotischer aus als jede andere Frau, die er jemals kennen gelernt hatte. Selbst wenn ihre Miene ihm unmissverständlich klar machte, dass er sie nicht schwerer hätte enttäuschen können. Wenn ihn jemand mit der Faust ins Gesicht geschlagen hätte, wäre das leichter für ihn zu ertragen gewesen, als sich jetzt ihrer Missbilligung stellen zu müssen. Und das jagte ihm einen ziemlichen Schreck ein, denn normalerweise gab Quinn Donovan keinen Pfifferling darauf, was jemand von ihm hielt.

»Den Gerüchten zufolge hast du etwas mit Zoes Verschwinden zu tun.« Sie zitterte und rieb sich über die Oberarme.

Er hütete sich, sie in die Arme zu nehmen und zu trösten, aber er verstand ihr Bedürfnis, endlich Antworten zu finden. »Das habe ich nicht.«

Ariana sah ihn misstrauisch an. »Dann sag mir, warum und wie du Zoe kennen gelernt hast. Soweit ich bisher mitbekommen habe, interessierst du dich nicht für die Tänzerinnen. Warum war das bei meiner Mutter anders? Oder bei Zoe? Warum waren die beiden eine Ausnahme für dich?«

Quinn bewunderte ihre Klugheit. Doch diese Cleverness konnte seinen Untergang bedeuten. Ariana fing bereits an, die wenigen Puzzlestücke, die sie hatte, zu einem Bild zusammenzusetzen.

Wie lange würde es noch dauern, bis sie auch seine Tarnung auffliegen ließ?

»Deine Mutter war einfach nur nett«, erwiderte er

wahrheitsgemäß. »Und was Zoe angeht... Da musst du mir einfach vertrauen.« Er streckte die Hand nach ihr aus, aber Ariana weigerte sich, näher zu kommen.

»Ich fühle mich zwar sexuell zu dir hingezogen, aber ich bin deshalb keineswegs dumm«, sagte sie sichtlich empört. »Nach allem, was ich bisher erfahren habe, könnten diese Gerüchte zutreffen. Du könntest durchaus etwas mit Zoes Verschwinden zu tun haben.«

»Das habe ich aber nicht. Jedenfalls nicht so, wie du es vermutest.«

»Aha, na klar. Völlig einleuchtend.« Sie sah ihn angewidert an, und die Lippen, die ihn vorhin noch so leidenschaftlich geküsst hatten, verzogen sich missbilligend nach unten.

Er begehrte Ariana nach wie vor, doch in sein Verlangen mischte sich jetzt auch Frustration. Aris Hartnäckigkeit und seine Unfähigkeit, ihr die Antworten zu geben, die sie hören wollte, ernüchterten ihn.

»Gib mir noch eine Woche Zeit«, bat er sie. Er dachte an Damons Vorhaben, am nächsten Wochenende zu verreisen. Wenn er Ariana noch diese sieben Tage hinhalten konnte, besaß er die Beweise, die er brauchte, um diesen Fall endlich abschließen zu können.

Sie schüttelte den Kopf. »Das kann ich nicht ohne einen triftigen Grund. Gib mir irgendeinen Beweis, dass ich dir trauen kann.«

»Außer meinem Ehrenwort?« Quinn entging die Ironie seiner Bemerkung keineswegs.

»Tut mir leid, aber das genügt nicht.« So etwas wie Bedauern flackerte in ihrem Blick auf.

Sie wollte ihm glauben, das spürte er. »Ich habe nichts Böses mit dem Verschwinden deiner Schwester zu tun«, wiederholte er.

Ihr resigniertes Lachen traf ihn wie ein Messerstich. »Tust du mir einen großen Gefallen, Quinn?«

»Welchen?«, fragte er gepresst.

»Fahr mich bitte nach Hause.«

Als Ari am nächsten Morgen in die Küche kam, schlug ihr ein ekelhafter Gestank entgegen. Sie hatte Quinn nicht belogen, als sie ihm verriet, dass ihre Mutter nicht kochte, sondern das Essen bestellte. Dieser Gestank belegte nachdrücklich, warum das auch besser war. Ihre Mutter hatte einen Barhocker vor den Tresen geschoben. Spank hockte darauf und sah ihr beim Kochen zu. Der Anblick des Affen wirkte auf Ariana weit normaler als ihre Mutter mit einer Schürze vor dem Herd zu sehen. Sie rührte in einem großen Kochtopf.

»Was kochst du denn da?«, erkundigte sich Ariana misstrauisch.

»Ich koche nicht, sondern ich erschaffe etwas.« Elena rührte dabei weiter irgendwelche Zutaten mit dem Holzlöffel um.

»Hoffentlich ist das nicht wieder so ein Getränk, das du neulich zusammengebraut hast«, meinte Ariana.

»Es ist eine andere Version«, warf Tante Dee hilfreich ein. Sie hatte sich vorsichtshalber an das andere Ende des Tisches gesetzt.

»Das ist ein Rezept für eine Gesichtscreme. Ich warte darauf, dass sie eindickt. Die Kombination der Zutaten wirkt stärkend für die Haut. Es ist ein altes Familienrezept. Glaubst du nicht auch, dass wir in unserem Familien-Spa-Produkte anbieten sollten, die nur die Costas-Familie vertreibt?«

Ariana sah sie skeptisch an. Sie konnte sich nicht erinnern, dass ihre Familie jemals etwas anderes getan hätte, als irgendwelche Tricks und Schwindeleien von einer Generation an die nächste weiterzureichen. Aber sie wollte ihre Muter nicht beleidigen, indem sie fragte, ob sie sich diese Geschichte nur als Werbung für die Kurklinik ausgedacht hatte.

Außerdem überraschte sie eine andere Andeutung ihrer Mutter viel mehr. »Du sprichst von einem Costas-Familien-Spa. Bedeutet das, dass Dad diese Sache mit der Addams-Family endlich aufgibt?«, fragte sie hoffnungsvoll.

»Irgendwann muss er es ja tun«, erklärte Elena zuversichtlich. »Er hält nur daran fest, weil diese Rolle ihn vergessen lässt, wie krank er gewesen ist. Doch das ist jetzt lange her. Er braucht nur den richtigen Anlass, um damit aufzuhören. Am Ende wird er sich schon daran gewöhnen.«

Elena klang sehr zuversichtlich. Ariana wusste aus Erfahrung, dass sie ihren Willen schon bekommen würde. Sie schaute in den Topf, aber ihre Mutter schob sie zur Seite.

»Lass das!«, schalt Elena sie.

»Was ist denn die Hauptzutat?«, erkundigte sie sich.

»Du meinst, außer Fischöl?«, höhnte Tante Dee. Ariana schluckte und unterdrückte ein Würgen. »Daher kommt also der Gestank.« Sie zuckte zusammen und ging auf sichere Distanz zu dem Kochtopf. »Ich werde die Frage bestimmt bereuen, aber ich würde trotzdem gern wissen, wieso du ausgerechnet Fischöl genommen hast.«

Elena schaute ergeben zur Decke. »Ich dachte, das wäre offensichtlich. Hast du schon jemals einen Fisch mit Runzeln gesehen?«

Ariana sah sie verständnislos an. So etwas Absurdes konnte nur ihrer Mutter einfallen. »Nur welche mit Schuppen«, erwiderte sie leise. »Selbst wenn du trotz des widerlichen Gestanks irgendjemanden dazu überreden kannst, auch nur in die Nähe dieses Gebräus zu kommen, wirst du auf jeden Fall Schuppenprobleme haben.« Sie zog angewidert die Nase kraus.

»Sie hat die Duftstoffe noch nicht hinzugefügt«, beruhigte Tante Dee sie.

Ariana bezweifelte, dass irgendetwas diesen fischigen Gestank überdecken konnte, aber sie hielt es für klüger, das Thema fallen zu lassen. »Ich wundere mich nur ein bisschen, dass Spank diesen Geruch aushält.«

Als das Äffchen seinen Namen hörte, bleckte es die Zähne.

»Vielleicht mag sie es, weil auch griechischer Baldrian drin ist.« Ihre Mutter legte den Deckel auf den Topf und schaltete die Herdplatte herunter, damit die Mischung langsam weiterköchelte. »Es ist historisch erwiesen, dass dieser Duft Katzen anzieht«, sagte sie, als erklärte das Spanks Faszination für dieses widerliche Aroma.

Ariana schüttelte den Kopf. »Meinst du Baldrianwurzel?« Sie hatte von dieser Kräutertinktur schon einmal gehört.

Ihre Mutter lachte. »Ich glaube, griechischer Baldrian klingt für uns angemessener, findest du nicht? Außerdem ist das auch der richtige Name für diese Tinktur, die ich da gekauft habe.«

»Ganz wie du meinst.« Ariana hatte keine Lust mehr, weitere Fragen zu stellen. Auch wenn es sie beunruhigte, welche legalen oder möglicherweise illegalen Schritte ihre Mutter plante, um diese neue Errungenschaft zu vermarkten. Was ohnehin nur passieren würde, wenn es ihr gelang, zuvor den Gestank zu neutralisieren. »Da der Ofen ja anderweitig gebraucht wird, gehe ich am besten zu Tante Kassie zum Essen.«

Sofern sie den Geruch vergessen konnte, denn sonst würde sie keinen Bissen herunterbekommen, dachte sie.

»Arbeitest du heute Abend?«, fragte ihre Mutter.

Elena hatte nur gelächelt, als Ariana ihr die Wahrheit über ihren Job bei Damon's gestand. »Quinn wird dich schon beschützen.«

Ariana hatte die Zähne zusammengebissen und sich ebenfalls zu einem Lächeln gezwungen.

Elena glaubte, dass die Männer die Antwort auf die Frage nach dem Sinn des Lebens waren. Ariana dagegen musste auf die harte Art lernen, allein zurechtzukommen. In den ersten Monaten in Vermont war sie sehr einsam gewesen, und mehr als einmal hatte sie gegen ihr Bedürfnis angekämpft, reumütig zu ihrer Familie zurückzukehren. Trotz des Chaos und des Wahnsinns, der sie zu Hause erwartete. Aber sie war entschlossen gewesen, ihr eigenes Leben zu leben, und das tat sie auch.

Sie hatte sich mit ihrer Nachbarin Jill und mit einigen jüngeren Dozenten auf dem College angefreundet. Einige ältere Professoren hatten Ariana geradewegs adoptiert und luden sie einmal in der Woche zum Tee ein. Vermont bot ihr genau das solide, vorhersagbare und bequeme Leben, nach dem sie gesucht hatte. Doch ihre Rückkehr nach Hause führte ihr vor Augen, was sie alles verpasst hatte. Sowohl das Positive als auch das Negative.

Und mit Letzterem würde sie sich jetzt auseinander. setzen und im Kasino herumschnüffeln. Vielleicht stieß sie ja doch auf eine Spur, die sie zu ihrer Schwester führte. Solange ihre Mutter nichts dagegen hatte, dass sie bei Damon's arbeitete, störte es Ariana auch nicht, wenn Elena es ihr nur erlaubte, weil Quinn auf sie aufpasste. Obwohl sie selbst ihm nicht traute.

Er hatte ihr zwar nie etwas versprochen, doch Ariana

war trotzdem wütend auf ihn. Er hatte sie enttäuscht. Und noch zorniger war sie auf sich selbst, weil ihr das so nahe ging. *Weil er dir immer wichtiger wird.* Trotz ihrer Gefühle füreinander vertraute er ihr nicht genug, um ihr die Wahrheit über Zoe zu verraten. Diese Weigerung stand wie eine Mauer zwischen ihnen.

Ariana schaute sich in der von Tiegeln und Töpfen überquellenden Küche um und atmete noch einmal den widerlichen Geruch ein. Das alles erinnerte sie an die peinlichen Situationen in ihrer Kindheit, vor denen sie davongelaufen war. Doch auch wenn sie sich entschlossen hatte, die Distanz zu ihren Verwandten zu wahren, damit sie nicht selbst verrückt wurde, musste sie zugeben, dass sie ihre Familie genauso liebte, wie diese sie.

Also zwang sie sich ihrer Mutter zuliebe zu einem unbekümmerten Lächeln. »Eigentlich habe ich heute Abend frei. Ich bin noch nicht dazu gekommen, Tante Kassie und meine Cousins und Cousinen zu besuchen, seit ich wieder hier bin.« Diese Verwandten waren der bodenständigere Zweig der Familie. Was allerdings nicht viel zu bedeuten hatte, wenn man den Costas-Clan kannte.

Achtes Kapitel

Quinn dribbelte mit dem Basketball durch die alte Turnhalle des Waisenhauses und warf dann auf den Korb. Der Ball prallte vom Eisenring ab. Meine Konzentration ist zum Teufel, dachte Quinn. Er brauchte kein Genie zu sein, um zu wissen, woran das lag.

Es war erst einige Stunden her, seit Ari sein Hotelzimmer verlassen hatte. Sie war liebevoll, willig und leidenschaftlich gewesen. Und fast hätte sie sich ihm hingegeben. Leider hatte er nicht die Chance bekommen, seine Fantasien auszuleben. Er sehnte sich danach, sie ganz zu besitzen, ihre Hitze und Feuchtigkeit zu spüren und zu merken, wie sie ihn bereitwillig in sich aufnahm. Noch nie war eine Frau ihm so unter die Haut gegangen, und er musste immerzu an sie denken.

Ariana dagegen schien mit ihren Gedanken mittlerweile ganz woanders zu sein. Seit dem Vorfall in seinem Zimmer ignorierte sie ihn. Und wenn sie sich mit ihm unterhielt, verhielt sie sich kühl und abweisend. Und was noch schlimmer war, sie untergrub mit allen Tricks sein Bemühen, sie zu beschützen. Als er sie heute Nachmittag abholen wollte, erfuhr er, dass sie allein zur Arbeit gefahren war. So stand er verloren in der Küche von Aris Elternhaus herum und musste sich von dem Affen schon wieder den blanken Hintern zeigen lassen. Im Kasino hatte er sie dann erwischt, als sie gerade versuchte, seine Bürotür mit einer Haarspange aufzumachen. Sie schwieg sich jedoch hartnäckig darüber aus, was sie dort eigentlich wollte. Kurz gesagt, sie machte ihm nach Kräften Schwierigkeiten.

Quinn schnappte sich den Ball und warf ihn noch einmal auf den Korb. Er verfehlte wieder das Ziel.

»Du bist wohl noch nicht ganz da!«, rief Connor ihm zu. Quinn konzentrierte sich, dribbelte ein bisschen und warf dann von der Mitte des Platzes den Ball sauber ins Netz. »Mach's nach, wenn du kannst!«

Connor dribbelte bis zum anderen Ende und traf problemlos in den Korb. Achtlos ließ er den Ball weghüpfen.

»Das war pures Glück«, knurrte Quinn. »Was machst du eigentlich hier?«

»Ich muss ein bisschen überschüssige Energie loswerden.« Connor hob den Ball auf und dribbelte, während sie sich unterhielten.

»Frauenprobleme?« Quinn lachte.

»He, wenigstens redet Maria mit mir.«

Quinn zuckte unter Connors Seitenhieb zusammen. Connor hörte auf zu dribbeln und klemmte sich den Ball unter den Arm. »Ich gehe morgen mit ihr aus.« Quinn pfiff leise. Also machte Connor endlich Fortschritte. »Viel Glück, Kumpel.« Wenn er an Connors frühere Beziehungen dachte, würde sein Freund Glück auch dringend nötig haben.

»Danke gleichfalls«, erwiderte Connor. »Wer hätte gedacht, dass unsere Professorin so viel Mumm in den Knochen hat, dass sie mit dir machen kann, was sie will.« Connor schüttelte verwundert den Kopf.

Ari hatte sich tatsächlich als gleichwertige Gegnerin entpuppt, und obwohl Quinn ihre Entschlossenheit und

Courage bewunderte, frustrierte ihn das auch. »Sie hält mich für Abschaum. Sie weiß, dass ich etwas mit Zoes Verschwinden zu tun habe, kann aber nicht herausfinden, was genau. Und mit jedem Trick, den sie durchzieht, gefährdet sie meine Tarnung und kommt der Wahrheit einen Schritt näher.«

»Sie hat Maria auch schon befragt.«

Quinn zuckte mit den Schultern. »Das macht nichts. Maria weiß nur, was sie wissen soll. Das konnte Ari ruhig irgendwann erfahren. Sie hat sich ja mittlerweile bei allen erkundigt, sogar beim Hausmeister.«

Connor setzte sich auf eine Bank. »Ganz gleich, was sie denkt, sie kann deine Tarnung nicht platzen lassen. Niemand außer mir weiß genug darüber, und ich rede nicht.« In diesem Punkt hatte sein Partner unbestreitbar Recht.

Trotzdem wusste Quinn nicht, wie lange er noch mit den Gewissensbissen leben konnte. Es bereitete ihm Höllenqualen, mitanzusehen, wie Ari darunter litt, dass sie nicht herausfand, wo ihre Schwester steckte.

»Mach nur keine Dummheiten«, sagte Connor in das Schweigen hinein.

Er musste nicht deutlicher werden. Quinn hatte ihn sehr gut verstanden. Er schüttelte den Kopf und stöhnte.

»Das hat sie einfach nicht verdient.«

»Wir haben zwei Jahre in diese Operation investiert, und sie steht kurz vor dem Ende. Denk an deine Karriere, denn das ist das Einzige, was dir bleiben wird, wenn diese Sache hier vorbei ist.«

Quinn nickte. Sie hatten sich diesen Satz während ihrer Zeit auf der Polizeiakademie immer vorgebetet, wenn es hart wurde. Und sie stärkten sich auch heute noch gegenseitig den Rücken. Sonst gab es niemanden, auf den sie sich hätten verlassen können.

»Keine Sorge, ich denke noch mit dem Kopf«, beruhigte Quinn seinen Freund. Zumindest redete er sich das ein.

»Pass nur auf, dass es der richtige Kopf ist«, konterte Connor. »So wie ich das sehe, gibt es nur einen Grund, ihr die Wahrheit zu verraten – um sie flachzulegen.« Connor nickte, sichtlich davon überzeugt, die richtige Schlussfolgerung gezogen zu haben.

Aber damit lag er falsch. Der Grund, der Quinn einfiel, war noch viel schlimmer. Sex war nicht das Einzige, was ihn zu Ari hinzog. Sie brachte Gefühle in ihm zum Vorschein, die er zuvor noch nie gespürt hatte. Sie berührte den tiefsten Grund seiner Seele. Er war nur noch nicht bereit, das auch laut auszusprechen.

»Ich würde niemals einen Fall gefährden, nur um mit einer Frau schlafen zu können«, widersprach er empört.

»Schon gut. Ich möchte nur verhindern, dass mein Freund auf einem Seziertisch im Leichenschauhaus endet.«

»Vielleicht solltest du allmählich ein paar neue Freundschaften schließen«, meinte Quinn lachend. »Nur für alle Fälle.«

Connor schüttelte den Kopf und legte seinem Freund brüderlich die Hand auf die Schulter. »Vergiss eines nicht: Wenn das hier vorbei ist, verschwindet Ari wieder nach Vermont in ihr gemütliches, kleines Nest.«

»Verdammt, das weiß ich.« Und Quinn redete sich ein, dass er es selbst wollte.

Nachdem er Connor bei einem kleinen Spielchen gründlich besiegt hatte, duschte er und fuhr zu Aris Eltern. Vielleicht war sie ja an ihrem freien Abend zu Hause. Doch es war pures Verlangen, das ihn dorthin trieb. Ihm war vollkommen klar, dass er bis zum Hals in Schwierigkeiten steckte. Ari war nicht zu Hause, und es dauerte eine Weile, bis Quinn sich von der Familie loseisen konnte.

Draußen roch er an seinem Ärmel, konnte jedoch nicht entscheiden, ob er jetzt überall nach Fisch roch, oder sich der widerliche Gestank nur in seiner Nase festgesetzt hatte.

Eine Stunde später betrat er das »Paradeisos«. Das Restaurant gehörte Nicholas' Schwester Kassie. Quinn war vorher noch nie dort gewesen, und während er sich umsah, fiel sein Blick auf Ari, die am Tresen saß.

»Was kann ich für Sie tun?«, fragte eine dunkelhaarige Frau. Sie hielt eine Speiskarte in der Hand.

»Eigentlich suche ich jemanden. Ich setze mich an den Tresen, wenn Sie nichts dagegen haben.«

»Natürlich nicht.« Sie lächelte und musterte ihn anerkennend von Kopf bis Fuß, bevor sie mit einer einladenden Handbewegung auf den Tresen deutete.

Quinn setzte sich in Bewegung, und die Kellnerin folgte ihm mit klappernden Absätzen auf dem Fuß. Er setzte sich auf einen freien Hocker neben Ari und betrachtete sie. Das Haar trug sie zu einem Pferdeschwanz gebunden, und sie hatte kaum Make-up aufgelegt. Quinn gefiel ihr natürliches Aussehen besser als der geschminkte Baby-Doll-Look, den sie auflegte, wenn sie abends im Kasino arbeitete.

»Hallo.« Er legte eine Hand auf die Lehne ihres Hockers.

Sie drehte sich um. Ihre Pupillen weiteten sich kurz. Das war das einzige Anzeichen dafür, dass es sie überraschte, ihn zu sehen. »Verfolgst du mich jetzt schon an meinen freien Tagen?« Ihre Stimme war unüberhörbar kühl. »Das ist ziemlich albern. Bei meiner eigenen Familie werde ich wohl kaum etwas über meine Schwester herausfinden.«

»Oh, du wärst überrascht, was sie alles zu erzählen haben«, erwiderte er. Er dachte daran, was Zoe ihm von ihrer Familie berichtet hatte. Sofort meldete sich wieder sein mittlerweile hinlänglich bekanntes schlechtes Gewissen. Um sich abzulenken, musterte er die Einrichtung des Restaurants. Der Boden war mit Linoleum ausgelegt. Die Stühle waren mit Vinyl überzogen, und in der Mitte des Raumes standen einige Tische. Die Wände wurden von Sitznischen gesäumt, in denen jeweils kleine Musikboxen standen, die man mit einer Münze anschalten konnte.

Doch da es ein Costas-Restaurant war, verfügte es natürlich über einen besonderen Flair. Auf jedem Tisch stand eine Statue, die einem griechischen Gott ähnelte, es waren nackte griechische Götter, die als Blumenvasen verwendet wurden.

»Das Restaurant gehört also deiner Tante Kassie?«

»Mmh.« Ari konzentrierte sich auf den Milchshake, der vor ihr stand, und rührte mit dem Strohhalm die breiige Flüssigkeit um.

Offenbar wollte sie ihn nicht zu einem Gespräch ermuntern. »Ist das dein Essen oder schon der Nachtisch?« Er deutete auf den Drink.

»Das ist ein so genannter Seelentröster«, mischte sich die Kellnerin ein.

Quinn hatte die Frau vollkommen vergessen.

»Ari trinkt immer Milchshakes, wenn ihr viel im Kopf herumgeht. Jedenfalls hat sie das früher getan, als sie noch zu Hause gewohnt hat. Sie ist jetzt schon so lange fort, dass keiner von uns weiß, was sie eigentlich wirklich mag …«

»Verschwinde, Daphne«, forderte Ari ihre Cousine freundlich auf. »Sie schiebt mir immer gern die Schuld an allem Möglichen in die Schuhe. Dann fühlt sie sich besser, weil ihre eigene Mutter sie mit Schuldgefühlen überhäuft«, erklärte Ari, bevor sie Daphne wieder ansah.

»Kümmer dich um dein eigenes Leben, Cousinchen«, sagte sie gutmütig.

Aha, dachte Quinn. Die beiden sind also miteinander verwandt. Er hatte niemals die Erfahrung machen können, von einem Verwandten auf den Arm genommen zu werden.

»Hier ist dein Burger Deluxe.« Ein Mann in einer schwarzen Hose und einem weißen Hemd stellte einen Teller vor Ari hin.

Ein köstlicher Duft stieg Quinn in die Nase, und ihm lief das Wasser im Mund zusammen.

»Was kann ich deinem Freund bringen?«, erkundigte sich der Kellner bei Ari.

»Wie kommst du darauf, dass er mein Freund ist?«

Aris Stimme klang gelangweilt, aber Quinn kaufte ihr diese kühle Haltung keine Sekunde ab. Sie hielt ihre Gabel nämlich so fest, dass ihre Fingernägel bestimmt Spuren in den Handflächen hinterlassen würden, wenn sie das Besteck losließ.

»Seine Hand liegt auf deiner Stuhllehne, und du hast ihm noch nicht befohlen zu verschwinden.« Auf dem Namensschild des Kellners stand »Gus«. »Wenn ich gründlicher darüber nachdenke, könnte ich sogar zu dem Schluss kommen, dass er dein Liebhaber ist. Was meinst du?« Der Mann lachte.

Quinn hob eine Braue und beobachtete Ari. Sie knirschte mit den Zähnen. Er verkniff sich das Lachen und enthielt sich wohlweislich jedes Kommentars. Das erschien ihm klüger, denn noch hielt Ari die Gabel in der Hand.

»Er ist mein Garnichts.«

»Großartig. Dann hast du doch sicher nichts dagegen, wenn ich ihn nach seiner Telefonnummer frage?« Cousine Daphne beugte sich vor und rieb ihre prallen Brüste an seinem Arm.

Ari warf ihr einen tadelnden Blick zu und runzelte die

Stirn. »Ich hätte zu Hause bleiben sollen. Der verdammte Affe respektiert wenigstens meine Privatsphäre.«

Erneut war Quinn versucht, sich einzumischen. Er hätte sie gern an Spanks Hang zum Taschendiebstahl erinnert. Aber dafür war er zu klug. Stattdessen warf er Ari nur einen unschuldigen Blick zu.

»Ich bringe Ihnen auch einen Burger«, sagte Gus, ohne Quinn nach seinen Wünschen zu fragen. Mit einem Lachen verschwand der Mann und zog Daphne mit sich.

»Dieser Zweig deiner Familie scheint ebenfalls sehr interessant zu sein«, meinte Quinn, als Ari und er allein waren. Sie spritzte Ketchup auf ihren Tellerrand und dippte dann eine Pommes frites in die roten Pfütze. »Sie haben jedenfalls alle zusammen eine ganze Legion von Männern in die Flucht getrieben.«

Quinn war lange genug Cop. Er konnte Leute durchschauen und wusste, dass Ari mit ihrem Sarkasmus nur ihren Schmerz überspielte. Ihn amüsierten ihre exzentrischen Verwandten, sie jedoch ganz offensichtlich nicht. Sie hat keine Ahnung, wie viel Glück sie hat, so eine Familie zu haben, dachte er. Doch er begriff auch, dass sie gute Gründe hatte, der Reaktion ihrer Freunde auf den Costas-Clan zu misstrauen.

Er stibitzte eine Pommes frite von ihrem Teller und dippte sie ebenfalls in den Ketchup, bevor er auf ihre Bemerkung antwortete. »Meinst du die Freunde, von denen du mir erzählt hast? Das waren offensichtlich ziemliche Waschlappen.«

Sie legte den Kopf schief. »Du meinst, im Vergleich zu dir waren es Schwächlinge?«, fragte sie ironisch.

»Kann ich etwas dafür, wenn die Männer in deinem Leben neben mir deutlich abfallen?« Er warf ihr ein jungenhaftes Grinsen zu. Sie verdrehte die Augen.

»Eine Coke.« Gus stellte Quinn ein Glas hin.

»Da hat er nicht ganz Unrecht«, meldete sich Daphne ungefragt von der anderen Seite des Tresens.

»Hast du nichts zu tun?«, erkundigte sich Ari bei ihrer Cousine.

»Aris letzter Freund, jedenfalls der letzte, von dem wir etwas wissen ... Sie ist ziemlich verschwiegen geworden, seit sie in Vermont lebt, wissen Sie? Na ja, also dieser letzte Heini war ein echt mieser Kerl. Ein aufgeblasener Idiot ohne einen Funken Humor.« Daphne schüttelte sich etwas übertrieben.

Quinn stützte sich behaglich auf seiner Stuhllehne ab. »Sagen Sie bloß.«

»Oh, ermutige sie nicht auch noch!«, seufzte Ari.

»Wenn sie es nicht erzählt, kann ich in die Bresche springen«, bot Gus sich hilfreich an.

»Gus...« Aris Stimme klang warnend. »Wenn du petzt, verrate ich Onkel Constantin, dass du hübschen Mädchen kostenlos Getränke verabreichst.«

»Die Sache wäre mir sein Gebrüll wert.« Gus ignorierte die anderen Kunden im Restaurant vollkommen und setzte sich auf einen Hocker neben Quinn. »Wussten Sie, dass meine Cousine Ari sogar eine richtige Berühmtheit ist?«

»Eher berüchtigt«, murmelte Ari gereizt. »Müssen wir jetzt wirklich meine Jugend aufleben lassen?«

In dem Moment tauchte eine wunderschöne Frau mit hochgestecktem dunklem Haar auf der anderen Seite des Tresens auf und beugte sich zu Gus und Quinn hinüber.

Ihre Gesichtszüge wiesen deutliche Ähnlichkeiten mit denen von Nicholas auf. »Oh, du willst meine Lieblingsgeschichte erzählen?«

»Mir wäre es lieber, er würde es lassen«, knurrte Ari. Bevor Quinn fragen konnte, stellte sie ihm die Frau als ihre Tante Kassie vor.

Quinn schüttelte Kassie die Hand und schaute dann Daphne und Gus an. »Ich möchte selbst die kleinsten Einzelheiten hören.«

Ari lief rot an, was ihr entzückend stand, und ohne nachzudenken, legte Quinn ihr beruhigend die Hand auf ihr Knie. Ari zuckte überrascht zusammen, sagte jedoch nichts. Und Quinn kümmerte es nicht im Geringsten, ob sie nur stillhielt, weil sie ihre Familie nicht auch noch auf diese intime Geste aufmerksam machen wollte. Er war froh, sie wenigstens berühren zu können, und er fühlte die Hitze ihrer Haut selbst unter dem dicken Jeansstoff. Und wenn er ehrlich war, musste er zugeben, dass er sogar seine eigene Reaktion darauf genoss.

Andere Männer mochten vor Aris Familie und derem exzentrischen Verhalten die Flucht ergriffen haben, doch für Quinn galt das nicht. Er wollte so viel wie möglich von Ari und ihren Verwandten erfahren.

»Angeblich«, begann Daphne, »wollte Elena die Zwillinge als indianische Prinzessinnen verkleiden, weil sie diese Rolle bei einem Schwindel auf der Promenade spielen sollten. Dazu musste sie jedoch ihre Haut färben.«

»Die Mädchen waren noch ziemlich klein«, mischte Gus sich ein. »Sie waren wirklich süße Zwillinge.« Er deutete mit der Hand an, wie klein sie gewesen waren. Wenn das stimmte, dann trugen sie vermutlich sogar noch Windeln.

Er hielt inne und fügte dann heiser hinzu: »Möge Zoe bald zu uns zurückkehren.«

»Amen«, sagten Daphne und Kassie im Chor. Quinn brannte der Magen vor Gewissensbissen.

»Jedenfalls benutzte Tante Elena dafür eine besondere Bräunungslotion. Mit dem Effekt, dass die Zwillinge orangefarben schillerten«, erklärte Daphne.

»Und Onkel John hat diese Zeitschrift angerufen. Wie hieß sie noch mal?« Gus schnippte mit den Fingern, während er nach dem Namen suchte.

»Es war der *National Enquirer*«, kam Ari ihm zu Hilfe. Sie fügte sich offenbar ins Unvermeidliche.

»Und *das hier* war das Ergebnis.« Tante Kassie deutete stolz auf ein Foto der Zwillinge, das an der Wand hing. Die fett gedruckte Überschrift verkündete: »Alien-Zwillinge in New Jersey gesichtet«.

Ariana fügte sich in ihr Schicksal. Sie konnte ihre Verwandten nicht davon abbringen, diese Geschichte zu erzählen. Doch auch wenn sie es nicht verhindern konnte, fühlte sie sich gedemütigt. Ihre Familie jedoch war mächtig stolz auf diese Geschichte. Davon kündete sowohl diese Vergrößerung hier an der Wand des Restaurants als auch deren Gegenstück in ihrem Elternhaus.

Quinn war zwar bis jetzt nicht geflüchtet, aber diese Sache würde ihm sicherlich den Rest geben. Jedenfalls war das der Anfang vom Ende für ihre Beziehung mit Jeffrey gewesen. Der Test mit dem Lügendetektor, den ihr Vater von einem Flohmarkt mit nach Hause gebracht hatte, brachte das Fass dann zum Überlaufen. Nicholas wendete das Gerät bei jedem ihrer Freunde an, obwohl die Tests natürlich nur vorgetäuscht waren. Sie erinnerte sich noch an das ernste Gesicht ihres Vaters, als er ihren ersten Schulfreund fragte: »Bist du sicher, dass du Mädchen magst und nicht doch lieber Jungen?« Die Stimme des armen Jungen hatte gequiekt wie bei einem Ferkel, als er stammelnd antwortete.

Jeffrey hatte eben diese Frage endgültig in die Flucht

getrieben. Jetzt nahm Ariana ihren ganzen Mut zusammen und sah Quinn an.

Er lachte. Die Verrücktheiten ihrer Familie schienen ihn nicht im Geringsten zu entsetzen. Dabei hatten bisher alle Freunde von Ariana sie deshalb verspottet und sie damit aufgezogen. Mehr als einer ihrer Freunde war danach auf Nimmerwiedersehen verschwunden. Quinns Standhaftigkeit wunderte sie ein bisschen, aber andererseits hatte er ja schließlich auch noch keine Gefühle in sie investiert. Und der Costas-Clan war immer für einen Lacher gut.

Sie warf ihrer Tante, ihrem Cousin und ihrer Cousine einen wütenden Blick zu. »Verschwindet!«, rief sie. Und zu ihrer Überraschung gehorchten sie augenblicklich.

Quinn und sie aßen schweigend ihre Burger. Ariana wusste nicht, was er eigentlich von ihr wollte, und sie würde ihn auch nicht nach dem Grund fragen, bis er freiwillig damit herausrückte.

Als sie fertig waren, griff er in seine Jackentasche und zog seine Brieftasche heraus.

»Steck das sofort wieder weg. Wenn du bezahlst, würdest du meine Familie beleidigen«, erklärte sie ihm. Das war noch eine weitere Bewährungsprobe. Der typische Macho, der niemandem etwas schuldig bleiben wollte, wäre jetzt gewiss verunsichert.

Er nickte. »Gut. Dann möchte ich mich aber wenigstens bei deiner Tante bedanken, bevor wir losfahren.«

»Wir?«

Er nickte. »Du kommst mit.«

Sie sah ihn misstrauisch an. Wie kam er denn darauf? So einfach ließ sie sich nicht herumkommandieren. »Wohin?«

»Das kann ich dir nicht sagen.«

Ariana stöhnte genervt. »Warum überrascht mich das

nicht? Sag mir eines, Quinn: Was kannst du mir denn eigentlich erzählen?« Sie hatte es satt, ständig Fragen zu stellen und nie Antworten zu bekommen.

Er reichte ihr die Hand. Was sollte das sein? Ein Friedensangebot? Sie wusste es nicht, ging aber trotzdem darauf ein. Ihre Haut kribbelte, als sie seine Hand berührte. Eine angenehme Wärme durchströmte ihren Arm und floss von dort durch ihren ganzen Körper. Ariana verwünschte diese erotische Spannung, die zwischen ihnen herrschte. Erst neulich in seinem Hotelzimmer hatte sie das in ernste Schwierigkeiten gebracht. Und auch jetzt war diese sexuelle Anziehung der Grund, warum sie seinem Wunsch nachgab.

Er hielt ihre Hand fest. »Du hast mir eben etwas von dir erzählt.«

»Nicht gerade freiwillig«, erwiderte sie leise.

Er lachte. »Das stimmt. Trotzdem möchte ich dieses Vertrauen erwidern.«

Sie hatte keine Ahnung, worauf er hinauswollte, aber ihr beschleunigter Puls drängte sie, mit ihm zu gehen. Sie verabschiedeten sich von ihrer Familie. Tante Kassie nahm Quinn das Versprechen ab, dass er sie bald wieder besuchen würde. Dann folgte Ariana ihm auf den Parkplatz und zu seinem schwarzen Van.

Es war bereits dämmrig und würde bald vollkommen dunkel sein. Ariana schaute sich nach ihrem Mietwagen um, den sie neben dem Restaurant geparkt hatte. »Was mache ich mit meinem Wagen?«, erkundigte sie sich.

»Den kannst du später abholen.«

»Ich möchte vermeiden, dass Onkel Konstantin bei der Polizei anruft und mich als entführt meldet.« Das würde ihre Familie vollends in Aufruhr versetzen, und darauf konnte sie gut verzichten.

Als er lächelte, durchrieselte es Ariana warm. Sie fühlte sich merkwürdig sicher bei ihm. »Das würde die Polizei sicher amüsieren«, meinte Quinn. »Vor allem, weil ich selbst ein Cop bin.« Seine Worte trafen Ariana wie ein Schlag.

»Du bist ein Polizist?« Sie starrte ihn an.

Er blieb wie vom Donner gerührt stehen und holte tief Luft. »Ich meinte, ich fühle mich fast wie einer, weil ich ... weil ich die ganze Zeit auf dich aufpassen muss«, verbesserte er sich rasch.

»Das kann ich mir eher vorstellen.« Obwohl sie seine Worte merkwürdig enttäuschten. Er hatte sie also nicht aus reinem Vergnügen aufgesucht, wovon sie ja eigentlich auch ausgegangen war. »Du bist also nur hier aufgetaucht, damit ich nicht etwa heimlich ins Kasino schleiche und dort Fragen stelle?« Ariana verschränkte herausfordernd die Arme vor der Brust.

»Es würde mir das Leben sehr viel leichter machen, wenn das wirklich der Grund wäre.« Quinn schüttelte den Kopf und legte ihr die Hand unter das Kinn.

Ariana wurde warm. Es war eine köstliche, kribbelnde Wärme, die ihren ganzen Körper durchströmte. Sie wollte das Gefühl festhalten.

»Lass uns heute Abend das Kasino und alles, was damit zu tun hat, vergessen. Einverstanden?«

Dazu war sie nur zu gern bereit.

Die Sorgen um ihre Schwester und ihr Wunsch, Zoe zu helfen, hatten ihr Leben gehörig auf den Kopf gestellt. Da konnte es nicht schaden, wenn sie eine Auszeit nahm und einmal ihren eigenen Bedürfnissen und Wünschen folgte. Sie schluckte und erwiderte Quinns eindringlichen Blick. »Einverstanden.«

Auf der Fahrt zum Waisenhaus schwiegen sie. Quinn

wusste, dass es besser war, diese Frau nicht so nah an sich heranzulassen. Aber er konnte sich nicht gegen sein Bedürfnis wehren, genau das zu tun. Er hatte erlebt, wie verlegen und peinlich berührt sie wegen ihrer Familie war. Vielleicht dachte sie ja besser über sie, wenn sie die Kinder im Heim sah, die gar keine Familie hatten. Weder eine peinliche noch sonst irgendeine.

Und vielleicht half es ihm auch, seine eigenen, wachsenden Gefühle für Ariana in den Griff zu bekommen, wenn er auch Zeit außerhalb des Kasinos mit ihr verbrachte. Er ignorierte die Stimme in seinem Kopf, die ihn fragte, wen er da eigentlich veralbern wollte.

Er fuhr auf den Parkplatz und stellte den Motor ab.

»Kannst du dir vorstellen, dass ich immer wieder an diesem Waisenhaus vorübergefahren bin und noch kein einziges Mal drin war?«, erkundigte sich Ari.

Er nickte. »Du hattest keinen Grund, es zu besuchen. Aber ich möchte dir jetzt einige Leute vorstellen.« Ein kratzendes Geräusch lenkte ihn ab. Er drehte sich um.

»Hast du das auch gehört?«, fragte er Ari.

»Nein, ich ...«

»Okay, okay, schon gut«, meldete sich eine kleinlaute, irgendwie vertraute Stimme hinter ihnen. Sie kam irgendwie von weit unten.

»Verdammt!« Quinn packte zu und hielt eine Hand voll Kleidung in der Faust, als er sie hochzog.

»Aua!«, protestierte Sam. Sie kauerte zusammengerollt hinter den Vordersitzen auf dem Boden des Vans.

»Ich kann selbst aufstehen.«

»Dann mach das. Und zwar sofort!«

»Sam?«, fragte Ariana verblüfft. »Wie lange steckst du denn schon hier?«

»Viel zu lange.« Sam krabbelte auf die Rückbank und

streckte die Beine aus. Sie stöhnte. »Meine Güte, Quinn! Wie lange brauchst du denn, um so einen blöden Burger herunterzuwürgen? Du warst ja eine Ewigkeit in diesem Restaurant!«, beschwerte sie sich.

Quinn schaute Ariana an. Sie gab sich sichtlich Mühe, nicht zu lachen.

Quinn dagegen war nicht zum Lachen zumute. Er war wütend auf Sam, weil sie schon wieder weggelaufen war. Noch ärgerlicher war er jedoch auf sich selbst. Seine Gedanken an Ariana hatten ihn so sehr abgelenkt, dass er das Mädchen nicht bemerkt hatte. Sie musste sich in den Wagen geschlichen haben, als er mit Connor im Waisenhaus geredet hatte.

»Sam, so etwas darfst du nicht tun!« Arianas Stimme klang sanft. »Wenn nun jemand den Wagen gestohlen hätte, während du drin warst?«

»Diese Rostlaube will doch keiner!«

»Samantha!«, tadelte Quinn sie warnend. Er warf Ariana einen vielsagenden Blick zu. »Zweifellos hätte selbst ein hartgesottener Autodieb Sam und ihr vorlautes Maul im Nu wieder zurückgebracht. Und jetzt raus aus dem Wagen, Miss!«, befahl er Sam und zog sein Handy aus der Tasche.

»Wissen deine Pflegeeltern, dass du hier bist?«, fragte Ariana das Mädchen.

»Das werden wir gleich erfahren.« Quinn wartete nicht auf Sams Antwort und tippte eine Nummer ein. Im selben Moment brach der Teenager in Tränen aus.

Neuntes Kapitel

Es war Mitternacht. Ariana konnte nicht schlafen, hatte sich heimlich in das Zimmer ihrer Schwester geschlichen und wanderte jetzt ruhelos umher. Erinnerungen überfluteten sie. Es waren frohe und traurige, und sie drohten sie beinahe zu überwältigen. Ariana hatte sich oft gefragt, warum Zoe, außer während ihrer Zeit auf dem College, ihr Elternhaus nicht verlassen hatte. Wieso hatte sie nie diesen Schritt zu einem selbstständigen Erwachsenenleben getan? Jedes Mal, wenn Ariana mit ihrer Schwester darüber geredet hatte, war das Gespräch zu einem Streit ausgeartet. Zoe warf Ariana deren ablehnende Haltung ihrer Familie gegenüber vor und kritisierte, dass sie sich von ihr fern hielt. Ariana dagegen konnte nicht begreifen, warum Zoe nicht etwas aus ihrem Leben machte, sondern es als Showgirl und Betrügerin fristete.

Genau deswegen war Ariana nach Vermont geflohen und unterrichtete nicht an einem College hier in der Gegend. Jetzt aber würde sie alles dafür geben, wenn Zoe vor ihr stünde und sie sich eines ihrer Wortgefechte liefern könnten.

Ariana fühlte sich bedrückt und zerschlagen, und das Erlebnis mit Sam einige Stunden zuvor hob ihre Laune auch nicht gerade. Quinn hatte Ariana zu ihrem Wagen zurückgefahren und Sam dann zu ihren Pflegeeltern gebracht. Doch vorher hatte der Teenager ihnen eine ausgewachsene Szene gemacht. Sie weinte und flehte Quinn an, dass er sie bei sich behalten möge. Gleichzeitig machte sie ihm Vorwürfe, weil er Felice und Aaron überhaupt als Pflegeeltern für sie ausgesucht hatte. Ariana war hin- und hergerissen von ihrem Mitgefühl sowohl für Quinn als auch für Sam.

Am Ende fühlte sie sich noch schuldiger, wegen des Zerwürfnisses mit Zoe. Immerhin besaß sie eine Familie, während Sam nicht einmal diesen Trost genoss. Und es quälte Ariana, dass sie diesem unschuldigen Kind nicht helfen konnte. Sam litt letztendlich unter den Entscheidungen, die andere für sie getroffen hatten.

Es klopfte, und Ariana fuhr erschreckt herum. Ihre Mutter kam herein und band sich den Gürtel ihres schwarzen, seidenen Morgenrocks zu. »Ich habe Geräusche gehört und mir gedacht, dass ich dich hier finden würde.«

Ariana schluckte. »Tut mir leid, wenn ich dich geweckt habe.«

»Das hast du nicht. Das hat dein Vater schon vor Stunden mit seinem Schnarchen geschafft.«

Ariana lachte. Nicholas schlief immer mit offenem Mund auf dem Rücken, und die Geräusche, die er von sich gab, waren wirklich abscheulich. Zoe und sie hatten ihm als Kinder Popcorn in den Mund geworfen. Sie wollten herausfinden, wer von ihnen besser zielen konnte.

Ariana lächelte ihre Mutter an. »Ich verstehe nicht, wie du das ertragen kannst.« Elena beschwerte sich schon seit Jahren über diese nervige Gewohnheit ihres Vaters.

Ihre Mutter zuckte mit den Schultern. »Wenn du jemanden liebst, dann stört dich so eine Kleinigkeit wie Schnarchen nicht.« Sie legte ihrer Tochter die Hand auf die Schulter. »Eines Tages, wenn du ebenfalls so stark für einen Mann empfindest, wirst du verstehen, was ich meine.«

Unwillkürlich dachte Ariana an Quinn. Ob er schnarchte? Und ob sie das jemals herausfinden würde?

»Und jetzt heraus mit der Sprache!«, sagte ihre Mutter. »Wie geht es Quinn?« Sie schien Arianas Gedanken gelesen zu haben.

»Ihm geht es gut, und das weißt du auch ganz genau. Schließlich hast du ihn selbst heute Abend zu Tante Kassie ins Restaurant geschickt.«

»Und wie war das Abendessen?«, fuhr Elena unbeeindruckt fort.

»Was erwartest du, wenn Daphne ihre Brüste an ihm reibt und Gus ihm unsere alten, unschönen Geschichten erzählt?«

Elena lächelte. »Wenigstens weiß Quinn jetzt, worauf er sich da einlässt. Er hat einen guten Charakter. Dieser Mann wird nicht einfach weglaufen, nur weil deine Familie ihre Eigenheiten hat.« Sie strich Ariana zärtlich eine Haarsträhne aus den Augen. »Ich habe dir immer gesagt, dass Jeffrey nicht zu dir passt. Er wirkte, als hätte er einen Besenstiel verschluckt.«

»Mom, bitte, lass uns nicht die alten Geschichten wieder aufwärmen, ja?«

»Natürlich nicht. Ich möchte nur, dass du glücklich wirst. Und ich glaube, dass Quinn ein guter Mann ist.«

»Du meinst, er wäre gut genug, damit ich seinetwegen nach Hause zurückkomme?« Ariana fand, es wurde Zeit, all das auszusprechen, was schon immer zwischen Mutter und Tochter geschwelt hatte.

»Es ist nicht normal, dass eine Tochter ihr Elternhaus verlässt und sich fünf Jahre lang nicht mehr blicken lässt.

Du wolltest dein eigenes Leben führen? Einverstanden!« Ihre Mutter spreizte die Hände. »Aber musstest du dich gleich ganz von uns abnabeln? Sind wir denn wirklich eine so unerträgliche Familie?«

Ariana verschränkte die Finger und suchte nach Worten, mit denen sie ihre Entscheidungen erklären konnte.

»Es war die richtige Entscheidung für mich wegzugehen. Ich brauchte Abstand, und ich musste herausfinden, wer Ariana Costas wirklich ist.« Doch ihre Rückkehr nach Hause zwang sie dazu, sich einer unangenehmen Wahrheit zu stellen: Sie wusste immer noch nicht, wer sie eigentlich war.

Doch etwas anderes war ihr mittlerweile klar geworden, und das konnte sie auch zugeben. »Es war falsch, euch nicht zu besuchen, und feige.«

»Ich verstehe immer noch nicht, warum du uns nie besucht hast.«

Ariana sah ihrer Mutter in die Augen und nahm ihre Hand. »Genau das ist ja das Problem. Ich verstehe euch genauso wenig, wie ihr mich versteht. Aber ich verspreche, dass ich mir mehr Mühe geben werde.« Und das würde sie auch tun, schwor sie sich. Sonst konnte sie Sam, die ohne Familie aufgewachsen war und sich so sehr nach einer sehnte, nicht mehr in die Augen sehen.

»Du bleibst also?«, erkundigte sich ihre Mutter.

So weit wollte Ariana nicht gehen. Sie schüttelte den Kopf. »Ich muss mein eigenes Leben führen. Nur werde ich euch ab jetzt regelmäßig besuchen«, versprach sie.

»Wenn du wirklich so ein schönes Leben in Vermont führst, wieso erzählst du dann nie etwas davon?«, fragte Elena. »Wieso weiß ich nichts von deinen Freunden und deinen Männern? Oder deinem Beruf?«

Ariana zuckte zusammen. Ihre Mutter hatte einen

wunden Punkt getroffen. Das Leben, das Ariana dort führte, kam ihr selbst im Vergleich zu dem Leben hier langweilig vor. Es war der reinste Trott, wenn sie an die Aufregung dachte, die Quinn in ihre Tage und Nächte brachte. In Vermont passierte nichts Außergewöhnliches. Ihre Freundinnen waren biedere Ausgaben ihrer selbst. Professorinnen in konservativen Hosenanzügen oder in gedeckten Kostümen, die sich ab und zu nachmittags zum Kaffee trafen. Keine glich auch nur annährend ihrer schrillen Zwillingsschwester, die sie so sehr vermisste.

Genau dieses Leben hatte Ariana gesucht, als sie damals ihr Elternhaus verließ. Sie erwartete jedoch nicht, dass ihre Familie das verstand, und deshalb behielt sie die Einzelheiten lieber für sich. Vor allem jetzt, da ihr das Leben in Vermont im Vergleich zu dem hier selbst so öde vorkam.

Sie erwiderte den forschenden Blick ihrer Mutter. Wie sollte sie ihr das erklären? Sie zuckte mit den Schultern.

»Ich werde versuchen, etwas offener zu sein«, versprach sie ihr.

Elena nickte und lächelte. »Gut. Wie wäre es, wenn du gleich damit anfängst? Zum Beispiel, was Quinn und dich angeht.« Diskretion war wirklich nicht ihre Stärke.

Ariana lachte und umarmte ihre Mutter fest. »Ich habe dich wirklich vermisst.«

»Das kannst du mir beweisen, indem du mir alles über euch beide erzählst.«

Ariana lächelte. »Ich gebe es nicht gern zu, aber ich mag diesen Kerl wirklich.« Allerdings hütete sie sich, ihrer Mutter zu verraten, wie sehr sie Quinn mochte. »Leider hat dieser Mann eine Menge Geheimnisse. Man kommt nur schwer an ihn heran.«

»Ah.« Bei dem wissenden Unterton ihrer Mutter lief es

Ariana kalt über den Rücken. »Du bist auch nicht gerade leicht zu durchschauen«, erinnerte sie ihre Tochter.

»Das bedeutet wohl, dass ihr beide keine Schwierigkeiten haben dürftet, dieses Ungewisse in eurer Beziehung aufrechtzuerhalten. Das ist am Anfang sehr wichtig. Was eure sexuelle Anziehung angeht, habt ihr ganz bestimmt keine Probleme. Das habe ich bereits gemerkt.«

Ariana errötete bei den offenen Worten ihrer Mutter. Elena nickte zufrieden. Offenbar fand sie, dass Quinn und Ariana gut zueinander passten. »Vergiss nur eines nicht«, fuhr sie dann fort, »auf lange Sicht müssen solche Geheimnisse gegenseitigem Vertrauen weichen.«

»Es gibt keine lange Sicht!«, protestierte Ariana.

»Quinn ist ein einsamer Wolf, und ich bin nur auf Besuch hier!«, erinnerte sie ihre Mutter.

Die quittierte das mit einem gleichmütigen Schulterzucken. »Dann schlaf eben mit ihm. Du solltest die Gelegenheit nutzen, dich zu amüsieren. Aber denk daran, zu verhüten.«

»Mom!« Ariana war entsetzt, dass ihre Mutter ihr so etwas überhaupt vorschlagen konnte.

»Was willst du? Du bist diejenige, die eine ernsthafte Beziehung mit Quinn ausgeschlossen hat, nicht ich!« Elena sah sie vielsagend an.

Ariana mochte es gar nicht, wenn man sie mit ihren eigenen Worten in die Ecke drängte.

Elena wechselte das Thema, als spürte sie das Unbehagen ihrer Tochter. »Also, warum kannst du nicht schlafen, und was suchst du in dem Zimmer deiner Schwester?« Sie setzte sich auf das Bett, klopfte auf die Matratze und winkte Ariana neben sich.

Ariana gehorchte und schlug die Beine unter. Es erleichterte sie, dass sie ihr Liebesleben abhaken und mit ihrer Mutter über etwas Ernsthafteres reden konnte. »Sam ist heute Abend wieder weggelaufen.«

»O nein!«

Ariana nickte. »Offenbar haben ihre Pflegeeltern bereits angefangen, das Kinderzimmer für das Baby zu möblieren. Es ist der Raum, in dem Sam bisher gewohnt hat. Die Möbel wurden heute geliefert.«

»Wie kann man nur so unbedacht und rücksichtslos sein?«, murmelte Elena.

»Das finde ich auch. Aber das Jugendamt kann Sam nirgendwo unterbringen. Sie warten auf einen freien Platz in einer betreuten Wohngemeinschaft. Solange Sam keinen Ärger macht, ist ihre Pflegefamilie bereit, sie bei sich wohnen zu lassen.« Ariana schilderte ihrer Mutter, was Quinn ihr erklärt hatte.

»Wie großzügig!« Elena gab sich keine Mühe, ihren Sarkasmus zu verbergen.

Ariana fuhr sich mit der Hand über die Augen. Sie brannten vor Müdigkeit und von den Tränen, die sie schon vergossen hatte.

Ihre Mutter stand auf und lief unruhig hin und her.

»Diese Menschen verdienen es nicht einmal, diesem Kind ein Heim geben zu dürfen.«

»Du hast recht. Trotzdem geht es Sam dort besser als in so einer Wohngruppe.« Ariana schüttelte sich bei dem Gedanken. »Nur leider macht Sam ständig Unsinn. Das macht das Ganze nicht besser.« Ariana würde gern mehr für Sam und auch für Quinn tun. Sie fühlte sich irgendwie für die Zukunft des jungen Mädchens verantwortlich.

»Wenn Sam sich nicht willkommen fühlt, wird sich ihr Benehmen ganz bestimmt noch verschlimmern. Ich weiß, wovon ich rede, schließlich habe ich zwei Mädchen großgezogen …« Elena schnippte mit den Fingern, als wäre ihr gerade etwas Wichtiges eingefallen. »Das ist es!«

»Das ist was?«

»Ich. Ich meine, dass ich Mädchen großziehen kann.« Ariana sah ihre Mutter fassungslos an. »Du meinst Sam? Willst du damit etwa andeuten, dass du Sam aufnehmen willst?« Sie war schockiert.

Ihre Mutter nickte. »Ich muss das natürlich erst mit deinem Vater besprechen. Und ihn vorher ein bisschen gefügig machen.« Sie zwinkerte verschwörerisch mit den Augen. »Das bleibt unter uns, einverstanden? Jedenfalls so lange, bis ich den richtigen Moment finde, ihm dieses Thema zu unterbreiten.«

»Aber …« Doch bevor Ariana ihren Einwand vorbringen konnte, hatte ihre Mutter das Zimmer bereits verlassen. Wenn Elena einmal einen Entschluss gefasst hatte, ließ sie sich durch nichts und niemanden davon abbringen.

Elena wollte Samantha als Pflegekind annehmen? Diese Vorstellung weckte eine Menge Erinnerungen in Ariana. Und sie hatte nicht gerade Lust, sich damit auseinander zu setzen. Schließlich waren sie und ihre Schwester hier aufgewachsen, und Elenas Erziehung hatte zwei recht unterschiedliche Resultate gezeitigt. Wenn Ariana jedoch andererseits die Alternativen betrachtete, konnte Sam es auch sehr viel schlechter treffen. Wenigstens war sie hier geborgen, und man würde sich um sie kümmern. Plötzlich fiel Ariana auf, dass ihre Mutter und sie alle möglichen unangenehmen Themen angeschnitten hatten, nur eines nicht: Zoes Verschwinden.

Doch Ariana brachte es nicht über sich, darüber nachzudenken, dass ihrer Schwester wirklich etwas Ernstliches zugestoßen sein könnte. Falls Quinn wirklich wusste, wieso und wohin Zoe verschwunden war, wollte Ariana sich einfach damit abfinden, dass er es ihr bestimmt bald anvertrauen würde.

Sie sah sich im Zimmer ihrer Schwester um, ohne zu wissen, wonach sie eigentlich suchte. Dann wurde es ihr klar. Sie wollte etwas, das sie ihre Verbindung zu ihrer Zwillingsschwester wieder stärker spüren ließ. Eine Schwester, die sie zwar liebte, aber nicht verstand. Und dann fiel ihr plötzlich das kleine gehäkelte Kissen, das auf dem Bett lag, ins Auge, und sie strich mit der Hand über die Buchstaben. *Schwestern und beste Freunde für immer.* Ariana hatte das Kissen vor langer Zeit als Geburtstagsgeschenk für Zoe gehäkelt. Es war schon so lange her, dass sie sich nicht mehr genau daran erinnern konnte, wie alt sie damals gewesen waren.

Ariana hatte nicht geglaubt, dass Zoe dieses Geschenk so lange behalten würde. Trotz ihrer Streitereien und der Kluft zwischen ihnen hielt Zoe anscheinend an der Verbindung zu ihrer Schwester fest. In dem Moment erinnerte sich Ariana deutlich an ihren letzten Streit, den sie in der Nacht hatten, bevor sie nach Vermont gefahren war. Damals waren Zoe und sie sich immerhin in einem Punkt einig gewesen: Sie würden sich niemals verstehen. Und nie derselben Meinung sein. Und sie fanden beide, dass Distanz das Beste für sie wäre.

Es ging nur um Abstand, dachte Ariana. Von einem endgültigen Zerwürfnis war nicht die Rede. Sie fragte sich, wie sie nur so lange hatte fortbleiben können. Hoffentlich war es noch nicht zu spät, alles wieder gutzumachen.

Ein lautes Klopfen riss Ariana aus einem unruhigen Schlaf. Sie rollte sich auf die Seite und bemerkte, dass sie auf dem Bett ihrer Schwester eingeschlafen war. Sie trug noch ihren Morgenmantel, dessen Gürtel ihre Hüften unbequem einschnürte, und hielt das kleine Kissen fest in den Armen.

Schlaftrunken ging sie hinunter. Langsam erkannte sie das Geräusch als ein Hämmern. Es wurde lauter, als sie in die Küche trat. »Was ist denn hier los?«, rief sie ihrem Vater zu, der am Fenster stand und in den Garten hinter dem Haus schaute.

»Wir fangen mit dem Bau für die Erweiterung des Spas an!« Er schrie ebenfalls, um den höllischen Lärm zu übertönen.

»Warum hast du mir nichts davon gesagt?«

Er zuckte mit den Schultern. »Wir haben doch darüber geredet, dass wir das Haus umbauen.«

»Schon, aber nicht, wann. Ich arbeite nachts und muss tagsüber schlafen«, erinnerte sie ihn.

»Du bist noch jung. Da brauchst du nicht so viel Schlaf.«

Ein lautes Krachen ließ das ganze Haus erbeben. Ariana schrak zusammen, und im gleichen Moment ertönte ein schriller Schrei. Das Äffchen sprang ihr in die Arme.

»Sie hasst Lärm.« Ihr Vater breitete hilflos die Hände aus. Er wollte damit wohl andeuten, dass er nicht wusste, was er dagegen tun sollte.

»Du bist wohl genauso unglücklich darüber wie ich, hm?«, fragte Ariana Spank.

Das Hämmern wurde lauter, und das Äffchen vergrub seinen Kopf an Arianas. »Wie lange wird das dauern?«, fragte sie.

»So lange es braucht«, erwiderte ihr Vater.

»Das habe ich befürchtet. Wo ist Mom?«

Nicholas sah über seine Schulter. »Sie ist in die Bibliothek gefahren, weil sie etwas recherchieren will. Ich glaube, sie will herausfinden, wie man diese Gesichtscreme verdicken kann, an der sie arbeitet. Jedenfalls hatte sie ausgezeichnete Laune.« Er lächelte und zwinkerte Ariana vielsagend zu.

Die verdrehte die Augen. Für sie war es immer so offensichtlich, wenn ihre Mutter ihren Vater manipulierte, und sie verstand nicht, warum ihr Vater Elena nicht ebenfalls durchschaute. Vielleicht jedoch akzeptierte er sie aus demselben Grund, aus dem Elena sein Schnarchen akzeptierte. Weil er sie liebte. Ariana fragte sich allerdings, wie Nicholas reagieren würde, wenn er herausfand, dass diese »Recherche« zu einem weiteren Kind in diesem Haus führen würde. Denn sie ahnte, was ihre Mutter im Schilde führte, und wusste, dass sie meist bekam, was sie sich einmal in den Kopf gesetzt hatte.

Sie schüttelte den Kopf und verließ die Küche. Das Äffchen klammerte sich an ihr fest. Ariana musste sich einen Platz suchen, wo sie während dieser Bauarbeiten ungestört schlafen konnte.

Quinn schenkte sich gerade einen starken schwarzen Kaffee ein, als das Telefon in seinem Hotelzimmer klingelte.

»Donovan.«

»He, Kumpel.«

Da Connor ihn normalerweise nicht von seinem Arbeitsplatz am Tresen anrief, war Quinn überrascht, seinen Freund zu hören. »Ich wollte gerade herunterkommen. Was gibt es denn so Dringendes?«

»Unsere gemeinsame Freundin sieht ziemlich erschöpft aus. Sie hat schon einen ganzen Haufen Gläser zerbrochen, und ich glaube, sie sollte heute früher Feierabend machen. Du verstehst, was ich meine.« Connor lachte leise.

»Danke. Ich kümmere mich darum.« Was war mit Ariana los? Quinn ging hinunter in die Bar, um es herauszufinden.

Ein Blick auf die Frau in der engen Kellnerinnenuniform genügte. Ariana trug kein Make-up, und die dunklen Ringe unter ihren Augen waren unübersehbar. Er packte sie kurzerhand am Ellbogen. »Komm mit.«

Sie sah ihn überrascht an. »Ich kann nicht einfach so gehen. Meine Schicht ist noch nicht zu Ende.«

»Hier gibt es genug Leute, die deine Arbeit übernehmen können.« Quinn beugte sich zu ihr. Er roch ihr Shampoo und nahm ihren typischen Duft wahr, der ihm schlaflose Nächte bereitete. Seine Lenden kribbelten, und das Verlangen, mit ihr zu schlafen, überwältigte ihn beinahe.

»Gehen wir.«

»Einverstanden.« Sie musste wirklich müde sein, sonst hätte sie ihm sicher nicht so bereitwillig zugestimmt. »Ich hole nur meine Tasche.« Sie legte den Kopf auf die Seite und sah Quinn forschend an.

Dasselbe Verlangen, das in ihm pochte, schimmerte auch in ihren müden Augen. Offenbar standen sie sich in nichts nach, was ihr gegenseitiges Begehren anging. Seine Lust wuchs, doch er riss sich zusammen. Sie war sichtlich erschöpft, und Quinn sagte sich, dass sie wichtigere Dinge zu tun hatte, als an Sex zu denken.

Als sie das Foyer des Kasinos erreichten, wo sie in der Menge der Menschen untertauchten und vor den neugierigen Blicken der anderen Angestellten einigermaßen sicher waren, zog er Ariana in eine ruhige Ecke. »Du siehst vollkommen erledigt aus«, stellte er fest.

»Vielen Dank für das Kompliment.« Sie lachte, aber es

klang ein wenig gezwungen. »Du verstehst es wirklich, einer Lady zu schmeicheln.«

Er stützte seine Hand gegen die Glaswand hinter ihnen. »Was ist los?«, fragte er leise.

»Ich bin einfach nur hundemüde«, erwiderte sie und seufzte leise. »Meine Eltern haben mit dem Umbau unseres Hauses angefangen. Für Leute mit einem normalen Tagesablauf ist das kein Problem, aber wegen meiner Nachtschicht habe ich heute nicht viel Schlaf bekommen.«

Er sah sie skeptisch an. »Irgendwie kann ich nicht glauben, dass dies das Einzige ist, was dich bekümmert.« Er hob ihr Kinn mit den Fingern an und sah ihr in die Augen. »Du kannst es mir erzählen.« Er wollte wissen, was mit Ariana wirklich los war, und er wollte ihr helfen. Und zwar nicht, weil er ein Cop war und es zu seinen Pflichten gehörte.

Ariana sah ihn an. Sie würde sein Angebot annehmen und sich ihm anvertrauen. Vielleicht vertraute er ihr daraufhin ja ebenfalls genug, um ihr von Zoe zu erzählen. Doch selbst wenn er das nicht tat, wollte sie nichts lieber, als sich in seine Arme zu schmiegen und ihre Sorgen zu vergessen. Auch wenn ihr das nur für eine kurze Zeit gelingen würde.

»Ich bin tatsächlich erschöpft, aber nicht nur wegen meines Schlafmangels. Das hat auch psychische Gründe. Mit Zoes Verschwinden ging es los«, erklärte sie. »Dann kam der Stress dazu, wieder zu Hause zu leben. Dir dürfte mittlerweile wohl klar sein, dass ich einige Probleme mit meiner Familie habe.« Es kam ihr zwar lächerlich vor, dass sie sich ausgerechnet bei Quinn über ihre Familie beschwerte. Schließlich hatte er nie so etwas wie Familie erlebt. Doch er drückte sanft ihre Schulter und forderte sie mit dieser Geste auf weiterzureden. Sie wusste, dass er sie verstand. »Gestern Abend ist alles auf einmal auf mich eingestürzt«, fuhr sie fort.

Sie atmete schnell, und er wartete geduldig. »Es hat mich völlig fertig gemacht, mit anzusehen, wie Sam zusammengebrochen ist. Sie ist noch so jung und verletzlich, und sie hat niemanden, der sich um sie kümmert. Ich dagegen habe eine Schwester, mit der ich seit Jahren aus vollkommen albernen Gründen nicht mehr geredet habe. Und jetzt ist sie verschwunden.« Ihre Stimme versagte ihr den Dienst, und ihr traten Tränen in die Augen. Verlegen wischte Ariana sie mit der Hand weg. »Zu allem Überfluss konnte ich gestern nicht einschlafen, dann haben die Bauarbeiten mich heute in aller Herrgottsfrühe geweckt, und … Meine Güte, ich fühle mich wie ein Wrack.« Ihre Stimme zitterte, und sie schüttelte sich vor Erschöpfung am ganzen Körper.

»Du wirst sehr bald die Chance bekommen, alles wieder gutzumachen«, versprach ihr Quinn. Seine Stimme klang so entschlossen und zuversichtlich, dass Ariana nicht anders konnte, als ihm zu glauben.

»Du solltest jetzt ein bisschen schlafen, dann fühlst du dich gleich viel besser.« Er strich ihr zärtlich eine Träne weg, die über ihre Wange rollte, und Ariana erbebte unter dieser tröstenden und doch so verführerischen Berührung. »Komm mit. Du kannst heute und morgen bei mir übernachten. Ich glaube, ich habe die perfekte Lösung für dein Schlafproblem.«

Wenn sie in sein Schlafzimmer gingen, konnte das nur zu einer Konsequenz führen, und trotz ihrer Müdigkeit fühlte sie, wie ihr heiß und ihre Handflächen bei dem Gedanken feucht wurden.

Quinn bemerkte ihr Zögern und stöhnte frustriert. »Hör zu, du brauchst einfach Schlaf. Würde es dir helfen, mein Angebot anzunehmen, wenn ich dir verspreche, dich nicht anzufassen?« Offenbar hatte er ihr Schweigen falsch interpretiert.

»Wenn du das versprichst, dann werde ich meine Meinung allerdings sofort ändern.« Was wollen wir in seinem Bett, wenn er mich nicht anfasst?, dachte Ariana. Sie unterdrückte ein Lachen.

»Ich brauche keine Distanz, und ich will ganz bestimmt nicht, dass du deine Hände von mir lässt.« Sie hielt den Atem an, als sie sich so reden hörte. So etwas hätte sicher ihre kühne und freche Schwester gesagt, jedenfalls glaubte Ariana das. Ob Quinn so reagierte, wie sie es sich wünschte?

Verlangen verdunkelte seine Augen, und er senkte den Kopf, bis sich ihre Lippen fast berührten. Sein warmer Atem duftete nach Kaffee. Ihr Herz hämmerte wie verrückt in ihrer Brust, und sie bekam beinahe weiche Knie vor Lust. Die Erregung durchströmte sie von Kopf bis Fuß, und ihr wurde abwechselnd heiß und kalt.

»Du bist so verführerisch«, sagte sie heiser und fuhr mit ihrer Zungenspitze über seine Mundwinkel.

Quinn stöhnte auf und zog sie an sich. Ariana war schon zu weit gegangen, um jetzt noch zurückzuweichen. Stattdessen stieß sie ihre Zunge zwischen seine geöffneten Lippen. Als sie ihn küsste, überkam sie das Gefühl, endlich nach Hause zu kommen, was gleichzeitig einladend und irritierend war. Sie schlang ihre Arme um seinen Hals und drückte ihre Brüste an ihn. Sie gab sich ganz dem Drang hin, das Verlangen zu stillen, das sie durchströmte. Quinn erwiderte ihren Kuss leidenschaftlich. Sie sollte wissen, dass er sie ebenso begehrte wie sie ihn.

Der Kuss schien kein Ende zu nehmen. Mal küssten sie

sich sanft und zärtlich, dann erregend und fordernd. In Arianas Magen schienen Schmetterlinge zu flattern, und sie genoss diese wundervollen und starken Gefühle, die Quinn in ihr auslöste. Und seinen starken männlichen Körper, der sich an ihren schmiegte.

»Ich glaube, wir bieten hier ein ziemliches Schauspiel«, sagte er undeutlich an ihrem Mund.

»Tatsächlich?« Ihr Blut pulsierte heiß durch ihre Adern. Sie konnte nur daran denken, mehr von ihm zu bekommen, sich in diesem schwindelnden Taumel zu verlieren, in den sein Kuss sie versetzt hatte.

»Dann sollten wir wohl besser nach oben gehen«, schlug sie murmelnd vor.

Im nächsten Moment hob er sie auf die Arme. Er ignorierte die schockierten Blicke der anderen Gäste und trug sie in den privaten Aufzug, der für Damons engste Mitarbeiter reserviert war. Nur Minuten später standen sie in Quinns Schlafzimmer, und er ließ Ariana auf das Bett sinken.

»Du musst dich ausruhen, und dafür werde ich jetzt sorgen.« Seine Stimme klang entschlossen, als er sie auf den Rücken drehte. Dann setzte er sich hinter sie und bettete ihren Kopf auf seinen Schoß. »Schließ die Augen.«

Diesem Befehl gehorchte sie nur zu gern. Langsam ließ sie ihre schweren Lider sinken. Quinn strich mit den Fingern von ihrem Kinn zu ihrer Stirn und massierte zart ihre Schläfen. Seine Berührung schien Ariana am ganzen Körper zu elektrisieren, und sie reagierte sofort. Ihre Brüste schwollen vor Erregung an, und sie spürte, wie das Verlangen zwischen ihren Beinen feucht und heiß pulsierte.

»Einatmen«, befahl er. Seine tiefe Stimme hatte sie schon vom ersten Tag an in ihren Bann gezogen. »Und ausatmen.«

Obwohl sie ihr Verlangen kaum zügeln konnte, gehorchte sie ihm. Zum ersten Mal seit dem Telefonat, in dem ihre Eltern sie über das Verschwinden ihrer Schwester informiert hatten, entspannte sie sich. Sie wurde ruhiger, und ihr Körper schien schwerer zu werden, als ihre Anspannung allmählich nachließ. Seine Zärtlichkeiten vertrieben die Rastlosigkeit und Leere, die sie empfand, weil sie auf sich allein gestellt war und zudem die einzige Person zu sein schien, die wenigstens versuchte Zoe zu finden.

Jetzt war sie nicht mehr allein. Quinn war bei ihr. Er weigerte sich zwar, ihr die Antworten zu geben, die sie hören wollte, doch er ließ nicht zu, dass sie unter ihrer Last zusammenbrach. Offenbar waren ihre Gefühle ihm ebenso wichtig wie das Verlangen, das er in ihr erweckte und das sie teilte. Und Ariana war sich sicher, dass er dieses Bedürfnis ebenfalls stillen konnte.

Zehntes Kapitel

Quinn betrachtete Ariana, die in dem großen Bett in seinem Hotelzimmer schlief. Ihr leidenschaftlicher Kuss im Foyer hatte ihn überrascht, mehr noch als ihre unverhüllte Aufforderung, ja nicht seine Hände von ihr zu lassen. Doch kaum hatte er angefangen, ihre Schläfen zu massieren, um sie zu entspannen, war sie eingeschlafen. Ihr Kopf lag noch in seinem Schoß, und ihre Wange drückte gegen seine Erektion.

Er schob sie sanft auf das Kissen zurück und zog die Decke über sie. Dann entkleidete er sich bis auf die Shorts und kroch neben sie unter die Decke. Dabei achtete er darauf, dass er ihr nicht zu nah kam. Denn trotz ihrer verführerischen Worte brauchte sie jetzt vor allem Schlaf. Es fiel ihm zwar sehr schwer, sie nicht zu berühren, doch an Sex war jetzt nicht zu denken.

Leider ebenso wenig an Schlaf. Quinn wälzte sich unruhig hin und her und ertappte sich dabei, dass er Ariana ständig anstarrte. Obwohl es nicht sein eigenes Bett zu Hause war, fühlte es sich trotzdem so verdammt gut an, wie sie da zusammengerollt neben ihm lag. Ihre schwarzen Wimpern ruhten auf ihren olivfarbenen Wangen, und sie schlummerte friedlich. Im Gegensatz zu ihm. Er fand keine Ruhe, nachdem sie ihm vorhin ihre wahren Gefühle gezeigt hatte. Er hatte sie selbst dazu aufgefordert, und das machte es ihm nicht leichter, seine Gewissensbisse und die Last der Verantwortung wegen Zoe zu ertragen.

Das Klingeln eines Telefons durchbrach die Stille. Er schaute auf den Nachttisch. Es war nicht sein Handy. Dann hörte er, dass das gedämpfte Geräusch aus Arianas Umhängetasche kam, die auf einem Sessel lag. Es klingelte wieder, und Ariana bewegte sich im Schlaf. Er wollte nicht, dass sie wach wurde, schwang die Beine über den Bettrand, stand auf und suchte in ihrer Tasche nach dem Telefon.

Als er es schließlich fand, hatte das Klingeln aufgehört. Das Display zeigte an, dass der Anruf von Arianas Mutter kam. Quinn wusste nicht, ob er Ariana wecken sollte. Unwillkürlich fiel sein Blick auf die Gegenstände, die er bei der Suche nach dem Handy aus der Tasche gewühlt hatte. Das gehäkelte Kissen erregte seine Aufmerksamkeit, und die Worte: *Schwestern und beste Freundinnen für immer* brannten sich förmlich in seine Augen ein.

Verdammter Mist!

»Quinn? Was machst du da?«, murmelte Ariana schlaftrunken. »Komm wieder ins Bett.«

Er lächelte gezwungen. »Diese Einladung kann ich wohl kaum ausschlagen.«

»Das habe ich auch nicht erwartet.« Sie lachte leise. Es war ein verlockendes, sinnliches Lachen, und diese Aufforderung konnte er nicht missverstehen.

»Dein Telefon hat geklingelt.« Er musste sich dazu zwingen, es ihr zu sagen.

»Hast du die Nummer gesehen?«

»Es war deine Mutter. Willst du sie zurückrufen?« Das Metall des Handys fühlte sich kühl zwischen seinen Fingern an.

»Komm zu mir Quinn und leg das verdammte Telefon weg.«

Er schob es in ihre Tasche zurück. »Was ist denn los?«

»Ich möchte deine Augen sehen«, sagte sie leise. Neugierig trat er neben das Bett und sah Ariana an.

»Der einzige Grund, weswegen ich meine Mutter jetzt zurückrufen würde, wäre, wenn es sich um einen Notfall handelte.« Ihr Blick war ernst.

»Es ist mitten in der Nacht. Ist es da nicht nahe liegend, dass es sich um einen Notfall handelt?«

Sie schüttelte den Kopf in dem Kissen und verdrehte die Augen. »Du kennst meine Mutter doch. Sie würde mich, ohne zu zögern, um diese Zeit anrufen, damit ich dem Affen Gute Nacht sage.« Ariana verzog ironisch die Lippen.

»Ich will von dir wissen, ob es wichtig gewesen sein kann.«

Mit anderen Worten, konnte ihre Mutter wegen Zoe angerufen haben? Quinn wusste genau, was sie meinte. Ariana ließ ihn keine Sekunde aus den Augen. Offenbar traute sie seinem Wort. Sie vertraute *ihm.*

Er schluckte. »Es ist kein Notfall.«

Sie lächelte und klopfte neben sich auf die Matratze. »Dann komm wieder ins Bett.«

Das Vertrauen, das sie ihm mit ihrer Frage bewies, nahm ihm überraschenderweise eine Last von den Schultern. Quinn ging langsam um das breite Bett herum. Sie wirkte ein bisschen verloren darin, aber das würde er gleich ändern. Sie wusste, dass er Geheimnisse hatte, die ihre Schwester betrafen, und trotzdem akzeptierte sie ihn. Und begehrte ihn. Quinn war davon überzeugt, dass ein moralischerer Mann diese Gelegenheit vielleicht ausgeschlagen hätte. Aber schließlich beabsichtigte er nicht, sich um eine Heiligsprechung zu bewerben.

Er hob die Decke an und stieg neben ihr ins Bett. Ariana hatte ihren Rock ausgezogen und trug nur noch das enge »Damon's«-T-Shirt und ein winziges Höschen. Verführerisch winkte sie ihm mit dem Finger und forderte ihn auf näher zu kommen.

Quinn rutschte von seiner mittlerweile erkalteten Bettseite auf ihre wärmere. Sein Körper brannte vor Verlangen nach ihr, ein Verlangen, das er bisher zurückgehalten hatte. »Hoffentlich bist du dir auch sicher«, warnte er sie.

»Wenn ich dich jetzt berühre, gibt es kein Zurück mehr.« Sie sah ihn mit ihren leuchtenden grünen Augen an.

»Ist dir das Antwort genug?« Überraschend packte sie den Rand ihres T-Shirts und zog es sich über den Kopf. Darunter trug sie nur einen schwarzen Spitzenbüstenhalter, und ihre cremefarbenen Brüste schimmerten in der Dunkelheit.

Quinn atmete vernehmlich aus. Er betrachtete ihren weichen, vollen Busen und die harten Knospen, die nur darauf zu warten schienen, dass er sie mit den Händen, den Fingerspitzen und seinem Mund liebkoste. »Ist dir eigentlich klar, dass dieses zurückhaltende Professoren-Image überhaupt nicht zu dir passt?« Vielleicht lag es daran, dass er die Frau dahinter sah. Eine leidenschaftliche Frau, die bereit war, große Risiken einzugehen, um ihre Zwillingsschwester zu retten, und die mit jedem Tag, an dem er sie kannte, kühner wurde. Er konnte diese Ariana nicht mit der konservativen Form in Einklang bringen, in die sie sich selbst pressen wollte.

»Das kommt wohl darauf an, von welchem Standpunkt aus du mich betrachtest«, erwiderte sie leise.

Ihre Antwort überraschte ihn. Jetzt hatte er sie endlich, wo er sie schon immer haben wollte, nämlich halb bekleidet in seinem Bett. Und genau in dem Moment schnitt sie plötzlich ein ernstes Thema an, das er nicht so einfach ignorieren konnte. Doch irgendwie passte das zu ihr.

Er sah sie aufmerksam an. »Willst du damit sagen, dass ich eine Seite an dir sehe, die andere nicht kennen?«

»Im Moment ganz bestimmt.« Sie lächelte anzüglich. Quinn wollte dem Gespräch nicht ausweichen, aber er musste sie unbedingt berühren. Sanft strich er mit einem Finger an der Seite ihres Gesichtes entlang. »Ich kenne dich mittlerweile ganz gut, glaube ich.«

»Glaubst du wirklich?«

Er nickte. »Allerdings. Und ich möchte behaupten, dass diese Professorenkluft und dein stocksteifes Verhalten nur eine Verkleidung sind.«

»Und ich dachte, Psychologie wäre meine Fachrichtung«, neckte sie ihn.

Es entging Quinn nicht, dass ihre Stimme trotz des lockeren Plaudertons bebte. Das war ein weiteres Zeichen dafür, dass er ins Schwarze getroffen hatte und sie sich fürchtete. Vielleicht davor, dass er ihr zu nahe kam. »Du bist vielleicht die vornehme Psychologieprofessorin, aber ich bin …«

Quinn biss sich auf die Zunge und hielt gerade noch rechtzeitig inne. »Ich verfüge über eine Menge Menschenkenntnis. Schließlich habe ich jeden Tag mit Leuten zu tun und muss sie im Auge behalten. Einen Schwindel oder eine Verkleidung erkenne ich sofort.« Er hatte eigentlich sagen wollen, dass er Polizist war und viel Erfahrung darin besaß, Leute zu durchschauen, die etwas verheimlichten. Aber er durfte sich nicht schon wieder verraten.

Quinn wurde klar, dass sie beide gute Gründe hatten, einander zu fürchten. Wenn er mit Ariana zusammen war, ließ er seine Wachsamkeit schleifen, wie er es noch nie zuvor bei einem Menschen getan hatte. Das war gefährlich, und er hatte das Gefühl, als würden sie beide eine Schwindel erregende Gratwanderung unternehmen. Sie verfügten über die Fähigkeit, den anderen zu erreichen und ihn zu durchschauen. Und gingen das Risiko ein, abzustürzen. Das durfte er auf keinen Fall zulassen. Nicht, solange er noch als Undercover-Agent arbeitete.

Statt zu versuchen, Ariana zu durchschauen, sollte er einfach nehmen, was sie ihm bot, und sich damit zufrieden geben. Bisher hatte es ihm doch auch immer genügt, nur den Körper der Frauen zu besitzen, die er kennen lernte. Warum war das jetzt anders?

Die Antwort auf diese Frage lag auf der Hand. Weil diese Frau Ariana war.

»Glaubst du nicht, dass wir für heute Nacht genug analysiert haben?«, fragte sie ihn.

»Nicht annähernd«, erwiderte er und drückte sie sanft auf das Kissen zurück. »Ich könnte die ganze Nacht damit verbringen, dich zu erforschen.« Aber sie hatte recht. Es war Zeit, mit dem Reden aufzuhören.

Quinn streckte seine Hand aus und öffnete den Verschluss ihres Büstenhalters. Dann streifte er zärtlich die Träger über ihre Schultern bis zu ihren Unterarmen, zog die Schalen herunter und entblößte ihre Brüste. In der kühlen Luft richteten sich ihre Knospen steil auf. Er spürte, wie er selbst hart vor Verlangen wurde.

Er beugte sich vor, küsste ihre Lippen, erforschte ihren Mund mit der Zunge und liebkoste dann ihren Hals, ihre Kehle, und glitt zu ihren Brüsten hinunter. Er sog tief den köstlichen Duft ihrer Haut ein und widmete sich ausgiebig ihrer Brust. Aufreizend zog er mit der Zunge kleine Kreise über ihre harte Spitze.

Ariana rang vernehmlich nach Luft und stöhnte dann zufrieden auf, als er ihre Knospe in den Mund nahm und daran saugte. Sie wand sich vor Begehren, fuhr mit den Fingern durch sein Haar, zog ihn dichter an sich heran und forderte ihn auf weiterzumachen. Er gehorchte, liebkoste erst die eine Brust, und widmete sich dann, als er spürte, dass seine Zärtlichkeiten sie beinahe schmerzten, der anderen. Quinn hatte eine Ewigkeit darauf gewartet, dass sich Ariana ihm öffnete, und als sie jetzt unter seinen Liebkosungen vor Lust zitterte, bereitete ihm das mehr Vergnügen, als er sich hätte träumen lassen.

Und er war noch nicht bereit, damit aufzuhören, als sie die Hände ausstreckte und seine Zärtlichkeiten erwidern wollte. Er schüttelte den Kopf. »Ich bin noch nicht fertig mit dir.«

Sie schlug langsam die Augen auf und lächelte ihn lasziv an. »Aber anschließend kannst du mir nicht mehr verbieten, mich bei dir zu revanchieren.«

Seine Erregung wuchs bei dieser Vorstellung. »Das würde ich nicht einmal im Traum tun.« Doch erst wollte er seine Fantasien mit ihr ausleben.

Die Träger ihres Büstenhalters hielten ihre Arme an ihrer Seite. Das war auch gut so, denn Quinn würde keine Sekunde länger an sich halten können, wenn sie ihn berührte. Langsam schob er einen Finger unter das Gummi ihres Höschen und streifte es mit ihrer Hilfe ihre Beine hinunter. Dann warf er es achtlos zu Boden. Bis auf den winzigen Büstenhalter lag Ariana nackt vor ihm, und er verschlang sie förmlich mit seinen Blicken. Er kam sich vor wie im Himmel. Allerdings bezweifelte Quinn, dass der ihm einen solch hinreißenden Anblick bieten würde. Behutsam schob er sich über Ariana und drückte sanft ihre Beine auseinander.

Sie sah ihn mit großen Augen an. Das Vertrauen in ihrem Blick traf ihn bis ins Mark, aber er schob jeden

Gedanken daran beiseite. Mit seinen Gewissensbissen würde er sich später beschäftigen.

»Du bist wirklich unfair«, keuchte sie, während ihr Körper vor Erwartung und Vorfreude bebte.

»Du solltest dich darüber nicht aufregen.« Er lachte leise, legte ihre Hände auf ihre Hüften und senkte den Kopf. Es war klar, was er vorhatte.

Sie seufzte. »Wahrscheinlich nicht«, gab sie zu. Für seinen Geschmack klang sie viel zu gelassen, deshalb vergrub er seinen Kopf in ihrem Vlies und küsste ihre intimste Stelle.

Als er sie mit seiner weichen Zunge berührte, bog sich Ariana krampfhaft hoch. »Oh, ganz bestimmt nicht«, stieß sie mit einem erregten Stöhnen hervor. Sie konnte kaum noch klar denken.

Sein warmer Atem und seine weiche Zunge übten genau den richtigen Druck aus, und als seine Zähne ihre empfindlichste Stelle massierten, zitterte sie am ganzen Körper. Sie spürte, dass sie gleich kommen würde. Ariana schloss die Augen und verschränkte ihre Finger mit seinen. Es war zwar nur eine kleine Geste, aber sie war intim und zärtlich, und eine ungeahnte Zärtlichkeit durchströmte sie.

Mit der Zunge drang er in sie ein, und Ariana wand sich auf dem Bett hin und her. Als spürte Quinn den richtigen Moment, legte er seine Handfläche auf den zarten Flaum ihres Hügels und drückte sie mit der anderen fester an sich. Die Bewegungen seiner Zunge, der kreisende Druck seiner Hand und das sanfte Reiben seiner Zähne brachten Ariana zu einem Höhepunkt, der nicht mehr zu enden schien. Und er schien alle anderen Empfindungen in ihr auszulöschen.

Selbst als Quinn sie losließ und an ihrem schweißnassen Körper hinaufglitt, hörte das Zittern nicht auf. Ariana merkte, dass er seine Shorts ausgezogen hatte, weil sie jeden Zentimeter seines schlanken kräftigen Körpers auf ihrer Haut fühlen konnte. Er war so muskulös und männlich und lag jetzt fast ganz auf ihr. Er nahm ihren Kopf zwischen seine Hände und schließlich drückte seine Erektion gegen das Vlies zwischen ihren Beinen.

Ihre Erregung flammte beinahe augenblicklich wieder auf. Ariana hatte erwartet, dass ihr Verlangen gestillt war. Doch jetzt ahnte sie, dass der vorherige Höhepunkt, so unglaublich er auch gewesen sein mochte, nur ein Vorspiel gewesen war. Ihr Körper pulsierte vor Lust, und der Wunsch, Quinn ganz in sich zu spüren, war beinahe unerträglich intensiv.

Sie musste ihn einfach berühren. Sie befreite sich von ihrem Büstenhalter, umschlang Quinns Taille und verschränkte ihre Hände hinter seinem Rücken.

Quinn stöhnte leise. »Was du da mit mir machst ...« Er schüttelte den Kopf. »Das spottet jeder Beschreibung.«

Seine Erregung pochte in seinen Lenden, und seine Erektion drängte sich gegen ihre feuchte, heiße Höhle. Ariana lächelte unwillkürlich. »Das ist gut, denn ich weiß auch kaum noch, wie mir geschieht.«

Quinn rollte sich zur Seite, zog die Nachttischschublade auf und nahm eine ungeöffnete Schachtel mit Kondomen heraus. Ariana konnte kaum fassen, wie sehr es sie freute, dass er sie offenbar noch nicht benutzt hatte. Er öffnete ein Paket, streifte sich das Kondom über und machte dann dort weiter, wo er aufgehört hatte.

Doch diesmal wollte Ariana nicht hinnehmen, dass er sie einfach seinen Wünschen unterwarf. Sie hakte ein Bein um seines und rollte ihn auf den Rücken.

»Du hast wohl gern das Sagen, hm?«, fragte er amüsiert.

»Ich habe nicht den Eindruck, als würdest du dich darüber beschweren.« Sie ließ sich langsam auf ihn herunter und nahm ihn in sich auf. Als sie ihn fühlte, so hart und stark, schloss sie überwältigt von dieser Empfindung die Augen.

»Sieh mich an, Ari.«

Sie gehorchte. Im gleichen Moment stieß Quinn zu und drang noch tiefer in sie ein. Ihre Blicke schienen sich ineinander zu bohren, und Ariana wurde plötzlich mit Gefühlen konfrontiert, die sie niemals laut geäußert hätte.

Dieser Mann löste Empfindungen in ihr aus, die ihr fast Angst machten. Doch als er sich unter ihr bewegte, hörte sie auf zu denken. Stattdessen fühlte sie, wie sie rasend schnell auf einen weiteren Höhepunkt zusteuerte. Der war diesmal noch befriedigender, weil sie spürte, dass Quinn sie dabei begleitete.

Sie packte seine Hände und bewegte ihr Becken mit kreisenden Bewegungen, bis sie sich mit ihrer empfindlichsten Stelle fest an ihn presste. Sie spannte ihre Muskeln an und sog Quinn förmlich in ihre feuchte Hitze hinein. Sie bewegten sich immer schneller, bis sie wie von allein einen gemeinsamen Rhythmus fanden.

Die Intensität ihrer Gefühle fegten jeden vernünftigen Gedanken hinweg. Ariana gab den Versuch auf, sich zu beherrschen, sank über Quinn zusammen, presste ihre Hüften gegen seine, und als ihr Höhepunkt begann, spürte sie, wie auch Quinn unter ihr seine Erfüllung fand.

Ariana ließ sich von der Flut der Lust treiben und ritt auf Quinn, verlängerte die Wonne, bis sie schließlich erschöpft und befriedigt auf ihm zusammenbrach.

Als Ariana aufwachte, genoss sie das Gefühl von Wärme und Geborgenheit. Sie konnte sich nicht daran erinnern, wann sie das letzte Mal so etwas empfunden hatte, und atmete tief ein. Der Geruch nach Moschus stieg ihr in die Nase, nach Leidenschaft und Quinn. Sie wollte nicht nachdenken und möglicherweise damit den Augenblick zerstören und schmiegte sich an ihn. Er lag hinter ihr und hatte beschützend einen Arm um ihre Taille gelegt.

»Bist du wach?« Seine Stimme klang dunkel und schlaftrunken.

»Mmmh.«

Er liebkoste ihren Hals. »Du riechst wundervoll am Morgen.«

»Du bist albern.« Sie lachte zwar, doch eigentlich hatte sie dasselbe über ihn sagen wollen. »Und du schnarchst nicht.« Die Worte entschlüpften ihr unwillkürlich.

»Hast du denn erwartet, dass ich schnarche?«

»Nein. Es war nur eine Feststellung.« Sie wollte ihm jetzt nicht die Ansicht ihrer Mutter über Männer, Liebe und Schnarchen schildern. Denn das konnte unmöglich für sie und Quinn gelten. Doch sie verspürte einen Stich im Herzen, als ihr Verstand sie daran erinnerte, dass dies hier nur eine vorübergehende Affäre war und ihr eigentliches Leben in einer kleinen Collegestadt in Vermont auf sie wartete.

Ein Klopfen drang aus dem Salon bis zu ihnen ins Schlafzimmer. Wer auch immer es war, er war hartnäckig.

»Hörst du das?«, fragte sie.

»Bedauerlicherweise ja.« Quinn stand auf, aber zuvor drehte er sie sanft auf den Rücken und gab ihr einen Kuss, bei dem ihr schwindlig wurde. Und der sie sofort wieder erregte. »Warte hier!«

Als wenn sie irgendwohin hätte gehen können! Jedenfalls im Moment nicht. »Ich rufe inzwischen meine Eltern an«, sagte sie.

Er war aufgestanden, stieg hastig in eine Jeans, die er vom Stuhl fischte, und zog den Reißverschluss zu. Den Knopf ließ er offen. Er sah hinreißend sexy aus. Sein Anblick würde jedem, der an der Tür stand, deutlich zeigen, dass man ihn bei etwas unterbrochen hatte, wobei er keine Störung wünschte.

Ariana sah ihm amüsiert nach, als er hinausging und die Tür hinter sich schloss. Jetzt war sie allein in dem großen Bett, und jetzt konnte sie sich auch eingestehen, dass es ihr gefiel, das böse Mädchen zu sein, das die Nacht mit Quinn verbrachte und sich dann in seiner zerknitterten Kleidung nach Hause schleichen musste. Vielleicht holte sie ja nur Versäumtes nach, denn sie war vorher noch nie ein böses Mädchen gewesen. Diese Rolle gebührte eher Zoe.

Zoe. Der Gedanke an ihre Schwester holte Ariana unsanft in die Wirklichkeit zurück. Sie hatte Quinn vertraut, dass Zoe in Sicherheit war und der Anruf ihrer Eltern nichts mit ihrer verschwundenen Zwillingsschwester zu tun hatte. Sie hatte ihm vertraut, wegen dieser erregenden Liebesnacht in seinem Bett. Wegen des aufregenden Sex, verbesserte sie sich. Doch ihr beschleunigter Herzschlag sprach eine andere Sprache.

Ariana kroch ans Fußende des Bettes und griff nach ihrer Handtasche, die Quinn auf dem Boden liegen gelassen hatte. Sie wählte die Nummer ihrer Eltern, aber es nahm niemand ab. Entweder hatten sie vergessen, den Anrufbeantworter anzumachen, oder Spank hatte einfach den Stecker aus der Wand gezogen. Natürlich konnten auch die Bauarbeiten der Grund dafür sein. Wenn ihre Mutter sie wirklich dringend hätte sprechen wollen, hätte sie die Rezeption angerufen und nach Quinns Zimmernummer gefragt. Ariana war überzeugt, dass zu Hause alles in Ordnung war. Sie stand auf, zog sich ein großes T-Shirt von Quinn über und ging ins Bad.

Dabei kam sie an der Tür zum Salon vorbei. Quinn hatte sie nicht ganz geschlossen, und sie hörte die Stimmen. Obwohl sie sich vorgenommen hatte, nicht zu lauschen, konnte sie nicht widerstehen und beugte sich vor. Ihre Neugier wurde stärker, als ihr klar wurde, dass der Mann in dem anderen Zimmer Damon war. Quinn schien von der Störung durch seinen Boss alles andere als begeistert zu sein.

Quinn mochte es gar nicht, so frühmorgens geweckt zu werden, und noch weniger gefiel ihm Damons unverschämter Versuch herauszufinden, wen er in seinem Schlafzimmer versteckte. Quinn lehnte an der Wand neben der Schlafzimmertür und betrachtete kühl diesen Mann, der sich so aufdringlich benahm.

Je selbstbewusster sich Quinn Damon gegenüber verhielt, desto mehr respektierte ihn sein Boss. Und desto mehr Verantwortung würde er ihm übertragen. »Ich arbeite zwar für dich, aber mein Privatleben ist meine Sache«, erklärte Quinn gerade.

»Trink erst mal einen Kaffee und beruhige dich.« Damon hob die Hand. »Ich habe Gerüchte gehört, dass du mit einer Braut in der Lobby eine heiße Nummer abgezogen hast, und wollte dir nur gratulieren. Du benimmst dich wie ein Mönch, seit du hier arbeitest, und ich fand ohnehin, es wurde allmählich Zeit, dass du ein bisschen in Aktion kommst.«

Quinn rollte die Schultern, um die Anspannung zu lindern, die Damons Gegenwart in ihm erzeugte. »Sagen wir, das Baby war schon lange überfällig.« Dieser Kerl verstand nicht im Entferntesten, um was es hier ging.

Dass er mit Ariana zusammenkommen würde, war von dem Moment an klar gewesen, als er sie am Strand gerettet hatte. Allerdings steckte er jetzt noch tiefer in der Klemme als zuvor.

»Sie ist es, hab ich recht?« Damon trat näher und senkte die Stimme.

Quinn wollte, dass Damon verschwand, und die einzige Möglichkeit, dieses Ziel zu erreichen, war, auf das Spiel des Mannes einzugehen. Er nickte. »Du hast doch gesagt, ich solle sie im Auge behalten, oder?«

»Und du verhältst dich wie immer aufopferungsvoll loyal.« Damon lachte schallend und schlug Quinn jovial auf den Arm. »Sorg nur dafür, dass sie nicht herausfindet, dass du ihre Zwillingsschwester abserviert hast. Sonst bist du nämlich im Handumdrehen wieder ein Mönch.« Lachend ging Damon zur Tür und drehte sich dort noch einmal um. »Ich beabsichtige trotzdem zu verreisen, also lass dich am Wochenende nicht ablenken.« Er deutete mit einem Nicken in Richtung Schlafzimmer.

»Keine Sorge. Ich kümmere mich hundert Prozent um das Geschäft«, beruhigte ihn Quinn. Und wenn auch nur, um diesen Fall endlich abschließen und sein normales Leben wieder aufnehmen zu können.

Kaum hatte Damon die Tür hinter sich geschlossen, stürmte Ariana in den Salon. Sie trug nur Quinns T-Shirt, und ihre Miene verriet ihr Misstrauen. Offenbar hatte sie gehört, was Damon gesagt hatte. Quinn fragte sich, was er jetzt mit ihr anfangen sollte.

Ariana versuchte zu schlucken. Aber nachdem sie mit anhören musste, wie Damon beiläufig erwähnte, Quinn habe ihre Zwillingsschwester »abserviert«, fühlte sich ihr Mund strohtrocken an, und ihr saß ein Kloß in der Kehle.

»Ich nehme nicht an, du möchtest mir dieses Gespräch

erklären?«, fragte sie Quinn. Da er bisher nicht gerade besonders mitteilsam gewesen war, erwartete sie eigentlich keine Antworten.

Doch sie konnte ihm nicht mehr einfach so glauben. Jetzt nicht mehr. Sie hatte ihm ihr Vertrauen und ihren Körper geschenkt, und es wurde Zeit, dass er ihr etwas zurückgab. Allerdings hielt Ariana nichts davon, ihm ein Ultimatum zu stellen. Das hatte Jeffrey einmal mit ihr gemacht, und sie wusste, dass man mit solchen Drohungen nichts erreichte. Sie verschränkte die Arme vor der Brust und starrte Quinn an. Sie wartete.

»Du darfst nicht alles glauben, was du hörst.«

Sie lachte. Es war ein bitteres Lachen, das ihre Gefühle sehr genau ausdrückte. »Du hast noch einen Versuch.«

Er breitete die Arme aus. »Die Dinge sind nicht immer so, wie sie aussehen. Genügt das?«

Sie lächelte zögernd. »Schon besser.« Aber es reichte ihr nicht.

Sie drehte sich um, ging ins Schlafzimmer und zog sich an. Ihr Blick glitt zum Bett. Und weil sie sich im Bett so nahe gekommen waren, wusste Ariana in ihrem Innersten ganz genau, dass Quinn Zoe nicht »abserviert« hatte. Erst recht, nachdem sie ihn mit Sam erlebt hatte. Er war nie im Leben ein Mörder.

Trotzdem musste sie die Wahrheit aus seinem Mund hören. Sonst war ihre Affäre zu Ende, bevor sie richtig angefangen hatte. Doch Quinn hüllte sich weiter in Schweigen. Ariana suchte ihre Kleidung zusammen. Ihre Sachen lagen überall im Zimmer verstreut. Sie wollte gerade ihr T-Shirt aufheben, als sie Quinns Hand auf ihrer Schulter fühlte. Ihr Herz schlug schneller, und ihre Haut kribbelte. Die Erinnerungen an die verflossene Nacht standen ihr unerträglich deutlich vor Augen.

Quinn kniete sich neben sie. Sein warmer Atem strich über ihren Hals. »Ich bin ein Under-Cover-Cop«, flüsterte er ihr ins Ohr. »Und deine Schwester ist in Sicherheit. Mehr darf ich dir beim besten Willen nicht verraten.«

Sie schnappte überrascht nach Luft. »Du bist ein …?«

Er legte ihr die Hand auf den Mund. »Wiederhol das nicht laut. Schon gar nicht hier im Kasino. Verstanden?«

Sie nickte, und er ließ sie los.

Ihre Wangen brannten. Das lag zum einen an seiner Berührung, zum anderen aber auch an seinem überraschenden Geständnis. Also hatte er sich neulich nicht versprochen, sondern die Wahrheit gesagt. Quinn war Polizist und nicht Damons Handlanger. Es sei denn, er hätte sich kaufen lassen, aber diese Möglichkeit zog Ariana keinen Augenblick ernsthaft in Betracht. Sie hatte immer gewusst, dass Quinn ein guter Mensch war. Sonst hätte sie nicht mit ihm geschlafen. Und sie hatte seine Aufrichtigkeit gespürt, obwohl er ihr nicht die Antworten hatte geben können, die sie so dringend brauchte. Aus diesem Grund waren ihre Gefühle zu diesem rätselhaften Mann auch so merkwürdig widerstreitend. Und nachdem sie jetzt mit ihm geschlafen hatte, würden sie sicher noch viel komplizierter werden.

Quinn drehte Ariana sanft zu sich herum. »Ich habe diese Suite zwar nach Wanzen abgesucht, aber ich möchte hier trotzdem keine ausführliche Diskussion riskieren.« Er flüsterte immer noch.

Ariana schwieg, als sie die Tragweite dessen begriff, was er ihr gerade gesagt hatte. Sie konnte nachvollziehen, welche Überwindung es ihn gekostet haben musste, ihr das zu sagen.

Das Wenigste, was sie tun konnte, war, sein Spiel mitzuspielen. Sie legte ihre Hand auf seine Wange. »Du hast also nicht mit mir geschlafen, weil Damon dir befohlen hat, mich im Auge zu behalten?«

»Hat es sich vielleicht so angefühlt?«

Als Antwort presste sie ihre Lippen auf seinen Mund.

Elftes Kapitel

Connor hielt vor einem kleinen Haus in einer Ortschaft, die etwa dreißig Autominuten außerhalb von Atlantic City lag. Es wirkte gepflegt, im Gegensatz zu den heruntergekommenen älteren Nachbarhäusern. Er warf einen Blick auf den Zettel, den Maria ihm gegeben hatte, und verglich noch einmal die Hausnummer. Dann stieg er aus und ging zur Haustür.

Er hatte so lange auf diesen Moment gewartet, dass seine Handflächen schweißnass waren. Fast wie bei seiner ersten Verabredung. Normalerweise brachte Connor nicht mehr viel aus der Ruhe. Bis er diese dunkelhaarige erotische Frau mit dem frechen Mundwerk getroffen hatte, die offensichtlich zögerte, ihn näher an sich heranzulassen. Was ihm eigentlich gar nicht so unlieb war. Er hatte nicht vor, eine langfristige Beziehung einzugehen. Nur leider wollte es ihm nicht gelingen, sich Maria aus dem Kopf zu schlagen. Vielleicht half ihm diese Verabredung ja dabei, damit anzufangen.

Connor hatte die halbe Strecke zum Haus zurückgelegt, als ein Basketball auf ihn zurollte. Ein kleiner Junge verfolgte ihn. Vermutlich ein Sohn der Nachbarn. Ball und Kind landeten vor Connors Füßen. Er schätzte den Kleinen auf etwa sechs Jahre. Sein dunkles Haar stand nach allen Richtungen ab, als wäre der Junge bereits einige Tage lang erfolgreich der Haarbürste aus dem Weg gegangen.

»He, Mister.«

Connor kniete sich hin. »He, du.«

»Egal, was Sie verkaufen, wir brauchen es nicht.« Der Junge warf sich in die Brust, als wäre er hier der Herr im Haus, und starrte Connor herausfordernd an.

Der ließ sich von der vorlauten Art des Jungen nicht aus der Ruhe bringen. Schließlich war er in seinem Alter ein ähnlich harter kleiner Bursche gewesen. Connor unterdrückte ein Lachen. »Keine Sorge, ich bin kein Hausierer. Aber wer bist du? Das Nachbarschafts-Begrüßungskomitee?«

Der Junge schüttelte den Kopf. »Ich bewache nur, was mir gehört.«

»Dann schlage ich vor, du gehst nach Hause und machst das.« Connor lachte leise. Die Zeiten, wo Kinder allein auf der Straße spielen konnten, waren lange vorbei. Unwillkürlich sah Connor sich um, ob vielleicht jemand nach dem Kleinen suchte.

»Ich bin hier zu Hause.« Der Junge deutete mit dem Daumen auf das graue Haus und zog die Nase kraus. Er sah Connor an, als wäre der ein ausgemachter Idiot.

Connor spürte ein unbehagliches Kneifen in der Magengrube, und im selben Moment hörte er eine bekannte Stimme. »Joseph Anthony, mach sofort, dass du ins Haus kommst!«

Connor stand auf und drehte sich um. Maria stand neben der offenen Fliegengittertür. Sie ignorierte ihn und winkte das Kind herein.

»O Mann, Mom!« Joseph Anthony stapfte wütend die Auffahrt hoch und schlüpfte unter dem Arm seiner Mutter ins Haus.

Seine Mutter. Verdammter Mist!, dachte Connor.

Maria sagte leise etwas zu dem Jungen, das Connor nicht hören konnte. Dann trat sie auf die schmale Veranda hinaus und zog die Tür hinter sich zu. Sie verschränkte die Arme vor der Brust. Diese abwehrende Geste kannte Connor mittlerweile zur Genüge. »Wie ich sehe, hast du es gefunden.«

»Ich habe einen ausgezeichneten Orientierungssinn«, behauptete Connor. Er gab sich einen Ruck und näherte sich Maria langsam.

Die Frau nickte. »Du kannst gern wieder verschwinden, wenn du willst.«

Er sah sie forschend an. »Und warum sollte ich das deiner Meinung nach tun?« Diese Bemerkung war dumm. Schließlich kannte er jetzt den Grund, warum sie sich ihm gegenüber so distanziert verhalten und all seine Annäherungsversuche abgeschmettert hatte.

»Zunächst einmal, weil du nicht der Erste wärst.« Sie musterte ihn misstrauisch.

Zum Teufel! Connor fuhr sich mit der Hand durchs Haar. Er hätte auf ihre Signale achten und sich zurückziehen sollen. Connor war nicht bereit, außer für sich noch für jemand anderen Verantwortung zu übernehmen. Gewöhnlich suchte er sich Frauen aus, auf die dieses Kriterium passte. Er hatte sich als Jugendlicher etwas geschworen: Er wollte niemals so ein Mistkerl wie sein Vater werden und eine Frau mit ihrem Kind einfach sitzen lassen. Schließlich waren Kinder hilflos den Entscheidungen ihrer Umwelt ausgeliefert. Die einfachste Möglichkeit, diesen Schwur zu erfüllen, war, sich Frauen auszusuchen, die ebenfalls nur unverbindliche Affären haben wollten.

Connors Nerven waren zum Zerreißen gespannt, als er die Stufen der Veranda hochstieg und sich neben Maria stellte. Er wusste nicht, was er sagen sollte. Dieses Gefühl war neu für ihn.

Maria starrte ihn abweisend an. Sie forderte ihn förmlich heraus, den Blick abzuwenden und klein beizugeben.

»Ich bin sicher, dass dein Interesse an mir sich nicht auch auf ein Kind erstreckt. Joey und ich sind jedoch nur im Paket erhältlich. So, jetzt weißt du es. Du könntest uns eine Menge Leid ersparen, wenn du einfach verschwindest.« Ihre Miene und ihre Körperhaltung verrieten ihre Anspannung und ihr Misstrauen.

Offenbar unterzog sie ihn einem Test. Und zwang ihn, eine Entscheidung zu treffen, bevor die Gefühle von jemandem verletzt wurden. Sie ist eine kluge Frau, dachte Connor. Erneut wünschte er sich, er hätte auf ihre abweisenden Signale geachtet. Gleichzeitig fühlte er sich noch mehr zu ihr hingezogen, nachdem er jetzt wusste, dass diese Cocktailkellnerin mehr war als nur eine erstklassige Bettpartnerin. Zum Teufel, dabei hatte er das doch schon die ganze Zeit gespürt! Hatte er ihr nicht genau deshalb so hartnäckig nachgestellt?

»Vielleicht unterschätzt du mich«, sagte er. Er selbst hatte Maria jedenfalls ganz eindeutig unterschätzt.

Sie zuckte wegwerfend mit den Schultern. »Das wird sich noch zeigen.«

Connor betrachtete sie und fühlte, wie seine Zurückhaltung schmolz. Er hatte sie bisher nur während der Arbeit gesehen, in dem engen »Damon's«-T-Shirt und diesem schwarzen Minirock. Jetzt sah er eine ganz andere Maria. Sie hatte sich für ihre Verabredung zurechtgemacht. Sie trug eine schwarze Hose und einen hellblauen Pullover mit einem atemberaubenden Ausschnitt, der die Kurven ihrer vollen Brüste betonte. Statt der obligatorischen Turnschuhe steckten ihre schlanken Füße in schwarzen Schuhen mit einem kleinen Absatz. Und als er in ihre misstrauischen Augen schaute, bemerkte er, dass sie etwas Make-up aufgelegt hatte. Es reichte, um verführerisch auszusehen, hatte jedoch nichts von der künstlichen Schminke, hinter der sie bei der Arbeit die wahre Maria versteckte.

Im Moment schien sie überhaupt nichts vor ihm zu verstecken. »Du siehst gut aus«, sagte er ehrlich.

»Danke.« Sie senkte verlegen den Kopf.

Offenbar hatte er sie überrumpelt, und Connor beschloss, diesen Vorteil zu nutzen. »Wo ist sein Vater?« Er deutete auf die Tür, hinter der der Junge verschwunden war.

Sie zuckte mit den Schultern. »Keine Ahnung. Amerika hat einundfünfzig Staaten. Da der Kerl keinen Unterhalt zahlt und mein Anwalt ihn nicht finden kann, vermute ich, dass er irgendwo in einem der fünfzig anderen Staaten steckt.«

Connor nickte. Das erklärte ihr Misstrauen. Da er aus eigener Erfahrung wusste, wie es sich anfühlte, im Stich gelassen zu werden, konnte er Maria gut verstehen. »Und jetzt erwartest du, dass ich ebenso feige davonlaufe wie er?«

»Wie gesagt, du wärst nicht der Erste.« Trotz ihrer zur Schau getragenen Gelassenheit zitterte ihre Stimme verdächtig. Sie klang ganz ähnlich wie die ihres Sohnes.

Connor drehte sich um und warf einen Blick zu seinem Wagen, der auf der anderen Straßenseite parkte. Die Freiheit war nur wenige Schritte entfernt. Er rollte mit den Schultern, um die Spannung in seinem Nacken zu lösen. Er sollte die Treppe hinuntergehen, in den Wagen steigen und wegfahren. Er sollte so viele Meilen wie möglich zwischen Maria, ihrem Sohn und sich legen. Er sollte weglaufen, bevor er die Fehler wiederholte, die sein Vater gemacht hatte. Bevor er die Gefühle eines Kindes genauso verletzte, wie man ihm als Kind wehgetan hatte. Und wenn er sich entschloss, Maria und ihren Sohn kennen zu lernen, bestand durchaus die Möglichkeit, dass dies dabei herauskam.

Doch eine ganz bestimmte Erinnerung hielt Connor davon ab, einfach zu gehen. Seine Mutter hatte sich damals ebenfalls für ein Rendezvous zurechtgemacht und ihn bei einer Nachbarin abgegeben. Die passte auf ihn auf, wenn seine Mutter arbeiten musste. Sie war kein richtiger Babysitter, denn sie wurde ja nicht dafür bezahlt. Die Frauen zogen ihre Kinder beide alleine groß und halfen sich gegenseitig, damit sie zurechtkamen. Sein Vater war schon lange verschwunden. Und nach dieser Nacht war auch seine Mutter nicht wiedergekommen. Die Nachbarin war zwar sehr nett, aber sie konnte Connor nicht noch zusätzlich zu ihren beiden eigenen Kindern durchfüttern. Damals hatte seine endlose Odyssee durch die Waisenhäuser und Pflegefamilien begonnen.

Connor hatte immer seinem Vater die Schuld für die harte Kindheit gegeben, die er durchleiden musste. Seine Mutter dagegen nahm er immer in Schutz. Doch als Connor jetzt Maria betrachtete, gestand er sich ein, dass er sich geirrt hatte. Die Entscheidung seiner Mutter war ebenso falsch gewesen wie die seines Vaters.

Maria wartete schweigend, während Connor seine Erinnerungen durchging und seine Alternativen abwog. Hier stand eine Frau, der ihr Kind so wichtig war, dass sie sein Wohl über das eigene stellte. Dafür bewunderte er sie. Und er selbst stand vor der Entscheidung, ob er seinem Herzen folgen und diese Frau näher kennen lernen sollte. Oder aber seiner Furcht nachgeben und vor jeder

Verantwortung flüchten sollte. Connor schluckte. »Wer passt auf Joey auf, wenn du ausgehst?«

Sie deutete mit einem kurzen Nicken auf das heruntergekommene Nachbarhaus. »Ein Nachbar.«

Connor zuckte zusammen. Maria war fast in derselben Lage wie damals seine Mutter. Er arbeitete seit Jahren mit den Kindern im Waisenhaus, doch ihre Schicksale gingen ihm längst nicht so nahe wie das dieser Frau und ihres Kindes.

Verschwinde!, riet ihm eine laute Stimme in seinem Kopf. Bevor es zu spät ist! Doch dann würde er nie im Leben erfahren, was er versäumte.

»Warum nimmst du ihn nicht mit«, hörte er sich stattdessen sagen, »und wir gehen einen Burger essen?«

Maria sah ihn erstaunt an und lächelte schüchtern. Connor entspannte sich. Er schuldete es sich selbst, die Chance zu ergreifen und sich zu beweisen, dass er nicht wie sein Vater war. Er konnte nur hoffen, dass er es schaffte.

Quinn fuhr zu Arianas Elternhaus, während sie ihm in ihrem eigenen Auto folgte. Er konnte immer noch nicht fassen, dass sie vor einigen Stunden miteinander geschlafen hatten und er dadurch seine Tarnung und den ganzen Fall aufs Spiel gesetzt hatte. Er vertraute ihr, so riskant das auch sein mochte.

Er hörte das Hämmern schon in seinem Auto, als er vor dem Haus anhielt. Er stieg aus und wartete auf dem Rasen auf Ariana. Sie parkte hinter seinem Van.

»Hörst du das?« Sie schüttelte den Kopf. »Hier kann ich unmöglich bleiben.«

Ohne nachzudenken, ergriff er ihre Hand. »Das musst du auch nicht.« Er hatte die perfekte Lösung für ihr

Problem. »Eines muss ich allerdings wissen: Magst du Hunde?«

»Mehr als Affen, obwohl ich zugeben muss, dass ich Spank allmählich lieb gewonnen habe.« Ariana deutete auf das Fenster, in dem Spank sich offenbar häuslich eingerichtet hatte.

Quinn lachte.

»Warum fragst du?«

»Du kannst bei mir wohnen, während deine Eltern umbauen. Ich meine, in meinem richtigen Haus.« Quinn war nicht klar gewesen, wie groß die Bürde war, die er sich aufgeladen hatte, bis er Ariana endlich die Wahrheit gesagt hatte. Da sie jetzt wusste, dass er ein Polizist war, musste er nicht mehr auf Zehenspitzen um sie herumschleichen. Er konnte ihr mehr vertrauen und sie näher an sich heranlassen. Allerdings hoffte er, dass er dies nicht irgendwann bereuen würde.

Sie blieb stehen und sah ihn an. »Du würdest mich dort wohnen lassen?«

»Solange du auf meinen Hund aufpasst.« Das war das einzige Lebewesen, dem er ohne Vorbehalte vertraute.

Sie sah ihn staunend an. »Du meinst, du bietest mir eine Schublade deiner Kommode an, oder bist bereit, deine Zahnbürste mit mir zu teilen?«

Quinn hatte höllische Angst, dass es weit mehr als ein unkompliziertes Arrangement zwischen Freunden war, aber was machte das jetzt noch für einen Unterschied? Er hatte in dem Moment sein Leben in ihre Hände gelegt, als er ihr verriet, dass er ein Polizist war. Wie viel ernster konnte es noch werden?

Um weitere Gespräche über dieses Thema zu unterbinden, nahm er ihr den Hausschlüssel ab und schloss die Tür auf. »Hat deine Mutter gesagt, was sie wollte?«

Ariana hatte Elena endlich erreicht. Die hatte ihre Tochter instruiert, Quinn unbedingt auf ein »Plauderstündchen« mitzubringen.

»Irgendetwas Wichtiges, was uns angeblich alle angeht«, erwiderte sie ausweichend. »Mom? Dad? Jemand zu Hause?« Sie hob die Stimme, um den Lärm der Bauarbeiter zu übertönen.

»Versuchen wir es in der Küche«, schlug Quinn vor.

»Da erwartet uns bestimmt nichts Gutes«, entgegnete sie murmelnd.

Quinn lachte, nahm ihre Hand und zog sie mit sich zur Küche. Der Anblick, der sich ihnen an der Tür bot, bestätigte Arianas Befürchtung.

Spank saß in einem Babyhochstuhl. Verschiedene Töpfchen mit Creme standen auf dem Tablett vor ihr. Sam saß rittlings auf einem Stuhl ihr gegenüber, hielt einen Pinsel in der Hand und trug der Äffin eine Gesichtsmaske auf. »Es riecht köstlich, Elena!«, rief Sam, ohne sich umzusehen.

»Ordne sie in der Reihenfolge, wie sie dir am besten gefallen!«, erwiderte Elena aus dem Nebenzimmer.

»Gibt es keine Gesetze gegen Tierquälerei?«, erkundigte sich Ariana scherzhaft.

»Einmal ganz abgesehen von den drakonischen Strafen für Schulschwänzer.« Quinn marschierte geradewegs auf Sam zu. Er hatte die Spielchen des Mädchens allmählich satt.

Sam fuhr herum und verdrehte die Augen. »Du denkst immer nur das Schlimmste von mir.«

»Weil du mich in letzter Zeit darin immer bestätigst.« Quinn stützte eine Hand auf den Tresen und sah sie auffordernd an.

»Diesmal liegst du falsch. Wir hatten nur einen halben

Tag Unterricht. Heute ist Elternsprechtag. Nicht, dass ich welche hätte, die das interessieren würde.«

»Oh, oh«, flüsterte Ari dicht neben Quinns Ohr. Dann wandte sie sich Sam zu. »Und was macht ihr beiden da?« Sie versuchte, die Atmosphäre aufzulockern und den heraufziehenden Streit zu verhindern. Sie zog einen Stuhl vom Tisch und setzte sich neben Samantha.

»Ich soll für Elena beurteilen, wie die riechen.« Sam deutete auf die Töpfe. »Aber Spank hat beschlossen, sie erst an sich selbst auszuprobieren, also dachte ich, ich helfe ihr ein bisschen.« Sie kicherte, und Quinn trat unwillkürlich drei Schritte zurück.

Es war das zweite Mal, seit er Sam kannte, dass sie aus purer Freude lachte. Und beide Male war das in diesem Haus passiert. »Ihr spielt wohl, euch schön zu machen?«, erkundigte er sich.

Ariana warf ihm einen vorwurfsvollen Blick zu, während Sam sagte: »Du bist echt schwer von Begriff. Wir testen nur die Gerüche aus. Aber keine Sorge, es sind alles natürliche Zutaten. Nichts davon kann Spank ernstlich schaden.«

»Das erleichtert mich ungeheuer«, erwiderte Quinn.

Ariana trat ihm gegen das Schienbein. »Also hat Mom die Sache mit dem Fischöl aufgegeben?«

»Fischöl?«

»Schon gut.« Ariana strich dem Mädchen durch das Haar. »Hauptsache, sie hat diesen Plan aufgegeben. Dann können wir alle beruhigt sein. He, es ist ja plötzlich so ruhig hier.« Sie schaute sich um. Die Geräusche von den Bauarbeiten hatten aufgehört.

Quinn war es ebenfalls aufgefallen.

»Ich glaube, die Bauarbeiter haben heute früher Schluss gemacht. Igor meinte, sie müssten noch eine andere Baustelle fertig stellen.« Sam stand auf, wickelte einige Papiertücher von der Haushaltsrolle ab, machte sie nass und setzte sich dann wieder zu dem Äffchen.

»Wer ist Igor?«, erkundigte sich Ariana.

Sam reinigte Spanks Gesicht und hob sie dann aus dem Kinderstuhl. »Das ist der Vorarbeiter«, erklärte Sam ernst, als würde sie hier leben und wäre über alles informiert.

Quinn sah sie scharf an. »Wo sagtest du, ist Elena?«

»Ich habe gar nichts gesagt.« Sam steckte ihre Hände in die Taschen ihrer Jeans. »Sie ist nebenan«, erklärte sie dann. »Sie will mit euch reden.« Sie drehte sich auf dem Stuhl herum. »Elena, Quinn ist da und will mit dir reden!«, schrie sie aus voller Lunge. »Komm schnell her!« Elena lachte, als sie hereinkam. »Keine Hektik, Sam.

Ich gehe ja nicht weg.«

Sam schaute Arianas Mutter mit unverhohlener Bewunderung an. »Schon gut. Kann ich dableiben, während du es ihm sagst? Bitte, bitte, bitte!«

Ariana legte Samantha eine Hand auf die Schulter.

»Wie wär's, wenn wir zwei Schönen nach nebenan gehen, während die beiden sich hier unterhalten. Dann kannst du mir in Ruhe erzählen, wie es dir geht.«

Quinn bewegte unbehaglich die Schultern. Wenn Ariana nicht dableiben wollte, um sich anzuhören, worüber Elena mit ihm plaudern wollte, wusste sie vermutlich schon, worum es ging. »Wieso habe ich das Gefühl, dass alle außer mir wissen, was Elena mit mir diskutieren möchte?« Er schaute Ariana an.

Sie erwiderte schuldbewusst seinen Blick. »Ich weiß es nicht genau, aber ich habe so eine Ahnung.« Dann reichte sie Sam die Hand. »Gehen wir«, sagte sie. Das Mädchen folgte ihr mürrisch.

»Was ist hier eigentlich los?«, fragte er Elena scharf.

Sie legte einen Aktenordner auf den Tresen. »Ich habe ein bisschen recherchiert und mich mit dem Jugendamt in Verbindung gesetzt. Wir wollen den Antrag stellen, Pflegeeltern für Sam zu werden.«

Quinn war vollkommen überrumpelt. Das hatte er nun wahrhaftig nicht erwartet. »Das ist eine sehr große Verantwortung.«

Elena nickte. »Wem sagen Sie das? Ich habe immerhin zwei Mädchen großgezogen.«

Er setzte sich auf einen Küchenstuhl. »Und wie denkt Ihr Mann darüber?« Doch noch während er die Frage stellte, dachte Quinn bereits über diese Möglichkeit nach, die sich da so unerwartet auftat.

Es stand außer Frage, dass Samantha dringend ein Heim brauchte und ebenso klar war, dass Elena und Nicholas ihr eines bieten konnten. Noch dazu ein gutes Heim. Eines, in dem Sam glücklich sein würde. Quinn hatte befürchtet, er wäre am Ende seiner Möglichkeiten. Er hatte schon eine betreute Wohngemeinschaft als letzten Ausweg in Betracht gezogen. Jetzt jedoch bot ihm Arianas Familie einen Strohhalm, und er musste zugeben, dass er diese Chance mit Optimismus betrachtete. Mit sehr vorsichtigem Optimismus allerdings.

Elena setzte sich zu ihm an den Tisch. »Nicholas ist damit einverstanden. Er ist ein guter Mann. Als er von Sams Lage gehört hat, war er selbstverständlich sofort damit einverstanden, sie bei uns aufzunehmen.«

Quinn rieb sich die Nasenwurzel. »Das ist sehr edel von Ihnen, Elena, aber Sie können nicht …« Wie konnte er das einigermaßen dezent formulieren? »Sie können nicht Sam adoptieren, um die Lücke zu füllen, die Zoes Verschwinden gerissen hat.«

Elena schlug ihm mit gespieltem Zorn auf die Schulter.

»So eine Unterstellung sollte Ihnen im Hals stecken bleiben! Erstens wird Zoe zurückkommen. Und zweitens sind meine beiden Mädchen erwachsen. Sie leben ihr eigenes Leben. Dass Sam bei uns aufwachsen soll, hat nicht das Geringste damit zu tun«, versicherte sie Quinn.

»Was sagt der Pflegeelterndienst?«, fragte er.

»Sie haben mir die Bedingungen vorgelesen, die eine Adoption ermögliche, u. a. über die Besuche zu Hause und die Zeit, die es dauert, bis das Amt eine Familie akzeptiert.« Elena deutete mit einer eleganten Handbewegung an, dass sie solche Kleinigkeiten als unbedeutend erachtete. »Aber Sam hat nicht so viel Zeit. Sie kann nicht in einer Umgebung bleiben, in der sie sich unerwünscht weiß. Das ist eine zu große Belastung und schadet vor allem ihrem Selbstwertgefühl. Außerdem kann sie ja hier bleiben.«

»Darf ich, Quinn, bitte?« Sam hüpfte in die Küche.

»Ich habe versucht sie zurückzuhalten!« Ariana folgte ihr auf dem Fuß. Ihre Miene war besorgt. »Sam hat darauf bestanden, dabei zu sein, wenn Mom dir ihren Vorschlag unterbreitet.« Ariana schien die Entscheidung ihrer Mutter, Sam aufzunehmen, weder zu unterstützen, noch äußerte sie irgendwelche Einwände.

Bei ihrem angespannten Verhältnis zu ihrer Familie konnte Quinn auch schwer einschätzen, auf welche Seite sie sich schlagen würde. Im Augenblick wollte er nur ihre Sorgenfalten vertreiben und ihr versichern, dass alles in Ordnung kam. Aber wie sollte er das tun, wenn er nicht genau wusste, was sie überhaupt bekümmerte?

Doch im Moment hatte er andere Sorgen und drehte sich zu Elena um. »Also kennt Sam Ihre Absicht bereits?«, erkundigte er sich.

Elena bestätigte seine Befürchtung mit einem Nicken.

Bei der Vergabe der Pflegestellen war nichts einfach oder selbstverständlich. Quinn wollte unbedingt vermeiden, die Hoffnungen des Kindes erneut zu schüren, damit es später nicht schon wieder eine Enttäuschung erleben musste.

»Ist das nicht cool?« Sam war vollkommen aufgeregt. »Und Elena ist auch bereit, sich später um eine Adoption zu bewerben.« Ihre Stimme klang beinahe ehrfürchtig. »Endlich will mich jemand haben.«

Verdammt! Quinn ging diese ganze Sache viel zu weit und viel zu schnell. »Ich habe ein paar Beziehungen«, erklärte er. Er musste versuchen, wenigstens ein bisschen die Kontrolle zurückzugewinnen. »Ich könnte versuchen, das Verfahren etwas zu beschleunigen.« Wenn er als Polizist für die Costas bürgte, würde das bei den Referenzen deutlich helfen.

Weder Zoe noch Ariana hatten je anklingen lassen, dass jemand in der Familie in der Vergangenheit wegen krimineller Aktivitäten aktenkundig geworden wäre. Doch das Amt führte gründliche Untersuchungen durch und überprüfte auch die Fingerabdrücke. Und das war nur der Anfang von möglichen Problemen und Fallstricken.

»He, Quinn!« Sam stieß ihm ihren Ellbogen in die Seite. »Ariana, Zoe und ich können Schwestern werden! Hast du die Fotos von Zoe gesehen? Sie sieht genauso aus wie Ari. Ist das nicht klasse?«

Es wäre fantastisch. Falls es klappen würde. Bis dahin sollten alle tunlichst schön auf dem Teppich bleiben.

»Zoe wird dich lieben, wenn sie nach Hause kommt«, versicherte Elena dem jungen Mädchen.

Quinn schaute Ariana an. Sie lehnte am Tresen und schwieg. Sie schien genauso hin- und hergerissen zu sein wie er. Es fiel ihm nicht schwer, ihre Gedanken zu erraten.

Er vermutete, dass sie ein schlechtes Gewissen hatte, weil sie jetzt über das Schicksal ihrer Schwester Bescheid wusste. Und darüber informiert war, dass Quinn ein Cop war. Nicht zuletzt deshalb schenkte sie seiner Behauptung Glauben, dass Zoe noch am Leben war. Offensichtlich zerfraß es sie fast, dass sie dieses Wissen vor ihrer Mutter verheimlichen musste. Quinn konnte sehr gut nachvollziehen, wie sie sich fühlte.

Er hasste es genauso wie Ariana, ihre Eltern zu täuschen, aber Elena war einfach zu unberechenbar, als dass er ihr hätte trauen können. Sie hatte mehr als einmal bewiesen, dass sie sehr impulsiv handelte und sich nicht vom gesunden Menschenverstand leiten ließ. Und Quinn war davon überzeugt, dass Ariana in diesem Punkt seiner Meinung war.

Quinn schüttelte den Kopf und verscheuchte die Gedanken an die Ermittlungen gegen Damon. Er musste sich zuerst einmal um Sam kümmern. Er ging zu ihr und legte seine Hand auf ihre Schulter. »Es gibt keine Garantie, dass die Sache funktioniert«, bremste er ihre Begeisterung. »Elena und ihre ganze Familie müssen erst als Pflegefamilie zugelassen werden.«

»Das werden sie schon«, entgegnete Sam zuversichtlich. »Und dann kann selbst Spank meine Schwester sein.«

Sie lachte, aber ihre Worte ernüchterten Quinn. Das Verfahren schloss eine Überprüfung dieses Hauses mit ein.

»Ich bin nicht sicher, ob der Affe bei dieser Angelegenheit sonderlich hilfreich ist«, erklärte er. Er stellte sich vor, wie eine dieser nüchternen Sozialarbeiterinnen in das Haus marschierte, während die Bauarbeiter und die gesamte Familie aufgeregt herumliefen. Wenn ihr dann auch noch zu allem Überfluss ein Affe die blanke Kehrseite zeigte, oder gar ihre Unterlagen stahl … Er schüttelte den Kopf. Warum konnte das Leben eigentlich nie einfach sein?

»Was wollen Sie damit sagen?«, erkundigte sich Elena.

»Ist es in diesem Staat überhaupt erlaubt, einen Affen in seinem Haus zu halten?«, erkundigte sich Quinn.

»Quinn!«, jammerte Sam, während Elena seinem fragenden Blick auswich.

Anscheinend hatte sie sich nicht über die entsprechenden Gesetze informiert, was ihn nicht im Geringsten überraschte. Als Polizist kannte er natürlich viele Gesetze, aber mit so einer Situation hatte er noch nie zu tun gehabt. Er fuhr sich mit der Hand durchs Haar. »Okay, ein Schritt nach dem anderen. Da Teenager so viel schwerer unterzubringen sind als jüngere Kinder, erledigt das Amt die Prozedur im Allgemeinen etwas schneller, wenn sich jemand konkret für ein älteres Kind interessiert. Ich werde einige Telefonate tätigen und herausfinden, wie wir die Angelegenheit beschleunigen können. Elena, Sie und Nicholas müssen an acht Informationsabenden teilnehmen. Sie finden einmal in der Woche statt.«

Elena fuhr wieder mit der Hand durch die Luft. Offenbar hatte sie eine Vorliebe für diese Geste. »Ich habe zwei Kinder großgezogen. Was können die mir schon beibringen, was ich noch nicht weiß?«

Quinn verdrehte die Augen. »Niemand wird von diesen Kursen befreit, also schreibt euch ein und fangt am besten sofort damit an. Jeder Kurs dauert drei Stunden«, fügte er noch hinzu.

»Kein Wort davon zu Nicholas«, befahl Elena den Anwesenden. »Er hat für so etwas keine Geduld. Aber wenn er erst einmal da ist, wird er es Sam zuliebe schon auf sich nehmen.«

Das Mädchen strahlte, und Quinn bemerkte erst jetzt, dass sie ihre Kappe nicht trug. Ihr langes Haar fiel ihr auf den Rücken hinunter. Sie war wirklich glücklich. Quinn schwor sich, dafür zu sorgen, dass diese Sache klappte. Koste es, was es wolle.

»Und was machen wir jetzt mit Spank?«, erkundigte sich Sam. Sie hielt den Affen an der Hand. »Wenn die Sachbearbeiter sie sehen, und es verboten ist, sie im Haus zu halten, werden sie mich nicht hierher kommen lassen. Das darf nicht passieren.«

Von der anderen Seite der Küche kam ein langer, ergebener Seufzer. Quinn schaute Ariana an. »Wenn ich mit einem Hund klarkomme, werde ich wohl auch mit einem Affen fertig«, sagte sie. Offenbar akzeptierte sie die Rolle, die ihr in diesem Plan zugefallen war. »Da ich ohnehin nicht hier bleiben werde, solange ich tagsüber nicht schlafen kann, und Spank den Lärm ebenfalls hasst, nehme ich sie eben einfach mit«, erklärte sie ihrer Mutter.

»Und wohin, bitte schön?« Elena stemmte ihre Hände auf die Hüften.

»Ich wohne bei … einem Freund«, erwiderte Ariana ausweichend und warf Quinn einen kurzen Blick unter gesenkten Lidern zu. »Die Einzelheiten klären wir später, einverstanden?«

Elena küsste ihre Tochter auf die Wange. »Du bist ein gutes Kind, Ariana. Doch vorher wollen wir sehen, ob Tante Dee und Onkel John Spank nicht aufnehmen können. Sie sind ja schon an sie gewöhnt, weil sie ohnehin die meiste Zeit hier sind. Außerdem bliebe Spank so auch in Sams Nähe.«

Ariana lächelte, aber ihr Blick war merkwürdig abwesend.

Quinn wusste nicht genau, was sie beschäftigte, aber

immerhin hatte sie Sam ihre Hilfe angeboten – und hieß sie in ihrem Elternhaus willkommen. Weil Sam sich ganz offensichtlich sehr danach sehnte.

Sein Instinkt sagte Quinn, dass die Costas diesem Kind sehr wohl ein geeignetes Heim bieten könnten. Sam schien das zu spüren. Selbst er genoss die Herzlichkeit und die Lebendigkeit dieser Familie. Sogar ihre Exzentrizität gefiel ihm, und er fühlte sich hier auf eine Art zu Hause, wie er es noch nie zuvor erlebt hatte. Es kam ihm vor, als werde er in diese Familie hineingezogen wie in Treibsand, und das Überraschende war, dass es ihm nicht das Geringste ausmachte.

Doch als er die Frau ansah, die die Nacht in seinem Bett und in seinen Armen verbracht hatte, die Frau, die seine innigste Verbindung zum Costas-Clan war, spürte er, dass Ariana trotz ihres großherzigen Angebotes immer noch Distanz zu ihrer Familie hielt.

Ihn beschlich das ungute Gefühl, dass sie sich bald auch von ihm zurückziehen würde, wenn er sie nicht schnellstens von hier wegholte.

Zwölftes Kapitel

Ariana konnte gar nicht schnell genug von zu Hause wegkommen. Ihr war klar, dass ihre Familie Sam ein gutes Heim bieten konnte. Dennoch machte sie sich Sorgen um Sam, weil sie sich an ihre eigene Jugendzeit erinnerte, als sie sich ihrer Familie schämte. Mit dreizehn war man noch sehr formbar, und Sam brauchte mehr als andere Freunde, die sie unterstützten. Sie konnte gut auf Gleichaltrige verzichten, die hinter ihrem Rücken über sie lachten oder sie als Zielscheibe für grausame Witze benutzten. Sie war Quinn dankbar, dass er auf der Fahrt zu seinem Haus schwieg. Sie fuhren in Richtung Strand. Ariana fiel auf, dass er immer wieder in den Rückspiegel schaute und eine sehr ungewöhnliche Strecke zum Meer einschlug.

Obwohl ihr selbst so viel durch den Kopf ging, spürte sie, dass auch er beschäftigt war. Er schaute wieder in den Spiegel, und schließlich hielt es Ariana nicht mehr länger aus. »Was ist los?«, fragte sie.

»Wie kommst du darauf, dass etwas los ist?« Er drückte beruhigend ihre Hand.

»Du bist so nervös. Dauernd schaust du in den Rückspiegel. Ich weiß zwar nicht genau, wo dein Haus liegt, aber irgendwie kommt es mir so vor, als wären wir schon einige Male im Kreis gefahren.«

»Du bist eine sehr aufmerksame Beobachterin, Ariana.«

Er lächelte und schüttelte den Kopf. »Ich bin nur vorsichtig, das ist alles.«

»Wegen Damon?« Es überlief sie kalt.

Quinn nickte. »Er weiß, dass ich dieses Haus besitze. Also ist es eigentlich kein Problem, wenn er mich beschatten lässt, aber trotzdem weiß ich ganz gern, was vorgeht.«

»Das verstehe ich.« Sie rieb sich die Arme. »Ich weiß nicht, wie du unter solchen Umständen leben kannst.«

Er schaute sie an. »Es wird immer schwieriger«, gab er zu. »Aber es ist bald vorbei. Was geht denn in deinem schönen Kopf so vor? Du scheinst von dem Gespräch mit deiner Mutter über diese Pflegegeschichte vollkommen überwältigt zu sein.«

Ariana wunderte sich nicht zum ersten Mal darüber, wie empfindsam dieser Mann war. »Es geht um meine Familie. Oder vielmehr, um Sam und meine Familie. Meine Eltern müssen mit ihren Taschendiebstählen und Schwindeleien aufhören.« Sie sprach aus, was ihr durch den Kopf gegangen war.

Quinn seufzte. Er wusste, was sie meinte. »Ich werde ihnen ins Gewissen reden.«

»Und dann ist da noch dieses neue Unternehmen, diese Tageskurklinik. Wenn sie ein Spa eröffnen, muss alles legal zugehen.« Sie war bereit, Quinn weit mehr über die Machenschaften ihrer Verwandten zu enthüllen, als er bisher wusste.

Er nickte. »Ich weiß. Ich werde die Sache im Auge behalten. Nicholas mag mich.« Als Ariana ihn ansah, lächelte er sie zärtlich an.

Diesmal drückte sie seine Hand. »Ich mag dich auch, Quinn.«

»Dann sag mir, was dich wirklich bedrückt. Es ist nicht nur die Sorge um Sam, das ist mir klar.«

Ariana schloss fest ihre Augen, als er auf eine kleine Auffahrt einbog und bis vor eine Doppelgarage vorfuhr, die direkt an das Wohnhaus angebaut war. »Wie wäre es, wenn du mir erst die Zehn-Cent-Führung gibst?«, schlug sie vor, um Zeit zu gewinnen.

»Die kriegst du, aber danach kannst du dich nicht mehr vor der Wahrheit verstecken.«

»Wie man das macht, weißt du ja bestens, hab ich recht?«

»Das war ein unfairer Tiefschlag, Ariana. Auch wenn du böse auf mich bist, ändert das nichts daran, dass du selbst mit vielen Dingen ins Reine kommen musst. Ist es da nicht egal, wo du damit anfängst?« Er stellte den Motor ab und stieg aus.

Ariana kletterte ebenfalls aus dem Van und ging zu Quinn, der am Fuß der kleinen Holztreppe wartete, die ins Haus führte.

»Du kannst hier parken.« Er deutete auf den freien Platz neben seinem Van. »Ich habe noch eine Fernbedienung für das Tor in irgendeiner Küchenschublade. Hoffentlich finde ich das verdammte Ding.« Er schloss die Tür auf und stellte die Alarmanlage ab. »Der Kode für den Alarm ist 1213«, sagte er.

»Hat die Zahl eine Bedeutung?«

Er lachte rau. »Es ist mein Geburtstag. Meine Mutter hat mir einmal gesagt, sie hätte von Anfang an gewusst, dass ich ihr Unglück bringen würde, weil ich an einem Freitag dem Dreizehnten zur Welt gekommen bin.«

Ariana zuckte zusammen. Sie folgte ihm in die Küche und baute sich dann herausfordernd vor ihm auf. »Willst du mir einreden, dass ich ein verzogenes Gör bin, nur weil ich Probleme mit meiner ach so tollen Familie habe?«

Er schüttelte den Kopf. »Das kann ich nicht beurteilen.

Man kann das Leben immer nur nach seinen eigenen Erfahrungen bewerten. Nur weil man eine Familie hat, bedeutet das nicht automatisch, dass man auch eine glückliche Kindheit erlebt.«

Quinn nahm Ariana an die Hand und führte sie in ein gemütliches Wohnzimmer. Es wirkte ein bisschen wie in einem Blockhaus. Sie setzten sich auf eine Couch.

»Mich würde allerdings interessieren, ob du dich wie eine verzogene Göre fühlst«, erkundigte er sich.

»Ich habe das Gefühl, als würden meine Kindheitserinnerungen mich überwältigen.« Sie rieb sich die Augen und lehnte sich seufzend zurück. »Was ist, wenn Sam dieselben Probleme mit meiner Familie bekommt, wie ich damals?«

»Dazu kann ich nicht viel sagen. Du hast mir nie von deinen Problemen erzählt.« Er musterte sie aufmerksam. Hoffentlich wusste Ariana mittlerweile, dass sie ihm vertrauen konnte. Als sie schwieg, fuhr er fort: »Ich muss nicht denselben familiären Hintergrund haben wie du, um dich verstehen zu können.«

Sie beugte sich vor. »Ich möchte dich etwas fragen, Quinn. Findest du meine Familie nicht ein bisschen ... verschroben? Oder ungewöhnlich? Seltsam?«

Er lachte. »Ganz bestimmt, aber genau das macht ja ihren Charme aus.«

»Dann stell dir mal vor, mit diesen Menschen aufzuwachsen. Wenn ich Freundinnen mit nach Hause gebracht habe, wusste ich nie, welche Verkleidung meine Mutter gerade trug, oder welche Sprache sie zu lernen versuchte, oder welche Betrügerei mein Vater wieder mal ausheckte.«

»Du meinst diese Geschichte mit den Indianerprinzessinnen?« Quinn versuchte sich das Lachen zu verkneifen.

»Oder die Sache mit den Marsianern.« Er sah sie neugierig an.

Ariana ergab sich seufzend in ihr Schicksal. »Als wir dreizehn waren, sind Zoe und ich am Strand eingeschlafen. Bedauerlicherweise hatten wir uns vorher mit Babyöl eingerieben. Wir waren tagelang überall knallrot. Mom hat diese Situation natürlich sofort ausgenutzt.«

»Und wie?« Quinn hoffte sehr, dass sie noch mehr erzählen würde.

Ariana verdrehte die Augen. »Sie hat unser Haar grün gefärbt und Schnappschüsse von einer angeblichen Invasion der Marsianer geschossen. Allerdings hat der *National Enquirer* ihren Schwindel diesmal sofort durchschaut. Wenn du zu diesem Wahnsinn jetzt noch hinzuzählst, dass meine Mutter als Tänzerin arbeitete, was für jedes Kind gleichbedeutend mit Stripperin war, kannst du dir sicher vorstellen, dass ich die Lachnummer der ganzen Schule war.« Sie fuhr sich mit der Hand durchs Haar. »Und was die Jungs betraf, oh, sie waren geradezu entzückt von dieser Geschichte mit dem Lügendetektor. Allerdings haben sie sich tunlichst davon fern gehalten. Das heißt, auch von mir.«

Quinn spürte, dass dies wohl kaum der richtige Zeitpunkt war, in schallendes Gelächter auszubrechen. Arianas Miene verriet ihm, dass er sie besser ernst nahm.

»Und was war mit Zoe? Hatte sie auch Probleme damit?« Ariana schüttelte den Kopf. »Zoe war anders als ich. Ihr Humor war genauso verdreht wie der meiner Mutter. Und sie liebte genauso wie sie das Rampenlicht.« Ihre Augen wurden feucht, als sie sich erinnerte. »Vielleicht war Zoe anders, vielleicht war ich es aber auch nur. Zoe wollte sein wie Mom. Sie zog hautenge, viel zu kurze Kleider an und missachtete sämtliche Konventionen. Es interessierte sie nicht, was die anderen Kinder dachten.« Ariana ballte unwillkürlich die Hände zu Fäusten, als sie weiterredete. »Glaub ja nicht, dass ich nicht genau wüsste, wie undankbar und schrecklich sich das alles anhört, was ich da sage, aber …«

Quinn legte einen Finger auf ihre Lippen, während Ariana weitersprach. Er versuchte, die erotischen Empfindungen zu ignorieren, die allein diese Berührung und die Bewegungen ihres Mundes in ihm auslösten. »Ich bin ein Cop. Und ich war auch einmal ein Kind. Ich weiß sehr genau, wie verletzend andere Kinder sein können. Du brauchst dich für deine Gefühle nicht zu entschuldigen. Trotzdem denke ich, dass du dir wegen Sam keine Sorgen zu machen brauchst. Sie wird bestimmt glücklich sein, wenn sie bei den Verrücktheiten deiner Familie mitmachen kann. Und sie wird den anderen Mädchen raten, schleunigst zu verschwinden, falls die es wagen sollten, sich über sie lustig zu machen.«

»Wahrscheinlich hast du recht. Psychologisch betrachtet, übertrage ich wahrscheinlich gerade nur meine eigenen Ängste und Unsicherheiten auf Samantha. In meiner Familie fühlen sich normale Menschen eben einfach nicht wohl. Und ich auch nicht.« Sie zuckte mit den Schultern. »Aber Sam weiß ja bereits, welche Hölle es bedeutet, anders zu sein. Wenn jemand sich über sie lustig macht, kommt sie damit sicher besser klar als ich damals.«

Quinn legte seinen Arm über die Lehne der Couch und drehte sich zu Ariana um. »Das ist wahr. Ich würde mir an deiner Stelle wirklich keine Sorgen machen. Sam möchte zu deiner Familie gehören, und sie weiß bereits genau, wie sie sind. Deine Eltern sind in Sam geradezu vernarrt, und wenn es mit ihnen klappt, wäre das die perfekte Lösung für unser Problem.«

Und ich bin wieder die Außenseiterin, dachte Ariana traurig.

»Jetzt erzähl mir von diesem aufgeblasenen Freund, den deine Familie erwähnt hat.«

Ariana lachte. Sie war dankbar, dass er das Thema auf etwas lenkte, was nicht so schmerzhaft war. Nicht mehr, jedenfalls. Es gefiel ihr zwar nicht, wenn ihre Cousins und Cousinen sie mit Jeffrey aufzogen, aber an diesem Teil ihrer Vergangenheit konnte sie Quinn ohne Probleme teilhaben lassen. »Wie gesagt, er war ein aufgeblasener Blödmann. Er hat eben alles verkörpert, was sie nicht waren.«

»Er war konservativ und normal?«, riet Quinn.

»Ja. Und damals brauchte ich das.« Sie schaute auf das Meer hinaus, dessen aufgewühlte Wellen die Turbulenzen in ihrem Inneren widerzuspiegeln schienen. »Er war eine willkommene Abwechslung zu dem Wahnsinn zu Hause. Ich dachte, wenn er mich zuerst kennen lernen würde, kämen sie ihm nicht mehr so merkwürdig vor. Oder er würde sich wenigstens nicht mehr davon irritieren lassen.«

Quinn massierte zärtlich ihre Schultern. »Und? Was ist passiert?«

»Mein Vater hat ihm eine seiner berüchtigten Fragen gestellt. Er hat jeden Jungen oder auch Mann, der ins Haus kam, mit solchen Fragen gedemütigt.«

»Was hat er denn den armen Jeffrey gefragt?« Quinn war nicht im Geringsten irritiert. Stattdessen lächelte er.

»Er wollte wissen, ob er denn auch Manns genug wäre, um seine Freundin zu befriedigen.« Ariana schüttelte den Kopf, als sie daran dachte. »Jeffrey ist dunkelrot angelaufen und hat schleunigst das Thema gewechselt. Daraufhin hat mein Vater gesagt, er nehme diese Antwort als ein Nein.«

Jetzt lachte Quinn schallend. »Ich vermute, das kam nicht so gut an?«

Sie seufzte. »Jeffrey hat mir daraufhin ein Ultimatum gestellt. Ich sollte mich zwischen meiner Familie und ihm entscheiden, weil er auf keinen Fall irgendetwas mit diesen *Spinnern*, wie er sie nannte, zu tun haben wollte.«

Quinn zuckte unmerklich zusammen.

»Mit anderen Worten, wenn wir geheiratet hätten und ich Kinder bekommen hätte, wären meine Eltern von ihm und seiner Familie nicht als Großeltern akzeptiert worden. Er war gerade dabei, Karriere als Unternehmer zu machen. Seine Eltern waren bereits gesellschaftlich etabliert. Er meinte, sie betrachteten meine Verwandten als eine Belastung.« Ariana zuckte mit den Schultern, aber die Erinnerungen waren ihr doch alles andere als gleichgültig. Darüber zu sprechen, schmerzte Ariana mehr, als sie erwartet hätte.

Quinn runzelte die Stirn. Er wirkte sichtlich empört.

»Der Kerl war ein ausgemachter Blödmann!«, knurrte er. Sie lächelte. »Ja. Er meinte sogar, ich könnte mich glücklich schätzen, dass er weiter mit mir ausgehen wollte. In Anbetracht seiner vornehmen Herkunft.«

Quinn verdrehte die Augen. »Ich nehme an, du hast ihn in die Wüste geschickt?« Was ihn anging, war dieser Mann es nicht wert, auch nur einen Fuß in das Heim der Costas zu setzen. Ganz zu schweigen davon, einen Platz in Arianas Leben einzunehmen.

Und du bist das wert?, schoss es Quinn durch den Kopf. Solche Selbstzweifel hatte er schon seit Jahren nicht mehr empfunden. Er kämpfte dagegen an, dass sich seine verdammte Unsicherheit ausgerechnet jetzt wieder meldete. Er war nicht mehr das unerwünschte Kind in einem Waisenhaus, und er würde sich hüten, sich wie eines zu benehmen.

»Das habe ich allerdings«, beantwortete Ariana seine Frage. Ihre Augen leuchteten auf, als sie sich daran erinnerte. »Ich habe meine Sachen gepackt und bin nach Vermont geflüchtet. Dann habe ich mich umgemeldet, die Schule beendet, habe studiert, während ich gearbeitet habe, und schließlich habe ich dort einen Job als Dozentin an einem College bekommen.«

»Und hast die Schwelle zu deinem Elternhaus bis jetzt nicht mehr überschritten«, fuhr er fort. Das hatte Zoe ihm erzählt. »Warum nicht?«

Ariana schluckte. »Du stellst nicht gerade einfache Fragen, weißt du das? Das muss an deiner Ausbildung liegen.«

Er sah sie nur an und wartete.

Sie stand auf und marschierte unruhig vor den großen Glasschiebetüren hin und her. Ihre Schritte klackten auf dem blanken Holzfußboden. »Ich bin weggelaufen. Wolltest du das hören?«

»Ich möchte die Wahrheit hören«, erwiderte er.

»Außerdem ist es manchmal nicht schlimm, wenn man wegläuft. Solange man sich irgendwann dem Problem stellt, vor dem man weggelaufen ist.«

»Ich hatte zu Hause keine Verbündeten. Jedenfalls habe ich das so empfunden. Nicht mal meine Zwillingsschwester hat zu mir gehalten. Zoe war genauso wie meine Eltern. Sie war immer für einen kleinen Schwindel zu haben. Außerdem war ich der Meinung, sie würde ihr Leben verschwenden. Sie dagegen hielt mich für langweilig und riet mir, ein bisschen lockerer zu werden. Ich wiederum fand, sie sollte erwachsen werden und endlich etwas Nützliches mit ihrem Leben anfangen.«

Sie holte tief Luft, und Quinn konnte ihren Schmerz nachempfinden. Er ahnte, dass sie noch nie mit jemandem über diese Geschichten geredet hatte. Sie konnte jedoch nur damit fertig werden, wenn sie die Probleme auch anging. Und sie musste mit ihrer Vergangenheit klarkommen, bevor sie herausfand, wie sehr sie sich in ihrer Zwillingsschwester getäuscht hatte. »Also habt ihr beiden euch gestritten?«, fragte er.

»Und wie. Und dann bin ich weggegangen. Das Einzige, was ich mir wirklich vorwerfe, ist, dass ich meine Familie nie besucht habe.«

Es erfüllte ihn mit Dankbarkeit, dass sie so ehrlich zu ihm war. Gleichzeitig war er froh darüber, dass er sich ihr zuerst anvertraut hatte.

»Jetzt habe ich aber langsam genug von mir geredet«, erklärte sie schließlich.

Er lächelte. »Dann komm zu mir.« Er hielt ihr seine Hand hin. »Wir können auch etwas anderes tun als nur reden.«

Ariana durchquerte langsam das Zimmer und wiegte sich dabei verführerisch in den Hüften. Doch plötzlich drehte sie sich noch einmal zu der Glastür herum.

Quinn folgte ihrem Blick und versuchte seinen Hinterhof, wie er es nannte, mit Arianas Augen zu sehen. Durch die Glastüren hatte man eine ungetrübte Aussicht auf den Strand. Ihm wurde wieder einmal klar, wie viel Glück er gehabt hatte, dieses Haus bei einer Auktion ersteigert zu haben. Und ihm fiel auch auf, wie sehr er es vermisste, hier zu leben.

»Das ist also dein Heim.« Ariana unterbrach seine Gedanken. »Mir war vollkommen klar, dass dieses Hotelzimmer nicht zu deinem wahren Selbst passt.«

»Zu meinem wahren Selbst?«, fragte Quinn. »Wer

genau soll das sein?« Er wollte wissen, wie sie ihn wahrnahm, was sie sah, wenn sie ihn anschaute. Vor allem jetzt, nachdem sie wusste, dass er ein Cop war.

Sie kam zu ihm und setzte sich auf die Couch, wobei sie einen Fuß unter ihren Po zog. Sie wirkte endlich etwas entspannter, als sie jetzt lächelte. »Du bist ein ganzes Bündel aus Widersprüchen, Quinn.«

»Männer geben sich genauso gern geheimnisvoll wie Frauen«, erwiderte er scherzend.

»Das machst du sehr gut. Ich fragte mich jedenfalls die ganze Zeit, wer ist der wahre Quinn? Ist es der Mann, der mich am Strand in den Sand geworfen hat? Oder Damons Handlanger? Oder bist du mein Schutzengel?« Sie streichelte seine Wange und legte dann ihre Hände um sein Gesicht. »In diesem sterilen Hotelzimmer konnte ich keine Antworten auf diese Fragen finden. Jetzt weiß ich natürlich, dass das gar nicht dein Zuhause ist.«

Quinn musterte diese Frau neben sich. Sie schien sich ebenso sehr zu bemühenn, ihn zu begreifen, wie er sie verstehen wollte. »Nichts im Kasino ist echt. Es gehört alles zu meinem Job ... Da fällt mir etwas ein.« Er hasste es zwar, diese intime Nähe zu stören, die sich gerade zwischen ihnen entwickelte, aber er musste noch etwas erledigen. »Wir müssen uns darüber unterhalten, wie wir die Dinge handhaben, wenn du wieder im Kasino arbeitest.«

»Was soll das heißen?«, erkundigte sie sich neugierig.

»Wir wollen doch nicht, dass Damon plötzlich Verdacht gegen mich schöpft. Also musst du deine Rolle weiterspielen. Du musst weiter nach Informationen über deine Schwester suchen und den Leuten die richtigen Fragen stellen. Aber du darfst dich auf keinen Fall in echte Schwierigkeiten bringen.«

»In Schwierigkeiten? Ich mich?« Sie warf ihm ihren unschuldigsten Blick zu.

Quinn lachte. »Du weißt genau, was ich meine. Ich kann dir trotzdem gerne ein Beispiel zur Verdeutlichung geben. Du darfst keine Schlösser mehr mit einem Dietrich öffnen oder etwa in Damons Büro herumschnüffeln!«, befahl er ihr.

»Damit kann ich leben.« Trotz ihres beiläufigen Plaudertons signalisierte ihm ihr eindringlicher Blick, dass sie sehr genau wusste, wie ernst es ihm mit seiner Ermahnung war.

Außerdem war er noch nicht fertig. »Und was uns angeht, musst du mir, jedenfalls für Damon und die anderen Angestellten, weiterhin schöne Augen machen. Du kannst auch weiterhin versuchen mich zu benutzen, um herauszufinden, was mit Zoe passiert ist.«

Sie leckte sich über die Lippen, und Quinn wusste, dass jetzt etwas Wichtiges kam.

»Und was bitte ist mit meiner Schwester passiert?«

Endlich! Endlich hatte sie die Frage gestellt, die schon so lange in ihr brodelte. Das hatte Quinn gespürt.

»Ich meine, du bist ein Cop, okay? Was hat Zoe denn überhaupt angestellt, dass du mit ihr zu tun bekommen hast?«, fragte sie. »Ich weiß, dass meine Mutter sich Geld geliehen und Zoe ihr geholfen hat, den Kredit zurückzuzahlen. Aber warum wollte Damon Zoe … umbringen?« Ariana schluckte. Es fiel ihr offenbar schwer, dieses Wort auch nur auszusprechen.

Er holte tief Luft, bevor er antwortete. »Sie hat an Orten herumgeschnüffelt, an denen sie nichts verloren hatte. Ganz ähnlich wie du. Wenigstens kannst du als Grund anführen, dass du nach deiner Schwester gesucht hast. Zoe dagegen hat sich ohne jeden Anlass in Schwierigkeiten gebracht.« Er formulierte es absichtlich vage. »Damon unternimmt nur deshalb nichts gegen deine amateurhaften Versuche, weil er weiß, wie schlecht er dasteht, wenn du jetzt auch noch spurlos verschwindest. Außerdem hat er mich diesmal beauftragt, auf dich aufzupassen, soweit das möglich ist. Er weiß, dass ich nicht zulassen werde, dass du etwas findest.«

Ariana sah ihn misstrauisch an. »Wonach hat Zoe gesucht? Und da wir gerade davon sprechen, was suchst du?«

Quinn seufzte. Er hätte Ariana gern mehr gesagt, als das, was er ihr anbieten konnte. Und selbst das war schon gefährlich genug. »Ich glaube, dass deine Schwester dir besser selbst erklären sollte, was sie dort zu tun hatte. Was mich angeht, wirst du bald Näheres erfahren. Je weniger du weißt, desto geringer ist die Chance, dass du dich in Schwierigkeiten bringst.«

Er hatte ihr bereits mehr als genug über seine Operation verraten. Und was ihre Schwester anging – was Zoes wahrer Beruf war und warum sie ihn vor Ariana geheim hielt, sollte sie ihrer Schwester gefälligst selbst erklären. Ariana runzelte die Stirn. »Und wann ist dieser Zeitpunkt gekommen?« Ihre Frustration war nicht zu überhören.

»Mit etwas Glück dieses Wochenende.«

»Aha.« Sie nickte, als es ihr dämmerte. »Die sieben Tage, um die du mich gebeten hast.«

»Richtig. Bis dahin sollten wir vor Damon die Scharade aufrechterhalten, dass wir ein Liebespaar sind.«

»Quinn?«, fragte sie und sah ihn an. »Das ist keine Scharade.«

Erleichtert lächelte er sie an. »Ich habe gehofft, dass du das sagst.« Er wollte nicht in sie drängen, was sie denn eigentlich füreinander bedeuteten. Er hatte noch nie Wert darauf gelegt, eine Beziehung einzuordnen. Und fürs Erste würde er nehmen, was Ariana ihm freiwillig geben wollte.

Plötzlich wurde ihm heiß. Ariana hatte angefangen, langsam ihre Bluse aufzuknöpfen. Sie öffnete einen Knopf nach dem anderen, bis sie schließlich das Kleidungsstück abstreifte. Sie lächelte provozierend. Während Quinn sie beobachtete, brach ihm der Schweiß aus. »Du weißt wirklich, wie du deinen Worten Nachdruck verleihen kannst.«

»Das ist einer der Vorteile, wenn man mit einer Dozentin für Psychologie zusammen ist«, erwiderte sie und lächelte verführerisch.

Er lachte. »Ich fürchte allerdings, dass der Dekan damit schwerlich Werbung für das College machen kann.«

»Vielleicht nicht.« Sie ließ die Bluse neben sich auf das Sofakissen fallen. »Allerdings scheinst du dich nicht darüber beschweren zu wollen.«

»Dafür bin ich viel zu klug.« Er streckte die Hand aus und fuhr mit dem Finger von ihrer Kehle über ihren Hals bis hinunter in den warmen Spalt ihres Dekolletees.

Quinn atmete schneller. Er genoss ihr Geplänkel und das verführerische Vorspiel. »Also erzähl mir etwas von deiner kühneren Seite«, drängte er sie. Dass er glaubte, die konservative Lehrerin wäre nur eine Tarnung für die echte Ariana hatte er ihr ja bereits gestanden.

Als er sie das erste Mal gesehen hatte, trug Ari einen nüchternen Hosenanzug. Dann konnte er beobachten, wie ihr Unbehagen über den Minirock und das enge Top allmählich verschwand. Das bewies ihm, dass sich unter der keuschen Oberfläche der kühlen Dozentin eine leidenschaftliche, vielschichtige Frau verbarg. Und jetzt wollte er wissen, warum sie diese Tarnung für nötig hielt. Warum konnte sie nicht einfach diese hinreißende Mischung aus Ari und Ariana leben, die er an ihr kannte?

»Ist das nicht eher etwas, was man tut, als darüber zu reden?«, fragte sie. Ihre Stimme klang heiser, weil er seinen Finger ganz sacht über ihre linke Brust wandern ließ. Er senkte den Kopf. »Ja. Dazu kommen wir gleich. Sobald du mir gesagt hast, warum du diese Seite von dir so gut vor allen Menschen versteckst.« Unter ihrem Spitzenbüstenhalter beschrieb er mit seinem Finger enge Kreise um ihre Knospe, ohne sie jedoch zu berühren. Er wollte die sinnliche Frau in Ariana herauslocken, die sie, wie er sehr wohl wusste, sein konnte.

Sie stieß die Luft aus und stöhnte leise. »Erwartest du ernsthaft von mir, dass ich jetzt über mich rede?«

Er nickte. »Wenn du scharf darauf bist, dass ich dich anschließend befriedige, ja.«

Sie bog Hals und Schultern nach hinten und presste so ihre Brüste fest gegen ihren seidenen Spitzenbüstenhalter.

»Das ist Erpressung«, beschwerte sie sich.

»Und du spielst auf Zeit.« Er lächelte sie boshaft an und zog langsam seinen Finger zurück.

»Professor … Ariana … Costas ist … einfach sicher«, gab sie endlich keuchend zu.

Als Belohnung legte er seine Hand auf ihre Brust und massierte sanft ihren Busen.

Sie schloss die Augen und seufzte glücklich.

»Was meinst du mit sicher?«, fragte er.

Sie schluckte. »Meine Familie nennt mich Ari.«

So nannte er sie auch, aber er hütete sich, darauf ausgerechnet jetzt hinzuweisen.

»Und Ari ist mir viel zu nah.«

»Wieso?« Diese Bemerkung verblüffte ihn.

Ariana seufzte. »Na ja, Ari ist das kleine Mädchen mit der Bräunungscreme, deren Haut sich orange färbte und der das auch noch gefiel. Sie ist diejenige, die Schmiere stand und lachte, während ihre Schwester den Zweitschlüssel des Direktors für die Jungenumkleidekabine gestohlen hat.« Ihre Lippen zuckten, als sie sich daran erinnerte. »Zoe wollte die Hose des Kapitäns des Footballteams mit Juckpulver einreiben, weil er böse Gerüchte über sie in Umlauf gesetzt hatte.«

Quinn unterdrückte ein Lachen. Es war wichtig, dass er sich mehr auf Ari als auf Zoes Streiche konzentrierte.

»Und Ari ist auch die Frau, die, wie ihre Zwillingsschwester gekleidet, in Damons Kasino hereinmarschiert ist?«, vermutete er. »Diejenige, die mit mir geschlafen hat? Und der das ebenfalls gefiel?«

»Du kennst mich schon viel zu gut.« Sie sah ihn durch verhangene Lider an.

Quinn hoffte nur, dass es ein liebevoller Blick war. Bisher hatte er in seinem Leben nur erlebt, dass Leute ihn zurückließen, und infolgedessen hatte er nie jemanden nah an sich herangelassen. Ariana würde ebenfalls verschwinden, sobald ihre Schwester wieder da war, und er durfte nicht zu viel Gefühl in sie investieren.

»Ich weiß noch nicht, was ich von uns halten soll«, erklärte sie jetzt.

Quinn nickte. Ihre Offenheit gefiel ihm. Außerdem wusste er genauso wenig, was er von ihrer Beziehung halten sollte. Er wusste nur, dass die Welt heller schien, wenn Ari da war, und ihm auch alles andere besser gefiel. Er hatte mehr bekommen, als er erwartet hatte, und er wollte nicht riskieren, sie etwa zu früh zu verschrecken.

»Warum hörst du nicht einfach auf zu denken und vertraust deinen Gefühlen?«, fragte er. Jetzt liebkoste er ihre Knospe nicht mehr nur, sondern reizte sie, indem er sie zwischen Daumen und Zeigefinger rollte. Gleichzeitig beugte er sich vor und küsste Ari.

Er glitt mit seiner Zunge zwischen ihre Lippen und schmiegte sich dicht an sie. Das Bedürfnis, mit ihr zu schlafen, tief in sie einzudringen und sich in ihr zu verlieren, war überwältigend. Doch plötzlich schrillte ohne Vorwarnung die Türglocke und unterbrach sie.

»Das ist nicht wahr!« Arianas Worte spiegelten exakt Quinns Gedanken wider.

Er stand auf und zog sie mit sich hoch. »Leider doch. Ich habe Wolf völlig vergessen. Ich hatte ihn gebeten, Dozer herzubringen, wenn er einen ruhigen Moment im Waisenhaus hat.«

Ariana zog sich hastig die Bluse über den Kopf.

»Das Schlafzimmer liegt da hinten, das Bad ebenfalls«, erklärte Quinn. »Geh nur, ich kümmere mich um Wolf.«

»Danke.« Sie lächelte ihm auf eine Art zu, die ihn noch mehr erregte, und außerdem wärmte ihr Blick sein Herz. Sein Vorsatz, sich nicht zu sehr auf Ariana einzulassen, war vollkommen verflogen.

Ariana stand in Quinns Bad vor dem Spiegel und knöpfte sich die Bluse zu. Mit den spärlichen Utensilien aus ihrer Handtasche frischte sie ihr Make-up auf, und nahm nach kurzem Zögern einen Kamm, den sie auf der Ablage fand und kämmte sich. Sie riss sich äußerlich zwar zusammen, aber innerlich war sie aufgewühlt und sehr erregt.

Warum sie erregt war, lag auf der Hand. Doch die Unterhaltung mit Quinn hatte sie auch sehr aufgewühlt. Sie war emotional vollkommen durcheinander und fühlte sich verletzlicher als gewöhnlich. Sie war bis ins Mark verunsichert.

Sie wusste einfach nicht, wer sie wirklich war. Sie konnte nicht behaupten, dass sie Ariana Costas vermisste, die korrekte und langweilige Professorin mit ihrem ebenso langweiligen Leben.

Andererseits konnte sie den Wahnsinn, der ihre Familie umgab, einfach noch nicht ertragen. Ihre Einstellung dazu hatte sich nicht geändert. Dafür jedoch gefiel ihr die Frau, die Quinns Gegenwart in ihr zum Vorschein brachte. Die offenere und weniger zurückhaltende – und leider auch weniger kritische Ari.

Seit sie nach Hause gekommen war, hatte sie angefangen, ihre Familie aus der Erwachsenenperspektive zu betrachten, und musste zugeben, dass ihr die Eigenarten ihrer Eltern allmählich besser gefielen, als ihr lieb war. So sehr, dass es ihr jetzt fast nichts mehr ausmachte, sich so zu sehen, wie ihre Familie das tat: Ari, das Kind, das nur zu gern bei ihren Streichen und Spielen mitgemacht hatte.

Es war also kein Zufall, dass sie sich nicht mehr länger mit ihrer Rolle als Ariana identifizieren konnte. Doch jetzt war sie zwischen zwei Persönlichkeiten und zwei Welten gefangen. Und das warf eine beunruhigende Frage auf: Wer war sie wirklich?

Dreizehntes Kapitel

Quinn stand in seinem Büro und betrachtete die beiden Reihen Bildschirme. Er unterdrückte seinen Ärger und wippte nur unruhig auf den Fußballen vor und zurück, während er auf Damon wartete. Als sein Boss endlich hereinkam, war es fast schon Mitternacht.

»An den Tischen tobt das Leben, und die Bar ist ebenfalls gut besetzt.« Damon schob seine Hand in die Hosentasche. Offenbar war er sehr zufrieden mit sich. »Alles in allem ist das eine ausgezeichnete Nacht.«

Die Selbstgefälligkeit dieses Mannes war wirklich grenzenlos, und allmählich ging er Quinn damit höllisch auf die Nerven. »Das kommt auf den Standpunkt an. Ich zum Beispiel schätze es gar nicht, wenn man mich bis zu meinem eigenen Haus verfolgt.« Er hatte Ari zwar gesagt, er wäre einfach nur vorsichtig, aber er hatte gelogen. Er wollte sie nur nicht in Panik versetzen.

»Ein kluger Mensch traut niemandem, Quinn.«

Quinn biss die Zähne zusammen. »Was hat dein Mann bei seiner nächtlichen Schnitzeljagd herausgefunden?«

»Dass du dich bei deinem Job anscheinend sehr gut amüsierst. Nicht, dass ich dir das missgönnen würde. Es ist sehr klug, diese Frau nicht aus den Augen zu lassen. Dann kann sie wenigstens hier nicht herumschnüffeln. Ich bin ziemlich beeindruckt von dir.« Damon nickte.

»Dann zieh deinen Schatten zurück, sonst bin ich hier verschwunden.« Natürlich hatte Quinn nicht die Absicht, alles aufzugeben. Er machte einfach nur seiner wachsenden Frustration Luft.

Damon schickte ihn mit einer gelangweilten Handbewegung weg. »Geh nach unten und trink etwas. Du bist einfach viel zu angespannt.«

»Warum wohl?« Quinn lachte gepresst und verschwand, ohne Damon noch eines Blickes zu würdigen. Er brauchte dringend frische Luft.

Und er wollte Ari sehen.

Keine fünf Minuten später saß er auf einem Barhocker, während Connor hinter dem Tresen seine Drinks mixte und Maria schmachtende Blicke zuwarf. Quinn hütete sich jedoch, eine Bemerkung darüber zu machen. Er registrierte schweigend Connors Zustand, während er zusah, wie sich Ari hüftschwingend zwischen den Tischen hindurchschlängelte.

»Ich weiß wirklich nicht, wie wir in so einen Schlamassel hineingeraten konnten.« Connor beugte sich über den Tresen, als er einen kurzen Moment Pause hatte.

»Jetzt hecheln wir diesen beiden Babys hinterher.«

»Frauen mochten wir doch schon immer«, erwiderte Quinn und lachte.

»Ja, aber sie waren noch nie eine so große Herausforderung.«

»Siehst du nur das in Maria?«, erkundigte sich Quinn bei seinem Freund. »Eine Herausforderung?«

Connor wischte angelegentlich den Tresen mit einem feuchten Tuch ab. »Wenn das wirklich alles wäre, würde ich dann wohl sie und ihren Jungen zum großen Erlebnispark mitnehmen?«

»Sie hat ein Kind?« Quinn pfiff leise durch die Zähne.

»Das muss ja ein aufregendes erstes Rendezvous gewesen sein.«

»Allerdings. Statt heißem Sex gab es lauwarme Hamburger, Pommes frites und Milchshakes. Und dann haben wir zugesehen, wie Joey mit seinen Freunden auf dem Spielplatz der Schule herumgetobt hat.« Connor starrte Maria an. So lange, bis sie seinen Blick spürte, sich umdrehte und ihn erwiderte. »Und ich bin noch keinen Schritt weitergekommen, was mich ziemlich mitnimmt.«

»Und dir sicher auch gehörig Angst macht, stimmt's?« Connor nickte unmerklich. »Bin gleich wieder da.« Er zapfte ein paar Bier für eine Kellnerin, die mit ihrem Tablett wartete, und kehrte dann wieder zu Quinn zurück.

»Wann fahrt ihr zu diesem Erlebnispark?«, erkundigte sich Quinn.

»Nächstes Wochenende.«

Nachdem wir die Operation beendet haben, dachte Quinn. Maria war dann vermutlich immer noch hier. Ari dagegen sehr wahrscheinlich nicht mehr.

Connor holte eine Flasche Bier aus dem Kühlschrank, öffnete geschickt den Verschluss und reichte Quinn die Flasche über den Tresen.

Der sah ihn fragend an, und Connor zuckte mit den Schultern.

»Du siehst aus, als könntest du eines gebrauchen. Vermutlich setzt Ari dir ganz schön zu. Möchtest du vielleicht eine Beichte ablegen?« Connor lachte.

»Natürlich nicht!« Connor war klar, dass Quinns Worte bedeuteten: nicht hier! Aber einiges konnte er schon mit seinem Partner besprechen. »Sie ist nicht wie Zoe.«

»So viel habe ich auch schon mitbekommen.«

»Sie ist intensiver. Viel …«

»Verklemmter?«

Quinn schloss die Augen und rief sich ins Gedächtnis, wie verführerisch Ari aus ihrer Bluse geschlüpft war und wie kurz davor sie gewesen waren, auf seiner Couch mit dem Ozean als Kulisse miteinander zu schlafen. Er schüttelte den Kopf. »So würde ich das nicht ausdrücken, Kumpel.« Er erwiderte den amüsierten Blick seines Freundes. »Aber sie hat so eine große Angst davor, wie ihre verrückte Familie zu werden, dass sie nicht mehr weiß, wie sie sich amüsieren kann.«

»Dann erinnere du sie doch daran«, schlug Connor vor, als wäre es das Einfachste von der Welt.

Vielleicht war es das auch. Ari und Quinn hatten die ganze Zeit in einer höchst angespannten Situation verbracht. Sie brauchten dringend Entspannung und Spaß. Sie verbrachte viel zu viel Zeit damit, sich hinter ihrer konservativen Fassade zu verbergen, die sie ihrer Meinung nach von ihrer Familie unterschied. Dabei kam ihr wahres Wesen entschieden zu kurz.

Quinn hatte vor, die »Ari« in Ariana noch mehr herauszulocken. Er wollte nicht nur, dass sie sich amüsierte, sondern auch, dass sie lernte, ihr wahres Wesen zu akzeptieren, ohne Angst haben zu müssen, sich in einen oberflächlichen Freak zu verwandeln. Sie würde irgendwann begreifen, dass diese wahre Ari etwas Besonderes war. Und gleichzeitig konnten sie damit Damon eine Show liefern.

Er beugte sich über den Tresen und schlug Connor freundschaftlich auf die Schulter. »Gelegentlich blitzt deine Intelligenz doch auf.« Er lachte, wusste jedoch, dass Connor verstand, wie dankbar er für dessen Verständnis war. »Jetzt geh wieder an die Arbeit.«

Quinn glitt vom Barhocker und ging zu Ari, die am anderen Ende der Bar stand. Sie addierte gerade eine Rechnung. »He, Schöne«, flüsterte er ihr ins Ohr.

Sie errötete leicht. »Hör auf, ich muss mich konzentrieren.« Doch ihr Lächeln verriet ihm, dass sie sich freute, ihn zu sehen.

»Du weißt doch, was passiert, wenn man nur arbeitet und keinen Spaß hat? Ich hab da jedenfalls eine gute Idee.«

Sie drehte sich um, und er schob sie gegen den Tresen. Ihr Herzschlag beschleunigte sich, und sie atmete schneller. »Du bist ja erregt«, stellte er leise fest.

»Ich dachte, wir wüssten mittlerweile, dass du diese Wirkung auf mich hast.« Ihre Augen glänzten.

Er lächelte. »Was hältst du davon, wenn wir das noch ein bisschen steigern? Wie wäre es mit einer heißen Spiele-Nacht?« Er beugte sich vor. »Und noch heißerem Sex«, flüsterte er ihr ins Ohr.

Quinn fühlte, wie Ari am ganzen Körper zitterte. »Du bist ein böser Junge«, flüsterte sie und legte ihre Wange an seine. Diese intime Geste hatte eine verheerende Wirkung auf ihn. Und zwar nicht nur körperlich. Wenn er auch damit rechnete, dass diese Frau die Gefühle, die er für sie empfand, am Ende verletzen würde.

Aber er wollte nichts unversucht lassen und ihr alles von sich geben. Dazu gehörte auch, ihr zu zeigen, wie man sich amüsierte und die Angst überwand, den Teil in sich zu akzeptieren, der sie mit ihrer außergewöhnlichen Familie verband.

Diese Erkenntnis wollte er ihr schenken. Außerdem schenkte er damit sich selbst mehr Zeit mit ihr. »Ich gebe dir hiermit offiziell den morgigen Abend frei. Wir speisen zuerst im Dachrestaurant, und anschließend versuchen wir unser Glück hier unten an den Spieltischen. Ich lasse dich um acht abholen. Festliche Garderobe ist erwünscht.«

»Wie könnte ich da wohl Nein sagen?« In ihrer Stimme schwang unverhohlene Freude mit.

»Da hast du recht. Das kannst du nicht.« Er ließ keinen Zweifel daran, dass er damit ihre Verabredung als abgemacht ansah.

»Entschuldigung.« Connor räusperte sich neben ihnen. »Ich unterbreche euch ja nicht gern, aber da warten einige Gäste auf deine Dienste, Ari.«

Quinn warf seinem Freund einen ärgerlichen Blick zu. Aber Connor war Arianas Chef, und sie reagierte sofort.

»Ich geh ja schon«, sagte sie und tauchte unter Quinns Arm hindurch.

Quinn ließ sie gewähren. Morgen Abend würde sie ihm dafür ganz und gar gehören.

Ari hatte keine eleganten Kleider eingepackt, die sie zur Verabredung mit Quinn hätte tragen können. Ihre konservativen Hosenanzüge würden ihn zweifellos in die Flucht schlagen, und sie wollte auch nicht in den Kleidern ihrer Schwester herumlaufen. Also war sie in die Hotelboutique gegangen und hatte sich das erotischste Kleid und die hochhackigsten Schuhe gekauft, die sie finden konnte. Dabei wünschte sie sich die ganze Zeit, ihre Schwester wäre bei ihr und könnte sie beraten, ihr gute Tipps geben, wie sie sich verhalten sollte. Und außerdem die vielen anderen Fragen beantworten, die sich angesammelten hatten. Es war schon so lange her, seit sie diese besondere Beziehung zu Zoe erlebt hatte, und sie vermisste ihre Schwester mehr denn je zuvor. Sie versteckte sich irgendwo, während Ari allein in Quinns Haus herumsitzen musste.

Im Moment jedoch lief sie unruhig durch die Räume, während sein Hund Dozer ihr überallhin folgte. Er war ein Mischling, sah aber fast aus wie ein reinrassiger Chow-Chow. Sein goldfarbenes Fell erinnerte an eine Löwenmähne, doch er benahm sich eher wie ein Baby, das um Aufmerksamkeit bettelte. Da Ari sich ebenfalls einsam fühlte, war sie froh über seine Gesellschaft.

Sie kniete sich hin und strich ihm über das Fell. Er ließ sich fallen, reckte sich und rollte sich auf die Seite. »Du bist so lieb«, murmelte Ari. »Quinn kann glücklich sein, dass er dich hat.«

Sie gehorchte seiner schamlosen Aufforderung, ihm den Bauch zu kraulen, und lachte. »Und ich kann froh sein, dass Tante Dee Spank mit zu sich genommen hat. Sonst wärst du vielleicht nicht so glücklich. Von Geschwisterrivalität habe ich jedenfalls genug.«

Sie würde noch einiges zu tun haben, ihre eigenen Probleme zu bewältigen, wenn Zoe zurückkam. Nach ein paar Minuten stand sie auf und ging ins Schlafzimmer, um sich fertig anzukleiden. In ihrem Magen kribbelte es vor Erregung und Vorfreude.

Eine Stunde später hielt eine schwarze Limousine vor Quinns Haus. Der Wagen wirkte seltsam deplatziert in dieser eher bescheidenen Gegend. Ariana war aufgeregt, als sie auf ihn zuging. Dieses Gefühl steigerte sich noch, als der Chauffeur ihr den Schlag öffnete und sie Quinn im Fond auf sie warten sah.

Quinn nahm ihre Hand und half ihr auf den Rücksitz der Limousine. Ari trug einen langen schwarzen Mantel wegen der abendlichen Kühle. Er verhinderte, dass Quinn ihr Kleid sehen konnte. Ihre nackten Füße, in den hochhackigen Riemensandalen verrieten ihm nur, dass sie ein Kleid trug. Und ihr neues Parfum, das nach Moschus duftete, ließ keinen Zweifel daran, dass sie auch sonst einiges an sich verändert hatte. Es war eine sinnliche Veränderung, und sie gefiel ihm sehr.

Ari hatte sich das Haar aufgesteckt. Einige lose Strähnen fielen ihr in das geschminkte Gesicht und strichen leicht über ihre Wangen. Er schüttelte den Kopf und pfiff anerkennend. »Du siehst fantastisch aus.«

»Danke.« Sie lächelte erfreut. »Das Kompliment kann ich dir zurückgeben.« Sie warf ihm einen verführerischen Blick zu, der ihm sagte: *Du hast ja keine Ahnung, was dich erwartet.*

Offenbar hatte sie sich seinen Vorschlag, alles ein bisschen lockerer anzugehen und sich zu amüsieren, zu Herzen genommen. Sie sank neben ihm in die weichen Polster, als der Wagen auch schon anfuhr. »Ich hatte nicht erwartet, dass du mich selbst abholst.«

Er lächelte. »Das Leben steckt voller Überraschungen. Ich habe dir doch versprochen, dafür zu sorgen, dass du dich amüsierst. Ich stehe zu meinem Wort.«

»Das weiß ich.«

Ari unterstrich die tiefere Bedeutung ihrer Worte, indem sie sich dichter an ihn schmiegte.

»Ich bin noch nie in so einer Limousine gefahren. Es hätte mir viel weniger Spaß gemacht, wenn du mich nicht selbst überrascht hättest.«

»Bist du denn nicht zum Abschlussball gefahren worden?« Quinn war zwar in einem Waisenhaus aufgewachsen, doch er hatte damals an einer Tankstelle gearbeitet und ein bisschen Geld gespart. Gemeinsam mit einigen Jungs aus seiner Schule konnten sie sich auf diese Weise eine solche Limousine mieten. Damit hatte er ein Mädchen, an dessen Namen er sich nicht einmal mehr erinnern konnte, zum Abschlussball kutschiert.

»Ich war so froh, dass ich überhaupt eine Verabredung

ergattert hatte, dass ich den ahnungslosen Jungen nicht den Fragen meines Vaters aussetzen wollte«, erwiderte sie. Ihre Miene verdüsterte sich, als sie sich daran erinnerte. »Ich habe ihn an der Straßenecke abgepasst, und wir sind mit ein paar Freunden zum Ball gefahren.« Sie schaute hoch und sah Quinn in die Augen. »Deshalb ist dies hier das erste Mal. Danke.« Sie küsste ihn flüchtig auf den Mund, bevor sie sich wieder zurücklehnte.

Aber diese kurze Zärtlichkeit reichte Quinn nicht. Er begehrte sie zu sehr. Verlangend beugte er sich zu ihr und küsste sie erneut. Ari öffnete ihre weichen Lippen, und Quinn drang mit der Zunge in ihren heißen, feuchten Mund ein. Sie reagierte so bereit und leidenschaftlich, dass er beinahe den Fahrer gebeten hätte, umzukehren und zu seinem Haus zurückzufahren.

Es wäre das erste Mal gewesen, dass er dort mit einer Frau schlief. Gerade noch rechtzeitig rief er sich jedoch ins Gedächtnis, dass diese Nacht Ari gehörte. Sie sollte sich amüsieren und ihr wahres Selbst kennen lernen. Also lehnte er sich schwer atmend in die Polster zurück und versuchte, sein Verlangen zu beherrschen.

Quinn beobachtete Ari, während sie ihre Lippen auffrischte. Er wischte sich mit dem Handrücken über seine Lippen und lachte, als er die dunkelroten Streifen auf seiner Haut sah.

»Warte.« Mit zitternden Fingern entfernte sie die Reste ihres Lippenstiftes von Quinns Mund.

Wenn sie ihn noch länger berührte, würden sich seine Beherrschung mitsamt seinen guten Vorsätzen in Luft auflösen. Ihr verführerischer Duft stieg ihm in die Nase, und ihr tief ausgeschnittenes Dekolletee befand sich unmittelbar vor seinen Augen. Zum Glück hielt der Wagen in diesem Moment vor dem Hotel. Die Realität drang in ihre sinnliche Welt. In Gestalt von Neonlichtern und einem Parkwächter, der ihnen den Wagenschlag öffnete.

Der Abend verlief genauso, wie Quinn ihn geplant hatte. Das Dinner war intim, und selbst die Kulisse des Ozeans, auf den man vom Dach des Restaurants blickte, konnte mit dem hinreißenden Aussehen seiner Verabredung nicht mithalten. Ari trug ein trägerloses, dunkelblaues Kleid mit einem tiefen Ausschnitt, bei dessen Anblick ihm ganz warm wurde.

Sie strahlte vor Zuversicht. Offensichtlich war sie sich der erotischen Wirkung bewusst, die sie auf ihn ausübte, und sie reizte ihn gnadenlos. Dennoch hielt sie mehr als einmal inne, als würde ihr Verhalten sie selbst schockieren. Während sie ihm einen Shrimp von ihrem Cocktail in den Mund schob, sah sie ihn erstaunt an, als wollte sie ihn fragen: »*Wer ist diese hemmungslose Frau?*« Doch Quinn brauchte nur auf ihr Spiel einzugehen, um sie wieder zurückzuholen. Es genügte, wenn er an ihren Fingerspitzen knabberte oder sie mit der Zunge liebkoste. Sofort wurde sie wieder zu der Frau, die er für ihre Ari-Persönlichkeit hielt. Als er merkte, wie glücklich und gelöst sie sich in seiner Gegenwart benahm, fragte er sich, wie sie sich so lange hinter diesen Hosenanzügen und ihrer korrekten Fassade hatte verstecken können.

Sie flirtete und neckte ihn, strich mit den Fingern unter der Tischdecke über seine Schenkel, während sie ihm Anzüglichkeiten ins Ohr flüsterte. Sie tanzten, eng aneinander geschmiegt, zu einem langsamen Stück der kleinen Liveband. Quinn hielt Ari fest umschlungen, damit sie es sich nicht überlegen und auf Distanz gehen konnte, weil sich die Ariana in ihr in der Öffentlichkeit schicklicher verhielt. Sie tranken Kaffee und aßen einen Früchtekuchen zum Nachtisch. Nicht einmal Damon, der am Nebentisch saß und sie mit unverhohlener Neugier beobachtete, konnte ihr Vergnügen und ihre Begeisterung dämpfen.

Quinn genoss es, Ari einfach nur anzusehen. Er wäre durchaus damit zufrieden gewesen, den ganzen Abend mit ihr in ihrer intimen Nische zu verbringen, doch er hatte noch mehr für diesen Abend geplant.

»Bist du bereit für ein Spielchen?«, fragte er schließlich. Ari nickte.

Quinn legte die Serviette auf den Tisch und stand auf.

»Ich bin keine geübte Spielerin«, gab sie zu. »Aber das kann ich ja sicher lernen.«

Da war es wieder, ihr Zögern, aber Quinn würde es heute nicht zulassen. »Vielleicht ist Professor Ariana Costas keine Spielerin, aber die sexy Ari vor mir ist ganz bestimmt eine.« Er blinzelte ihr zu und reichte ihr die Hand. Ohne zu zögern, ergriff Ari sie und folgte ihm zu den Aufzügen. Sie fuhren hinunter ins Kasino. Quinn tauschte einige Chips ein und weigerte sich, das Geld zu nehmen, das Ari ihm anbot. »Diese Nacht geht auf mich, schon vergessen?«

»Vermutlich erwartest du später eine Rückzahlung?«, fragte sie. Ihre heisere sinnliche Stimme ließ keinen Zweifel offen, an welche Art von Bezahlung sie dachte.

»Da sage ich bestimmt nicht Nein.« Er lachte, aber es klang etwas gepresst. Das Verlangen schnürte ihm beinahe die Kehle zu. »Also, worauf hast du Lust? Baccarat, Black Jack ...?«

»Spielautomaten?« Sie flüsterte, weil ihre bescheidene Wahl ihr offenbar peinlich war.

Falls sie erwartete, dass er sie deshalb aufziehen würde, hatte sie sich getäuscht. Er drehte sich einfach wieder zum Schalter herum und ließ sich statt der Chips eine Rolle Vierteldollarmünzen geben.

Quinn riss die Verpackung auf und schüttete die Münzen in einen kleinen Plastikeimer. Den reichte er Ari. »Suchen wir uns einen einarmigen Banditen aus.«

Nachdem Ari sich für einen Automaten entschieden hatte, zog Quinn zwei Hocker heran. Sie setzten sich, und er beobachtete sie beim Spielen. Ari steckte immer nur eine Münze in den Schlitz. Sie gewann und verlor abwechselnd und wurde immer gelöster, je länger sie spielte. Sie kreischte, jubelte und stöhnte, und eine Stunde später hatte sie beinahe noch genauso viel Münzen wie am Anfang. Sie war eine hartnäckige Spielerin, und das Adrenalin, das die Hoffnung auf den nächsten Gewinn in ihr ausschüttete, bannte sie auf ihren Hocker. Sie wollte nicht aufgeben.

»Hast du Lust, dein Glück woanders zu versuchen?«, fragte Quinn. So viel Spaß es ihm auch machte, sie zu beobachten, er brauchte dringend eine Abwechslung.

Sie biss sich auf die Unterlippe, als wäre diese Frage von überwältigender Bedeutung. Schließlich schüttelte sie den Kopf. »Nein. Das geht nicht. Kannst du dir vorstellen, wie ich mich fühle, wenn ich jetzt gehe, jemand anders kommt, und dieser Kasten spuckt ihm eine Million Dollar in den Schoß?«

Er sah sie amüsiert an. »Ich möchte nicht wissen, wie ernst du bei der Sache bist, wenn du dein Glück am Würfeltisch herausforderst.«

Sie schüttelte sich bei dem Gedanken. »O nein. Ich sehe es schon vor mir, wie diese Zigaretten rauchenden Kerle mich mit ihren Blicken verschlingen.«

»Honey, sie würden dich lieben.« Er jedenfalls tat es schon.

Quinn zuckte zurück, als die volle Tragweite dieses Gedankens ihn traf, und lehnte sich gegen den schweren

Spielautomaten. Dass er Ari lieben könnte, hatte er bisher nicht auf der Rechnung gehabt. Es war Wahnsinn, jedenfalls, wenn er diesen Auftrag lebend überstehen wollte.

»Quinn?«

Es war nicht die Sorge in Aris Stimme, sondern die plötzliche Erkenntnis, dass er einen Auftrag hatte, der ihn wieder in die Realtiät zurückholte. Quinn konzentrierte sich auf die Arbeit. Es war jedenfalls eine bequeme Entschuldigung, sich nicht mit seinen Empfindungen auseinander setzen zu müssen. Darüber konnte er später nachdenken, wenn er allein war.

»Ich war gerade etwas abgelenkt. Komm, ich will dir beweisen, dass du an den Spieltischen genauso gut bestehst.« Er nahm ihren Ellbogen und drängte sie mitzukommen. Außerdem konnte er sich so besser ablenken.

Ari sah hinunter. In der Schale des Automaten lagen noch vier Vierteldollars. »Ich will nur noch einen letzten Versuch wagen«, sagte sie.

Sie steckte alle vier Münzen hintereinander in den Schlitz. Das war ihr erster gewagter Versuch heute Abend. Sie zog an dem Hebel des einarmigen Banditen. Ohne einen weiteren Blick auf die Maschine zu werfen, stand sie auf und wandte sich ab. Offenbar war sie davon überzeugt, gerade einen ganzen Dollar zum Fenster hinausgeworfen zu haben.

Das Klingeln, die Lichter und laute Pfiffe überraschten Quinn, und er fuhr herum. Alle Lampen in ihrem Automaten flammten auf, und eine laute Sirene begleitete dieses elektronische Feuerwerk.

Quinn war wie vor den Kopf gestoßen. »Du hast gewonnen!«

»Wer hat gewonnen?«, fragte sie ihn, doch im nächsten Moment wirbelte sie zu ihm herum.

Er packte sie um die Hüfte und schwenkte sie durch die Luft. »Du! Du hast gewonnen!«

Ari stieß einen Freudenschrei aus. »Wie viel? Wie viel habe ich gewonnen?«

»Ich würde sagen, etwa fünftausend Dollar. Sie sind ein Glückskind.«

Damons Stimme versetzte Quinns Freude einen gehörigen Dämpfer, und er drehte sich zu ihm herum. »Das sind Peanuts im Vergleich zu den heutigen Einnahmen«, meinte er. Er wollte, dass sein Boss verschwand.

»Und es bedeutet gar nichts, wenn man den Gewinn nicht mit dem richtigen Menschen teilen kann.« Ari trat neben ihn, schlang ihre Hand um seine Taille und drückte sich an ihn. »Quinn zeigt mir, wie ich mich amüsieren kann«, erklärte sie Damon, schaute dabei jedoch Quinn hingebungsvoll an.

Er spürte, unter welcher Anspannung sie stand, und ahnte, dass sie nur spielte. Um seinetwillen folgte sie seinen Anweisungen, spielte die Anschmiegsame und war nett zu Damon, obwohl sie den Kerl mit Sicherheit am liebsten erwürgt hätte.

»Quinn ist ein sehr loyaler Angestellter«, erklärte Damon. »Ich hoffe, Sie genießen Ihren Gewinn.«

»Ich wünschte, ich könnte ihn mit meiner Schwester feiern.« Diese Bemerkung konnte Ari sich einfach nicht verkneifen.

Quinn zuckte zusammen. »Ich hatte eigentlich vor, die Feierlichkeiten in meiner Suite fortzusetzen«, sagte er zu Ari. Es war besser, das Thema zu wechseln, bevor sie sich auf eine längere Diskussion mit dem Mann einließ, der befohlen hatte, ihre Schwester umzubringen.

»Ich lasse euch eine Flasche des besten Champagners hinaufschicken«, schlug Damon vor. »Die geht aufs Haus.«

»Sie sind wirklich so nett, wie meine Mutter Sie beschrieben hat.« Ari klimperte mit ihren Wimpern. »Danke. Aber ich wollte jetzt eigentlich nach Hause gehen.« Sie drückte Quinns Taille.

»Das klingt verlockend.« Er wollte nicht mit ihr streiten, auch wenn er nicht genau wusste, was sie vorhatte.

Damon nickte. »Dann sorge ich dafür, dass Sie eine gekühlte Flasche mitnehmen können. Und Ihren Gewinn. Sie können sich alles am Wechselschalter abholen.«

Die Sicherheitsbeamten führten Ari zum Schalter. Damon wandte sich an Quinn. »Du hast nicht vergessen, dass wir noch eine Besprechung haben, bevor ich dieses Wochenende wegfahre?«

Quinn nickte, und Damon ging davon, ohne sich noch einmal umzusehen.

Quinn atmete tief aus. Jeder Tag brachte ihn dem Ende dieses Albtraums ein Stück näher. Dann konnte er dem Kasino endlich den Rücken kehren und nach Hause gehen. Er trat zu Ari und zog sie an sich.

»Warum wolltest du nicht nach oben gehen?«, frage er sie.

»Du hast mir eine besondere Nacht geschenkt, und damit meine ich nicht nur den Gewinn«, sagte sie und deutete auf den einarmigen Banditen hinter ihnen. Ihre Wangen glühten, und in ihren Augen funkelte echte Freude.

»Ich möchte dasselbe für dich tun. Aber nicht hier.«

Sie beugte sich vor und schmiegte ihre Wange an seine. Es fühlte sich perfekt an. Er atmete tief ihr Parfum und ihre Hitze ein. »Ich kann verstehen, dass du jeder Erinnerung an Damon aus dem Weg gehen willst.«

»Ich mache das nicht meinetwegen.« Sie zog ihn dichter an sich. »Sondern deinetwegen. Ich möchte, dass dich heute Abend nichts an diesen Ort und die Anspannung erinnert, die hier herrscht. Ich möchte, dass du eine Nacht erlebst, wo du ganz du selbst sein kannst.« Sie umarmte ihn innig, während sie leicht ihre Wange an seiner rieb.

Diese unschuldige Geste ließ sein Herz schneller schlagen. Sie verstand ihn, wie es noch nie jemand getan hatte. Ohne dass er es ihr hätte erklären müssen, wusste sie, dass der Mann, der er eigentlich war, nicht derjenige sein konnte, den er in seinem Job zeigen musste. Ihre Einsicht und ihre Rücksichtnahme überwältigten ihn beinahe. Sein Verlangen nach ihr war längst mehr als nur sexuelle Lust. Viel mehr.

»Was hältst du davon?«, fragte sie beinahe schüchtern, als fürchtete sie, eine Grenze überschritten zu haben.

Er schob sie ein Stück von sich weg, damit er ihr in die Augen sehen konnte. »Ich würde sagen, wir gehen nach Hause.«

Niemand hatte Ari vorgewarnt, dass es eine Sache war, erotische Unterwäsche zu kaufen, und eine ganz andere, nur damit bekleidet aus dem Badezimmer zu marschieren. Vor allem, wenn der Mann, den sie damit verführen wollte, bereits auf sie wartete. Und vermutlich nackt war. Wunderbar nackt, und nicht im Geringsten davon verunsichert, seine … seine Pluspunkte zu zeigen. Das bedeutete, sie konnte sich ebenfalls keine Unsicherheiten leisten. Ariana hätte sich vielleicht Sorgen darüber gemacht, was Quinn dachte, aber Ari waren solche Gedanken fremd. Genauso wenig fürchtete sie, dass Quinn vielleicht enttäuscht sein könnte. Sie straffte die Schultern, unterdrückte jede Regung von Zweifel und rief sich ins Gedächtnis, dass ihm viel an Ari lag. Sehr viel.

An diese Gewissheit klammerte sie sich, als sie das Bad verließ und in Quinns Schlafzimmer trat. Er wartete bereits im Bett. Zu ihrer Überraschung hatte er die Deckenbeleuchtung ausgeschaltet und nur eine kleine Nachttischlampe angelassen. Sie diente eher der Atmosphäre, als dass sie den Raum erleuchtet hätte. Im Hintergrund spielte leise Musik.

»Nur ein sehr von sich überzeugter Mann würde in einer solchen Situation den Soundtrack vom König der Löwen spielen.«

»Und nur eine sehr selbstbewusste Frau würde ein solches Outfit vorführen.« Er lehnte sich gegen die Kissen. Das weiße Laken rutschte zu seiner Taille hinunter und enthüllte die muskulöse Brust und das dunkle Haar, das bis zu seinem Bauch hinunterreichte. Es sah sexy und verführerisch aus.

»So einfach, wie du glaubst, ist das gar nicht.« Sie lachte gezwungen, während sie durch das Zimmer schritt. Dann sickerte die Bedeutung seiner Worte in ihr Bewusstsein, und jede Unsicherheit war wie weggeflogen.

»Was meinst du mit vorführen?«

Er klopfte aufs Bett, und Ari ließ sich gehorsam auf das kühle Laken sinken. Sie erkannte das Verlangen in seinen Augen. Dieser Blick war ihr mittlerweile vertraut.

»Glaubst du denn wirklich, dass du diesen Hauch von Nichts lange anbehältst?« Er fuhr mit einem Finger unter den dünnen Träger. Neckend schob er ihn über ihre Schulter, bis er locker herunterbaumelte. Damit unterstrich er seine Worte. Er würde sie im Nu aus diesem teuren hauchdünnen Body schälen.

Als er näher an sie heranrückte, spürte sie seine Erektion an ihrem Schenkel. »Ich weiß nicht. Warum sagst du mir nicht, wie lange ich es tragen soll?« Sie wollte ihn reizen und ihn um seine Beherrschung bringen.

»Du spielst mit dem Feuer«, warnte er sie. Seine Stimme

klang dunkel und vibrierte vor Spannung. Er war sichtlich erregt.

»Das Risiko gehe ich ein.« Sie wollte erleben, wie er die Kontrolle verlor.

Und das unverhohlene Verlangen, mit dem er sie ansah, vertrieb jegliche Besorgnis. Jetzt konnte sie mit der Macht experimentieren, die ihre Weiblichkeit ihr gab. Quinn schenkte ihr diese Erfahrung. Er gestattete ihr, ihre Fähigkeiten auszukosten, ihn zu beeindrucken und ihre Fassade einfach über Bord zu werfen. Er sah die wahre Frau dahinter.

Quinn hatte sie gelehrt, selbst die Ari hinter der Ariana zu sehen und sie zu akzeptieren. Seinem Lächeln und seiner erfreuten Miene nach zu urteilen, wusste er das sehr gut. Aber er hatte keine Ahnung, was sie noch für ihn bereithielt.

Sie strich mit den Spitzen ihrer Fingernägel über seine Haut und glitt zu dem Laken hinunter, das sich so verführerisch unter seinem Bauch aufwölbte. Fasziniert sah sie zu, wie das Laken sich bewegte. Seine Reaktion auf ihre Zärtlichkeiten war offensichtlich. »Soll ich dich von deinen Qualen befreien?«, fragte sie heiser.

Er lachte gezwungen auf. »Entweder du bringst mich nach draußen und erschießt mich, oder du unterwirfst mich deinem verruchten Willen.« Er hob den Arm über den Kopf, sank in die Kissen zurück und überließ ihr seinen Körper. Das ist wirkliches Vertrauen, dachte sie atemlos. Sie konzentrierte sich nur auf Quinn, zog das Laken herunter und betrachtete seinen nackten Körper.

Er war die pure Männlichkeit, harte Männlichkeit. Doch als sie die Hand um sein erregtes Glied schloss und ihn streichelte, faszinierte sie die seidene Sanftheit unter ihren Fingerspitzen. Als ihr Daumen eine feuchte Stelle berührte, konnte sie ihre Gefühle nicht länger zurückhalten. Nicht in diesem Moment, wo sie sich so nah waren und Quinn ebenso offen für sie war wie sie für ihn.

Er hatte ihr so viel gegeben, und sie wollte dieses Geschenk erwidern. Es fiel ihr leicht. Sie senkte den Kopf und nahm ihn in den Mund. Mit der Zunge fuhr sie über seine feuchte Spitze. Sein tiefes Stöhnen ließ ihren ganzen Körper vibrieren. Heißes Verlangen durchströmte sie, während sie ihn mit Lippen und Fingern liebkoste.

Er schob seine Hüften vor und zitterte. Plötzlich zog er sie hoch, drehte sie auf den Rücken und schob sich in einer raschen Bewegung über sie.

Ari stieß überrascht die Luft aus. »Geschickter Schachzug«, stieß sie heiser hervor.

Er lächelte. »Man hat mich ausgebildet, auf jede Situation zu reagieren. Und ich will, dass dies hier länger dauert, als es das getan hätte, wenn du so weitergemacht hättest …« Er unterbrach sich und küsste sie.

Er schob seine Zunge in ihren Mund und imitierte diese Bewegung mit seiner Hüfte. Seine Erektion drückte verlockend gegen die heiße, feuchte Stelle zwischen ihren Beinen, als er sich an ihr rieb, und das Verlangen pochte himmlisch zwischen ihren Schenkeln.

Er stöhnte vor Lust, und Ari schloss die Augen. Sie genoss es, dass sie ihn fast bis an den Rand seiner Beherrschung getrieben hatte. Jetzt aber übernahm er die Kontrolle und nutzte das auch weidlich aus. Mit einer schnellen Handbewegung schob er den Träger ihres Bodys über ihre Schulter und zog den hauchdünnen Stoff über ihre Brüste, die Hüften und die Beine hinunter. Sie befreite sich mit einem kurzen Tritt von dem Kleidungsstück. In der kühlen Luft richteten sich ihre Knospen steif auf. Sie lag vollkommen nackt unter ihm, und ihre Haut glühte.

Sie spürte jeden Zentimeter seines Körpers auf sich und konnte ihre Vorfreude kaum noch zügeln.

Der glühende Blick seiner Augen fesselte den ihren. Er hakte einen Fuß um ihre Knöchel und spreizte ihre Beine, sodass sie sich für ihn öffnete. Sie war mehr als bereit für ihn und fühlte sich sehr verletzlich. Trotzdem vertraute sie Quinn mit jeder Faser ihres Leibes und ihrer Seele. Nur ihr Herz, das wie verrückt in ihrer Brust hämmerte, mochte sie nicht in dieses Bild mit einbeziehen.

»Du fühlst es auch, hab ich recht?« Quinns Frage überrumpelte sie.

»Was fühle ich?« Sie hatte Angst, dass er ihre Gedanken lesen konnte. Und fürchtete, dass er ihr eine Frage stellen könnte, für die sie noch nicht bereit war.

Er strich ihr das Haar aus der Stirn. Diese Berührung war viel zu zärtlich, schnürte ihr die Kehle zu. Statt zu antworten, senkte er den Kopf und küsste sie innig, während er gleichzeitig sanft in sie eindrang. Er erfüllte sie in so vielerlei Hinsicht, und dennoch wollte sie mehr, immer noch mehr.

Sie zog die Beine an und nahm ihn tiefer in sich auf, so tief, wie sie konnte. Als er sich bewegte, ließ er sich Zeit, drang in langsamen, rhythmischen Stößen in sie ein. Sie spürte jeden einzelnen Zentimeter von ihm. Ihr Körper wurde weich, fast flüssig, und schien mit seinem zu verschmelzen. Sekunden später fühlte sie, wie ihr Höhepunkt kam. Quinn merkte das ebenfalls und passte sich ihrem schnelleren Rhythmus an, stieß härter und fester zu. Bis Ari das Gefühl hatte, von ihrer Lust in einem gewaltigen Wirbel emporgerissen zu werden und zu fliegen.

Bevor sie sich ihrem Orgasmus hingab, schoss ihr ein Gedanke wie ein Stoßgebet durch den Kopf: Sie wünschte sich, dass dieser Flug niemals enden möge.

Vierzehntes Kapitel

Während Quinn sich eingestand, dass er Ari liebte, fiel ihm auf, dass er diesmal nicht verhütet hatte. Er lag immer noch auf ihr und war tief in ihr. Sein Atem ging stoßweise, während er sie mit seinem Gewicht in die Matratze drückte. Zögernd zwang er sich dazu, sich endlich von ihr herunterzurollen. Auch wenn er sich so glücklich fühlte wie noch nie, verlangte sein Verstand nach Abstand zu dieser Frau.

Er liebte Ari? Darüber konnte Quinn nur lachen. Da öffnete er sein Herz, und wen suchte er sich dafür aus? Ausgerechnet eine Frau, die vor jedem, der ihr zu nahe kam, einfach weglief. Sie war nicht anders als all die Menschen aus seiner Vergangenheit.

»Ich bin gleich wieder da.« Quinn rutschte an den Bettrand.

»Bleib nicht zu lange weg.« Ari strich ihm sanft mit den Fingernägeln über den Rücken.

Quinn unterdrückte einen Fluch. Er konnte sich später immer noch eine Möglichkeit ausdenken, wie er sich vor ihr in Sicherheit brachte. Jetzt wollte er bei ihr sein. Langsam rollte er sich in ihre ausgestreckten Arme zurück.

Eine Stunde später löffelten sie einträchtig einen Becher Eiscreme im Bett. Dozer lag am Fußende und schnarchte leise. Ari überlegte derweil laut, was sie mit ihrem Gewinn anfangen sollte.

Sie leckte an dem Eislöffel. Ihre rosa Zunge glitt über das kühle Metall, und Quinn musste daran denken, wie sie ihn kurz vorher noch liebkost hatte. Er unterdrückte ein Stöhnen, als die Erregung ihn wieder überkam.

»Ich könnte das Geld anlegen.« Aris Worte holten ihn wieder in die Gegenwart zurück. »Oder soll ich meinen Eltern das Geld für ihre Tageskurklinik geben?«

So sehr Quinn Aris Großzügigkeit bewunderte, so sehr wünschte er sich auch, dass sie zur Abwechslung einmal nur an sich dachte. »Würde es dich umbringen, wenn du ein bisschen davon für dich selbst verpulverst? Gönn dir etwas und verwahr dir den Rest für einen Regentag auf.«

Sie nickte. »Gar keine schlechte Idee.«

Er hakte nach. »Wofür würdest du es denn ausgeben? Wenn du alles kaufen könntest, was du wolltest, was würdest du dir anschaffen?«

Sie lachte, doch Quinn hörte den beinahe verzweifelten Unterton aus ihrer Stimme heraus. »Ich kann mir meine Fantasien nicht leisten. Nicht mal mit diesem Gewinn.«

»Dann lass hören.« Er lehnte sich gegen die Kissen und stützte sich auf einen Ellbogen. »Komm schon, gesteh mir deine Laster.« Er streckte die Hand aus und spielte zärtlich mit einer Locke ihres Haares.

Er wollte wissen, welche Geheimnisse in ihrem Herzen vergraben waren. Und über welche verborgenen Sehnsüchte sie nicht reden wollte.

»Was ich will, kann man nicht kaufen. Ich suche nach etwas, was mir ein bestimmtes Gefühl gibt.« Sie schloss die Augen und schmiegte sich in seine Arme. »Ich liebe dieses Haus. Es ist so behaglich und warm.«

»Dasselbe habe ich empfunden, als ich es das erste Mal gesehen habe. Ich habe es bei einer Auktion günstig erstanden und es selbst renoviert.« Der Stolz in seiner Stimme war unüberhörbar. »Das Haus ist der einzige Luxus, den ich mir je gegönnt habe.« Es war schon seltsam, dass sie sich so ähnlich waren, wenn es darum ging, Geld für sich auszugeben.

Offenbar sehnte sie sich ebenso nach einem eigenen Heim, wie er es getan hatte.

Und für Quinn war es auch vollkommen klar, dass sie einander brauchten.

»Du hast eine gute Wahl getroffen. Das Haus liegt wunderbar hier am Strand. Man kann sogar die Brandung hören«, sagte sie leise. »Ich fühle mich hier sehr wohl.«

Quinn vergrub sein Gesicht in ihrem Haar. »Ich finde, dass du hier auch gut hinpasst.« Für ihn fühlte es sich perfekt an, sie hier zu haben, in seinem Haus, zwischen seinen Habseligkeiten und in seinen Armen.

Trotzdem hütete Quinn sich, der Hoffnung Raum zu geben, dass dieser Zustand von Dauer wäre. Ari war noch von ihrem leidenschaftlichen Sex benebelt, und ihre Abwehrmechanismen waren geschwächt. Zweifellos würde sie schon sehr bald anders empfinden. Wenn sie erst die Wahrheit über ihre Schwester erfahren hatte und Samantha bei ihren Eltern untergebracht war, musste sich Ari nicht länger darum sorgen, was aus Sam würde. Dann musste sie sich entscheiden, wer sie eigentlich war. Professor Ariana Costas oder seine Ari.

Es überlief Quinn kalt, als er sich vorstellte, wie ihre Entscheidung ausfallen könnte. Und er wusste nur eine Möglichkeit, ihre Entscheidung zu beeinflussen. »Ari? Hast du Lust zu einer kleinen Spritztour?«

Sie drehte den Kopf zu ihm und sah ihn an. Mit einem Schlag war sie hellwach, und ihr Blick war wieder misstrauisch. »Ein Ausflug? Um diese Zeit? Wohin?«

»Zu deiner Schwester.«

Ariana war immer noch erschüttert von der Aussicht, endlich ihre Schwester zu sehen, als sie in die Garage trat. Quinn hielt ihr die Beifahrertür seines Vans auf. Nachdem sie sich gesetzt hatte, schlug er sie zu und nahm dann hinter dem Steuer Platz.

Er schaute sie fragend an. »Geht es dir gut?« Er legte ihr eine Hand auf den Oberschenkel.

Diese Berührung beruhigte sie zwar ein wenig, konnte ihr die Nervosität jedoch nicht ganz nehmen. Sie rutschte auf ihrem Sitz hin und her. »Ich weiß nicht, was ich sagen soll.«

»Das verstehe ich. Und es wird dir mit Sicherheit bald noch mehr die Sprache verschlagen. Aber Ari…«

Ein warmer Schauer rieselte durch ihren ganzen Körper, als sie ihren Namen aus seinem Mund hörte. Ihr gefielen die Vertrautheit und die Intimität, die sich darin ausdrückten, vor allem nach dem unglaublichen Sex, den sie gerade gemeinsam erlebt hatten. Und besonders jetzt, wo sie seine Unterstützung brauchte. »Ja?« Sie schluckte.

»Ich verletze heute Nacht sämtliche Regeln, nach denen ich bisher gelebt habe.« Seine letzten Worte gingen im Geräusch des Wagens unter, als er den Motor anließ.

Arianas Herz hämmerte fast schmerzhaft gegen ihre Rippen. Warum tat er das, wenn diese Regeln so wichtig für ihn waren? Und warum ausgerechnet für sie? Wieso jetzt? Ariana fürchtete sich davor, ihn nach seinem Grund zu fragen, denn sie hatte Angst vor der Antwort.

Bevor Quinn den Gang einlegte, griff er in einen Beutel, den er mitgenommen hatte. »Du musst das hier anlegen.« Er hielt ihr einen dunklen Schal vor das Gesicht.

»Binde ihn dir über die Augen.« Sein befehlender Tonfall ließ keine Diskussion zu.

Ihre Hände zitterten, als sie den Schal nahm. »Es ist doch schon dunkel.«

»Vertrau mir. Du darfst nicht sehen, wohin wir fahren. Das dient sowohl deiner Sicherheit als auch der deiner Schwester.«

Sie schluckte und nickte. Sie faltete den Schal, legte ihn über die Augen und band ihn mit einem Knoten hinter ihrem Kopf fest. Jetzt war alles schwarz. »Wo ist sie? Ich meine, so ganz allgemein?«

»In einem sicheren Haus«, erwiderte er und gab Gas. Die Beschleunigung drückte sie in die Polster zurück.

Ariana wusste, dass es keinen Sinn hatte, weiter nachzufragen, und schwieg. Doch in ihrem Inneren herrschte ein Aufruhr aus Erwartung und Vorfreude. Quinn schien ihre Gefühle nachempfinden zu können, denn er legte wieder beruhigend seine Hand auf ihren Schenkel. Direkt auf den sensiblen Punkt über ihrem Knie. Seine Berührung brachte die Haut unter der Jeans zum Glühen, und Quinn ließ seine Hand während der ganzen langen Fahrt zu ihrer Schwester dort liegen.

»Mann, du wirst richtig Druck bekommen, weil du sie hierher geschleift hast!« Marco, der für die Sicherheit von Zoes Versteck verantwortlich war, deutete auf Ariana. Diese Vorstellung schien ihm jedoch sichtlich Spaß zu machen.

»Nur, wenn du dein großes Mundwerk aufmachst«, knurrte Quinn.

Marco wandte sich unbeeindruckt an Ariana. »Hat Ihnen schon mal jemand gesagt, dass Sie genauso aussehen wie diese Nervensäge … ich meine, die Lady da drin?«

»Das ist schon vorgekommen, ja.« Sie lächelte zum ersten Mal, seit Quinn vorgeschlagen hatte, ihre Zwillingsschwester zu besuchen.

Jetzt drückte er ihre Hand. »Wo ist Zoe?«, fragte er den anderen Mann.

Marco deutete über die Schulter auf einen langen Flur. »Wahrscheinlich im Schlafzimmer. Jeder Ort, an dem sie mich nicht ertragen muss, ist gut genug für sie.« Er warf seinen Kopf zurück und strich sich über eine imaginäre Haarmähne. Seine Imitation von Zoe war gar nicht so schlecht, fand Ariana. »Yo, Eure Hoheit!«, brüllte er dann.

Die Schlafzimmertür wurde aufgerissen und knallte gegen die Wand. »Wie oft muss ich dir noch sagen, dass du gefälligst anklopfen sollst, wenn du willst, dass ich auf dich reagiere?« Zoes Stimme war unverkennbar.

»Fällt euch eigentlich auch auf, dass sie trotzdem auf mich reagiert?« Marco lachte.

»Mit wem redest du da?« Zoe stürmte durch den Flur und blieb wie angewurzelt stehen, als sie ihre Schwester sah. »Ari?« Ihre Stimme klang brüchig und ungläubig.

Zum ersten Mal erlebte Quinn, dass diese Agentin auch eine weiche, verletzliche Frau war. Sie ähnelte ihrer Zwillingsschwester wirklich sehr. Im Moment schien sie jedoch wie festgefroren zu sein.

Quinn schaute Ari an. Sie machte einen zögernden Schritt auf Zoe zu und blieb dann unsicher stehen.

Es war kein Stolz, der die beiden stocken ließ, dessen war Quinn sicher. Sondern Schock und Unsicherheit. Er hielt den Atem an, während er darauf wartete, welche Schwester sich zuerst fassen würde.

Vielleicht war es ja dieses typische Ding bei Zwillingen, jedenfalls rannten sie beide gleichzeitig aufeinander zu und umarmten sich. Ihre Gefühle schienen alle anderen Personen in dem Raum auszuschließen, auch Quinn.

Er bugsierte Marco in die Küche, die im hinteren Teil des Hauses lag, damit die beiden Schwestern ungestört waren.

Quinn hatte dieses Treffen absichtlich jetzt schon arrangiert und nicht bis zum Ende des Auftrags gewartet. Er hoffte auf eine positive Reaktion bei Ari, wenn sie die wahre Identität ihrer Schwester erfuhr. Sie hatte ja immer angenommen, dass ihre Zwillingsschwester in die Fußstapfen ihrer Mutter getreten war. Dabei hatte Zoe es längst geschafft, ein eigenes Leben zu führen. Und das hatte nicht das Geringste mit dem zu tun, was Ari den »Wahnsinn« ihrer Familie nannte.

Quinn hoffte sehr, dass diese Enthüllung Ari half, mit ihrer Familie Frieden zu schließen. Vielleicht begriff sie jetzt, dass sie ihren Clan lieben und trotzdem ein eigenständiges Leben führen konnte. Und zwar hier. Wie Zoe. Sollte sein Plan jedoch nicht funktionieren, hatte er Pech gehabt. Dann war er wieder auf sich allein gestellt, wenn Ariana nach Vermont zurückkehrte.

Ariana trat einen Schritt zurück und musterte ihre Schwester. Zoes Haar reichte ihr bis auf den Rücken, und sie war schöner als je zuvor. »Du siehst nicht aus, als hättest du sehr gelitten«, stellte Ariana fest. Sie hatte keine Ahnung, was ihre Schwester hier erdulden musste.

Wo auch immer dieses »hier« sein mochte.

Zoe verdrehte die Augen. »Lass dich nicht von Äußerlichkeiten täuschen. Versuch du mal, vierundzwanzig Stunden mit Marco zu verbringen. Irgendwann wirst du einfach verrückt. Da wir gerade von Marco reden: Ich werde ihn eigenhändig erwürgen, weil er dich überhaupt reingelassen hat.«

Ariana biss sich auf die Lippe. »Dann musst du zuerst

Quinn umbringen. Denn es war seine Idee, mich hierher zu fahren.«

Zoe schaute ihre Schwester ungläubig an. »Mr. Ich-nehme-es-ganz-genau Donovan? Das ist auf seinem Mist gewachsen? Ich habe ihn zwar eben hereinkommen sehen, aber darauf wäre ich nie gekommen.«

Ariana nickte.

Zoe trat zu ihr und sah ihr in die Augen. »Warum? Warum bringt Quinn dich ausgerechnet jetzt hierher? Er weiß doch genau, wie gefährlich das für dich ist.« Sie klang mehr wie eine Polizistin bei einem Verhör als wie eine Schwester.

Ihr autoritärer Tonfall forderte Arianas Widerspruch heraus. »O nein! Du stellst hier keine Fragen, sondern jetzt bin ich an der Reihe.« Der Ärger, den sie so lange unterdrückt hatte, brach sich Bahn, und ihre Stimme zitterte. »Ist dir eigentlich klar, dass wir dich für tot gehalten haben? Mom und Dad geben zwar die Hoffnung nicht auf und machen weiter wie gewohnt, aber sie leiden. Hast du eine Vorstellung, wie egoistisch du dich benimmst? Was machst du hier eigentlich? Und wo verdammt ist dieses *hier* überhaupt? Ich musste auf der Fahrt Blindekuh spielen, nur damit ich dich endlich sehen konnte!« Sie holte tief Luft. »Du bist meine Zwillingsschwester, aber ich habe das Gefühl, als würde ich dich gar nicht kennen.«

Zoes bedrückte Miene verriet, dass sie ein schlechtes Gewissen hatte. »Ich bin dir vielleicht einige Antworten schuldig, aber du selbst bist auch nicht ganz schuldlos daran, dass du mich nicht mehr kennst.« Zoe ging zu einer Couch und setzte sich mit gekreuzten Beinen auf ein Kissen. »Schließlich ist es nicht so, dass du unbedingt die Wahrheit hören wolltest. Oder dich um uns gekümmert hättest. Du hast einfach nur von oben herab dein Urteil gefällt, und damit war die Sache für dich erledigt.« Sie hob kriegerisch ihr Kinn. »Du warst die Professorin, die Akademikerin, die Kluge, und kamst dir ja so viel besser vor als Mom, Dad oder ich. Und du warst so davon überzeugt, die richtigen Entscheidungen getroffen zu haben.« Ariana zuckte zusammen. Sie wusste, dass ihre Schwester recht hatte. Sie hatte sich für etwas Besseres gehalten, und sie und ihre Familie hatten einen hohen Preis dafür gezahlt. Doch das änderte nichts daran, dass Zoe ihrer Familie durch ihr spurloses Verschwinden Höllenqualen bereitet hatte.

Aber ihre Beziehung konnten sie später noch klären.

»Ich weiß, dass Mom dich bei Damon eingeschmuggelt hat, damit du ihn besser kennen lernst. Sie hielt ihn für eine gute Partie. Mom hat jedoch auch behauptet, ihr hättet Damon den Kredit schnell zurückgezahlt. Warum hast du dann noch länger dort gearbeitet?« Ariana fuhr sich frustriert mit der Hand durchs Haar. Es gab so vieles, was sie nicht verstand. »Ich habe Damon ebenfalls kennengelernt. Mir war sofort klar, dass du dich niemals in so einen Kerl verliebt hättest, auch wenn Mom das gehofft hat.«

Zu Arianas Überraschung lachte Zoe leise. »Mom sieht wirklich alles durch ihre rosarote Brille, stimmt's? Ich frage mich, wie sie annehmen konnte, dass ich mich in so einen widerlichen Dreckskerl verlieben würde!« Sie schüttelte den Kopf. Offenbar war sie von der Vorstellung ihrer Mutter ebenso verblüfft, wie Ariana es gewesen war.

»Er ist wirklich niederträchtig«, stimmte Ariana ihr zu.

»Also …« Sie wartete, dass Zoe mit ihrer Geschichte fortfuhr.

»Du solltest dich lieber setzen, Ari.« Zoe klopfte auf den freien Platz neben sich.

Ariana gehorchte und sah ihre Schwester schweigend an.

Zoe seufzte. »Ich habe gleich in meiner ersten Nacht im Kasino den Verdacht geschöpft, dass Mom mich verkuppeln wollte. Dieser Damon hat sie gar nicht wirklich bedroht, und die Summe, die sie sich geliehen hatte, war lächerlich. Man brauchte kein Genie oder eine Geheimagentin zu sein, was ich übrigens bin, um den Braten zu riechen.«

Ariana blinzelte verstört. Sie hatte das Gefühl, als habe ein D-Zug sie überrollt. »Wiederhol das bitte noch mal. Und zwar langsam.«

»Unsere Mutter wollte mich verkuppeln.« Ariana schüttelte den Kopf. »Nein, das andere.«

Zoe lächelte ironisch und griff nach der Hand ihrer Zwillingsschwester. Diese Berührung fühlte sich nach all der langen Zeit sehr gut an.

»Ich bin eine Bundesagentin, Ari.« Zoe sah sie an und nickte langsam. »Ich arbeite für das hiesige Büro des Secret Service. Ich bewache Diplomaten und andere hochrangige Beamte.«

»Seit wann?« Ariana fiel es schwerer, diese Wahrheit zu verarbeiten, als mit all den Betrügereien klarzukommen, die sich ihre Eltern ausgedacht hatten.

»Ich habe mich direkt nach dem College beworben und wurde prompt angenommen.«

»Aber ich dachte …« Ariana stammelte, weil sie nicht wusste, was sie sagen sollte. »Ich meine, du hast dich immer benommen, als wäre das Leben nur ein großer Spaß für dich. Dann hast du diese Reise gemacht. Wir haben vier Monate nichts von dir gehört und keiner wusste, wo du warst.«

Zoe zuckte mit den Schultern. »In der Zeit habe ich meine Ausbildung in Quantico absolviert.«

»Du hast doch als Showgirl gearbeitet, weil du dringend Geld brauchtest.«

Zoe schüttelte den Kopf. Ihr langes Haar fiel ihr über eine Schulter. »Ich habe das Tanzen zwar sehr genossen, und es hat mich fit gehalten. Doch ich habe nie als Tänzerin *gearbeitet.* Ich habe zwar das Haus verlassen und behauptet, ich ginge zur Arbeit. Du hast mich bestimmt nie tanzen sehen. Außerdem warst du in den letzten fünf Jahren ja kein einziges Mal zu Hause.«

Ariana konnte immer noch nicht glauben, was sie da hörte. Und genauso wenig konnte sie jetzt schon erfassen, was die Worte ihrer Schwester für ihre eigene Lebenseinstellung bedeuteten. »Unsere Familie hält sich an die Annahme von P.T. Barnum, wonach jede Minute ein Blödmann geboren wird«, sagte sie. »Der nur darauf wartet, dass man ihn ausnimmt. Wie kannst du da Special Agent werden?«

Zoe lachte. »Genauso wie du Dozentin für Psychologie werden konntest. Du musst doch wohl zugeben, dass bei unserer exzentrischen Familie niemand auf die Idee kommen würde, ich hätte etwas mit dem Geheimdienst zu tun. Also?« Sie spreizte die Hände. »Noch Fragen, oder glaubst du jetzt endlich, dass ich mein Leben nicht wegwerfe? Und nur Platz auf unserer schönen Kugel vergeude, indem ich einen Schwindel nach dem anderen plane?« Sie wiederholte genau die Worte, die Ariana ihr bei einem Streit an den Kopf geworfen hatte.

Die Erinnerung daran schmerzte. »Warum hast du mir das nie erzählt?«

Zoe sah sie eindringlich an, und ihre grünen Augen leuchteten. »Warum sollte ich dein Vorurteil ändern, wenn du dich so gut damit trösten konntest?«

»Das ist ja lächerlich!«

»Ach wirklich? Komm schon.« Zoe verdrehte die Augen. »Du musstest doch das Schlimmste von uns anderen annehmen, sonst hättest du deine Angst davor, zurückzukommen, nicht weiter aufrechterhalten können.«

Ariana wich zurück. Diese brutale, aber absolut zutreffende Behauptung ihrer Schwester schockierte sie.

»Du bist nicht die Einzige, die Psychologie studiert hat«, informierte Zoe sie. »Und wenn du dich nur ein einziges Mal dafür interessiert hättest, wer ich wirklich war, und nicht, wer ich deiner Meinung nach zu sein schien, hätte ich es dir vielleicht gesagt. Ich liebe dich, Ari, und ich wollte dich nie auch nur ein bisschen ändern. Mit Ausnahme dieses Teils von dir, der uns andere nicht akzeptieren kann.«

Ariana schlang ihre Arme um sich und wiegte sich auf der Couch vor und zurück. Sie holte tief Luft und versuchte, den Schmerz und den Zorn zu unterdrücken, die in ihr aufstiegen.

Sie war wütend auf sich selbst, nicht auf Zoe. »Ich liebe dich auch. Und du hast recht! Ich war voreingenommen. Aber nur, weil ich dein Leben nicht verstehen konnte. Eine einfache Erklärung hätte genügt, und diese Kluft zwischen uns wäre niemals entstanden.«

»Da irrst du dich gewaltig.« Zoe sprang auf und ging aufgeregt vor der Couch hin und her. »Ich musste dir gar nichts erklären. Und Mom und Dad genauso wenig.«

»Wissen sie es?«

»Was ich bin? Natürlich. Sie fanden übrigens, genau wie ich, dass du mit deinen Vorurteilen anscheinend ganz bequem lebst. Wir wollten deine kleine heile Welt nicht erschüttern.« Ihre Stimme wurde sanfter. »Wir wussten, wie abscheulich du meinen Lebensstil fandest. Jedenfalls den, den ich deiner Meinung nach führte. Ich wollte den

Mythos, den du dir geschaffen hast, nicht zerstören. Mom und Dad waren auch der Meinung, dass ich es dir selbst erzählen müsste. Nur hat sich die Gelegenheit dazu nie ergeben. Ich wollte warten, bis du mich endlich so akzeptierst, wie ich wirklich bin.« Sie blieb an einem Fenster stehen, von dem aus man in einen dichten Wald sah.

Er war eine Tarnung für das Haus, so wie Zoes ganzes Leben eine Tarnung gewesen war. So wie auch Arianas Leben eine Tarnung gegen alles war, was sie nicht hatte sehen wollen. Und jetzt wusste sie nicht, was sie ihrer Schwester sagen sollte. Sie hatte Zoe so schrecklich missverstanden und ihr in vielerlei Hinsicht Unrecht getan.

»Wissen sie, dass du lebst und ... hier bist?«

Zoe schüttelte den Kopf. Ihre Augen wurden feucht.

»Wenn ich es ihnen gesagt hätte, hätte ich sie gefährdet.« Ariana atmete tief aus. Wenigstens hatten sie ihr nicht das auch noch verschwiegen. Obwohl sie selbst ihren Eltern nicht verraten hatte, dass Zoe noch am Leben war. Doch dafür hatte sie gute Gründe gehabt. Und außerdem hatte sie bis jetzt keinen Beweis für Quinns Behauptung gehabt. Ihre Eltern und sie hatten sich gegenseitig etwas vorgemacht und sich deshalb eigentlich nichts vorzuwerfen. Doch Ariana wusste nicht, ob sie selbst es hätte entschuldigen können, wenn ihre Eltern gewusst hätten, dass ihre Zwillingsschwester am Leben und in Sicherheit war, und es ihr trotzdem nicht gesagt hätten.

Zoe drehte sich zu ihr um. »Willst du hören, wie es mich an diesen gottverlassenen Ort verschlagen hat? Nur mit einem Folterknecht wie Marco als Gesellschaft?«

Ariana nickte. »Du kannst mir ruhig alles auf einmal erzählen.« Sie drückte ihre Finger gegen ihre Schläfe. Das Pochen verriet ihr, dass sie Kopfschmerzen bekam.

»Als Mom mich ins Kasino eingeschleust hat, in der Hoffnung, dass ich mich in Damon verliebe, habe ich sofort gemerkt, dass irgendetwas mit dem Kerl nicht stimmt. Ich wusste zwar nicht, was es war, aber mein Instinkt sagte mir, dass er keine so blütenreine Weste hatte, wie er allen weismachen wollte. Da gab es Konferenzen, die gar nicht stattfanden, oder merkwürdige Geschäfte mit schmierigen Typen. Mir wurde bald klar, dass es sich bei diesen Leuten um Drogendealer handelte. Damon hatte etwas mit ihnen zu schaffen, und in seinem Kasino ging es um Geldwäsche. Ich wollte einen Blick in die Bücher werfen, bevor ich mich an die Behörden gewandt hätte. Doch gerade als ich versuchte herauszufinden, wo Damon seine Unterlagen aufbewahrte, hat Quinn mich erwischt. Leider tauchte in dem Moment auch Damon auf. Er befahl Quinn mich umzulegen.«

Zoe schüttelte den Kopf. »Also hat mich Quinn durch einen Hintereingang des Kasinos hinausgeschleppt. Statt zu sterben, erfuhr ich, dass er ein Undercover-Cop ist, der genau in dieser Angelegenheit gegen Damon ermittelt. Er schlug mir vor, mich in einem sicheren Haus unterzubringen, bis seine Operation vorbei sei.«

Ariana bedauerte fast, dass sie jetzt alles von ihrer Zwillingsschwester wusste. »Ich weiß wirklich nicht, was ich sagen soll. ›Es tut mir leid‹, wäre ein Anfang, aber das kann unsere Vergangenheit nicht so einfach auslöschen, hab ich recht?«

»Ich hege keinen Groll mehr gegen dich. Ich bin ja selbst auch nicht gerade perfekt.« Zoe senkte den Blick.

»Immerhin hätte ich auch ehrlich zu dir sein können, aber ich war zu eigensinnig. Ich wollte unbedingt, dass du von allein meinen wahren Charakter erkennst.«

Ariana lächelte. »Vermutlich liegt das daran, dass wir

eineiige Zwillinge sind. Ich war ja auch ziemlich in meinen Vorurteilen verhaftet.«

»Es tut mir sehr leid, dass ich dich in dem Glauben lassen musste, ich wäre verschwunden oder tot.« Zoes Augen füllten sich mit Tränen. »Ich wollte dir nie so wehtun. Ich wollte nur nicht, dass jemand ins Kasino ging, nach mir suchte und damit sein Leben riskierte. Ich war sicher, dass du aus der Ferne um mich trauern würdest, wenn du von meinem Verschwinden hörtest.« Sie wischte sich die Tränen mit dem Handrücken aus den Augen. »Anscheinend kennt keine von uns beiden die andere wirklich gut, stimmt's?«

»Das ändern wir, einverstanden?«, fragte Ariana hoffnungsvoll.

»Einverstanden.« Zoe zog sie in die Arme, und Ariana drückte ihre Schwester fest an sich. »Jetzt erzähl mir alles von Quinn.«

Eine halbe Stunde später hatten die Schwestern sich sämtliche Geheimnisse gebeichtet. Fast. Es überraschte Ariana selbst, dass sie Zoe nicht alles von ihrer Beziehung zu Quinn erzählt hatte. Aber nicht, weil sie mit ihrer Schwester nicht darüber reden wollte, sondern weil es nichts zu sagen gab. Jenseits des Hier und Jetzt, das sie hatten, gab es keine Zukunft für sie beide.

Indem Ariana die Wahrheit über Zoe herausgefunden hatte und sich der Tatsache gegenübersah, dass ihre Schwester ein zielgerichtetes und engagiertes Leben führte, hatte sie auch viel über sich gelernt. Aufgrund ihrer Vorurteile hatte sie das Vertrauen ihrer Schwester verloren. Ariana konnte nicht behaupten, dass ihr die Frau gefiel, als die sie sich jetzt kennengelernt hatte.

Sie war mit Quinn hierher gekommen und hatte eine dramatische Wiedervereinigung mit ihrer Schwester erwartet. Stattdessen hatte das Leben ihr eine ernste Lektion erteilt. Eine, die sie mehr verwirrte, was sie selbst und ihre Zukunft anging, als alles, was sie bisher erlebt hatte.

Quinns Plan war nicht aufgegangen. Er spürte Arianas Reserviertheit schon, bevor sie das Haus verließen. Er hatte ihr wieder den Schal vor die Augen gebunden, und sie saß fast die ganze Fahrt über schweigend neben ihm.

Bis sie schließlich doch sprach. »Fahr rechts ran!«

»Wie bitte?«

»Ich glaube, wir sind auf einem Highway. Also such einen Parkplatz oder eine Möglichkeit anzuhalten. Bitte.«

Quinn sah sie überrascht an.

Sie hatte die Zähne zusammengebissen und ihre Miene war, soweit er das sehen konnte, gefasst und entschlossen. Während Ariana mit Zoe sprach, hatte er mit Marco in der Küche gesessen. Das Haus war klein und die Wände sehr dünn. Marco und er hatten ungewollt viel von dem Gespräch der beiden Schwestern mitbekommen. Es war weit von der herzlichen, seligen Wiedervereinigung entfernt, die Quinn sich erhofft hatte. Andererseits, was verstand er schon von Familiendynamik? Ariana war jedoch noch ziemlich aufgewühlt, es war besser, in diesem Zustand nicht mit ihr zu streiten.

Er fuhr auf die Seite und entdeckte einen leeren Platz, auf dem üblicherweise Lastwagen parkten. Es gab keine Ortsschilder oder sonst einen Hinweis, der ihnen sagte, wo sie sich befanden. Deshalb nahm er Ariana den Schal von den Augen.

»Danke.« Sie blinzelte und versuchte sich in der Dunkelheit zu orientieren.

Er nickte kurz. »Kein Problem.« Er legte seinen Arm über ihre Rückenlehne. Ariana wirkte distanziert und in Gedanken versunken. Quinn war klar, dass er eigentlich ihre Signale beachten sollte, doch sein Instinkt riet ihm, so zu tun, als hätte sich nichts geändert. Zumindest bis sie ihm etwas anderes sagte.

Er strich vorsichtig mit den Fingern über ihre Schultern, um sie zu trösten. Sie wich seiner Berührung subtil, aber unmissverständlich aus.

Sein Magen zog sich zusammen. »Was hast du denn?«, fragte er sie besorgt. Sie standen hier auf einem Lastwagenparkplatz, was an sich schon nicht alltäglich war. Aber sicher kam es ebenso selten vor, dass man zwei zerstrittene Schwestern in einem sicheren FBI-Haus wieder vereinte, dachte er ironisch.

»Ich will mit dir reden.« Sie schaute auf ihre verschränkten Hände. »Wusstest du, dass Zoe eine Geheimagentin ist?«

Er schüttelte den Kopf. »Am Anfang nicht. Als sie als Tänzerin im Damon's angefangen hat, war ich völlig ahnungslos. Und später hielt ich sie nur für unglaublich dumm, weil sie sich von mir mit den vertraulichen Unterlagen in der Hand in Damons Büro hat erwischen lassen. Dann tauchte Damon plötzlich auf und befahl mir, sie auszuschalten. Am nächsten Tag haben deine Eltern sie als vermisst gemeldet.«

»Ein Verschwinden, das Zoe und du inszeniert habt.« Quinn nickte. »Es wäre auch alles glatt gegangen, wenn …«

»… ich in Vermont geblieben wäre, was Zoe angenommen hatte.«

»Das trifft es ziemlich genau.«

Sie seufzte, und Quinn spürte ihren Schmerz.

Diesen Moment hatte er gefürchtet, seit er Ari kennengelernt hatte. Aber er hatte gedacht, dass er das Treffen der Zwillinge so steuern könnte, dass es für alle Beteiligten vorteilhaft endete. Er schüttelte den Kopf. Dafür würde man ihm sicher keinen Doktortitel verleihen. Es war ihm nur gelungen, Ari noch stärker zu verunsichern.

»Was ist eigentlich vorhin in der Küche passiert?«, fragte er. Vielleicht vertraute sie sich ihm ja trotzdem an. Sie zuckte mit den Schultern. »Zoe hat mir deutlich gemacht, dass es an meinem eigenen Verhalten und an meinen Vorurteilen gelegen hat, die mich von ihr und von meiner Familie entfremdet haben.« Ari wischte sich die Augen mit dem Seidenschal, den er ihr als Augenbinde gegeben hatte. »Und sie hatte recht.«

Ihre Worte empörten ihn. Wieso nahm sie jetzt alle Schuld auf sich? »Ich habe deine Schwester kennengelernt und glaube mir, Zoe ist alles andere als einfach. Sie hat ihren eigenen Kopf. Sie hätte sich dir anvertrauen können. Das hätte euch beiden eine Menge Kummer erspart.«

Ariana schüttelte den Kopf. »Sie wollte, dass ich sie so akzeptiere, wie sie ist. Dasselbe habe ich doch auch von Jeffrey verlangt. Und von meiner Familie. Aber mir selbst ist das nicht gelungen. Ich war arrogant, eigensinnig und vollkommen von meinen Vorurteilen überzeugt. Verdammt, ich habe ihr vorgeschrieben, welches Leben sie führen sollte, dabei hat sie die ganze Zeit für die Regierung gearbeitet!« Sie klang, als würde sie sich vor sich selbst ekeln.

»Ari, hör mir zu. Ich weiß nicht viel über Familienbeziehungen, aber es ist vollkommen klar, dass ihr beide euch liebt. Das bedeutet doch viel. Sicher, du hast sie falsch eingeschätzt. Doch das kannst du wieder gutmachen. In der Zwischenzeit solltest du die positive Seite der ganzen Angelegenheit sehen. Warum richtest du dein Augenmerk nicht auf das Gute, das du über dich selbst gelernt hast?«

Statt ihm in die Arme zu sinken und ihm zu sagen, wie klug er war, starrte Ariana ihn an, als hätte er den Verstand verloren. »Und was soll das Positive sein, das ich über mich gelernt habe?« Ihre Stimme klang sarkastisch.

»Verrat mir das bitte, denn ich habe keine Ahnung.« Sie breitete hilflos die Hände aus.

Quinn atmete einige Male durch, und legte dann seine letzte Trumpfkarte auf den Tisch. »Ari, du hast gerade herausgefunden, dass Zoe eine Agentin ist und keine Schwindlerin, die ziellos durch ihr Leben treibt. Du siehst doch, dass sie sich positiv entwickelt hat, obwohl sie bei deiner, wie du sagst, verrückten Familie gelebt hat.«

Ariana starrte ihn nach wie vor verständnislos an. Quinn war frustriert. Offenbar war sie noch nicht bereit, sich anzuhören, was er zu sagen hatte. Ganz zu schweigen davon, es auf sich zu beziehen oder auf ihr Leben. Und damit letztendlich auf ihre gemeinsame Zukunft. Sie brauchte sicher Zeit, das Ganze zu verarbeiten, und das konnte er gut verstehen.

»Eines muss ich noch wissen«, sagte sie schließlich. Er zuckte mit den Schultern. »Frag einfach.«

Sie legte eine Hand auf seinen Arm und zog sie dann rasch zurück, als wäre ihr diese intime Geste unangenehm. »Warum hast du mich jetzt zu Zoe gebracht?«, erkundigte sie sich. »Warum hast du nicht gewartet, bis du den Fall gelöst hast und damit das Risiko für dich nicht mehr so hoch ist?«

Quinn hatte das Gefühl, auf ein noch größeres Desaster zuzusteuern. Und das wollte er unbedingt verhindern.

»Du bist noch nicht bereit für diese Antwort«, informierte er sie. »Leg jetzt die Augenbinde wieder an.« Hoffentlich gehorchte Ariana ihm. Sonst lief er Gefahr, sich ihr noch weiter zu öffnen, und sie damit zweifellos noch weiter von sich wegzustoßen.

»Ich habe dir eine Frage gestellt, und ich wäre dir dankbar, wenn du sie beantworten würdest.«

Diese Frau war so verdammt eigensinnig. Er stöhnte auf. »Nein, das wärst du nicht. Es ist wie bei deiner Schwester. Du glaubst nur, dass du die Antwort hören willst. Sobald du sie kennst, verschwindest du über alle Berge.«

»Ich bin härter, als du glaubst. Vor allem nach dem heutigen Abend. Also sag es mir, Quinn. Warum hast du mich jetzt zu Zoe gebracht? Warum hast du deinen Auftrag gefährdet? Und deine Karriere?«

Er packte sie an beiden Schultern und zog sie an sich.

»Weil ich es tun musste.« Ihm war klar, dass er durch seine ausweichende Reaktion die direkte Antwort vermied. Doch das würde Ari nur als Herausforderung verstehen, nachzuhaken.

Und etwas in ihm reizte ihn, sie dazu zu bringen, weiter in ihn zu dringen, bis er ihr endlich seine Seele entblößte. Und was dann?, fragte er sich. Ihm dröhnte der Kopf, als ihm klar wurde, dass er es bald wissen würde.

»Warum?«, fragte sie erneut. »In ein paar Tagen wäre ich aus deinem Leben verschwunden gewesen. Du würdest dich an mich als eine Frau erinnern, mit der du geschlafen hast, ohne dass etwas Verbindliches zwischen uns war. Die meisten Männer wären von dieser Situation begeistert. Aber du hast freiwillig dieses Risiko auf dich genommen. Meinetwegen. Und ich will jetzt wissen, warum.«

Ariana war unerträglich. Sie legte es darauf an, ihn von sich wegzustoßen. Aber Quinn wollte sich nicht wegen alberner Haarspaltereien mit ihr zerstreiten. »Weil ich gehofft habe, dass du nach dem Gespräch mit Zoe erkennen würdest, dass du eine Costas sein und bei deiner Familie leben kannst, ohne dein eigenes Leben aufgeben zu müssen. Du könntest deinen Clan akzeptieren und trotzdem du selbst sein.«

Sie sah ihn skeptisch an. Quinn hoffte, dass sie über seine Worte nachdachte, oder sie sich wenigstens merkte. Vielleicht würde ihr deren Bedeutung ja später klar werden.

»Das ist … nett. Aber warum hast du deshalb deine Karriere aufs Spiel gesetzt?«

»Das weißt du ganz genau. Du möchtest nur aus irgendeinem Grund, dass ich es laut ausspreche. Damit du einen anderen Vorwand zum Weglaufen hast«, knurrte er.

»Und ich bin dumm genug und liefere ihn dir. Ich wollte, dass du dich mit deiner Schwester wieder verträgst, weil du mir viel bedeutest. Und ich bin auch dumm genug zu hoffen, dass du den Mut hast zuzugeben, dass du dasselbe für mich empfindest.«

Tränen liefen ihr über die Wangen, aber sie blieb stumm. Doch damit konnte Quinn leben. Schließlich mutete er ihr mit diesem Geständnis zusätzlich zu ihren eigenen Problemen noch mehr emotionalen Ballast zu. Er vertraute einfach darauf, dass sie damit fertig wurde.

Sie schluckte und streichelte seine Wange. »Du bist ein großartiger Mann, Quinn. Du verdienst jemand Besseren als mich.«

Ohne ihn eines weiteren Blickes zu würdigen, hob sie die Augenbinde vor ihre Augen und band sie fest. Und schloss ihn aus ihrer Welt aus.

Vollständig.

Fünfzehntes Kapitel

Ariana ließ sich von Quinn zu seinem Haus zurückfahren. Als er jedoch ausstieg, erinnerte sie ihn daran, dass er sich am nächsten Morgen mit Damon treffen wollte. Das war ein nicht gerade subtiler Hinweis darauf, dass sie allein sein wollte. Sie war vollkommen durcheinander, und als sie später im Bett lag, konnte sie nicht einschlafen.

Sie bedeutete Quinn viel, hatte er gesagt. Ihr lag ebenfalls viel an ihm, aber das hieß noch lange nicht, dass sie es ihm gegenüber zugeben konnte. Er hatte sie zu Zoe gebracht und damit den ganzen Fall, seine Karriere und der Himmel wusste, was sonst noch aufs Spiel gesetzt. Das allein schon bewies seine tiefen Gefühle für sie. Allerdings flößte ihr genau das eine höllische Angst ein. Ihr Leben wartete in Vermont auf sie. Es mochte alltäglich und langweilig sein, doch sie hatte dort Freunde und eine feste Anstellung. Das alles gab ihr Sicherheit.

Und was war hier? Eine Familie, die sie nicht verstand, Eltern und eine Zwillingsschwester, die ihr sogar wichtige Informationen vorenthielten. Und warum? Weil sie, Ari, sich für etwas Besseres hielt. Dann waren da noch ein Affe, vermutlich ein illegales Mitglied des Clans, und ein Heimkind, das sie allerdings anbetete. Ariana glaubte jedoch zu wissen, dass Samantha ausflippen würde, wenn der Affe aus dem Haus musste. Und zu guter Letzt gab es hier noch einen Mann, der liebevoller und verständnisvoller zu ihr war, als sie es verdiente.

Ariana wälzte sich die ganze Nacht ruhelos in ihrem Bett hin und her. Im Morgengrauen stand sie auf und ging mit nackten Füßen in das kleine Zimmer, das Quinn als Büro nutzte. Wenigstens konnte sie sich auf die eine Sache konzentrieren, die sie noch einigermaßen im Griff hatte. Sie schaltete den Computer an und suchte im Internet die Gesetze von New Jersey. Sie würde das Schicksal der armen Spank in die Hand nehmen.

Quinn kam äußerst schlecht gelaunt von seiner Besprechung mit Damon zurück. Sein Boss hatte seine Abreise erneut um ein paar Stunden verschoben, und Quinn war bei dem Gespräch unaufmerksam gewesen. Er konnte sich einfach nicht den großen Fehler verzeihen, Ari zu ihrer Zwillingsschwester gebracht zu haben. Statt sie mit ihrer Familie auszusöhnen, hatte diese Wiedervereinigung nur bewirkt, dass Ari sich jetzt noch stärker als Außenseiterin fühlte. Mit dem Ergebnis, dass sie ihn ebenfalls zurückstieß. Sehr wahrscheinlich distanzierte sich Ari nur deshalb von ihm, weil ihr die Abreise dadurch leichter fiel. Quinn schüttelte den Kopf und beschloss, im Kasino nach dem Rechten zu sehen. Er marschierte in die Bar. Connor und Maria standen in einer Ecke zusammen. Die beiden wirkten unerträglich intim, zumindest für zwei Menschen, die ihre Kabbeleien und Wortgefechte fast schon zu einer Kunstform erhoben hatten. Offenbar machte Connor bei Maria Fortschritte. Dass sie ein Kind hatte, schien kein so großes Hindernis zu sein, wie er vermutet hatte. Als Quinn sie beobachtete, erinnerte ihn das nur an sein Scheitern bei Ari. Und an all das, was in seinem Leben fehlte.

Er musste hier weg und mit jemandem reden, der ihn verstand. Eine Stunde später stand er vor der Tür von Nicholas' und Elenas Haus. In der Hand hielt er eine Kopie des Empfehlungsbriefes, den er beim Jugendamt eingereicht hatte. Darin unterstützte er sowohl ihren Antrag auf Pflegevormundschaft als auch ihre Bewerbung für das Adoptionsprogramm. Sein eigentliches Motiv war jedoch, mit Sam zu plaudern und sich daran zu erinnern, wie sein Leben früher gewesen war.

Die Bauarbeiter hatten schon Feierabend gemacht, und es war ruhig im Haus. Als Onkel John Quinn einließ, traute der seinen Augen nicht. Er konnte nicht glauben, was er da sah.

Spank hockte in einem Käfig. Sie trug keine Kleidung, was bei jedem anderen Affen normal gewirkt hätte, aber nicht bei Spank. Sie liebte Rüschenkleider und bunte Lätzchen. Ein Arm hing schlaff herunter, und sie hielt den Kopf schief. Jämmerlich war das treffende Wort, das ihren Zustand beschreiben würde.

Quinn trat ein paar Schritte vor, um das Schild an ihrem Käfig besser entziffern zu können.

Wir füttern dieses Tier nicht. Es sei denn mit natürlichen Ingredienzen, von denen sich einige auch in unseren Produkten befinden. Wenn Sie nicht auch so deformiert enden wollen wie dieses arme Äffchen, das wir aus einem Kosmetiktestlabor gerettet haben, dann pflegen Sie Ihr Gesicht und Ihren Körper im Costas Spa.
Hochachtungsvoll, die Direktion

Quinn verdrehte die Augen. Typisch Costas-Clan. Es war kaum zu glauben, was er da sah. Und er würde das Versprechen halten, das er Ari gegeben hatte, diesen Betrügereien nämlich einen Riegel vorzuschieben. Und zwar, bevor Sams Pflegeplatz in Gefahr geriet.

Er warf einen Blick in die Küche, aber von den anderen war nichts zu sehen. Selbst Onkel John war verschwunden. Quinn ging zu dem Käfig ins Wohnzimmer zurück, als ihn Sams begeisterte Stimme aufhielt.

»Warte!«, rief das Mädchen, das wie aus dem Nichts aufgetaucht war. »Willst du nicht zuerst ihren neuesten Trick sehen?« Sie deutete auf eine Geldkassette, die ihm noch nicht aufgefallen war. Sie befand sich auf einem Tisch neben dem Käfig. Auf einem kleinen Schild stand: »HELFEN SIE UNS, TIERVERSUCHE ZU VERHINDERN. SPENDEN SIND WILLKOMMEN.«

Quinn hob erstaunt eine Braue. »Das ist doch wohl die Höhe!«

»Nein, das ist wirklich cool! Sieh mal!« Sam warf einige Münzen in die Kiste.

Als die Münzen klapperten, bleckte Spank die Zähne zu ihrem berüchtigten breiten Grinsen.

Nun zog Sam eine Dollarnote aus ihrer Jeanstasche und wedelte damit vor dem Affen hin und her. Dann faltete sie den Schein zusammen und steckte ihn in den Schlitz.

Spank deutete ein Küsschen an.

»Und jetzt kommt das Beste. Bist du bereit?«, erkundigte sich Sam. Sie warf einen einzelnen Cent in den Schlitz. Die Münze fiel mit einem dumpfen Klappern in die Kassette.

Spank reagierte auf dieses Geräusch, indem sie sich umdrehte und ihnen ihren blanken Hintern entgegenstreckte. Sie klopfte mit ihren Händen darauf wie ein kleines Kind, das die Erwachsenen zum Lachen bringen will.

Quinn lachte nicht. »Elena!«, brüllte er stattdessen wütend. »Nicholas! Kommt sofort hierher!«

»Mann, Quinn, bleib cool! Was hast du denn für ein Problem?«, fragte Sam.

»Findest du das da etwa normal?« Er deutete auf Spank, die grinste und dann mit ihrem intakten Arm winkte.

Sam kicherte.

Quinn konnte an der Situation nichts Komisches finden.

Schließlich rauschte Elena herein. Sie trug einen Kimono. »Wie gefällt Ihnen mein Aufzug?«, fragte sie und drehte sich einmal um ihre eigene Achse, damit er sie von allen Seiten bewundern konnte.

»Kommt drauf an. Wollen Sie ein Teehaus eröffnen oder eine Tageskurklinik?«

»Sehr komisch.« Sie kniff ihn liebevoll in die Wange.

»Weshalb wollten Sie mich sprechen?«

»Deshalb.« Er deutete mit dem Daumen über die Schulter. Er verzichtete darauf, einen weiteren Blick auf Spank und ihre Verrücktheiten zu riskieren.

»O ja, ist sie nicht süß? Bis auf diesen kleinen Zwischenfall mit Ihrer Brieftasche macht sie sich wirklich sehr gut.« Ihre Stimme klang stolzerfüllt.

»Hinreißend.« Quinn brauchte gar nicht erst zu fragen, wer der Empfänger der täglichen »Spendeneinnahmen« des Affen war.

»Sie wird bestimmt eine Menge Spenden einsammeln. Außerdem wird sie uns helfen, unsere Familienkosmetik zu verkaufen. Habe ich Ihnen eigentlich erzählt, dass ich am Ende doch nachgegeben und jemanden angestellt habe, der unsere Produkte herstellt?«

Quinn schüttelte den Kopf. Er wollte ihr schon zu

ihrer Einsicht gratulieren, doch dann hielt er sich zurück. Schließlich wollte er sich nicht ablenken lassen. Die Costas mussten Vernunft annehmen, was ihre Betrügereien und Spank anging!

»Ich denke, Sie sollten einen Familienrat einberufen«, teilte er Elena mit. Er hatte vor, der Familie gründlich die Leviten zu lesen. Am liebsten hätte er es auf der Stelle getan, aber es war vermutlich wirkungsvoller, wenn er es nicht als Quinn, sondern in seiner Eigenschaft als Cop tat. Das bedeutete, er musste noch bis zum Ende seines Falles damit warten.

»Das ist nicht nötig.« Mit einer schwungvollen Handbewegung fegte Elena seinen Vorschlag beiseite. »Wir befolgen sämtliche Vorschriften, was Sam angeht. Nicholas und ich haben schon an einem Kurs teilgenommen und besuchen heute Abend den zweiten. Wir haben alle Formulare ausgefüllt, und dieser kleine, niedliche Minivan war auch schon da.«

»Das Rekrutierungsmobil des Jugendamtes?«, erkundigte sich Quinn. Das Sozialamt benutzte so ein Fahrzeug als mobiles Büro.

Elena nickte.

»Und wo war Spank zu der Zeit?« Er fürchtete, Sams letzte Chance auf eine Adoption hätte sich in Luft aufgelöst.

»Gegenüber bei meiner Schwester, wie ich es Ihnen versprochen habe. Wir haben sie uns heute nur für ein kleines Training ausgeborgt. Und außerdem hat Samantha sie schrecklich vermisst.«

Quinn sah, wie sich das junge Mädchen vor den Käfig hockte und mit Spank durch die Stäbe hindurch spielte. Er schüttelte den Kopf. Wie hatte er nur vergessen können, wie eigensinnig und schwierig diese Leute waren?

Und warum mochte er sie trotzdem so sehr? »Gut, die Sache läuft folgendermaßen.« Er wollte ihnen die Regeln erklären, an die sie sich zu halten hatten, und würde auch dafür sorgen, dass sie sich daran hielten, sobald seine Arbeit als Undercover-Cop vorbei war.

Elena blinzelte überrascht, schwieg jedoch.

Quinn nahm das als gutes Zeichen. »Der Affe muss wieder zu Ihrer Schwester zurück. Und dort bleibt er gefälligst.« Jedenfalls solange, bis er die entsprechenden Gesetze studiert hatte und wusste, was er mit dem Tier anfangen konnte. »Und diese Schwindeleien müssen ebenfalls aufhören. Sie werden diese Klinik legal führen, verstanden?«

»Das macht doch keinen Spaß«, erklärte Nicholas, während er zu ihnen ins Wohnzimmer trat.

»Er macht nur Spaß.« Sam versuchte hastig, Quinn zu beruhigen.

Allerdings ohne den gewünschten Erfolg. »Woher weißt du das so genau?«, fauchte Quinn zurück.

Sam verschränkte die Hände hinter ihrem Rücken und wich seinem Blick aus. Quinn kannte dieses Verhalten. Es war ein untrügliches Zeichen dafür, dass sie mal wieder in der Klemme steckte.

Sein Magen krampfte sich zusammen. »Was hat sie jetzt wieder angestellt?« Quinn schaute von Sam zu Elena und dann zu Nicholas.

Alle drei schwiegen.

»Offenbar hat Sam jemandem sein Essensgeld gestohlen.« Beim Klang von Aris Stimme wirbelte Quinn überrascht herum. Er hatte sie nicht hereinkommen hören, freute sich aber sehr, sie zu sehen.

»He, ich habe es doch sofort wieder zurückgegeben!«, beschwerte sich Sam. Das lenkte seine Aufmerksamkeit wieder auf die konkrete Situation.

»Darum geht es nicht, und das weißt du auch genau!« Elena drohte dem Teenager mit dem Finger.

Nicholas baute sich vor Quinn auf. »Sie brauchen sich wirklich keine Sorgen zu machen. Ich habe ihr eine ernste Lektion über Ehrlichkeit und Werte erteilt«, sagte er und legte Sam beschützend einen Arm um die Schultern.

»Sie können sicher sein, dass ihre nächste Verfehlung mit einer Bestrafung geahndet wird.«

Ari räusperte sich nachdrücklich, während Quinn nur die Augen verdrehte. Fiel denn niemandem außer ihnen beiden diese offensichtliche Ironie in Nicholas' Worten auf? »Dann schlage ich vor«, sagte Quinn schließlich, »dass ihr allesamt mit gutem Beispiel vorangeht. Wie zum Teufel soll Sam lernen, ehrlich zu sein, wenn ihr selbst das nicht schafft?«

Nicholas und Elena ließen die Köpfe hängen. »Sie haben recht«, antworteten sie im Chor.

»Er hat recht?« Ariana konnte nicht glauben, dass ihre Eltern so rasch einlenkten.

Quinn misstraute dem Frieden ebenfalls.

»Es stimmt wirklich.« Sam zupfte an Quinns Ärmel.

»Nicholas hat gesagt, dass er mich in den Affenkäfig sperren würde, wenn ich noch einmal etwas stehle.« Dann drehte sie sich zu Ariana herum. »Ich bin so froh, dich zu sehen!« Trotz der Tatsache, dass Ariana Sam gerade bei Quinn verpfiffen hatte, umarmte das Mädchen sie innig. Quinn hätte Ari ebenfalls gern in die Arme genommen, aber er sah an ihrer Haltung und ihrer angespannten Miene, dass sich zwischen ihnen nichts geändert hatte. Die Zeit, die sie allein verbracht hatte, schien sie nur noch weiter von ihm entfernt zu haben.

»Ich bin auch froh, dich zu sehen, Kleine. Ich wollte mit euch reden, aber ich wusste nicht, dass ihr Besuch habt.« Ari sah Quinn von der Seite an. Ihr kühler Ton machte ihm deutlich, dass seine Gegenwart offenbar nicht erwünscht war.

Obwohl es Quinn beinah körperlich wehtat, Ari so zu sehen, konnte er ihr jetzt nicht helfen. Sie musste mit ihrer Familie allein klarkommen. In der Zwischenzeit sollte er sich lieber um seinen Job kümmern. Weitere Ablenkungen konnte er nicht gebrauchen. Selbst wenn er Schwierigkeiten haben würde, das Brennen in seinem Magen zu ignorieren. Denn das würde ihm überallhin folgen.

»Ich rufe Sie an, um ein Familientreffen zu vereinbaren«, sagte er zu Elena und Nicholas. »Ich möchte, dass die ganze Familie dabei ist. Haben Sie das verstanden?« Sie nickten. »Wir werden da sein«, versprach Nicholas. »Alle ohne Ausnahme.«

Sam klatschte begeistert in die Hände. »Cool! Dann feiern wir eine Party!«

Quinn verzichtete darauf, sie zu verbessern. Stattdessen warf er Ari einen kurzen Seitenblick zu. Sie ignorierte ihn jedoch, und er schlich sich förmlich zur Tür hinaus.

Ariana sah Quinn nach, das Herz war ihr schwer. Trotzdem konnte sie ihn nicht zurückrufen. Sie hatte schweigend in der Tür gestanden und mit angehört, wie er ihrer Familie wegen ihrer Schwindeleien die Leviten gelesen hatte. Und sie hatte mit ansehen müssen, wie ihre Verwandten seine Worte und seinen Rat ohne jeden Widerspruch hingenommen hatten. Dabei waren es fast dieselben Worte und dieselben Ratschläge, die sie ihnen schon seit Jahren gab. Ohne dass es etwas genutzt hätte.

Und dann war da noch Sam. Ari missgönnte Samantha ihre Möglichkeit auf ein neues Heim keineswegs. Sie liebte das junge Mädchen und wäre gern ihre große Schwester geworden. Nur mit einer Sache konnte sich Ariana nicht so richtig abfinden. Für Sam waren ihre Eltern bereit, ihre Überzeugungen und ihr ganzes Leben auf den Kopf zu stellen und zu verändern. Ariana dagegen hatte damals die Stadt verlassen müssen, um sich vor den Verrücktheiten und den Betrügereien ihrer Familie zu retten. Ari stellte sich die Frage, warum ausgerechnet sie immer die Außenseiterin in ihrer Familie war. Warum konnten zwei Fremde ihren Eltern einfach so Versprechen entlocken, um die sie sich so lange vergeblich bemüht hatte?

»Worüber wolltest du mit uns reden, Ari?«, fragte Sam und sah sie treuherzig an.

Ariana wünschte sich plötzlich, sie hätte Quinn als Verstärkung an ihrer Seite. »Setzen wir uns«, sagte sie und suchte sich einen Sessel aus. Ihre Eltern setzten sich auf die Couch. Sam hockte sich mit gekreuzten Beinen neben Spanks Käfig.

»Ich habe ein bisschen im Internet recherchiert«, erklärte Ariana schließlich.

»Und weshalb?«, wollte ihr Vater wissen.

»Wegen Spank. Das heißt, wegen Affen im Allgemeinen.« Sie seufzte. »Ich habe herausgefunden, dass in New Jersey Affen als Haustiere verboten sind.«

»Sie ist kein Haustier, sie ist ein …«

»Familienmitglied!«, fiel Sam Elena ins Wort. Ihre Stimme klang schrill. »Wie ich!«

Ariana sah ihre Mutter Hilfe suchend an. Elena stand auf und nahm Sams Hand. »Wir haben Spank bekommen, bevor wir dich in unser Heim aufgenommen haben. Damals haben wir uns die Gesetze nicht näher angesehen. Doch jetzt müssen wir das tun.« Sie drückte das junge Mädchen. »Sprich weiter, Ari.«

Ariana holte tief Luft, wühlte in ihrer Tasche und förderte schließlich die Dokumente zu Tage, die sie heute Morgen ausgedruckt hatte. »Ich bin zwar kein Anwalt, aber soweit ich das hier verstehe, wird Spank vom Gesetzgeber als eine potenziell gefährliche Spezies eingestuft.«

»Das ist lächerlich!«, erwiderte Nicholas. »Sieh sie dir doch an! Wirkt sie auf dich vielleicht gefährlich?« Er rasselte mit der Geldkassette, und Spank warf ihm einen Kuss zu.

Ariana seufzte. »Ich weiß nur, dass wir uns der Realität stellen müssen. Und da gelten nun mal bestimmte Richtlinien, was Affenhaltung angeht.« Sie überflog kurz die Seiten. »Hier heißt es, dass die Tiere eine gewisse Erziehung bekommen müssen und weitab von jedem öffentlichen Zugang gehalten werden sollen. Das Gesetz verbietet ausdrücklich, wilde Tiere im Haus zu halten. Es geht hier noch seitenlang so weiter, aber im Wesentlichen bedeutet das, Spank wird vom Gesetz nicht als ein legaler Alien betrachtet.« Es war ein kümmerlicher Versuch, die Sache humorvoll zu formulieren.

Sam öffnete das Schloss des Käfigs, und Spank sprang ihr in die Arme. »Sie muss hier bleiben.«

Ariana sah an die Decke. Sie unterrichtete Collegeschüler, keine dreizehnjährigen Teenager, und sie wusste nicht genau, wie sie mit Samantha umgehen sollte. Vielleicht half es ja, wenn sie einfach ihrem Herzen folgte. »Hör zu, ich mag Spank auch. Und ich will sie genauso wenig weggeben wie du. Aber findest du es nicht auch besser, wenn wir sie irgendwo hinbringen, wo sie in Sicherheit und glücklich ist, bevor man sie uns wegnimmt? Dann haben wir es nämlich nicht mehr in der Hand, wo sie hinkommt.«

Statt zu antworten sprang Sam auf, rannte hinaus und knallte die Tür hinter sich zu.

Ariana sah ihre Eltern hilflos an. »Es tut mir leid.«

»Es muss dir nicht leid tun, dass du uns auf etwas aufmerksam machst, was wir am Anfang hätten tun sollen.« Ihr Vater setzte sich auf die Armlehne ihres Sessels.

»Du solltest ihr besser hinterhergehen«, schlug Ariana ihrer Mutter vor.

»Du bist ein gutes Kind.« Elena küsste Ariana auf die Wange. »Ich liebe dich.«

»Ich dich auch.«

Ihre Mutter verschwand und machte sich auf die Suche nach Sam.

Ihr Vater legte Ariana den Arm um die Schultern. »Du warst immer die Besonnene in unserer Familie.«

Sie schüttelte den Kopf. Plötzlich waren ihr diese Unterschiede zwischen ihnen, auf die sie so viel Wert gelegt hatte, verhasst. Und zwar aus verschiedenen Gründen.

»Habe ich deshalb nie so richtig zur Familie gehört?« Sie sehnte sich danach, sich wie ein Familienmitglied zu fühlen, nicht wie eine Fremde.

»Du bist eine von uns. Und du hast immer zu uns gehört.« Er packte sie an den Schultern und küsste sie auf beide Wangen. »Du selbst wolltest es nur nicht.«

Ariana traten die Tränen in die Augen. Sie konnte nicht anders, als die Wahrheit in seinen Worten zu akzeptieren. Sie wusste nicht, wann und wie die Dinge so aus dem Ruder gelaufen waren. Wie hatte sie nur zulassen können, sich so weit von der Familie zu entfremden, die sie so liebte? Es lohnte sich nicht einmal, darüber zu diskutieren, warum sie ihr nie etwas von Zoes Beruf erzählt hatten. Die Erklärung ihrer Schwester machte jetzt Sinn.

»Mach dir keine Sorgen. Samantha wird sich schon beruhigen«, sagte ihr Vater, der den Grund für ihre Tränen missverstand.

Ariana zwang sich zu einem Lächeln. Was sonst hätte sie auch von ihm erwarten können? Schließlich hatte sie selbst immer jede emotionale Reaktion abgeschmettert.

Sie wischte sich die Augen und sah ihren Vater an.

»Das hoffe ich«, sagte sie. Für Samantha. Doch der verzweifelte Blick des Mädchens ließ sie nichts Gutes ahnen.

»Ich glaube, Zoe und Sam werden prächtig miteinander auskommen, glaubst du nicht auch?«

Ariana erwiderte den Blick ihres Vaters. »Ja. Ja, das glaube ich auch.« Sie schluckte. »Sie wird sich hier bald heimisch fühlen, Dad. Das fühle ich.« Sie umarmte ihren Vater liebevoll.

»Hoffentlich hast du recht. Der einzige Trost ist, dass ich weiß, dass sie mit sich selbst gut klarkommt«, murmelte er. »In der Zwischenzeit bringe ich Spank und ihre Sachen zu Tante Dee, okay?«

Ariana nickte. Irgendwie erleichterte es sie, als ihr Vater das Thema wechselte. »Anschließend werde ich euch einige Vorschläge machen, wer Spank nehmen kann. Ich glaube, ihr werdet begeistert sein.«

Nicholas strahlte. »Du bist das Licht meines Lebens, Ari. Vergiss das nie!«

Ganz offensichtlich hatte sie genau das vergessen. Ebenso, wie sie nicht mehr wusste, wer sie eigentlich war – wer sie in ihrem tiefsten Inneren war. Ihr brannten die Augen von den Tränen, die sie zurückhalten musste, als ihr noch etwas klar wurde. Sie hatte sich damit auch vollkommen jeder Möglichkeit beraubt herauszufinden, wer oder was sie in Zukunft sein wollte.

Connor wusste, dass er zu spät kam, als er in das Schnellrestaurant marschierte, in dem er und Quinn sich treffen wollten. Er warf seinen Seesack achtlos auf den Boden neben den Tisch. »Hi!«, begrüßte er Quinn, während er auf die Bank ihm gegenüber rutschte.

Quinn knurrte, blickte jedoch nicht auf.

Connor zuckte mit den Schultern und konzentrierte sich auf die Speisekarte. Er pfiff leise und unmelodisch vor sich hin, während er versuchte, sich zwischen einem Burger und einem Cheeseburger zu entscheiden.

»Irgendwas stimmt hier nicht«, sagte Quinn schließlich. Seine Stimme klang gereizt.

Connor warf ihm über die Speisekarte hinweg einen Blick zu. »Welche Laus ist dir denn über die Leber gelaufen?«

»Dein Pfeifen macht mich wahnsinnig«, erwiderte Quinn.

»Ist mir egal!«, erwiderte Connor und quittierte das Verhalten seines Freundes mit einem verständnislosen Kopfschütteln. Vielleicht brachte er Quinn ja so dazu, ihm zu verraten, was ihn wirklich nervte.

Doch Quinn reagierte nicht, sondern lehnte sich zurück und stöhnte nur.

So kurz vor dem Ende eines Falles war er zwar üblicherweise sehr angespannt, aber dieses »Leg-dich-nicht-mit-mir-an-Gehabe« und seine wütende Miene waren ungewöhnlich. Connor musterte seinen besten Freund, und schließlich dämmerte es ihm. Er lachte schallend. »Ach, jetzt wird mir alles klar. Du hast in letzter Zeit zu wenig Sex gehabt. Dann verstehe ich, warum du sauer bist.«

Quinn sah ihn aus zusammengekniffenen Augen an. »Das geht dich überhaupt nichts an. Nach deinem blöden Pfeifen und dem albernen Grinsen zu urteilen, brauchst du dich offenbar nicht zu beklagen.«

Connor schüttelte den Kopf und grinste. »Soweit ich gehört habe, brauchen zwei Menschen ein bisschen Privatsphäre, wenn sie was unternehmen wollen.« Er fegte mit einer Serviette die Krümel von der Tischplatte. »Maria und ich sind immer zu dritt, seit die ganze Sache angefangen hat.«

Was Connor jedoch eigentlich beunruhigte, war, dass er zwar noch kein Glück bei Maria gehabt hatte, er aber ganz zufrieden damit war, sich ihrem Tempo anzupassen. Obwohl er sie mit jeder Faser seines Körpers begehrte.

Quinn winkte einer Kellnerin und bestellte schwarzen Kaffee. Connor nahm dasselbe.

»Das heißt«, sagte Quinn, als die Kellnerin verschwunden war, »bisher gab es nur Schnellrestaurants, Vergnügungszentren und Kinderfernsehen? Und du bist immer noch nicht auf und davon?« Quinn starrte Connor an, als hätte sein Freund den Verstand verloren.

Connor zuckte nur mit den Schultern. Vielleicht war das Gegenteil der Fall. Möglicherweise hatte er seinen Verstand wiedergefunden. »Immer noch besser, als mich ertragen zu müssen. Immerhin gebe ich keinen so jämmerlichen Anblick ab wie du.« Connor betrachtete es sogar als Fortschritt, dass er nicht das Bedürfnis hatte, vor Maria und ihrem Kind davonzulaufen.

Die Kellnerin kam vorbei, schenkte ihnen Kaffee ein und nahm ihre Bestellung entgegen.

»Macht Ari dir Schwierigkeiten?«, erkundigte sich Connor, als sie wieder gegangen war.

»Das kann man so sagen«, antwortete Quinn und starrte in seine Tasse. Obwohl Connor eine konkrete Frage gestellt hatte, wollte er ihm keine klare Antwort geben. »Man könnte auch sagen, dass ich mich selbst in Schwierigkeiten bringe.« Allerdings wollte Quinn kein Wort von diesem verheerenden Ausflug zu Zoes Versteck verraten. Auch nicht seinem besten Freund.

»Hast du schon einmal darüber nachgedacht diese Undercover-Tätigkeit aufzugeben?«, erkundigte sich Quinn stattdessen. Dieses Thema würde Connors Gedanken auf jeden Fall von Frauen ablenken. Außerdem hatte Quinn schon seit einiger Zeit darüber nachgedacht. Nur hatte er bisher noch nie mit jemandem darüber gesprochen.

Er erwartete, dass Connor geschockt reagierte. Stattdessen antwortete er ihm mit einem Schweigen, das immer bedrückender wurde.

Schließlich nickte Connor bedächtig. »Manchmal, wenn ich nachts im Bett liege und mir vorstelle, wie es wäre, zu schlafen statt meine Tarnung und Lügen durchzugehen, damit ich den nächsten Tag überlebe«, gab er zu.

»Genau«, meinte Quinn. »Eine Versetzung in eine andere Abteilung wäre vielleicht ganz gut.«

»Mmmh.«

Sie versanken in Schweigen und hingen ihren eigenen Gedanken nach. Quinn und Connor arbeiteten als Undercover-Agenten, seit sie die Polizeiakademie verlassen hatten. Und die einzige Familie, welche die beiden Männer hatten, war der jeweilige Freund. Deshalb hatte das FBI keine Schwierigkeiten, sie für heikle Sonderaufträge abzukommandieren, wie zum Beispiel sich in Damons Organisation einzuschmuggeln. Gott sei Dank war das bald vorbei. Was bedeutete, Quinn konnte sich auf die Zukunft konzentrieren.

Mittlerweile war ihm klar, dass Aris verrückte Familie der Auslöser dafür war, dass er sich diesen Überlegungen stellte, die er so lange unter Verschluss gehalten hatte. Er hatte nie eine Familie gehabt und war immer der Meinung gewesen, dass er auch keine wollte. Doch dann hatte er erlebt, wie leicht sich Sam bei den Costas eingliederte, und wie er selbst die einfachen Dinge des Lebens genoss.

All das hatte er als Heranwachsender vermisst, und es zeigte ihm, dass er jetzt vielleicht bereit war, es doch mit einer Familie zu versuchen.

Quinn hatte nie so etwas wie ein Privatleben geführt. Er fragte sich, welches Leben ihn wohl erwartete, wenn er seinen Job als Undercover-Agent aufgab. Und ob die Frau, die er liebte, darin eine Rolle spielen würde. Denn eigentlich sprach alles dafür, dass sie nicht mehr da sein würde, um gemeinsam mit ihm die Früchte seiner Entscheidung zu ernten.

Sechzehntes Kapitel

Quinn stand in Damons Büro vor den Bildschirmen. Die Ermittlungen waren so gut wie beendet. Er hatte die Videoaufnahmen einer ganzen Woche aus dem Kassenraum weitergegeben, und die Beamten suchten rund um die Uhr nach Unstimmigkeiten, die zu Damons Verhaftung und einem Durchsuchungsbefehl führen würden. Quinn freute sich, dass der Auftrag fast vorbei war. Er war so in seine eigenen Gedanken versunken, dass das Klingeln des Telefons kaum zu ihm durchdrang.

Er nahm gerade noch rechtzeitig ab. »Donovan.«

Elena war am anderen Ende der Leitung. »Quinn, ich kann Sam nicht finden. Dee sagt, dass Spank ebenfalls verschwunden ist.« Sie war offenbar in Panik.

Eine Klammer schien sich um seine Brust zu legen.

»Machen Sie Witze?« Es war eine rhetorische Frage, die er nur stellte, um Zeit zum Nachdenken zu gewinnen.

»Gut, bleiben Sie ruhig. Ich werde sie finden.« Er drückte auf die Gabel und rief sofort danach in der Bar an. Er bat Connor, Ari zu ihm zu schicken.

Fünf Minuten später stürmte sie herein. »Was ist los?« Sie war außer Atem, und ihr wunderschönes Gesicht war verzerrt von Sorge.

»Sam und Spank sind verschwunden.« Sie sah ihn scharf an. »Verschwunden?«

Er nickte. »Und ich kann wohl kaum eine Suchmeldung nach einem blonden Teenager mit einem Affen auf der Schulter herausgeben. Verdammt, ich kann mich noch nicht einmal von hier wegrühren.«

Ariana trat neben ihn und umarmte ihn. »Ich kümmere mich darum«, versprach sie.

Er atmete tief den Duft ihres Haares ein, und ihre Wärme beruhigte ihn. »Ich weiß, dass du das schaffst.«

»Weiß sie, wo du wohnst?«, fragte Ariana.

»Ja. Dort kannst du zuerst nachsehen. Und dann im Waisenhaus.« Er wollte sich nicht einmal vorstellen, wohin ein junges Mädchen sich sonst noch verirren konnte. Der einzige Trost war, dass ein Teenager mit einem Affen im Arm nicht weit kam, ohne Aufsehen zu erregen.

»Ich rufe dich an, sobald ich etwas weiß.« Ariana wühlte in ihrer Tasche, die sie auf den Tresen gestellt hatte. »Okay, ich habe mein Handy dabei.« Als sie sich hastig umdrehte, fiel die Tasche herunter, und der Inhalt verstreute sich auf dem Boden. »Mist!«

Sie kniete sich hin, und Quinn half ihr, alles wieder einzuräumen. »Du bist nervös. Versuch ruhig zu bleiben, während du nach ihr suchst, ja?« Sie standen auf.

Ihre Blicke begegneten sich und spontan, als wollte sie allen Bedenken zuvorkommen, beugte sich Ariana vor und küsste ihn. Quinn wusste, dass sie nur wenig Zeit hatten. Er schlang seinen Arm um ihre Hüfte, vertiefte den Kuss und drückte sie fest an sich. Er würde sich mit dem bescheiden, was sie ihm bot.

Ihr Körper wurde weich, schmiegte sich an ihn und ihre Brustwarzen richteten sich unter ihrem T-Shirt auf. Quinn wurde hart vor Verlangen und Sehnsucht.

Sie schien seine Erektion zu spüren, denn sie spreizte ihre Beine ein bisschen und rieb ihren Schoß gegen sein erigiertes Glied. Die Kleidung war eine frustrierende Barriere, aber wenigstens brachte ihn das dazu, sein Gehirn einzuschalten.

»Sam«, murmelte er und wich etwas zurück.

Sie nickte und wischte sich mit der Hand über ihre feuchten Lippen. »Ich gehe wohl besser.« Ihre Stimme klang bedauernd, und sie ließ sich provozierend viel Zeit, ihren hochgerutschten Rock herunter zu ziehen und ihr Lipgloss zu erneuern.

»Vergiss nicht, dein Handy anzuschalten!«, rief er ihr nach.

»Ich rufe an«, erwiderte sie und war auch schon verschwunden.

Schon vor Sams Verschwinden hatte Ariana eine anstrengende Nacht hinter sich. Die Sorge ließ sie nicht zur Ruhe kommen. Sie wusste, dass Quinn den Fall bald abschließen und seinen Scheinjob bei Damon's beenden würde. Aber sie kannte die Einzelheiten nicht und hatte keine Ahnung, wie es zu Ende gehen würde. Sie hatte schreckliche Angst um ihn, und obwohl sie sich vorgenommen hatte, ihn in Ruhe seinen Job machen zu lassen, konnte sie nicht verhindern, dass sie immer wieder über die Schulter und in die Ecken schaute, um vielleicht einen Blick auf sein markantes Gesicht zu erhaschen. Sie sehnte sich nach Quinns Lächeln oder einem kurzen Nicken. Dann hätte sie gewusst, dass alles gut würde.

Als Quinn sie in sein Büro rufen ließ, war sie so erleichtert gewesen ihn zu sehen, dass sie ihre Zurückhaltung, die sie zu ihm aufgebaut hatte, aufgab. Diese Distanz sollte ihr die Rückkehr zu ihrem unkomplizierten Leben in Vermont erleichtern.

Doch hin- und hergerissen zwischen der Sorge um

Quinn und dem Kummer wegen Sam brauchte Ariana die Beruhigung und den Trost, die sie in Quinns Armen fand. Jedenfalls redete sie sich das ein.

Schließlich kam das Waisenhaus in Sicht. Das lenkte sie von ihren Gedanken ab. Sie wollte hier mit ihrer Suche beginnen, weil es noch geöffnet war und Leute da sein würden. Sie hatte Quinns Haus abgeschlossen, als sie gegangen war, also war es eher unwahrscheinlich, dass Samantha dort sein würde.

Hoffnungsvoll fuhr Ariana auf den Parkplatz. Kaum zehn Minuten später verließ sie ihn frustriert wieder. Sie war keinen Schritt weitergekommen. Sie hatte Al Wolf und einige andere Kinder befragt. Alle hatten sie ihr bereitwillig Auskunft erteilt, aber leider hatte keiner etwas von Sam gesehen oder gehört.

Da sie Quinn nichts Neues mitteilen konnte, rief sie ihn nicht an, sondern wollte abwarten, bis sie sein Haus überprüft hatte. Fünfundzwanzig Minuten später stieg sie aus dem Wagen aus. Es war kühler geworden. Sie hatte in ihrer Hast ihre Jacke im Kasino gelassen. Die kurzen Ärmel des T-Shirts boten keinen Schutz vor der Kälte. Hoffentlich war Sam klug genug gewesen, sich etwas Warmes zum Anziehen mitzunehmen, falls sie sich hier versteckt hatte. Ariana überprüfte den Eingang und die Garage. Beide Türen waren verschlossen, und der Alarm war angeschaltet. Sie ging hinter das Haus. Dort lag Dozer an einer langen Kette in seiner Hundehütte. Quinn wollte, dass sie den Hund draußen ließ, solange es noch nicht zu kalt war.

Die Bewegungsmelder schalteten zwar die Lampen an, aber trotzdem konnte Ariana kaum mehr als die Schatten der Bäume erkennen. Erst als sie um die letzte Ecke bog, hörte sie den Hund kläffen.

Sie hatte schnell gelernt, dass er einfachen Befehlen gehorchte. »Dozer!«, rief sie. »Komm her.«

Der Hund lief auf sie zu. Jedenfalls glaubte Ariana, dass es der Hund war. Aber in der schlechten Beleuchtung konnte sie es nicht genau erkennen. Hatte er da nicht irgendetwas auf dem Rücken? Sie blinzelte. Sie ahnte, was dieses Etwas war, aber der Gedanke war so absurd, dass sie es aus der Nähe betrachten musste, um sicher zu gehen.

Sie machte zwei Schritte vorwärts, dann noch einen. Es war tatsächlich Spank. Sie saß, stolz aufgerichtet, auf Dozers Rücken.

Ariana wusste nicht, ob sie lachen oder sich ärgern sollte. Schließlich überwog ihr Ärger. Sie holte tief Luft und zählte bis zehn. Doch auch das beruhigte sie nicht sonderlich. »Samantha, beweg deinen verdammten Hintern hierher!«, schrie sie.

Gleichzeitig klappte sie ihr Handy auf und rief Quinn an. Sie teilte ihm nur kurz mit, dass Sam okay war, und versprach, das Mädchen zu Elena und Nicholas zurückzubringen, bevor sie zu ihm ins Hotel kam. Er würde Sam erst schimpfen und bestrafen können, wenn er sich von seinem Fall freimachen konnte.

Ariana dagegen konnte das jetzt schon tun. Sie marschierte durch das feuchte Gras und rief laut Samanthas Namen.

»Ich komm ja schon. Du kannst aufhören herumzubrüllen und die ganze Nachbarschaft aufzuwecken!«, rief Sam mürrisch.

Ariana rief sich ins Gedächtnis, dass Sam eine harte Zeit hinter sich hatte. Sie hatte mehr durchgemacht, als mancher Erwachsene in seinem ganzen Leben ertragen musste. Vermutlich hatte sie ihrer Meinung nach einen triftigen Grund gehabt, einfach zu verschwinden. Trotzdem war Ariana wütend auf das Mädchen, weil sie ihr und allen anderen so viel Angst eingejagt hatte. Nur die Tatsache, dass Samantha gesund und munter war, besänftigte Ariana ein bisschen.

Sie packte Sam bei der Hand und zog sie dann in ihre Arme. »Ich war krank vor Sorge. Quinn war krank vor Sorge. Und meine Eltern laufen herum und sind beide krank vor Sorge!« Ari drückte Sam fester an sich.

»Mmmbrrgrr«, nuschelte Sam in Aris T-Shirt.

»Was?«

Sam machte sich frei. »Ich kriege keine Luft mehr!«

Ariana schluckte. »Und ich kann nicht denken, wenn ich friere.«

Sie schnappte sich Sams Hand, hob den Affen hoch und ging zu ihrem Wagen. Nachdem sie Spank auf den Rücksitz verfrachtet hatte, setzte sie sich mit Sam nach vorne. Ari drehte sich zu dem jungen Mädchen herum.

»Glaubst du, du kannst mir eines von diesen engen T-Shirts besorgen?« Sam deutete auf Aris »Damon's«-T-Shirt. »Die sind echt geil.«

Ariana seufzte gereizt. »Ist es dir eigentlich wirklich so fremd, dass sich jemand Sorgen um dich macht?«

»Woher sollte ich das kennen? Bisher hat sich noch nie jemand um mich gekümmert«, erwiderte Sam störrisch. Sie schlang ihre Arme um sich und kauerte sich zusammen.

Bei dieser Antwort verpuffte Arianas Ärger. Sie stimmte sie vielmehr traurig. Als Zoe vermisst gemeldet wurde, war der ganze Costas-Clan außer sich vor Sorge und Furcht gewesen. Obwohl sie so getan hatten, als ginge das Leben ganz normal weiter, hatte das ihre Liebe und ihre Sorge um Zoe kein bisschen geschmälert. Was meinem Schwesterherz noch einige Schwierigkeiten bereiten dürfte, dachte Ariana, wenn die Wahrheit ans Licht kommt. Doch das war jetzt nicht wichtig. Sam glaubte offenbar nicht, dass jemand sie genug mochte, um sich Sorgen um sie zu machen. Wie schrecklich einsam musste sich das Mädchen fühlen.

»Meine Eltern haben Quinn angerufen«, sagte Ari. »Sie waren beinah außer sich vor Angst.«

»Felice und Aaron haben Quinn auch angerufen. Die Familie davor auch und die davor ebenso. Selbst der Kerl mit dem Rohrstock in der Toilette hat die Polizei gerufen, wenn ein Kind verschwunden ist. Sie haben nur Angst um sich selbst. Wenn ihnen ein Kind abhanden kommt, verlieren sie das Geld vom Staat. Oder landen sogar im Knast. Also erzähl mir nicht, dass sie sich Sorgen um mich machen.«

Ariana wollte widersprechen, überlegte es sich dann jedoch anders. Das Kind hatte mehr Leid ertragen müssen, als Ari sich vorstellen konnte. So einfach vertraute Sam niemandem. »Glaubst du, dasselbe gilt auch für meine Eltern?«

Sam zuckte mit den Schultern. »Woher soll ich das wissen?«

Ariana nickte. »Gutes Argument. Woher sollst du das wissen. Hast du sie deshalb auf die Probe gestellt?«, fragte sie leise. Die Idee war ihr plötzlich gekommen.

Sam antwortete nicht. Spank klatschte auf dem Rücksitz Beifall. Mit einem kurzen Blick über die Schulter stellte Ariana fest, dass sie nur mit ihren Füßen spielte.

Wenigstens musste sie sich nicht um die Äffin kümmern, solange die zwischen ihren Zehen pulte. »Ich möchte dich etwas fragen.« Sie konzentrierte sich wieder auf Sam. »Dir war doch vorher klar, dass Elena und Nicholas

Quinn anrufen würden? Wie alle anderen Pflegeeltern, bei denen du gewesen bist.« Sie versuchte die Frage so zu formulieren, dass sie für eine Dreizehnjährige verständlich war. »Was hast du damit also erreicht? Und was können sie tun, um zu beweisen, dass sie dich wirklich mögen?« Ariana war neugierig auf Sams Antwort. Falls das Mädchen überhaupt eine hatte.

»Keine Ahnung«, erwiderte Sam.

»Was haben denn die anderen Pflegeeltern getan?«

»Nichts«, erwiderte Sam und rutschte unbehaglich auf ihrem Sitz hin und her. »Vielleicht haben sie eine Mahlzeit verpasst. Felice hat nur gesagt: *Zum Glück ist ja alles bald vorüber.*«

Ariana nickte. Sie verstand Samantha plötzlich. Das Kind war nicht davon überzeugt, dass sie in Sicherheit war und geliebt wurde, nur weil ihre zukünftigen Pflegeeltern sich dem langwierigen Bewilligungsprozess unterzogen. Und dieses ganze Gerede über Adoption war müßig, weil eine solche Genehmigung lange dauerte. Zu lange. Jedenfalls für einen Teenager, der immer nur herumgestoßen worden war. Elena und Nicholas mussten reagieren, um den Test zu bestehen. Sie mussten wie Eltern reagieren, dachte Ariana.

Während sie den Motor anließ, dachte sie an ihre Kindheit zurück. Trotz all der Schwindeleien hatte sie immer viel Liebe und Verständnis von ihren Eltern bekommen. Und Tadel, wenn die Gelegenheit es erforderte. Hoffentlich erreichten ihre Eltern auch Sam jetzt, wo sie es am meisten brauchte.

Schweigend fuhren sie nach Hause. Ariana wollte Sam nicht bedrängen und wusste nicht, was sie sagen sollte. Doch als sie vor ihrem Elternhaus anhielten, drehte sich Samantha zu ihr herum und brach das Schweigen.

»Was passiert jetzt mit Spank?«

Ariana war so in ihre Gedanken über Sams Zukunft vertieft, dass sie an den Affen nicht gedacht hatte. Deshalb überraschte diese Frage sie. »Ich habe im Internet nachgesehen und einige Leute angerufen. Da Spank gut behandelt worden ist und ihre medizinische Versorgung auf dem Laufenden ist, dürfte sie leicht ein neues Heim finden. Ich will sie nicht in einen Zoo oder so etwas Ähnliches geben.« Ariana schüttelte sich bei dem Gedanken.

»Ich will nicht, dass sie geht.« Sam verschränkte trotzig die Arme vor der Brust und ihre Miene verfinsterte sich. Mit dieser Dickköpfigkeit passt sie wunderbar in unsere Familie, dachte Ariana. »Das habe ich bereits bedacht, glaub es oder glaub es nicht. Was hältst du davon, wenn wir sie an einen Tiertrainer abgeben? An einen, der in der Nähe lebt, damit du sie besuchen kannst. Er muss einen guten Ruf haben und die Tiere gut behandeln. Was meinst du?«

»Das fragst du mich?« Sam sah sie ungläubig an. Als hätte ihre Meinung zuvor noch nie gezählt.

»Ich sehe ja, wie sehr du Spank magst. Da du zu unserer Familie gehörst, frage ich dich natürlich.« Ariana drückte aufmunternd Sams Schulter. Das Mädchen zuckte jedoch zurück und öffnete rasch die Wagentür.

»Spank ist auch ein Familienmitglied. Das hat Elena immer gesagt, und jetzt gebt ihr sie weg. Woher soll ich wissen, dass ihr als Nächstes nicht auch mich wegschickt?« Damit sprang Sam aus dem Wagen und lief zur Haustür. Endlich hatte sie ihre größte Angst zugegeben. Und Ariana ahnte, dass ihre Eltern diese Furcht nicht mit einer ihrer raffinierten Betrügereien würden beschwichtigen können.

Sie folgte Sam ins Haus und nahm anschließend an

dem Gespräch zwischen ihren Eltern und Sam teil. Elena und Nicholas erklärten dem Mädchen ernst die Regeln, die bei ihnen herrschten. Gegenseitiger Respekt war das Wichtigste. Und indem sie weggelaufen war, ohne jemandem etwas zu sagen, hatte sie diese Regel verletzt. Sie hatte die Familie in Angst und Schrecken gestürzt und sollte dafür bestraft werden.

Überraschenderweise nahm Sam ihre Strafe gut auf und bestätigte damit Arianas Vermutungen. Das junge Mädchen suchte nach einem handfesten Beweis, dass Elena und Nicholas sie nicht einfach im Stich lassen würden. Und indem sie Sam in diese Familienregeln einschlossen und sie für ihren Ungehorsam bestraften, fand Sam offenbar den Beweis erbracht, dass es ihnen mit dieser Pflegeschaft ernst war.

Irgendwie kam Ariana durch dieses Erlebnis auch Sam ein Stück näher. Sie selbst war damals zwar nicht weggeschickt worden, aber auch sie hatte immer dagegen angekämpft, die Außenseiterin zu sein. Der Zwilling, den niemand verstand, und der nicht wirklich zur Familie gehörte, weil er zu anders war.

Der Unterschied zwischen Sam und Ariana war nur, dass ihre Familie ihr immer ihre Unterstützung angeboten hatte. Sie war nur zu eigensinnig gewesen, zu sehr von ihrer Wahrheit überzeugt, und zu sehr in ihren überheblichen Vorurteilen gefangen, um andere Meinungen gelten zu lassen. Damit hatte sie ihre Familie aus ihrem Leben und sogar aus ihrem Herzen ausgeschlossen. Und sich selbst damit um jeden Spaß und jede Spontaneität gebracht und alles auf Abstand gehalten, was auch nur im Entferntesten dem Chaos des Costas-Clans ähnelte. Wie Sam hatte sie alle weggestoßen, die sie liebten, ihre Eltern, ihre Schwester und jetzt Quinn. Doch selbst wenn sie das jetzt begriff, garantierte das noch lange nicht, dass sie dieses Gefühl, das sie ein Leben lang begleitet hatte und ihre alten Gewohnheiten so einfach ändern konnte.

Oder doch?

Quinn öffnete Ariana die Tür und ließ sie in seine Suite, obwohl er nicht wusste, was sie hier wollte. Sam war in Sicherheit, und so wie Quinn das sah, hatte Ariana keinen Grund, ihn zu besuchen. Er schloss die Tür, lehnte sich mit verschränkten Armen an die Wand und wartete. Sie war am Zug.

»Sam hat den nächsten Monat Hausarrest.« Ariana trat unbehaglich von einem Fuß auf den anderen.

»Sie kann von Glück reden, wenn ich sie nicht den Rest ihres Lebens einsperre«, knurrte Quinn.

Seine bissige Bemerkung löste offensichtlich Arianas Anspannung, denn sie lachte. »Das wird ihr tatsächlich passieren, wenn sie so etwas noch einmal versucht. Mein Vater hält sehr viel von Respekt, und nachdem Samantha sie so aufgeregt hat …« Ariana tat, als schüttele sie sich vor Entsetzen, und Quinns Blick glitt unwillkürlich zu ihren Brüsten unter dem engen T-Shirt.

Er knirschte mit den Zähnen. Es war sinnlos, sich auf etwas zu konzentrieren, was er nicht haben konnte. Das hatte er schon sehr früh gelernt. Was hatte Ari nur an sich, dass er diese harten Lektionen immer wieder vergaß, die ihn seine Vergangenheit gelehrt hatte?

»Sam wollte, dass sie reagieren, und glücklicherweise haben sie genau das Richtige getan.« Ariana hatte offensichtlich keine Ahnung von seinen Gedanken. »Sie haben genauso reagiert, wie Sam es gehofft hat. Sie ist das erste Kind, das ich kennen gelernt habe, das eine Bestrafung als Liebesbeweis auffasst.«

Quinn nickte. Da er unter ganz ähnlichen Umständen aufgewachsen war, konnte er die Gedanken des Teenagers nachvollziehen. »Wenn deine Eltern einen Weg finden, Sam zu disziplinieren, werden sie nach und nach mehr Einfluss auf sie bekommen. Ich glaube wirklich, sie tun ihr gut.«

Er wusste, wovon er sprach. Schließlich hatte er selbst damals auch nach einem Zeichen dafür gesucht, dass er jemandem wichtig war. Er hatte nur nie eines bekommen. Und da bildete diese Frau keine Ausnahme. Obwohl sie die richtigen Dinge sagen und tun konnte, mangelte es ihr an Mut, sie selbst zu sein.

Ariana schüttelte den Kopf. »Für einen Teenager hat Sam etwas sehr Kluges gesagt. Ich war richtig sprachlos. Sie meinte, da meine Eltern schon Spank weggegeben hätten, könnte sie nicht wissen, ob sie Sam selbst nicht ebenfalls wegschicken würden.«

»Das war also ein Test?«

Ariana nickte. »Den ihre bisherigen Pflegeeltern offenbar nicht bestanden haben.«

Quinn stieß sich von der Wand ab und ging in die Mitte des Zimmers. »Ich danke Gott für Elena und Nicholas.«

Ariana näherte sich ihm. »Ich hatte so viel Angst um sie, bis ich sie endlich gefunden habe«, meinte sie. »Und wenn ich ehrlich bin, habe ich immer noch Angst«, gab sie zu.

Sie sah ihn an. Quinn erkannte die Erleichterung in ihrem Blick, aber da war auch noch etwas anderes. Aber er wusste nicht, was sie jetzt noch von ihm wollte. Allerdings spürte er, dass sich etwas in ihr verändert hatte. Sie hatte ihre Angst zugegeben, und das war ein ehrliches Eingeständnis, das er nicht so einfach übergehen wollte.

»Wovor hast du Angst?«, fragte er. Er musste sich zusammenreißen, um Ariana nicht zu berühren und sie in seine Arme zu ziehen.

Doch er würde sich hüten. Für ihn war das ein Zeichen von Verbindlichkeit, aber dafür vertraute er ihr nicht mehr genug.

»Ich habe mir Sorgen gemacht, dass dir bei dieser ganzen Damon-Sache etwas zustoßen könnte«, flüsterte sie und fuhr mit der Hand durch die Luft. Offenbar war sie nicht davon überzeugt, dass hier wirklich keine Mikrofone versteckt waren.

Kluges Mädchen, dachte er. Ihre Intelligenz respektierte er ohnehin. Doch jetzt war er mehr daran interessiert, was in ihrem Herzen vorging.

Er trat dichter an sie heran. »Warum?«, hakte er nach. Er setzte sie absichtlich unter Druck. »Warum hast du dir so viel Sorgen um mich gemacht?«

Sein Herz hämmerte in seiner Brust, und dieselbe Angst, von der sie selbst gesprochen hatte, drohte ihn zu ersticken. In seinem Innersten war er immer noch ein kleiner Junge, der sich nach Liebe und Akzeptanz sehnte. Als Erwachsener hatte er sich nie gestattet, so etwas noch zu erwarten. Er traute keinem Menschen zu, dass er es ihm ohne irgendwelche Bedingungen oder Bedenken gab. Er war sicher, dass niemand auf lange Sicht Gefühle in Quinn Donovan investierte. Aber Ariana, nein Ari, verbesserte er sich, war es gelungen, seine Abwehrmechanismen zu durchbrechen. Er hoffte mit jeder Faser seines Herzens, dass sie ihn jetzt nicht im Stich ließ.

Sie schaute ihn trotzig an. Offenbar kämpfte sie mit sich, aber es gelang ihr gut, den Aufruhr in ihrem Inneren zu verstecken. »Weil du mir viel bedeutest. Das weißt du ganz genau.« Erschreckt presste sie die Lippen zusammen, als ihr klar wurde, was sie da eben gesagt hatte.

Quinn hätte gern noch mehr gehört, aber für den Moment gab er sich damit zufrieden. Er zog sie an sich und küsste sie leidenschaftlich.

Sie wehrte sich nicht und kämpfte auch nicht gegen ihre Gefühle an. Er fühlte, wie sie sich entspannte und dem nachgab, was ihr Körper wollte. Quinn wusste sehr genau, dass ihm nur diese eine Chance blieb. Er musste Ari davon überzeugen, dass sie ihn nicht einfach verlassen und mit ihrem Leben weitermachen konnte, als hätte es das, was zwischen ihnen war, nie gegeben.

Als Ari am nächsten Morgen aufwachte, fühlte sie sich wie neugeboren. Quinn schlief noch neben ihr. Sie fühlte sich sicher neben ihm, in seinem Bett und eingehüllt in seine Körperwärme. In so kurzer Zeit hatte sich so viel in ihrem Leben verändert. Dafür konnte sie auch Sam danken. Das Mädchen hatte die Liebe ihrer Familie erfolgreich auf die Probe gestellt. Obwohl Ari noch weit davon entfernt war, ihre Familie vollkommen zu verstehen, spürte sie, dass sie jetzt mehr bereit war, es zu versuchen.

Vor allem jedoch musste sie Quinn für seine ganz andere Art von Liebe danken. Er zeigte sie ihr nicht mit Worten, sondern durch Gesten und mit Gefühlen, die so eindeutig waren, dass Ari sie nicht missverstehen konnte. Er hatte nicht nur mit ihr geschlafen, sondern sie hatten sich geliebt. Sie konnte nicht mehr länger leugnen, dass es eine innige Verbindung zwischen ihnen gab. Leugnen? Sie sehnte sich beinahe verzweifelt danach.

Das besänftigte jedoch keineswegs ihre Ängste und Bedenken. Sie konnte nicht vergessen, wie leicht er sich in ihre Familie eingefügt und sie akzeptiert hatte. Eine Familie, die so ganz anders war als sie. Trotzdem hatte

Quinn versucht, die extrovertierte, erotischere und amüsantere Frau in ihr zu erwecken, die er Ari nannte. Doch was war mit Professorin Ariana Costas? Selbst ohne ihre strengen Hosenanzüge war diese Ariana noch ein Teil ihrer Persönlichkeit und ihres Wesens. Konnte Quinn sie auch als Ganzes akzeptieren?

Oder würde sie wieder als Außenseiterin mit einem gebrochenen Herzen enden, die sich nach etwas sehnte, das sie nicht verstand und nicht haben konnte?

Ihr Handy klingelte und riss sie aus ihren Gedanken. Sie beugte sich über den Bettrand und zog es aus ihrer Handtasche. Hoffentlich hatte sie Quinn nicht geweckt.

»Hallo?«, fragte sie leise.

»Guten Morgen, Ariana. Bill Riley«, begrüßte sie eine tiefe, vertraute Stimme.

»Guten Morgen«, erwiderte Ari. Bill war der Vorsitzende der Psychologischen Fakultät an ihrer Universität. Obwohl sie über ihre Rückkehr nachdachte, war sie noch nicht bereit, mit jemandem aus Vermont zu sprechen. Allein seine Stimme zu hören, bereitete ihr Stress.

»Ich habe bei Ihren Eltern angerufen. Es tut mir leid, dass Sie immer noch nichts von ihrer Zwillingsschwester gehört haben. Das ist wirklich furchtbar.«

»Danke«, erwiderte sie, während ihr schlechtes Gewissen sie zwackte.

»Ich rufe an, weil ich wissen muss, wann Sie zurückkommen. Nicht nur, weil wir alle Sie vermissen, sondern auch, weil ich Ihre Vertretung organisieren muss. Mir ist natürlich klar, dass das eine schwierige Entscheidung ist, und es tut mir leid, dass ich Sie jetzt drängen muss.«

Ari schluckte. Irgendwann musste sie sich ja dieser Entscheidung stellen. »Ich brauche hier noch etwas Zeit.«

Sie richtete sich auf und begegnete Quinns Blick. Seine

Miene war verschlossen, aber er sah sie neugierig und eindeutig herausfordernd an.

»Sie führen das Semester also trotzdem selbst zu Ende? Die Studenten vermissen Sie, die Art und Weise, wie Sie Ihre Vorlesungen halten. Niemand unterrichtet mit demselben Charme wie Sie.«

Ari leckte sich die Lippen. Seit wann strahlte Professor Costas in ihren dunklen Hosenanzügen und dem zurückgebundenen Haar Charme aus? »*Natürlich komme ich zurück*«, erwiderte sie. Sie wollte dieses Gespräch so schnell wie möglich beenden.

Als sie nach Ocean Isle gekommen war, hatte sie vorgehabt, sofort wieder nach Vermont zurückzukehren, wenn sie ihre Schwester gefunden hatte. Doch jetzt fand sie längst nicht mehr so viel Gefallen an der Vorstellung, ihre Familie zu verlassen. Oder etwa Quinn. »Ich rufe Sie an, wenn ich Genaueres weiß«, versprach sie Bill. »Wahrscheinlich Mitte nächster Woche.«

Bis dahin war Zoe wieder zu Hause, und sie selbst hatte noch etwas mehr Zeit mit ihrer Familie verbracht. Über ihre unmittelbare Zukunft entscheiden konnte sie erst, wenn sie genau wusste, was sie wollte. Und wo sie willkommen und erwünscht war, und zwar ganz, als Ari und als Ariana.

Quinn sah zu, wie sie ihr Handy ausschaltete und es wieder in ihrer Tasche neben dem Bett verstaute. Er war beim Klang ihrer Stimme aufgewacht und hatte sich an die Intimität erinnert, die sie gestern Nacht erlebt hatten. Doch ihre Worte hatten seine heißen Erinnerungen und alle Hoffnungen zerschmettert. Natürlich komme ich zurück, hatte sie gesagt. Zweifellos redete sie mit jemandem aus Vermont.

Das bedeutete, sie würde wieder abreisen. Genau wie

er erwartet hatte. Er hätte es von vornherein wissen müssen. Verschwand nicht jeder früher oder später aus seinem Leben?

»Wer war das?« Seine Stimme klang gelassener, als er sich fühlte.

»Bill Riley. Er leitet die Psychologische Fakultät an der Universität.« Ari strich sich ihr Haar aus den Augen.

Quinn versuchte sich nicht von ihren vollen Lippen und ihrem zerzausten Aussehen ablenken zu lassen. Aber es gelang ihm nicht so richtig. »Es muss wichtig gewesen sein, wenn er so früh anruft.«

Sie schaute auf die Uhr und lachte. »Es ist schon elf. Und es war wichtig. Ich werde von einer Kollegin vertreten, und er wollte wissen, wie lange ich noch wegbleibe. Er muss den Stundenplan organisieren.«

»Und du hast ihm gesagt, dass du zurückkommst.« Er brauchte dringend Distanz zu ihr und stieg aus dem Bett.

»Ich muss das Semester beenden …« Sie verstummte.

»Natürlich musst du das. Und ich muss nach unten.« Der Fall war zwar so gut wie abgeschlossen, aber Quinn ging nie davon aus, dass etwas wirklich zu Ende war, bevor es tatsächlich Zeit war, zu gehen.

Wenn er sich wieder um seinen Job kümmerte, konnte er sich außerdem auf etwas anderes konzentrieren als darauf, dass er beinah in die Falle getappt wäre zu glauben, er hätte eine gemeinsame Zukunft mit Ari.

Sie sagte kein Wort, als er sich Sekunden später im Bad einschloss, duschte und dabei vergeblich versuchte, ihre verwirrte Miene und ihren verletzten Blick zu ignorieren.

Immerhin hatte er heute Morgen einen Tiefschlag bekommen, nicht sie. Er hatte alles für diese Frau und eine Zukunft mit ihr riskiert, und nun sah es aus, als würde er dieses Spiel verlieren.

Ari blieb allein in Quinns Hotelzimmer zurück. Sie war erstaunt über seinen plötzlichen Stimmungsumschwung. Vermutlich hatte ihr Telefonat ihn erschüttert, aber das ging ihr nicht anders. Wenn Ari mit Quinn zusammen war, schien Vermont unendlich weit weg zu sein. Darüber musste sie noch genauer nachdenken. Aber zuerst musste er diese Sache mit Damon zu Ende bringen. Und sie musste die Probleme mit ihrer Familie lösen, vor allem, wenn ihre Schwester bald wieder da war.

Dabei fiel ihr ein, dass sie bei dem Mann anrufen musste, der Spank nehmen wollte. Sie hatte seine Adresse zwar über das Internet gefunden, aber trotzdem erst einen alten Freund aus Highschool-Zeiten angerufen. Er war Privatdetektiv und hatte in ihrem Auftrag die Vergangenheit des Mannes unter die Lupe genommen. Michael Peters war Tiertrainer, der sich auf Affen spezialisiert hatte. Er lebte in New Jersey und erfüllte alle gesetzlichen Vorschriften, um ein exotisches Haustier zu halten. Das bedeutete, er erfüllte auch fast alle Forderungen, die Ari an ihn stellte. Er wohnte nicht weit weg von ihrem Elternhaus, sodass Sam Spank besuchen konnte. Auf seiner Website behauptete er sogar, dass er den Affen aus der Fernsehserie *Friends* besessen hatte, bevor er aus Los Angeles weggezogen war. Falls der Detektiv seine Referenzen zufrieden stellend fand, würde dieser Michael Peters Spank bestimmt ein gutes Heim bieten. Ari fühlte sich nicht nur für Sams Wohlergehen verantwortlich, sondern auch für die Zukunft des Affen.

Sie suchte in ihrer Handtasche nach der Seite mit den Informationen über Peters, konnte sie jedoch nicht finden. Nachdem sie geduscht hatte, fand sie auch ihr Lipgloss nicht. Sie erinnerte sich daran, dass sie ihre Tasche in Damons Büro hatte fallen lassen, deshalb ging sie nach unten, um nachzusehen. Nach der kühlen Begegnung mit Quinn hoffte sie nur, dass sie ihm nicht ausgerechnet jetzt über den Weg lief.

Siebzehntes Kapitel

Quinn hatte Kopfschmerzen, und seine Laune war auf dem Tiefpunkt. Es fiel ihm nicht so leicht, wie er gehofft hatte, die Gedanken an Ari zu verdrängen. Er dachte ständig an sie, während er das Restaurant überprüfte. Im Hotel entließ er einen Angestellten, weil der Badesalz gestohlen hatte. Als Quinn jetzt in Damons Büro ging, um die Monitore zu beobachten, musste er schon wieder an sie denken.

Das einzig Gute heute Morgen war der Anruf von seinen Vorgesetzten gewesen. Es gab Neuigkeiten. An den Donnerstagen passte die Summe der Einnahmen, welche die Kameras im Kassenraum aufgezeichnet hatten, nicht mit der aufgeführten Summe in den Bilanzen überein. Sie besaßen jetzt genug Beweise, um Damon festzunehmen und einen Durchsuchungsbefehl für sein Kasino zu erwirken. Dann konnten sie auch seine Bücher konfiszieren. Allerdings brauchten sie dafür erst einmal Damon selbst. Und im Moment musste er vorsichtig vorgehen, damit niemand aus dem Kasino ihm einen Tipp geben konnte. Sie wollten nicht riskieren, dass er untertauchte. Sie brauchten Damon, damit er ihnen die Namen der Drogendealer verriet, für die er das Geld wusch. Dann konnten sie nicht nur Damon einsperren, sondern es würde auch weniger Drogen auf der Straße geben, die die Kinder gefährden konnten. Vor allem Kinder wie Sam. Bevor Quinn seine Arbeit als Undercover-Cop aufgab, wollte er wenigstens bei einer wirklich großen Sache – so wie dieser hier – mitgearbeitet haben.

Er betrat Damons Büro – wie er hoffte zum letzten Mal – und hatte ein Déjà-vu-Erlebnis.

Eine Frau stand an Damons Schreibtisch und hielt einen Hefter mit vertraulichen Informationen in der Hand. Das letzte Mal waren es Finanzbelege des Kasinos gewesen. Diesmal handelte es sich um Informationen über Zoe. Quinn hatte die Akten vorhin aus dem Safe geholt. Es waren die Berichte der Nachforschungen, die Damon über Aris Zwillingsschwester angestellt hatte. Diese Unterlagen belasteten Damon nur, weil sie sein Interesse an der Frau zeigten, die angeblich spurlos verschwunden war. Quinn hatte diese Dokumente den Behörden übergeben wollen, damit Zoes wahre Identität vor neugierigen Blicken geschützt blieb.

Das letzte Mal hatte Zoe hier herumgeschnüffelt, diesmal war es Ari. Wenigstens hatte nicht Damon sie hier überrascht. Es kümmerte Quinn nicht, wie kurz sein Fall vor dem Abschluss stand. Ari hatte kein Recht, in dieses Büro zu kommen, wenn er nicht da war, und ihre hübsche Nase in seine Angelegenheiten zu stecken.

»Was zum Teufel machst du da?«, fauchte er sie an. Ari wirbelte erschrocken herum. »Du hast mich vielleicht erschreckt.«

»Beantworte meine Frage. Was zum Teufel tust du hier? Und was willst du mit diesen Dokumenten?« Er ging drohend auf sie zu. Er wollte ihr absichtlich Angst machen.

»Darauf hätte ich auch gern eine Antwort.«

Diesmal erschrak Quinn. Damon stand hinter ihm.

Die frühzeitige Rückkehr des Kasinobesitzers überraschte Quinn.

Ari wollte etwas sagen, wusste aber offensichtlich nicht, mit welchem der beiden wütenden Männer sie zuerst reden sollte. Quinn sah an ihrem entsetzten Blick, wie sehr Damons Auftauchen sie ängstigte.

Dazu hatte sie auch allen Grund. Quinn drehte sich zu seinem Boss um. »Was machst du denn schon hier? Gab's Streit?«

Sein Boss war nicht amüsiert, und er verzog seine Lippen zu einem dünnen Strich. »Ich habe meinen Ausflug abgekürzt, weil ein kluger Mann niemandem traut.«

Obwohl Quinn diesen Satz schon oft gehört hatte, war er ihm noch nie so bedrohlich erschienen. »Ärger im Paradies?« Quinn bemühte sich weiter, die Situation zu entspannen. Er musste herausfinden, was der andere vorhatte.

Damon zuckte mit den Schultern. »Cynthia wollte wissen, wo ich arbeite.«

»Warst du nicht mit Roxanne verabredet?«

»Die hatte einen Notfall in der Familie und musste nach Hause fliegen. Cynthia wollte meine Familienjuwelen sehen.« Damon deutete auf die Bildschirme des Kasinos, aber die Anzüglichkeit in seinen Worten war unüberhörbar.

»Verstehe«, erwiderte Quinn. »Und kaum war sie hier, hast du ihr Bargeld gegeben, sie ins Kasino zum Spielen geschickt und ihr gesagt, dass du dich später mit ihr triffst?« Er spielte auf Damons übliche Vorgehensweisese an. Offenbar hatte er die Frau noch nicht herumgeführt, sonst hätte man Quinn über Damons Ankunft informiert. Während des Wochenendes hatten sich einige FBI-Agenten unter die Gäste gemischt.

»Genau. Und nun bin ich hergekommen, um nach dir

zu sehen. Und was finde ich hier vor?« Er schüttelte den Kopf. »Sie enttäuschen mich, Professor Costas. Ich hätte Sie für erheblich klüger gehalten.«

Ari holte tief Luft. Sie wusste, dass die Situation keineswegs ungefährlich war.

»Du irrst dich, Boss. Sie ist nur eine gelangweilte Professorin.« Quinn deutete mit dem Daumen auf Ari.

»Schau dir nur ihren armseligen Versuch an, wie ihre sexy Schwester zu wirken. Im Vergleich zu Zoe ist sie richtig fade.«

Quinn vermied es tunlichst, Ari anzusehen. Er tat, als schere er sich nicht um ihre Gefühle, und ließ sich auch nicht anmerken, dass er absichtlich ihre Unsicherheiten und Schwächen ausnützte, um sie vor Damons Wut zu retten. »Sie ist vielleicht ein Bücherwurm, aber sie ist keineswegs abgebrüht genug, um eine FBI-Agentin zu sein.« Er schüttelte den Kopf und lachte gezwungen. »Sie könnte nicht mal allein aus einer Papiertüte herauskommen. Geschweige denn, dir in die Quere kommen.«

»Tatsächlich?« Damon hob ungläubig die Brauen.

»Was machen dann meine privaten Unterlagen in ihrer Hand?«

»Angeborene Neugier«, erwiderte Ari rasch.

»Blödheit«, murmelte Quinn gleichzeitig.

Sie warf Quinn einen verächtlichen Blick zu, der bewies, dass sie nicht so verängstigt war, dass sie nicht beleidigt sein konnte. Erneut bewunderte Quinn widerwillig ihren Mumm. Sie war ihrer Schwester, die sie angeblich nicht verstand, ähnlicher, als sie zugeben wollte.

Quinn beschloss, aufs Ganze zu gehen und Damon so gut er konnte zu beeinflussen. Das war der einzige Weg, Ari zu retten. »Es ist meine Schuld, dass sie die Unterlagen gesehen hat. Ich habe Gerüchte gehört, dass FBI-Agenten hier herumschnüffeln. Ich habe deine Akte über ihre Schwester herausgeholt, um sie zu vernichten«, log er. »Doch bevor ich dazu gekommen bin, wurde ich ins Kasino gerufen. Die Akten habe ich auf dem Tisch liegen lassen.«

»Sie weiß zu viel«, beharrte Damon.

Es entging Quinn nicht, dass sein Boss bei der Erwähnung der FBI-Agenten nicht einmal mit der Wimper gezuckt hatte.

Quinn schüttelte den Kopf. »Sie weiß gar nichts, es sei denn, du verrätst es ihr jetzt«, betonte er nachdrücklich. Sie wussten beide, dass diese Unterlagen nicht verrieten, was Damons Meinung nach mit Zoe passiert war. Niemand, der sie las, und das schloss Ari ein, würde darin einen Beweis dafür finden, dass Damon den Befehl gegeben hatte, Zoe umzubringen.

Der Kasinobesitzer kniff die Augen zusammen, während er seine Möglichkeiten abwog. »Wie lange war sie hier allein? Und was hatte sie überhaupt hier zu suchen?«

»Sie ist aus Blödheit hier hereingestolpert«, wiederholte Quinn.

»Meinen Lippenstift«, erwiderte Ari heiser. »Ich habe meine Handtasche fallen lassen, als ich Quinn hier gesucht habe. Ich habe ihn vermisst und wollte ... einen Quickie.«

Quinn zuckte zusammen.

»Er hat gesagt, ich solle gefälligst warten«, fuhr Ari gehetzt fort. »Ich habe trotzdem versucht, ihn zu verführen.« Ihre Stimme wurde sinnlicher und zuversichtlicher, als sie versuchte, Damon davon zu überzeugen, dass sie Quinn um den Finger wickeln wollte. »Er weigerte sich hartnäckig. Kein Sex während der Arbeitszeit, meinte er.« Sie schmollte, was ihr ganz hinreißend stand.

Quinn musste unwillkürlich lächeln.

»Ich habe alles versucht«, fuhr Ari fort. »Deshalb brauchte ich meinen Lippenstift, bevor ich zu meinen Gästen zurückging. Er muss herausgerollt sein, als ich meine Tasche fallen gelassen habe. Sehen Sie?« Sie hielt Damon den Lipgloss vor die Nase.

»Wie passend.« Damon rieb sich mit der Hand über sein glatt rasiertes Kinn. »Trotzdem gehe ich kein Risiko ein«, fuhr er fort. »Weder bei ihr noch bei dir.« Er drehte sich zu Quinn um und überrumpelte ihn, als er blitzschnell in seine Jacke griff und eine Waffe herauszog, die er auf Ari richtete.

Sie schrie entsetzt auf. Quinn jedoch ließ Damon nicht aus den Augen.

Er murmelte einen leisen Fluch. Seine Waffe steckte in ihrem Halfter an seiner Hüfte, aber wenn er jetzt danach griff, würde er Damon einen Vorwand geben, zuerst zu schießen. »Wenn zwei Schwestern plötzlich spurlos von hier verschwinden, wird das Verdacht erregen. Und dann wird man dich wahrscheinlich als Ersten verdächtigen«, sagte Quinn. Er bemühte sich, an Damons Verstand zu appellieren.

Plötzlich läuteten in Quinns Kopf die Alarmglocken, und das Puzzle fügte sich zusammen. Damons überraschende Rückkehr, seine Gelassenheit über das Interesse des FBI für sein Kasino, sein Misstrauen Quinn gegenüber und die beiläufige Anweisung, dass er Ari erledigen sollte, sagten Quinn eines: Jemand hatte Damon einen Tipp gegeben. Jetzt geriet der Kasinobesitzer in Panik und reagierte kopflos.

Allerdings schien Damon nicht genau zu wissen, wer in seiner Organisation gegen ihn arbeitete, sonst hätte er Quinn längst eine Kugel in den Kopf gejagt. Der Gedanke tröstete Quinn ein wenig. Sein Boss fühlte ihm stattdessen auf den Zahn. Damit gab er ihm die Zeit, die Quinn so dringend benötigte.

Ohne die Waffe von Ari zu nehmen, stellte Damon einen Fuß auf den Schreibtischstuhl und zog eine kleine Pistole aus einem versteckten Halfter. »Während ich mit Cynthia zusammen war, hat mich die ganze Zeit etwas beschäftigt. Jetzt weiß ich endlich, was es war.« Er richtete die andere Waffe auf Quinn. »Ich habe mein wichtigstes Prinzip verletzt.«

»Welches?«

»Ich habe dich auf diese wunderschöne Lady angesetzt, damit sie nicht herumschnüffelt, und du bist liebend gern darauf eingegangen. Aber je mehr ich über dich und Zoes Zwillingsschwester nachgedacht habe, desto mehr hat mich die Sache mit Zoe beunruhigt. Schließlich ist mir klar geworden, dass ich ihre Leiche nie gesehen habe. Das war mein Fehler. Ich habe dir vertraut, Donovan, das hätte ich nicht tun sollen.«

Quinn schwieg.

»Es wird Zeit für ein bisschen Action. Beweise mir, dass ich dir vertrauen kann.« Ohne Vorwarnung warf Damon Quinn die erste Waffe zu und deutete dann auf Ari.

»Leg sie um.«

Quinn hatte versucht Zeit zu schinden, um Damon mit seinem Gerede abzulenken. Er hatte gehofft, dass Ari ruhig blieb, bis sich ihm die Chance bot, den anderen zu überwältigen. Es bestand noch die geringe Chance, dass einer der FBI-Beamten Damons Rückkehr mitbekommen hatte und hierher unterwegs war, um nach dem Rechten zu sehen. Aber darauf konnte Quinn sich nicht verlassen.

Er brauchte einen Plan B, und den ziemlich schnell, vor allem, weil er selbst jetzt zu Damons Zielscheibe geworden war.

Ari schaute von Damon zu Quinn. Sie konnte nicht glauben, was gerade geschah. Sie betrachtete Quinn, der ganz ruhig wirkte und die Waffe direkt auf ihr Herz richtete.

»Ich glaube kaum, dass sich Blutspuren in deinem Büro besonders gut machen«, sagte er jetzt kühl zu Damon.

»Warum sollte mich das stören?«, fragte Damon. »Du bist schließlich derjenige, der abdrückt. Nennen wir es einen Streit unter Liebenden. Genauso gut können wir drei auch eine Runde spazieren fahren, und du erledigst den Job im Freien. Mir ist das egal. Aber diese Leiche will ich auf jeden Fall mit eigenen Augen sehen. Oder ich mache dich selbst kalt.«

Ari zweifelte nicht daran, dass er es ernst meinte. Quinn würde sicher nicht gefallen, was sie jetzt tat, aber sie sah keine andere Möglichkeit. Sie schaute von Quinns Waffe, die auf sie gerichtet war, zu der in Damons Hand. Er zielte nach wie vor damit auf Quinn. Sie musste Damon überrumpeln.

»Ich wollte doch nur nach meiner Schwester suchen!«, stieß Ari hervor. Beide Männer sahen sie erstaunt an. »Ich wollte wenigstens herausfinden, was mit ihr geschehen ist. Ich bin Dozentin, keine Privatdetektivin. Und jetzt stecke ich bis zum Hals in der Klemme, nicht wahr?« Es fiel ihr nicht sehr schwer, zu stammeln.

Damon knurrte gereizt. »Bring sie zum Schweigen, Quinn.«

»Ich dachte wirklich, dir würde etwas an mir liegen«, wandte sich Ari an Quinn. »Aber du warst immer nur ihm gegenüber loyal.« Sie deutete mit einem Finger auf Damon. »Soll das heißen, ich muss wirklich sterben, obwohl ich gar nichts weiß?« Ihre Stimme klang schrill.

»Ari«, warnte Quinn sie.

Sie ignorierte ihn. »Habe ich nicht wenigstens das Recht auf einen letzten Wunsch? Eine Henkersmahlzeit?«

»Sie versucht Zeit zu schinden«, zischte Damon, »und du lässt das zu. Erledige sie endlich.«

»Ich will noch nicht sterben!«, jammerte Ari und fiel auf die Knie. »Und wenn doch, kann ich dann nicht wenigstens eine Augenbinde haben? Bitte!« Sie rutschte auf den Knien näher an Damon heran. Der starrte sie an, als hätte sie den Verstand verloren. »Na gut, dann keine Augenbinde. Wie wäre es mit einem Drink, um den Schmerz zu betäuben?«

»Was soll das? Das ist doch lächerlich!«, fauchte Damon.

»Bitte, lassen Sie mich am Leben!«, flehte Ari.

»Was zum Teufel ...!«

Ari spielte das Spiel ihres Lebens. Sie unterbrach ihn und schlang mit einem Aufheulen ihre Arme um Damons Knie. Sie lehnte den Kopf an seine Schenkel und drückte mit ihrem ganzen Gewicht dagegen.

Gleichzeitig schloss sie die Augen und betete.

Quinns Blutdruck schoss in die Höhe, als Ari um ihr Leben flehte und sich ihre Hysterie mit jedem ihrer Worte steigerte. Er selbst fiel zwar nicht auf ihre Nummer herein, aber Damon hatte sich immer nur mit hübschen Lärvchen umgeben, jammernden, schmollenden Frauen, und er glaubte offenbar, dass Ari nur ein weiteres hysterisches Weibsbild war. Das glaubte er aber nur so lange, bis Ari sich gegen seine Beine warf.

Eine Sekunde lang schaute Damon nach unten. Und ließ von ihrem Gejammere abgelenkt den Arm sinken, mit dem er die Pistole hielt.

Das genügte Quinn. Er schoss.

Dieser Schuss löste große Betriebsamkeit aus. Connor

stürmte als Erster in das Büro, einige FBI-Agenten im Schlepptau. Damon war an der Schulter verletzt und wurde in Handschellen abgeführt. Er verfluchte Quinn und sich selbst in einem Atemzug, weil er sich so lange von Quinn hatte täuschen lassen. Ari war in ein anderes Zimmer geführt worden. Dort gab sie ihre Aussage zu Protokoll. Quinn wusste, dass ein riesiger Berg von Papierkram auf ihn zukommen würde, doch im Moment interessierte ihn seine Beziehung zu Ari mehr als sein Fall.

Es hatte ihn Jahre seines Lebens gekostet, als Damon ihm die Waffe zugeworfen und befohlen hatte, Ari zu erschießen. Und Ari hatte ihm mit ihrer hysterischen Inszenierung noch ein Jahrzehnt geraubt. Als sie etwa eine Stunde später wieder in das Büro kam, war Quinn immer noch fuchsteufelswild.

Er sah ihr ins Gesicht und sein Ärger verflog. Die dunklen Ringe unter ihren Augen zeugten von ihrer Erschöpfung. Und das verschmierte Make-up machte es noch schlimmer. Er war einfach nur erleichtert, sie zu sehen, und zog sie in die Arme. Tief sog er ihren vertrauten Duft ein und spürte ihre Wärme. Dann senkte er den Kopf und küsste sie. Sie reagierte sofort, schmiegte sich an ihn und erwiderte seinen leidenschaftlichen Kuss, als brauchte auch sie diesen Trost und die Bestätigung.

Ebenso deutlich wie seine Erleichterung spürte er jedoch, dass sie in diesem Moment zum ersten Mal zusammen waren, ohne dass Damon wie ein Gespenst über ihnen schwebte. Es gab keinen Fall mehr, keine vermisste Schwester, nichts, was ihn davon abhielt, dieser Frau seine Seele zu zeigen. Obwohl der Zeitpunkt alles andere als ideal war, ahnte Quinn, dass er keine zweite Chance dafür bekommen würde.

Bedauernd schob er sie von sich. Er hielt sie an den

Unterarmen fest. »Was hast du dir dabei gedacht, so ein gefährliches Spiel mit Damon zu spielen?«

Sie warf ihm einen unschuldigen Blick zu. »Es hat doch funktioniert, oder nicht? Ich habe keine andere Möglichkeit gesehen. Ich wusste, dass dir das nicht gefallen würde. Aber du könntest mir wenigstens danken, dass ich dir deinen Hals gerettet habe, statt mir wegen des Risikos Vorhaltungen zu machen.« Sie konnte ein Lächeln nicht unterdrücken.

Er schob die Hände in seine Hosentaschen. »Welcher Mann gibt schon gern zu, dass ihn eine vorwitzige Frau besiegt hat, die einen Hang dazu hat, alte Fernsehserien nachzuspielen, wenn sie in Schwierigkeiten steckt?«, fragte er ironisch.

»Du wusstest es?«, fragte sie. »Du hast wirklich gewusst, was ich mache?«

»Erst als du wie Alan Arkin auf die Knie gefallen bist. Du hast mal wieder eine Szene aus *The In-Laws* nachgespielt. Aber diesmal war es wirklich genial«, gab er zu. Dieses Lob hatte sie sich verdient. »Trotzdem war es riskant.«

Sie lachte, offenbar sehr zufrieden mit sich selbst.

»He, deine Schwester wird stolz auf dich sein.«

Doch dieser Kommentar schien sie nicht zu freuen, sondern im Gegenteil ihren Stolz zu dämpfen.

»Vielleicht.«

»Was ist los?«, erkundigte er sich verwirrt.

Ari schüttelte den Kopf und wechselte das Thema.

»Nichts. Ich nehme an, du hast vor, wieder in dein Haus zu ziehen?«

»So wie du vorhast, nach Vermont zurückzukehren.« Sie leckte sich die Lippen und nickte. »Ich muss zurückfahren. Ich kann meine Studenten nicht im Stich lassen.«

Er holte tief Luft. Auch ein Cop musste manchmal seinen Mut zusammennehmen. »Das respektiere ich auch. Trotzdem möchte ich nicht, dass du gehst.«

Sie atmete tief ein. Sein Eingeständnis bewegte sie sichtlich. »Du weißt ja nicht, wovon du redest.«

»Das ist eine Beleidigung. Du glaubst, ich weiß nicht, was ich für dich empfinde?« Er ließ seine Hände in den Taschen, damit er Ari nicht an den Schultern packte und sie schüttelte, bis sie endlich begriff. »Ich liebe dich. Und das tue ich wohl schon von dem ersten Moment an, an dem ich dich gesehen habe«, sagte er.

»Genau das ist das Problem. Von der Minute an, in der wie uns begegnet sind, war ich nicht mehr ich selbst.« Ihre Augen sprühten Funken. »Erst war ich eine verwässerte Version meiner Schwester, und dann habe ich in aller Öffentlichkeit so getan, als wäre ich heiß auf dich, weil ich gehofft habe, dass Maria begreift, dass ich nicht auf Connor scharf war. Und damit sie mir vertraut und von Zoe erzählt. Und weil meine Gefühle echt waren und du mich auch wolltest, schienst du diese Seite von mir zu mögen. Aber diese Frau bin ich nicht«, schloss sie, als sie endlich außer Atem war.

Quinn hörte zwar ihre Worte, wollte den Unsinn jedoch nicht glauben, den sie ihm da auftischte. Er fuhr sich mit der Hand durchs Haar. Je stärker er versuchte, sie zu erreichen, desto mehr zog sie sich in ihr altes Selbst zurück. Offenbar war die Angst, Ari zu sein, oder ihrer Familie zu ähneln, größer und überwältigender als ihre Gefühle für ihn.

Eine Geschichte, die er kannte. Seine Mutter hatte die Drogen ihm vorgezogen. Sie behauptet allerdings unablässig, ihn zu lieben. Quinn wusste zu gut, dass es nahezu unmöglich war, den negativen Bann zu brechen, unter dem eine Person stand.

Aber Ari und die Zukunft, die sie gemeinsam erleben könnten, waren einen weiteren Versuch wert. »Ich begreife den Unterschied zwischen Ariana und Ari sehr gut«, sagte er langsam. »Ariana ist die Frau, die ich am Strand getroffen habe, die Professorin in ihrem konservativen Hosenanzug; die Frau, die letzte Woche noch Zickzack gelaufen ist und heute meine Haut gerettet hat. Und sie ist die Frau, die ich liebe.«

Ari schüttelte den Kopf. Sie konnte ihm einfach nicht glauben. Wie konnte er so leicht diese beiden Seiten ihrer Persönlichkeit akzeptieren, wenn ihr selbst das so schwer fiel? Wie konnte er behaupten, er wüsste, wer sie war, wenn sie selbst immer noch dabei war, sich zu verstehen und zu finden?

Sie unterdrückte ihre innere Stimme, die sie bat, auf Quinn und auf ihr Herz zu hören. Würde sie seinen Worten glauben, wenn sie Ari akzeptierte, dann müsste sie zugeben, dass sie freiwillig fünf Jahre ihres Lebens vergeudet hatte.

Es würde auch bedeuten, dass sie eigentlich keine Angst davor gehabt hatte, ihre Familie zu akzeptieren, sondern nur, ihnen ihr wahres Selbst zu zeigen. Sie hatte Angst, dass sie es nicht schaffte, sich dort einzufügen, selbst wenn sie es versuchte. Welche Möglichkeiten blieben ihr dann noch?

»Ich muss gehen.« Sie drehte sich zur Tür um, doch Quinn legte ihr seine Hand auf die Schulter und hielt sie auf.

»Wenn dir wirklich etwas an mir liegt, dann lauf nicht mehr weg.«

Sie drehte sich wieder zu ihm herum. Sie zitterte am ganzen Körper. »Das mache ich auch nicht. Ich bin einfach nur realistisch. Ich erspare dir die Enttäuschung, später mein wahres Selbst erleben zu müssen.« Tränen traten ihr in die Augen, doch ihre Verwirrung und ihre Furcht hielten sie nach wie vor zurück. »Es tut mir leid.«

»Nein, mir tut es leid. Ich habe dich für eine schöne Frau mit einer vielschichtigen Persönlichkeit gehalten, für eine Frau, die ich gern ganz und gar kennen lernen und mit der ich den Rest meines Lebens verbringen wollte. Aber ich habe dich nie für einen Feigling gehalten.«

Dann hast du dich wohl geirrt, Detective Donovan, dachte Ari, wirbelte herum und schoss förmlich zur Tür hinaus.

Vielleicht hatte es etwas damit zu tun, dass er seinen Auftrag abgeschlossen hatte und eine Versetzung in eine andere Abteilung beantragt hatte. Möglicherweise hatte es jedoch mehr mit Maria und ihrer ungeklärten Beziehung zu tun. Jedenfalls war Connor aus mehreren Gründen gereizt. Er hatte Quinn besucht, um ein bisschen mit ihm abzuhängen. Doch sein Freund verhielt sich verschlossen und trübselig und war alles andere als eine Hilfe oder Gesellschaft für Connor. Während Quinn auf der Couch saß und aus dem Fenster starrte, ging Connor unruhig hin und her. Er konnte nicht stillsitzen.

»Was denken Frauen bloß?«, fragte Connor schließlich. »Sie sagen, sie erwarten Wahrheit und Aufrichtigkeit von einem Mann. Gibt man ihnen beides, wollen sie nichts mehr mit einem zu tun haben.« Sein Magen tat ihm jedes Mal weh, wenn er an sein letztes Gespräch mit Maria dachte. Er hatte es an dem Abend geführt, als sie Damons Fall abgeschlossen hatten.

»Keine Ahnung«, erwiderte Quinn.

»Maria hat mich schon seit Wochen gelöchert. Nachdem wir uns ein bisschen näher gekommen sind, hat sie gespürt, dass ich mit etwas hinter dem Berg halte. ›Red mit mir‹, hat sie gesagt. Aber das konnte ich ja nicht.«

Quinn legte die Füße auf den Tisch und lehnte sich weiter in die Kissen zurück. »Dieser Job macht es unmöglich, Freundschaften zu schließen oder eine enge Beziehung zu haben.«

»Was du nicht sagst. Aber der Fall ist abgeschlossen, und jetzt habe ich ihr endlich gesagt, was sie hören wollte. Ich habe ihr alles erzählt. Dass ich ein Polizist bin und schon zu lange als Undercover-Agent gearbeitet habe und aussteigen will. Sollte man nicht erwarten, sie würde mir glücklich um den Hals fallen?« Connor kratzte sich den Kopf.

Er hatte jedenfalls erwartet, dass Maria ekstatisch vor Freude über seine Offenheit sein würde. Da die meisten Frauen Geheimnisse nicht mochten, sofern es nicht ihre eigenen waren, dachte er, wäre sie froh, wenn er nicht mehr als verdeckter Ermittler arbeiten wollte und sich dem Stress aussetzen musste, den das mit sich brachte.

Quinn reagierte nur mit einem unverbindlichen Knurren, also redete Connor weiter. »Von wegen. Sie war gar nicht froh. Sie meinte, ihr hätte es gefallen, dass ich ein einfacher Barkeeper war. Jetzt müsste sie mich ganz von neuem kennen lernen und sie wüsste nicht, ob sie das schafft.« Er schüttelte den Kopf, was allmählich zu einer Gewohnheit bei ihm wurde. »Wirst du daraus schlau?«, fragte er seinen Freund.

»Nein«, erwiderte Quinn, ohne ihn anzusehen. Anscheinend war er vollkommen vom Anblick des Ozeans fasziniert.

Connor war das egal. Er brauchte nur einen Zuhörer,

und Quinn war liebend gern bereit, so zu tun, als höre er zu.

»Wenn du mich fragst, hat sie einfach nur höllische Angst«, sagte Quinn schließlich. Und traf damit genau den Punkt.

Connor blieb stehen. Quinns Worte unterbrachen seine Gedanken. Das wollte er genauer wissen. »Was meinst du damit?«

»Ich meine, sie hat offenbar Angst davor, eine ernste Beziehung einzugehen. Willst du wissen, warum?« Quinn fuhr fort, bevor Connor etwas sagen konnte. »Wenn sie zugibt, dass sie verliebt ist, dann muss sie sich ehrlich zeigen. Ihre Stärken und ihre Fehler!«

Verdammt!, dachte Connor. Wer redet denn hier von Liebe? Aber die Bemerkung, dass Maria Angst vor einer Beziehung haben könnte, machte Sinn.

Es war natürlich einfach für sie, ihm ein kleines Stück von ihrem Leben zu zeigen oder auch ihm zu erlauben, Zeit mit ihrem Kind zu verbringen. Dann konnte sie sich einreden, dass sie allmählich eine Beziehung aufbaute. Immerhin hatte sich Connor das auch schon gesagt. Aber er war dieser dunkelhaarigen Schönheit und ihrem Sohn vollkommen verfallen und genoss auch das einfache Leben, das sie führten. Er hatte sich sogar bei dem Gedanken an eine Familie ertappt.

Seine Angst, dass er ihnen dasselbe antun könnte, was sein Vater ihm angetan hatte, verflog allmählich. Langsam, aber sicher traute Connor sich zu, es richtig zu machen. Er verstand sogar warum. Er hatte jahrelang in Waisenhäusern gelebt und wusste um die Konsequenzen von zerrütteten Beziehungen. Je mehr Zeit er mit Maria verbrachte, desto einfacher fiel es Connor, das Gegenteil von dem zu tun, was ihm selbst angetan worden war. Er gab gerne. Er genoss es, das Funkeln in Joeys Augen zu sehen, wenn er ihm einen Ball zuwarf und der Junge ihn mit Connors altem Baseballhandschuh fing. Und jetzt wollte Connor mehr.

Aber kaum hatte er Maria gezeigt, wer er wirklich war, in der Hoffnung, dass sich ihre Beziehung vertiefen würde, fand sie Ausflüchte, um vor ihm wegzulaufen.

Verdammt, Quinn hatte recht! »Du liegst vollkommen richtig, Mann. Maria hat Angst vor einer Beziehung.«

Quinn sah ihn verblüfft an. »Wer redet denn von Maria?«, fragte er. »Ich habe von Ari gesprochen.«

Nach einer Schrecksekunde lachte Connor schallend. Sie waren beide vollkommen in ihre eigenen Probleme vertieft gewesen. »Na und?«, fragte er. »Sie sind beide Frauen, wo ist da der Unterschied?«

Quinn lachte zum ersten Mal an diesem Abend. »Anscheinend gibt es keinen.«

Wenigstens hatte Connor jetzt einen Zugang zu Maria gefunden. Damit konnte er vielleicht besser mit ihren Ängsten und Unsicherheiten umgehen. Davon verstand er einiges, denn er selbst schleppte eine große Last davon mit sich herum. Und was Liebe anging, von der Quinn gesprochen hatte ... Damit konnte er sich noch auseinander setzen, wenn Maria angefangen hatte, wie ein normaler Mensch zu denken und nicht wie ... wie eine enttäuschte Frau, dachte Connor ironisch.

Noch lange, nachdem Connor gegangen war, wälzte sich Quinn ruhelos in seinem Bett hin und her. Das Kopfkissen roch nach Ari. Nichts war wie vorher. Alles in seinem ehemals privaten Reich erinnerte ihn an diese Frau, und wenn er die Augen schloss, geisterte Ari sogar durch seine Träume. Nur leider gehörte sie nicht zu seinem Leben.

Das musste er akzeptieren. Ebenso wie die Tatsache, dass er wegen Sam unausweichlich mit ihrer Familie verbunden war.

Das erinnerte ihn daran, dass er einen Familienrat anberaumt hatte. Er musste dafür sorgen, dass der Costas-Clan seine Betrügereien aufgab, damit sie von Sams Vormunden akzeptiert wurden. Er konnte Aris verrückten Verwandten nicht gestatten, irgendwelche unnötigen Risiken einzugehen, wenn sie Schwindeleien oder alberne Gaunereien begingen. Das schuldete er Sam. Auch wenn das vielleicht bedeutete, Ari noch einmal gegenübertreten zu müssen.

Vorausgesetzt, sie war nicht schon längst nach Vermont geflüchtet.

Achtzehntes Kapitel

Nicholas Costas war früh ins Bett gegangen. Zoes dramatische Heimkehr hatte ihn offenbar ausgelaugt. Das konnte Ari gut verstehen. Sie war selbst am Rande der Erschöpfung, sowohl körperlich als auch seelisch. Aber sie war auch erleichtert, weil ihre Familie jetzt wieder gesund und munter vereint war, einschließlich Zoe und Sam. Während ihr Vater schlief, saßen die Frauen um den Küchentisch herum. Auch Spank.

Ihre Mutter hatte darauf bestanden, dass Tante Dee die Äffin heimlich herüberschmuggelte, damit sie an dem Familientreffen teilnahm. Zu Aris Überraschung kamen Zoe und Spank nicht sonderlich gut miteinander aus. Wenn Zoe der Äffin den Rücken zudrehte, streckte Spank ihr die Zunge heraus, und wenn Zoe etwas erzählte, machte Spank laute Geräusche, um die Aufmerksamkeit der anderen auf sich zu ziehen. Ari hatte so etwas noch nie erlebt.

»Es tut so gut, all meine Mädchen zu Hause zu haben«, sagte Elena. Sie wiederholte nur, was ihr Mann zuvor mehrmals betont hatte.

»Es ist himmlisch, wieder zu Hause zu sein. Ihr könnt euch nicht vorstellen, wie schrecklich das war, wochenlang in diesem Haus festzusitzen«, sagte Zoe. Kaum hatte sie angefangen zu reden, schlug Spank mit einem Löffel auf den Tisch. Nachdrücklich und sehr laut.

Elena seufzte. »Sie ist einfach nur eifersüchtig. Sie hat das Gefühl, sie muss mit Zoe um unsere Aufmerksamkeit kämpfen, weil …«

»… Zoe gern viel redet?« Sam kicherte.

Zoe schnappte sich eine Serviette, rollte sie zu einem Ball zusammen und warf sie Sam an den Kopf. »Klappe, Zwerg.«

Sam zog die Nase kraus. Doch ihre Augen strahlten vor Liebe und Sehnsucht. Es wäre fast schon unerträglich gewesen, wenn ihre Gefühle nicht vorbehaltlos von jedem Costas erwidert worden wären. Selbst von Zoe, die erst wenige Stunden zu Hause war. Wenigstens kommen die beiden gut miteinander aus, dachte Ari und lächelte.

»Habe ich schon gesagt, dass es mir leid tut?« Zoe wandte sich an jeden Einzelnen am Tisch. »Es tut mir wirklich leid. Entsetzlich leid, dass ihr alle euch solche Sorgen um mich gemacht und angenommen habt, ich wäre tot«, sagte sie und erstickte beinah an ihren Tränen.

»Du hast dich schon viel zu oft entschuldigt«, erwiderte Ari. »Wir wissen, warum du es tun musstest.« Sie verstand Zoe sehr gut. Schließlich hatte sie ihre Familie ebenfalls belogen, um das Geheimnis ihrer Schwester zu wahren und ihre Familie nicht in Gefahr zu bringen.

Elena ging zu Zoe und schloss sie in die Arme. »Ich bin schuld, dass diese ganze unselige Geschichte überhaupt angefangen hat. Ich hätte nie versuchen sollen, dich mit Damon zu verkuppeln und dich gar nicht erst ins Kasino holen dürfen. Also tragen wir beide die Verantwortung dafür.« Sie küsste ihre Tochter auf den Scheitel. »Aber jetzt ist es endgültig vorbei. Wir lassen es hinter uns und blicken nach vorn, ja?«

»Ja«, mischte sich Tante Dee ein. »Warte nur, Zoe, bis du die Pläne für das Spa gesehen hast. Wir haben zwar schon vor deinem … Verschwinden darüber gesprochen, aber die endgültigen Pläne sind unglaublich.« Tante Dees Augen funkelten, als sie über das Projekt redete.

Ari schaute aus einiger Entfernung zu. Sie fühlte sich diesmal jedoch nicht als Fremde, die diese harmonische Szene von außen beobachtete. Diesmal wusste sie den Anblick zu schätzen, der sich ihr bot. Und auch ihre Familie. Ihr wurde warm, als sie zusah, wie liebevoll ihre Verwandten miteinander umgingen, und sie akzeptierte, dass sie tatsächlich ein Teil dieser Familie war.

Sie verstand zwar noch nicht alles, aber mit dem Alter kam auch die Weisheit, wie man so sagte.

»He! Hörst du endlich auf, am Tisch mit deinen Füßen herumzuspielen?«, schrie Zoe und unterbrach Aris Gedanken, als sie dem Äffchen auf die Finger schlug.

Spank blieb ihr nichts schuldig und zog Zoe an den Haaren.

»Hört sofort auf, Kinder!« Elena klatschte in die Hände.

Spank legte zerknirscht den Kopf auf den Tisch, während Zoe sich aufgebracht an ihre Mutter wandte. »Das ist wirklich unglaublich!«

»Sie lebt nicht mehr hier, also solltest du ihr eine gewisse Nachlässigkeit nachsehen«, flüsterte Elena. Offenbar wollte sie vermeiden, dass Spank ihre Worte hörte und sich vielleicht beleidigt fühlte.

Ari konnte ein Kichern nicht unterdrücken, das sich zu einem ansteckenden Lachen steigerte, bis ihr schließlich die Tränen über die Wangen liefen. Das Ganze endete in einer gegenseitigen Umarmungsorgie, in die Ari eingeschlossen wurde. Sie genoss die Liebe und das Verständnis, das sie in den letzten Jahren so schmerzlich vermisst hatte.

Und wenn sie immer noch ein Gefühl von großer Leere

in sich spürte, so ging das niemanden etwas an. Es lag daran, dass sie Quinn bereits jetzt schon vermisste.

Ari hatte ihre Koffer gepackt. Vor drei Tagen war sie in ihr altes Zimmer in ihrem Elternhaus wieder eingezogen. Zum Glück war der größte Teil der Bauarbeiten beendet, und da sie jetzt tagsüber nicht mehr schlafen musste, störte sie der Lärm auch nicht. Zoe und sie hatten in den letzten Tagen in langen Gesprächen bis tief in die Nacht Versäumtes nachgeholt, und Ari war sicher, dass sich Sam gut in ihre Familie einleben würde. Alles in allem lief das Leben wieder in normalen Bahnen. Jedenfalls nach den Maßstäben der Costas gemessen.

Trotzdem war Ari immer noch nicht nach Vermont zurückgekehrt. Stattdessen machte sie sich gerade für eine Familienparty zurecht. Es gab dafür drei Anlässe: die Heimkehr von Zoe, eine Willkommensparty für Sam und eine Abschiedsparty für Spank.

Die Äffin hatte eine Rolle auf dem Broadway in einer Inszenierung von Doctor Dolittle bekommen. Spank war der kommende Superstar.

»Klopf klopf.« Zoe steckte ihren Kopf durch die Tür. »Lust auf Gesellschaft?«

»Klar.«

Obwohl Ari und Zoe so viel miteinander geredet hatten, benahm sich Zoe immer noch ein bisschen zurückhaltend. Es schien, als traute sie dem neuen Band zwischen ihnen beiden noch nicht ganz. Nur die Zeit konnte diese Distanz aufheben, die Ari aufgebaut hatte. Ihr Wunsch, sie zu überwinden, war einer der Gründe, weshalb sie noch nicht abgereist war. Der andere war Quinn. Der Mann, den sie abgewiesen hatte und an den sie trotzdem Tag und Nacht denken musste.

Zoe setzte sich auf das Bett und kreuzte die Beine. Sie betrachtete Ari lächelnd. »Der Rock gefällt mir.«

Ari warf einen Blick auf ihren schwarzen Minirock. »Oh. Ich habe vergessen, ihn dir wiederzugeben«, sagte sie. Sie errötete, weil ihre Schwester sie dabei erwischt hatte, dass sie sich Kleidung von ihr »ausgeliehen« hatte.

»Das erinnert mich an früher.«

Zoe lachte, während Ari sich plötzlich in ihre Teenagerzeit zurückversetzt fühlte. »Wir haben immer unsere Kleider getauscht, erinnerst du dich?«

Ihre Zwillingsschwester nickte. »Eine Zeit lang haben wir alles geteilt. Bis du dich plötzlich hinter einer Mauer zurückgezogen und dich von der Familie abgewendet hast.«

Ari schluckte. »Ich konnte es nicht ertragen, dass unsere Familie so anders war als alle anderen«, gab sie zu. »Ich wollte nicht auffallen. Und mich anders zu kleiden, war für mich ein Anfang.«

»Es lag ... es liegt nicht nur an der Kleidung. Es war dein Verhalten. Du hattest dich verändert. Du hast uns und unsere Lebensweise verurteilt. Ich habe das schon als Kind genauso wenig verstanden wie in den letzten Jahren.«

Ari nickte. »Ich wünschte, ich könnte behaupten, dass ich es nicht absichtlich getan hätte.« Sie setzte sich neben ihre Schwester auf das Bett. »Am Anfang wollte ich nur Distanz schaffen. Später ist das zu einer Gewohnheit geworden. Ich habe mir eingeredet, dass ich nicht zu euch gehören könnte, wenn ich euch nicht verstehe.« Sie seufzte.

»Gegen eine eigene Persönlichkeit ist doch gar nichts einzuwenden«, meinte Zoe. »Weder bei dir noch bei mir. Aber dieses starke Bedürfnis, nicht wie wir zu sein ...« Sie schüttelte den Kopf. »Das habe ich nie verstanden.«

Wenn Ari jetzt zurückdachte, konnte sie es auch nicht mehr nachvollziehen. »Was als jugendliche Verlegenheit angefangen hat, hat mich am Ende vollkommen verändert.« Sie hob die Hände, als sie versuchte, ihr Verhalten gleichzeitig zu erklären und zu entschuldigen. »Die katastrophale Beziehung mit Jeffrey war der Tropfen, der das Fass zum Überlaufen brachte. Danach musste ich einfach von hier weg.«

»Und jetzt gehst du wieder.« Zoe deutete auf die gepackten Koffer, die geöffnet auf dem Boden lagen.

»Ich muss dieses und das nächste Semester zu Ende bringen.« Selbst in Aris Ohren klang diese Erklärung wie eine lahme Entschuldigung. Sicher, sie hatte einen Job und Verpflichtungen. Aber viele Dozenten nahmen überraschend Urlaub, und bisher hatten die Studenten das immer überlebt. In Aris Fall war ihre Vertretung sogar eine talentierte junge Dozentin, die eine Festanstellung suchte. Sie wäre sicher überglücklich, wenn sie Aris Kurs übernehmen und zu Ende führen könnte.

Ari blinzelte. Was dachte sie da?

»Gefällt es dir, Studenten zu unterrichten?«, wollte Zoe wissen.

»Ich liebe es. Wirklich, aber …«

Zoe stieß sie mit dem Knie auffordernd an. »Aber was?«, hakte sie nach. Sie lächelte wissend. »Dir hat die Aufregung hier auch gefallen, richtig?«

Ari lachte und musste widerwillig zugeben, dass ihre Schwester recht hatte. »Ja, das stimmt.«

»Das dachte ich mir, vor allem nachdem ich gehört habe, wie du den ultimativen aller Costas-Schwindel durchgezogen hast.«

Wie Quinn vorhergesagt hatte, schwang in Zoes Worten Stolz mit. Doch Ari achtete nur auf die Worte ihrer

Schwester. »Was meinst du damit, dass ich einen Schwindel durchgezogen habe?« Ihre Stimme klang erstickt, als sie das Wort aussprach.

»Als sie mich aus der Schutzhaft entlassen haben, hat mir Marco erzählt, wie Quinn von dir geschwärmt hat, weil du Damon mit deiner Darbietung aus den *In-Laws* abgelenkt hast.« Ihre Augen glitzerten amüsiert. »Er meinte, du wärest auf die Knie gefallen, hättest geweint, geheult und um dein Leben gebettelt, sodass Quinn Damon überrumpeln konnte. Und das, ohne vorherige Absprache.«

Ari errötete, und ihr wurde warm, als ihre Schwester, die Geheimagentin, von ihrem amateurhaften Versuch, die Situation zu retten, schwärmte. »Es war ein Spiel. Ein Trick. Das ist mir einfach spontan eingefallen.«

»Richtig. Du hast instinktiv reagiert und genau das getan, was eine echte Costas getan hätte. Du hast diesen widerlichen Damon so richtig das Fell über die Ohren gezogen. Nach all den naiven Weibchen, mit denen er sich bisher umgeben hat, ist der Kerl endlich an eine Frau geraten, bei der er sich die Zähne ausgebissen hat. Das nenne ich wirklich ausgleichende Gerechtigkeit.« Zoe grinste.

»Und außerdem war es auch der absolute Beweis, was dich angeht.«

»Beweis wofür?«, fragte Ari, die jedoch die Antwort bereits ahnte.

»Dass du eine von uns bist«, meinte sie. »Es liegt dir einfach im Blut und in deinen Genen.« Sie wiederholte die Worte, die Ari an diesem Abend schon in der Küche gehört hatte. Und auch annehmen konnte.

Zoe umarmte sie liebevoll. »Willkommen zu Hause, Ari.«

Ari traten die Tränen in die Augen, und sie drückte ihre Schwester an sich.

»Marco meinte, Quinn müsse außerordentlich clever gewesen sein, weil er so schnell begriffen hat, was du vorhattest.« Zoe wich etwas zurück und sah sie forschend an. Offenbar wollte sie Ari nicht so rasch vom Haken lassen und sie noch weiter mit Marcos Schilderung konfrontieren. »Entweder das, meinte er, oder aber ihr beide hättet eine Art telepathische Verbindung oder eine besondere Beziehung.« Zoe sprach langsamer, als ihr plötzlich die Wahrheit dämmerte. »Was genau geht da zwischen euch beiden eigentlich vor?«

»Nichts«, antwortete Ari. »Jedenfalls nicht mehr.« Zoe sah sie skeptisch an. »Also war da etwas. Ich wusste es in dem Moment, als ich euch zusammen in diesem Haus gesehen habe. Wenn er dir wehgetan hat, bringe ich ihn um.« Ihr Ton verriet Ari, dass sie es ernst meinte.

»Quinn ist ein guter Mensch. Er hat viel durchgemacht, und verdient jemanden, der für ihn da sein kann.«

»Und du kannst das nicht?«, spottete Zoe. »Ich prophezeie dir eines: Selbst wenn du deine Semester in Vermont zu Ende unterrichtest, wirst du hierher zurückkommen.«

»Wie kommst du darauf?«, erkundigte sich Ari. Trotz ihres empörten Tonfalls konnte sie ein Schmunzeln nicht unterdrücken. Der Gedanke, für immer nach Hause zu kommen, schien die Klammer zu lösen, die sich um ihr Herz gelegt hatte. Plötzlich konnte sie leichter atmen.

Zoe verdrehte die Augen. »Haben wir das nicht gerade alles besprochen? Du bist eine Costas. Du kannst genauso wenig zu diesem langweiligen Leben in Vermont zurückkehren, wie du jetzt noch weiter so zugeknöpft bieder herumlaufen magst.« Sie deutete auf das Spitzenmieder, das sich Ari zusammen mit dem Minirock aus Zoes Schrank »geliehen« hatte.

»Ich habe mir immer eingeredet, ich wüsste nicht, wer ich bin. Aber ich weiß es«, sagte Ari leise. »Es fällt mir nur sehr schwer, es auch zuzugeben.«

»Warum?«, wollte Zoe wissen.

»Weil es bedeutet, dass ich fünf Jahre meines Lebens in Vermont verschwendet habe, weit weg von dir, von Mom und Dad und dem Rest der Familie.« Es fiel ihr nicht leicht, ihre Fehler einzugestehen. Doch das war der notwendige erste Schritt, wenn sie wirklich zurückkehren wollte.

»Diese Zeit hat dir geholfen, erwachsen zu werden. Und auch wir hier konnten in diesen fünf Jahren erwachsener werden und uns verändern und dich besser verstehen«, erwiderte ihre Schwester. »Doch das ist jetzt alles Vergangenheit, stimmt's?« Angespannt wartete Zoe auf Aris Antwort.

»Stimmt«, sagte die. »Ich hatte wirklich eine gute Zeit in Vermont, und ich habe gute Menschen kennengelernt und Freunde gewonnen. Aber es passt einfach nicht mehr zu mir. Das hat es schon eine Weile nicht mehr getan.« Sie war einfach nur zu eigensinnig gewesen und zu sehr in dieser konservativen Welt verwurzelt, die sie sich geschaffen hatte, um sich das auch eingestehen zu können.

»Ich musste erst spurlos verschwinden, damit dir klar wurde, was du schon die ganze Zeit gewusst hast. Hier drin.« Zoe tippte sich auf die Brust direkt über ihrem Herzen. »Trotzdem tut es mir leid, dass ich euch allen so viel Kummer gemacht habe.«

Ari nickte. »Das weiß ich. Und jetzt kannst du bitte damit aufhören, dich ständig dafür zu entschuldigen.«

»Nachdem du dich ja jetzt deiner Familie und deiner

Vergangenheit gestellt hast, habe ich da nur noch eine letzte Frage an dich«, sagte Zoe.

Ari zuckte mit den Schultern. »Von mir aus können wir reinen Tisch machen, also schieß los«, erwiderte sie lachend.

Zoe sah sie ernst an. »Du hast fünf Jahre verschwendet, in denen du dich von deiner Familie fern gehalten hast. Wie viele Jahre willst du jetzt damit verschwenden, dich von Quinn fern zu halten? Von dem Mann, den du doch so offensichtlich liebst?«

Ari betrachtete ihre Zwillingsschwester und dachte über die Frage nach. Das Lachen war ihr vergangen, denn Zoe hatte recht. Ari liebte Quinn, und das schon eine ganze Weile. Als sie sich diese Wahrheit eingestand, gegen die sie so lange angekämpft hatte, wurde ihr fast schwindlig vor Freude.

Ich liebe ihn.

Sie liebte seine Ich-bin-ein-harter-Kerl-Schale und den weichen, sensiblen Kern, den er fast niemandem zeigte. Sie liebte es, wie er sich aus Connor und Sam eine eigene Familie geschaffen hatte, während er ständig abstritt, dass es in seinem Leben jemanden gäbe, an dem ihm etwas läge. Oder jemanden, für den er wichtig wäre. Sie liebte es, dass er sie über seinen Job gestellt hatte. Zuerst, indem er zugab, dass ihre Schwester noch lebte, und dann, als er sie zu dem sicheren Haus gebracht und damit seine Karriere aufs Spiel gesetzt hatte. Doch sie hatte ihm seine Zuneigung schlecht entgolten.

Quinn Donovan war ein Mann mit einer schwierigen Vergangenheit, und er verschenkte weder sein Vertrauen noch sich selbst leichtfertig. Ari hatte er sein Herz geschenkt, aber sie hatte nicht einmal zugegeben, dass sie ihm gegenüber ähnlich empfand. Stattdessen hatte sie ihn weggestoßen, weil ihre Angst, zu sich selbst zu stehen, zu groß gewesen war.

Sie hatte ihn enttäuscht. Er hatte allen Grund, sich von ihr zurückzuziehen und sie auf Abstand zu halten. Damit blieb ihr keine andere Wahl, als sich ihm zu stellen und herauszufinden, ob sie vielleicht trotz allem eine gemeinsame Zukunft aufbauen konnten.

Sie schaute auf und wollte Zoe sagen, dass sie recht hatte. Aber ihre Zwillingsschwester war bereits verschwunden und hatte Ari mit ihren Gedanken allein gelassen.

Connors Hand lag auf Marias Rücken, als er mit ihr das Haus der Costas betrat. Ein ungewohnter Stolz erfüllte ihn, Stolz darauf, dass er diese Frau und ihren Sohn an seiner Seite hatte.

»Connor!«, rief Zoe und kam ihm entgegen. »Maria! Wie schön, dass ihr gekommen seid!« Sie kniete sich hin, um dem Jungen in die Augen zu sehen. »Und dieser gut aussehende Bursche muss Joseph sein. Deine Mom hat mir alles über dich erzählt, als wir noch zusammen gearbeitet haben.« Zoe reichte ihm die Hand, und der Junge schlug ein. »Ich habe eine tolle Überraschung für dich«, verriet sie ihm.

Connor erinnerte sich daran, warum Quinn dieses Familientreffen anberaumt hatte. Er lachte: »Das wird dir sicher gefallen, Joe.« Der Junge und er hatten sich auf die erwachsenere Kurzform geeinigt, wohingegen seine Mutter auf dem Kosenamen Joey bestand.

»Darf ich ihm Spank zeigen?«, fragte Zoe Maria, während sie sich wieder aufrichtete. »Sie ist unten im Keller. Du kannst ja nachkommen.«

Maria nickte. »Gern.«

»Willst du mal einen Affen sehen?«, fragte Zoe.

»Logisch!« Joe lief los, bevor Maria etwas sagen konnte.

»Benimm dich!«, rief sie ihm hinterher. Aber er war schon zu weit weg, um es noch hören zu können.

Connor lachte. »Keine Sorge, er macht das schon.« Er drückte ihr beruhigend die Hand.

Maria war so sehr daran gewöhnt, Joe allein zu erziehen, dass es ihr schwer fiel, ihn auch nur für einen Moment aus den Augen zu lassen oder die Aufsicht über ihn abzutreten, wenn sie selbst Zeit für ihn hatte. Nachdem Connors letzter Undercover-Auftrag beendet war und er jetzt normalen Schichtdienst schob, würde er das allerdings ändern.

»Holen wir uns etwas zu trinken.« Er deutete auf die Bar, die in einer Ecke des Raumes aufgebaut war.

»Was wird denn hier gebaut?«, fragte Maria, während sie auf ihr Getränk wartete.

Connor zuckte mit den Schultern. »Quinn sagte etwas von einem Spa.«

Marias Augen leuchteten. »Das wäre genau das Richtige nach einer anstrengenden Nachtschicht. Vielleicht kann ich es mir ja irgendwann leisten.«

Der Barkeeper reichte ihr das Glas, und Maria seufzte, als sie an ihrer Cola nippte. Connor wusste, dass sie nie Alkohol trank, wenn ihr Sohn bei ihr war, also verzichtete auch er darauf.

»Vermutlich weißt du nicht, was ein Detective so verdient?«, erkundigte er sich.

Maria hob fragend eine Braue. »Meine Mutter hat mich gelehrt, dass es unhöflich ist, über Religion, Politik und Geld zu sprechen.«

»Es sei denn, man ist mit jemandem zusammen, der

versucht, eine langfristige Beziehung einzugehen und wissen will, ob der andere ähnlich denkt.«

Maria verschluckte sich an ihrem Getränk und hustete. »Connor«, begann sie.

»Nein, halt. Kein Ausweichen mehr, keine Scherze. Ich will nur die Wahrheit hören und werde sie auch akzeptieren.« Er nahm ihre Hand und hielt sie fest. »Mir liegt viel an dir.« Das war die Untertreibung des Jahres, aber er wollte sie nicht verschrecken. Wenn sie nicht gleich weglief, hatte er noch genug Zeit, um sie zu überzeugen.

»Und ich möchte nur, dass du mir sagst, ob du dasselbe empfindest. Wenn ja, dann können wir etwas zusammen aufbauen. Du, Joe und ich.«

Sie blinzelte, als sich ihre Augen mit Tränen füllten.

»Das tue ich, aber ich habe schreckliche Angst vor einer weiteren Enttäuschung. Und ich hasse dich, weil du mich zwingst, das zuzugeben.« Sie versuchte ihm ihre Hand zu entziehen und sich abzuwenden.

»Gut.« – »Mich zu hassen ist doch schon mal ein Anfang. Außerdem habe ich genauso viel Angst.« Er ging das Risiko ein, Maria in seine Seele blicken zu lassen. Das hatten sie ebenfalls gemeinsam. »Kennst du eigentlich den Spruch, dass Liebe und Hass nah beieinander liegen?«, fragte er.

Sie starrte ihn an, aber er bemerkte den Hauch eines Lächelns um ihre Lippen. Und dieses Lächeln schien seinen ganzen Körper zu erwärmen. Es war ein Anfang.

Dem fröhlichen Lärm nach zu urteilen, der von unten bis zu ihr hinaufdrang, war die Party in vollem Gang. Ari war endlich so weit, dass sie hinuntergehen, sich ihrer Familie stellen und ihren Platz zwischen ihnen einnehmen konnte. Sie ging zum Treppenabsatz und blieb vor dem

»Panoptikum der Schande« stehen. Aus heutiger Sicht betrachtet, wirkten sie nur noch wie eine bemerkenswerte Sammlung von Familienfotos. Eine Familie, derer sich nur wenige Menschen rühmen konnten und der anzugehören, Ari jetzt mit Stolz erfüllte.

Sie konnte zwar die Jahre nicht nachholen, die sie getrennt von ihrer Familie gelebt hatte, aber sie wollte von nun an ihre Familie genießen. Während sie langsam die Treppe hinunterschritt, fiel ihr ein neues Foto auf. Es zeigte Sam und Spank im Partnerlook. Was Ari am meisten rührte war die Art, wie dem jungen Mädchen das Haar über die Schultern fiel. Sam versuchte nicht mehr, es unter einer Baseballkappe zu verstecken oder selbst unauffällig im Hintergrund zu bleiben.

In ihrer Familie hatte Sam endlich die Sicherheit gewonnen, die sie befähigte, sie selbst zu sein. Ari hatte erheblich länger dafür gebraucht.

Lächelnd betrat Ari das Wohnzimmer und gesellte sich zu den anderen. Man hatte ihr gesagt, dass nur ihre Familie da wäre. Bei dem unerwarteten Anblick von Connor, Maria und vor allem von Quinn hatte sie das Gefühl, als habe man ihr einen Tiefschlag versetzt. Aris Meinung nach gab es dafür nur zwei Erklärungen.

Die erste war der Verdacht, ihre Familie wollte sie hintergehen, indem sie Quinn einluden. Aber ihre Mutter hatte ihr doch geschworen, dass sie ihre Lektion, was Kuppelei anging, bei Zoe und Damon gründlich gelernt hatte. Also blieb nur die zweite Erklärung, die außerdem die einleuchtendere war.

Dies war ein Familienfest. Sam gehörte nun zur Familie. Quinn war für Sam ebenfalls Familie, womit er automatisch in den weiteren Familienkreis der Costas aufgenommen wurde. Da Connor sehr wahrscheinlich wiederum für Quinn Familie war, erklärte das seine Anwesenheit, und er hatte einfach Maria mitgebracht. Vermutlich weil er ernste Absichten hatte. Letzten Endes war das also eine typische Costas-Party, dachte Ari.

Wenn sie nicht so bestürzt gewesen wäre, hätte sie ihrer Familie gedankt. Denn sie hatte ihr erspart, Quinn selbst aufzusuchen. Doch so unvorbereitet und ohne einen Plan, wie sie mit ihm umgehen sollte, fühlte sie sich in der Falle. Ihre Nervosität saß ihr wie ein Kloß im Magen. Dass sie sich mit Quinn in demselben Raum befand, garantierte noch lange nicht das Ergebnis, das Ari sich wünschte.

Quinn beobachtete, wie Ari hereinkam. Die Sehnsucht, die er bei ihrem Anblick empfand, wurde jedoch von seinem Ärger etwas gedämpft. Er war wütend auf sie, weil es ihr nicht gelungen war, ihre Ängste und Mauern zu überwinden. Verdammt, niemand hatte höhere und dickere Mauern um sich herum aufgebaut als er, und doch hatte er sie für Ari eingerissen. Er konnte es nicht ertragen, länger hier zu sein. Sobald sie die ersten Feierlichkeiten hinter sich hatten und es ihm gelungen war, die Familie ein für allemal über das Ende ihrer Karriere als Schwindel-Clan zu informieren, würde er verschwinden.

»Ich bin so froh, dass du kommen konntest.« Nicholas trat zu Quinn, umarmte ihn und klopfte ihm auf die Schultern. »Ich vergebe dir sogar dein … wie sagt man? Deine List, dass du uns nicht erzählt hast, dass Zoe wohlauf ist. Du hast sie gerettet, und nur darauf kommt es an.« Der ältere Mann drückte ihn erneut. »Du wirst immer zu unserer Familie gehören.«

Quinn schnürte es die Kehle zu, dass Aris Vater ihn auf eine Weise akzeptierte, wie er es nie zuvor erlebt hatte.

»Danke, Sir.«

Quinns Nackenhaare stellten sich auf, wie immer, wenn jemand ihn von hinten beobachtete. Er brauchte sich nicht umzudrehen, um zu wissen, dass Ari ihn und ihren Vater beobachtet hatte. Ari, die denselben schwarzen Minirock trug, den sie schon bei ihrem Ausflug ins Kasino getragen hatte. Dazu hatte sie ein fleischfarbenes Spitzentop angelegt.

Sie war immer noch so gekleidet, als würde sie ihre freiere, sinnlichere Seite akzeptieren. Aber Quinn wusste besser als jeder andere, dass Ariana Costas Kleidung sehr geschickt zu ihrem Vorteil einsetzen konnte. Ob sie die Wurzeln ihrer Costas-Herkunft hinter konservativen Hosenanzügen versteckte, oder sich so wie jetzt kleidete, um sich ihren Verwandten anzupassen, nichts an Ari war, wie es aussah. Wie sollte es auch? Im Inneren lief sie immer noch weg, und nichts, nicht mal seine Liebeserklärung, konnte das ändern.

Er hatte dieser Frau sein Herz geschenkt. Das hatte er noch bei keiner anderen getan, und es würde auch nie wieder vorkommen.

Nicholas drohte ihm gerade mit dem Finger. »Nur gut, dass du während deiner Ermittlungen aufmerksamer zugehört hast, sonst hätte ich noch beide Töchter verloren.« Quinn zwang sich zu einem Lachen, weil der ältere Mann seinem lauten Lachen nach zu schließen, seine Bemerkung offenbar für unglaublich komisch hielt. »Tut mir leid, ich war gerade abgelenkt.«

Nicholas nickte. »Ich habe dich gerade daran erinnert, dass es keine Formalitäten innerhalb der Familie gibt. Also hör auf, mich Sir zu nennen«, befahl er Quinn. »Oh, sieh nur, Kassie ist auch gekommen!« Der ältere Mann ging zu seiner Schwägerin und ihrer Familie, um sie zu begrüßen.

»Ich weiß nicht, was ich von ihnen halten soll«, meinte Connor, der zu Quinn geschlendert war.

»Wenn du die Familie meinst, dann kann ich dich verstehen. Sie wirken immer etwas irritierend auf Fremde.«

Quinn lachte, als er sich an sein erstes Zusammentreffen mit ihnen erinnerte. Damals hatte der Affe ihm die Brieftasche gestohlen, aber Spank war glücklicherweise nirgendwo zu sehen.

Connor schlug ihm auf die Schulter. »Du wirst schon mit ihnen klarkommen.«

»Für Sam schaffe ich das«, sagte Quinn ironisch.

»Ich dachte eher, du würdest es wegen Ari versuchen.«

Quinn verdrehte die Augen. »Nicht für jeden ist die Liebe so einfach und leicht wie für dich. Diese Frau will nichts mit mir zu tun haben, ist dir das noch nicht aufgefallen?«

Connor wusste, dass Ari vor Quinn weggelaufen war, und er wusste auch, warum.

»Mir fällt vor allem auf, dass sie dich nicht aus den Augen lässt, seit sie hereingekommen ist.«

Dafür gibt es eine einfache Erklärung, dachte Quinn. Gute, alte Lust. Verdammt, ihrer beider Chemie war wirklich hochexplosiv. Bei jeder anderen Frau aus seiner Vergangenheit hätte Quinn das genügt. Von Ari jedoch wollte er mehr.

Connor verzichtete auf jeden weiteren Kommentar. Kurz danach belegte Maria ihn wieder mit Beschlag. Sie war aus dem Keller hinaufgekommen.

Der Rest des Abends verstrich mit Trinksprüchen, Dankesreden, Umarmungen und Küssen. Es überraschte Quinn nicht, dass Ari ihm die ganze Zeit tunlichst aus dem Weg ging.

Schließlich sah er auf die Uhr. Er klatschte in die Hände, um die Aufmerksamkeit der ganzen Familie auf sich zu lenken. Es wurde langsam Zeit, ihnen klar zu machen, dass mit einem Kind im Haus ihre kleinen Gaunereien zu Ende waren.

Und dann würde er gehen.

Ari wunderte es nicht, dass ihre Familie verstummte und folgsam zuhörte, als Quinn ihre Aufmerksamkeit forderte. Er besaß diese natürliche Autorität, das war ihr schon aufgefallen, als er sie am Strand in den Sand geworfen hatte.

»Ich möchte euch kurz etwas erklären, dann könnt ihr mit eurer Party weitermachen«, meinte Quinn.

»Worum geht's?« Das war die neugierige Kusine Daphne.

»Es geht um Sams Zukunft und euer Verhalten von jetzt an.«

Sam stöhnte auf. Es klang ziemlich erwachsen. »Bring mich bloß nicht in Verlegenheit, Quinn!«, rief sie ihm von der anderen Seite des Zimmers zu.

Ari lachte leise. »Wenn du in dieser Familie leben willst, solltest du dich besser daran gewöhnen, des Öfteren verlegen zu sein. Und auch daran, des Öfteren im Mittelpunkt zu stehen«, riet sie dem Mädchen. Aber überraschenderweise empfand sie nichts mehr von der Bitterkeit, mit der dieser Gedanke sie früher erfüllt hatte.

Quinn sah sie an. Zum ersten Mal an diesem Abend trafen sich ihre Blicke, und eine Welle des Einverständnisses durchströmte sie beide. Ari fühlte sich plötzlich ganz geborgen, als ihr klar wurde, wie viel Glück sie gehabt hatte, diesen Mann gefunden zu haben. Er verstand ihre widerstreitenden Gefühle, die sie ihrer Familie gegenüber hatte, und akzeptierte sie trotzdem.

Was er jedoch noch nicht wusste, war, dass sie selbst sich nun auch akzeptierte. Und weil sie ihn so barsch zurückgestoßen hatte, war sie unsicher, wie er auf ihre Entscheidung reagieren würde. Sie musste ihn unbedingt allein sprechen, doch bisher hatte sich einfach keine Gelegenheit dazu ergeben. Alle wollten ihm dafür danken, dass er Zoe geholfen hatte, und drängten sich darum, ihn besser kennenzulernen. Ari hatte ihrer Familie Zeit gelassen. Sie hatte vor, ihnen Quinn später einfach zu entführen.

»Wie ich sehe, ist der Affe nicht mehr hier oben«, meinte Quinn und unterbrach ihren Blickkontakt.

»Sie ist im Keller«, erklärte Tante Dee. »Bei ihrem Trainer.«

»Bei ihrem neuen Besitzer«, warf Sam ein. »Hast du es schon gehört? Spank hat einen neuen Job.«

Quinn hob fragend eine Braue. »Sie zeigt doch wohl nicht öffentlich gegen Geld ihren kleinen Affenarsch, oder?«

Offenbar wusste Quinn noch nichts von der neuen Karriere des Äffchens.

»Spank wird ein Star!«, rief Sam aufgeregt. Ihre Wangen glühten. »Ari hat einen Mann gefunden, der Affen halten darf. Weil sie nicht wollte, dass meine Sachbearbeiter mich wegen Spank hier wegholen. Erst war ich ja stinksauer …« Sie unterbrach sich, als sie Quinns strafenden Blick bemerkte. »Ich meine, ich war so wütend.«

»Schon besser«, murmelte Quinn. »Red weiter.«

»Dann ist Zoe zurückgekommen und hat mir erzählt, dass Ari das Gewissen der Familie ist. Sie will, dass alle das Richtige tun. Und Spank wegzugeben, war richtig, sofern ich weiter hier leben kann. Und das will ich, Quinn, wirklich.«

Ari bemerkte, wie der Dialog zwischen Quinn und Sam in den Mittelpunkt rückte. Er stellte seine geplanten

Forderungen, ohne mit der Wimper zu zucken, zurück. Seine Miene wurde weicher, während er Sams leidenschaftlichem Vortrag zuhörte. Der Rest der Familie schwieg und hörte ebenfalls gebannt zu.

»Ich glaube auch, dass Ari immer das Beste für alle will«, sagte Quinn. Seine Worte überraschten sie. »Außer für sich selbst. Da hat sie leider zu viel Angst, für das zu kämpfen, was sie wirklich will.«

Ari runzelte die Stirn und stemmte die Hände in die Hüften. »Was für eine bodenlose Frechheit!«, knurrte sie. Es war eine Sache, sie anzuschreien, wenn sie allein waren. Aber sie vor ihrer ganzen Familie bloßzustellen, war etwas ganz anderes. Das würde sie ihm nicht durchgehen lassen.

»Willst du etwa behaupten, dass ich Unrecht habe?« Quinn ließ sich nicht einschüchtern und legte noch einen Scheit nach.

»Oh, oh, ich spüre einen saftigen Streit am Horizont aufziehen«, erklärte Nicholas.

»Wie einer zwischen uns«, stimmte Elena begeistert zu. Nicholas knurrte. »Aber unsere enden für gewöhnlich im Schlafzimmer, und die beiden sind nicht verheiratet«, erklärte er, ganz der besorgte Papa.

Zoe hielt Sam die Ohren zu. Allerdings etwas zu spät. Ari zuckte zusammen. Sie hatte bis zum Ende der Party warten wollen, um mit Quinn allein zu sprechen. Aber er legte es offenbar auf einen Streit an. Ganz gleich, was ihr Vater sagte, sie weigerte sich, ihre Zukunft vor ihrer ganzen Familie zu diskutieren.

»Hast du vergessen, dass du einen Vortrag über Moral und aufrechtes Verhalten halten wolltest?«

Quinn ließ seinen Blick über die Familie gleiten.

»Stimmt. Ich mache es kurz. Keine Betrügereien mehr,

keine Spielchen, keine Taschendiebstähle. Ich bin Cop, und wenn ich euch auf frischer Tat ertappe, lasst ihr mir keine Wahl, als euch hinter Gitter zu stecken. Außerdem, falls eine Sachbearbeiterin Wind davon bekommt, dass hier etwas anderes vorgeht als ehrenwerte Geschäfte, wird sie euch Sam schneller wieder wegnehmen, als Spank mir meine Brieftasche stehlen kann. Kapiert?«

Sie nickten und murmelten ihre Zustimmung. Es war ein Wunder, aber Ari glaubte, dass sie es wirklich verstanden hatten.

Dann richtete Quinn den Blick seiner funkelnden Augen auf sie. »Ich bin fertig.«

»Gut.«

Während der Jahre hatte Ari von der Art, wie ihre Mutter mit ihrem Vater umging, mehr gelernt, als sie erwartet hatte. Sie beschloss, die Situation in die Hand zu nehmen. »Wenn du mir etwas zu sagen hast, kannst du das unter vier Augen mit mir besprechen. Und zwar jetzt.« Sie drehte sich schwungvoll auf ihren hohen Absätzen um und marschierte hoheitsvoll aus dem Zimmer. Sie wagte es nicht, sich umzusehen, und ignorierte auch ihre Verwandten, deren Lachen und wissenden Blicke.

Sie hatte gerade wie eine typische Costas-Frau eine saftige Szene hingelegt. Und wenn schon! Quinn hatte das Spektakel angefangen. Wenn er reden wollte, dann musste er ihr eben hinterherlaufen. Sollte ihre Familie doch glauben, er würde ihr aus der Hand fressen. Damit musste er leben. Aber Ari hütete sich davor, sich was vorzumachen.

Selbst wenn er ihr folgte, hatte er immer noch die Macht, ihr das Herz zu brechen.

Quinn fragte sich, was ihn dazu gebracht hatte, Ari vor ihrer gesamten Familie zu provozieren. Er war wütend auf sie gewesen, und als sich ihm die Möglichkeit bot, sie herauszufordern, hatten ihn seine Frustration und sein Ärger überrollt. Jetzt musste er dafür bezahlen und sich vor ihren gesamten Verwandten demütigen lassen.

Er ignorierte Connor, der in einer Ecke stand und sich sichtlich Mühe gab, sich das Lachen zu verkneifen. Gelassen ließ er den Blick über die erwartungsvollen Mienen gleiten, die ihm entgegensahen. An Nicholas' strahlendem Gesicht blieb er hängen.

Quinn zuckte mit den Schultern. »Du hast es selbst gesagt«, wandte er sich direkt an Aris Vater. »Die Versöhnung ist immer das Beste an einem guten Streit.«

»Aber erst, wenn ihr verheiratet seid.«

Quinn lachte. »Dann sag deiner Tochter doch, sie soll nicht immer davonlaufen.«

»Das habe ich gehört!«, rief Ari von der Tür aus. Jetzt reichte es Quinn. Er drängte sich durch die lachenden Menschen, packte Ari an der Hand und zerrte sie einfach durch den Flur zur Haustür hinaus.

»Was soll das? Wohin willst du?«, fragte sie wütend, als er die Tür seines Vans aufriss und sie hineinschob.

»Wir fahren dorthin, wo wir allein sind.« Aber er wollte nicht zu lange fahren, also blieben ihm nur wenige Möglichkeiten.

Einige Minuten später parkte er in der Nähe der Islet Pier. Erneut packte er Aris Hand und führte sie zu der verlassenen Imbissbude, an der sie sich zum ersten Mal getroffen hatten. Weder Ari noch er hatten Zeit gehabt, einen Mantel anzuziehen. Das war auch ganz gut so. Dadurch war Ari gezwungen, schnell zum Punkt zu kommen, oder sie würde erfrieren.

Er hatte sie kaum in die Bude geschoben und die Tür hinter sich zugeschlagen, als Ari sein Gesicht zwischen ihre Hände nahm und ihm einen kurzen schallenden Kuss auf die Lippen drückte.

»Was sollte das denn?«, fragte er. Diese abrupte Veränderung in ihrem Verhalten erstaunte ihn.

»Das war dafür, dass du du bist. Dafür, dass du Sam so liebst, dir so viel Mühe mit ihr machst. Dafür, wie meisterhaft du mit meiner Familie zurechtkommst. Und wie du ihnen den Kopf zurechtgerückt hast. Und ihren Respekt gewonnen hast. Und meinen.« Die Worte sprudelten über ihre Lippen, während sie die Hände aneinander rieb, um sie zu wärmen.

Quinn sah, dass sie fror, hütete sich jedoch, sie in die Arme zu ziehen und sie zu wärmen. »Schön, dass du mein Verhalten billigst«, erwiderte er sarkastisch. Er hatte keine Ahnung, was dieses verrückte Weibsbild im Sinn hatte, aber er würde nicht zulassen, dass sie wieder auf seiner Seele herumtrampelte.

»Du musst einiges verstehen.« Sie ging hin und her, um sich aufzuwärmen. »Du glaubst, ich müsste automatisch verstehen, wie Familien funktionieren, weil ich das Glück hatte, eine zu haben.«

Quinn schüttelte den Kopf. »Honey, ich weiß ganz genau, wie es für dich gewesen ist.« Er verstand sie wirklich, aber viel mehr Mitgefühl konnte er nicht mehr aufbringen. »Vielleicht solltest du dir lieber anhören, wie es für mich gewesen ist. Meine Mutter war drogensüchtig und eine Hure. Mein Vater war einer von zahllosen Freiern, der für ihren Körper bezahlt hat. Ich weiß nicht, wer er war, und es ist mir auch egal. Ihr war das ebenfalls gleichgültig, solange sie nur Geld für ihren nächsten Schuss hatte. Essen war längst nicht so wichtig wie Drogen, und es kam, wie es kommen musste. Eines Tages setzte sie sich eine Überdosis. Ich habe sie gefunden.«

Ari zuckte zusammen. »Red weiter«, sagte sie mit belegter Stimme. Sie hütete sich, Mitleid zu zeigen.

Kluges Mädchen, dachte Quinn. Er hasste es, von seiner Vergangenheit zu sprechen. Jetzt ging er unruhig hin und her, wie immer auf der Flucht vor dem, was in ihm gärte.

Ari schwieg und blieb reglos stehen, während sie darauf wartete, dass er weitersprach.

»Von da an kam ich von einem Waisenhaus ins nächste. Ich bin schon länger auf mich allein gestellt, als ich denken kann, und ich habe immer nach Regeln gelebt, die ich verstehen konnte. Niemand achtet auf dich, außer du tust es selbst, und jeder lässt dich bei der erstbesten Gelegenheit im Stich. Du auch. He, gerade du. Ich habe mir nicht nur immer wieder gesagt, dass du weggehen würdest, sondern auch, dass du auf lange Sicht nichts mit mir zu tun haben willst. Und dein Verhalten hat mich bestätigt.«

Er sah sie nicht an. »Selbst wenn du jetzt Spielchen spielst, dich wie Ari kleidest und redest, rechne ich damit, dass du jederzeit wieder in deine kühle Ariana-Persönlichkeit zurückfällst. Ich habe es satt, zu versuchen, dich davon zu überzeugen, dass ich alles an dir liebe.« Er fuhr sich mit der Hand durchs Haar. »Für mich ist das Thema erledigt.«

»Gut.« Sie trat neben ihn. »Denn ich habe gerade erst angefangen. Alles, was du über mich gesagt hast, stimmt. Ich bin weggelaufen. Ich bin immer schon weggelaufen. Erwachsen zu werden, ist für alle eine unheimlich schwierige Angelegenheit. Für einige mehr als für andere. Mir ist nie klar gewesen, wie gut ich es hatte. In Wahrheit verstehst du viel mehr vom Familienleben, als ich je verstanden habe.«

Er warf ihr einen ungläubigen Blick zu. »Sehr komisch.«

»Du hattest keine Familie, der Ersatz sind Connor und Samantha für dich. Du hast meine Eltern und meine verrückten Verwandten kennen gelernt und hast sie weder verurteilt noch herablassend behandelt, stattdessen dich wohl bei ihnen gefühlt. Ein Teil von mir hat dich deswegen abgelehnt.« Sie schüttelte den Kopf. »Dir ist da etwas so leicht gefallen, was mir nie gelungen ist.«

Obwohl Quinn sie nicht hatte anfassen wollen, berührte er jetzt ihren Arm. »Du musst dich nur akzeptieren, dann fühlst du dich auch wohl. Überall.«

Tränen traten ihr in die Augen, und sie blinzelte. »Das weiß ich jetzt auch. Von der Minute an, als ich hörte, dass Zoe verschwunden war, war ich gezwungen, mich mir zu stellen.« Sie biss sich auf die Unterlippe.

Die Unsicherheit, die sie mit dieser kleinen Geste verriet, zerriss ihm fast das Herz. »Ich habe dich immer durchschaut.«

Sie lächelte. »Ja. Du hast mich auch gelehrt, mich zu akzeptieren.«

»Ist das deine subtile Art mir mitzuteilen, dass du nach Vermont zurückgehst, Ariana?« Er benutzte ihren vollen Namen zum ersten Mal. Der Klang gefiel ihm gar nicht, denn er signalisierte das unvermeidliche Ende.

»Ich verstehe zwar nicht, warum du das jetzt fragst, aber die Antwort ist nein. Ich versuche dir zu sagen, dass ich bleibe. Ich liebe meine Familie, ich würde sie vermissen, ich möchte nach Hause kommen. Na ja, ich meine nicht in ihr Haus. Das würde jeden geistig einigermaßen gesunden Menschen überfordern. Aber nach Hause nach New Jersey.« Ihre Worte sprudelten ihr ebenso schnell über die Lippen, wie ihr die Gedanken durch den Kopf schossen. »Doch erst muss ich das Semester beenden. Das schulde ich der Schule und den Studenten. Es sei denn, sie brauchen mich nicht so dringend. Aber das werden wir sehen.«

»Das hört sich alles wirklich großartig an.« Er konnte kaum glauben, was sie ihm sagte.

Sie sah ihn an. »Und ich bin dir so dankbar, dass du mir geholfen hast, diesen Punkt in meinem Leben zu erreichen.« Sie ergriff seine Hände und hielt sie fest.

Er sah sie nur schweigend an.

»Hast du mir nichts mehr zu sagen?« Furcht, Hoffnung und noch etwas anderes lagen in ihren großen, grünen Augen.

Was wollte sie noch von ihm? Er zuckte mit den Schultern. »Ich freue mich für dich, dass deine Familie dich wieder hat. Aber ich kann nicht behaupten, dass ich wirklich begeistert wäre, dir jedes Mal über den Weg zu laufen, wenn ich Sam besuche.«

Ari war schockiert, doch dann brach sie unvermittelt in schallendes Gelächter aus. »Ach, Quinn, entschuldige. Ich habe diese Unterhaltung so oft in meinem Kopf durchgespielt, dass ich vor lauter Seelenstriptease das Wichtigste vergessen habe.« Ihre Miene wurde wieder ernst und der Blick ihrer großen Augen beinahe flehentlich.

Quinn war fast bereit, die Hoffnung wieder in sich aufkeimen zu lassen, deren Flamme fast schon erloschen war.

»Ich liebe dich«, sagte sie. »Ganz egal, ob ich bei dir noch Chancen habe, ich werde nach Hause kommen und hier bleiben. Ja, ich liebe dich. Ich bin mein Leben lang vor allem davongelaufen, was gut war, aber jetzt höre ich damit auf. Hier und jetzt. Und bevor ich diese eiskalte Imbissbude verlasse, will ich hören, dass ich eine Zukunft vor mir habe. Mit dir.«

Quinn hatte das Gefühl, als würde die Zeit stehen bleiben. Er hatte die Hoffnung und den Glauben längst aufgegeben. Selbst als sie behauptet hatte, dass sie bleiben würde, hatte sich ein Teil von ihm an diesen kleinen Jungen geklammert, der glaubte, er habe eine Familie wie all die anderen Kinder, die braven Kinder, nicht verdient. Er war sicher, Ari würde ihm sagen, sie würden nicht zusammen sein, auch wenn sie hier wohnte. Er wagte noch nicht ganz zu glauben, dass sie ihn wollte, um nicht erneut diesen unerträglichen Schmerz erleben zu müssen, den sie in ihm ausgelöst hatte, als sie das erste Mal gegangen war. Bis jetzt. Bis sie diese drei Worte sagte, die noch nie jemand in seinem Leben zu ihm gesagt hatte. Noch nie.

Er zog sie dicht an sich. »Meinst du das ernst?« Er musste sie das einfach fragen, obwohl er die Antwort kannte. Er fühlte ihre Wärme, ihre Zuneigung, die Liebe, die sie, wie er wusste, immer füreinander empfunden hatten. Jetzt war Ari bei sich angekommen, weil sie sich ihrer Vergangenheit gestellt hatte.

Ari nickte. »Ich meine es ernst. Ich liebe dich mit jeder Faser meines Herzens. Obwohl ich dir nicht verübeln würde, wenn du dich umdrehen und weggehen würdest. Aber ich würde das nicht zulassen. Ich würde dich in den Sand werfen und dir den Atem nehmen. Wie du es mit mir bei unserer ersten Begegnung gemacht hast. Und wie ich es jetzt gern wieder erleben würde.«

Quinn gehorchte ihr nur zu gern. Er küsste sie, als gäbe es kein morgen.

Ari vergrub ihre Finger in seinem Haar und zog ihn fest an sich. Ihre Kleidung verhinderte, dass sie ihr Verlangen stillen konnte, seine Haut auf ihrer zu fühlen und sich in ihm zu verlieren.

Aber das konnte sie aushalten, jedenfalls vorläufig. Sie

hatten jetzt alle Zeit der Welt. Und der Rest ihres Lebens würde für ihre Liebe auch gerade so genügen.

Epilog

ISLET PIER NACHRICHTEN
AFFE SPRENGT BROADWAY PREMIERE

Die ungeduldig erwartete Broadway Premiere von Doctor Dolittle, bei der in einer Hauptrolle die Heldin unserer Heimatstadt, Spank Costas, glänzen sollte, eine Äffin von fragwürdiger Familienabstammung, wurde von obszönen Gesten und rüden Kommentaren gestört. Diese Beleidigungen kamen nicht etwa von gelangweilten Zuschauern, sondern von dem Star der Show. Ein Mitglied der Truppe hatte vergessen, vor dem Auftritt seine Taschen zu leeren. Als der Schauspieler einen Handstand auf der Bühne machte, fiel ein Cent auf den Bühnenboden. Daraufhin zog die Äffin ihre Hose herunter und zeigte den schockierten Zuschauern ihren blanken Hintern. »Es ist einfacher, einem Tier etwas beizubringen, als es ihm wieder abzugewöhnen«, erklärte der angesehene Tiertrainer Michael Peters. Er machte die vorherigen Besitzer für den katastrophalen Abend verantwortlich. Weitere Aufführungen wurden danach auf unbestimmte Zeit verschoben.

Danksagungen

Ich danke Janelle Denison und Shannon Short, die mich jeden Tag unterstützt haben. Sie sind meine besten Freundinnen und gleichzeitig auch noch meine Therapeuten!

Dank an Julie Leto, deren ungewöhnliche Denkweise mir die Plots für alle Bücher liefert, die ich schreibe, und deren Freundschaft unschätzbar wichtig für mich ist.

Dank auch den anderen Plotschmieden: Janelle Denison, Julie Leto und Leslie Kelly. Ohne unseren Ausflug nach Orlando wäre dieses Buch nicht geschrieben worden! Wir sollten das wirklich noch mal machen!

Und an Lynda Sue Cooper, meine besondere »Polizei-Freundin«, und Kathy Attalla, meine erste Kritikerin und gute Freundin, deren Wissen auf allen Gebieten meines bei weitem übersteigt.

Ich danke euch allen für eure Hilfe!